16	3	2	13
5	10	11	8
9	6	7	12
4	15	14	1

Virginia Woolf

ENSAIOS SELETOS

Organização, tradução, apresentação e notas
Leonardo Fróes

editora 34

EDITORA 34

Editora 34 Ltda.
Rua Hungria, 592 Jardim Europa CEP 01455-000
São Paulo - SP Brasil Tel/Fax (11) 3811-6777 www.editora34.com.br

Copyright © Editora 34 Ltda., 2024
Organização, tradução, apresentação e notas © Leonardo Fróes, 2014

A FOTOCÓPIA DE QUALQUER FOLHA DESTE LIVRO É ILEGAL E CONFIGURA UMA
APROPRIAÇÃO INDEVIDA DOS DIREITOS INTELECTUAIS E PATRIMONIAIS DO AUTOR.

A tradução de Leonardo Fróes foi publicada originalmente em 2014
pela Cosac Naify, com o título *O valor do riso e outros ensaios*,
e foi revista e acrescida de notas para a presente edição.

Imagem da capa:
Virginia Woolf em retrato de George Charles Beresford, julho de 1902

Capa, projeto gráfico e editoração eletrônica:
Franciosi & Malta Produção Gráfica

Preparação:
Camila Boldrini, Cide Piquet

Revisão:
Beatriz de Freitas Moreira

1ª Edição - 2024

Catalogação na Fonte do Departamento Nacional do Livro
        (Fundação Biblioteca Nacional, RJ, Brasil)

    Woolf, Virginia, 1882-1941
W724e   Ensaios seletos / Virginia Woolf; organização,
    tradução, apresentação e notas de Leonardo Fróes —
    São Paulo: Editora 34, 2024 (1ª Edição).
    336 p.

    ISBN 978-65-5525-175-3

        1. Ensaios ingleses. I. Fróes, Leonardo.
    II. Título.

                    CDD - 823

SUMÁRIO

Apresentação, *Leonardo Fróes* 7

Ensaios seletos

Músicos de rua 19
O valor do riso 25
As memórias de Sarah Bernhardt 29
Louise de La Vallière 37
O diário de Lady Elizabeth Holland 43
Veneza 53
Thoreau 59
Ficção moderna 69
Como impressionar um contemporâneo 79
O leitor comum 89
Jane Austen 91
Jane Eyre e *O morro dos ventos uivantes* 103
Como se deve ler um livro? 109
Sobre estar doente 123
Poesia, ficção e o futuro 135
Batendo pernas nas ruas:
    uma aventura em Londres 149
Geraldine e Jane 161
Mulheres e ficção 177
Quatro figuras
    I. Cowper e Lady Austen 187
    II. O Belo Brummell 194
    III. Mary Wollstonecraft 201
    IV. Dorothy Wordsworth 208
"Eu sou Christina Rossetti" 217
Carta a um jovem poeta 225
Isto é a Câmara dos Comuns 241
Por quê? 249
A arte da biografia 255
Resenhando 265
A torre inclinada 281

Pensamentos de paz durante um ataque aéreo............................. 305
A morte da mariposa... 311

Índice remissivo... 315
Bibliografia.. 327
Sobre a autora... 333
Sobre o tradutor.. 335

Apresentação

Leonardo Fróes

O uso exaustivo do ponto e vírgula; a repetição ocasional de frases ou palavras; perguntas frequentes ao leitor ou à própria reflexão de quem escreve; e o meticuloso emprego de travessões enfáticos são alguns traços marcantes da prosa de Virginia Woolf. No que toca à funcionalidade da escrita, são sinais reflexivos — pausas para pensar mais um pouco no que vinha sendo dito como afirmação categórica. É verdade que esses mesmos recursos haviam sido amplamente explorados na prosa inglesa de antes. Mas Virginia, tendo chegado à conclusão de que a escrita masculina em vigor até o século XIX, a que ela herdou para alterar, não atendia às novas necessidades da mulher moderna, deu às pausas assim sinalizadas uma entonação diferente.

Nos textos aqui selecionados, logo que é feita uma afirmativa, muitas vezes se admite outra hipótese que a atenua ou contesta. O pensamento, solto em suspensão nas pausas, parece deleitar-se na invenção de caminhos para transpor o emaranhado de impressões em conflito, resistindo a se manter, por ânsia de liberdade, na direção exclusiva que as convenções previam. Fiel ao método, o ensaio "A arte da biografia" começa com esta afirmação exemplar: "A arte da biografia, dizemos — mas de imediato passamos a perguntar: a biografia é uma arte?". E são variadas tentativas de responder à pergunta que darão corpo e substância ao provocante ensaio, criando um jeito de dizer que procura afirmar de outras maneiras, e não com voz autoritária. Uma escrita sólida, porque testa os materiais que a constroem; e trêmula, porque sensivelmente se abre para os ventos que sopram.

A frase antiga, escreveu Virginia em 1929, no ensaio "Mulheres e ficção", é incompatível com a escritora de seu tempo porque é "uma frase feita por homens; muito pesada, muito descosida, muito pomposa para uma mulher usar". Aí se lê que a evolução da escrita feminina — algo que no passado inglês se resumira às vezes a "mera conversa derramada em papel" — era paralela à própria libertação da mulher, ou ao advento de tantas pioneiras ousadas, no raiar do século XX. Virginia está convencida de que "um livro de mulher não é escrito como seria se o autor fosse homem", por achar provável que não sejam os mesmos, na vida e na arte, os valores de uma e outro. Valores tão diversos, e experiências tão opostas como as que separam os gêneros, requeriam nova fala na qual expressá-los. Por isso o ensaio sugere, à mulher que então escrevia, alterar e adaptar a frase corrente "até escrever alguma que tome a forma natural do seu pensamento, sem o esmagar nem distorcer".

A fala nova a ser dita, na qual a mulher independente poderia enfim cristalizar seu próprio modo de ser, era a mesma que estava em construção na oficina literária de Virginia Woolf, essa artesã sofisticada que nunca se cansou de escrever procurando outros caminhos, outros fios para entrelaçar, outras modalidades de expressão. Experimentalista antes de tudo e situada, em sua fase mais produtiva, na crônica instabilidade da época contida entre as duas grandes guerras que dilaceraram a Europa, ela se afirma e realiza, como autora e mulher, dando voz à autenticidade que propunha, tanto nas formas movediças de sua prosa de ficção mais típica, em que frases se diluem como se fossem esbatidas por toques de um pincel impressionista, quanto na técnica mais simples, porém não unidirecional, de seus ensaios.

Se na ficção é difícil encontrar uma Virginia hipotética, diluídos como foram seus traços na composição dos personagens e quadros, aqui, nos ensaios consagrados ao debate de ideias, previstos para efeito imediato, uma figura de mulher se delineia e define com suficiente clareza. Ela se envolve em questões do dia a dia. Ela anda à cata de vislumbres pelas ruas de Londres. Ela opina com força e destemor. Segue "a forma natural do seu pensamento, sem o esmagar nem distorcer", mas não demonstra apegar-se ao que tomou como verdade ao construir suas frases. Rostos apressados que passam ou livros lentamente sorvidos na reclusão do escritório trazem-lhe sempre o mesmo indício de que os mundos estão em mutação violenta; de que toda verdade é provisória, pois as possibilidades de ser são infinitas.

Os ensaios de Virginia Woolf, produzidos de forma rápida e às centenas como ocupação regular, são na realidade os artigos que ela escreveu ao longo da vida para jornais ou revistas, em geral por encomenda. Estava com 22 anos, em 1904, quando fez do jornalismo literário, produzindo sobretudo resenhas, seu primeiro e constante ganha-pão. O pai tinha morrido pouco antes, o casarão da família se desfez e a moça sempre tão precoce, que já se sabia escritora, ainda teria de esperar muitos anos para poder viver dos seus romances. Profissionalizando-se como resenhista, logo no ano seguinte, do influente *Times Literary Supplement*, ela se capacitou pela prática a tecer as considerações enfeixadas no curioso ensaio "Resenhando".

Particularmente curioso, de fato, porque aí se põe em discussão a utilidade social do resenhista, da própria função que a absorvia com total dedicação e que lhe tornou possível, em tempos duros, sobreviver pela escrita. O mesmo ensaio é prova clara da abertura mental que a sustentava na busca aflita de saídas de escape entre um sim consolidado e um não fatal. Com o consentimento dela, Leonard Woolf, seu marido e sempre seu primeiro leitor, redigiu uma nota acrescentada ao texto, na qual rebate os principais argumentos de Virginia contra o resenhista e as resenhas. O jogo do valor literário que ela praticava sozinha, contrapondo dúvidas que se esgarçavam ante opiniões não definitivas, tinha agora um parceiro do outro lado, ambos empenhados na concentração do mútuo respeito.

As resenhas de livros recém-saídos na Inglaterra, e a ela geralmente propostos pelos jornais, são de longe a maior parte do enorme acervo de ensaios. Mas as resenhas de Virginia, contendo aquele toque de inventiva, transgressão e originalidade que a distingue em tudo, hoje são textos com vida autônoma e de interesse mais amplo, muito além das circunstâncias nas quais tiveram origem. O ensaio "Geraldine e Jane", por exemplo, cuja leitura estimulante valida o ponto de vista, foi publicado em 1929 como resenha de dois livros que, fugindo à regra, não eram lançamentos recentes. Talvez propostos pela autora, que a essa altura já tinha seu renome firmado, eram romances singelos de meados do século XIX, *Zoe* e *The Half Sisters*, e a mulher que os escrevera, Geraldine Jewsbury, a Geraldine do título do ensaio-resenha, em 1929 estava morta e totalmente esquecida havia quase cinquenta anos. Mas por trás dela existia uma rapsódia excêntrica, o amor tempestuoso que essa então jovem romancista declara pela amiga mais velha, Jane, casada com o escritor Thomas Carlyle. Ao explorar o filão, baseando-se em vários outros livros, sobretudo na correspondência entre as duas, Virginia transforma o que seria simples resenha num escorço biográfico da relação que as uniu por muitos anos; relação construída em grande parte, ressalte-se, pelo intenso manuseio de palavras, a nova e útil ferramenta das mulheres, na troca dos sentimentos que elas comentavam por cartas: a jovem fazendo avanços, a senhora se retraindo em pudor.

De igual modo, os ensaios intitulados "As memórias de Sarah Bernhardt", "Louise de La Vallière" e "O diário de Lady Elizabeth Holland" foram na origem resenhas transgressoras dos limites que normalmente se impõem a quem as faz. São escorços biográficos, no mesmo formato de "Geraldine e Jane", e permitem como este que a autora, com seu lado de militante feminista à frente, trace perfis bem detalhados sobre os tormentos de mulheres que, por amor à carreira ou por amor simplesmente, ousaram desafiar convenções para viver seus momentos. Era pois como se Virginia Woolf, nesses resumos para a imprensa, estivesse tomando fôlego para as biografias completas que acabou escrevendo: a de seu grande amigo Roger Fry, pintor e crítico de arte, publicada em 1940, um ano antes de morrer a biógrafa, e a vida inesperada de Flush, o simpático e fiel cachorro de outra transgressora emérita, Elizabeth Barrett Browning, retratado no livro a que deu título, em 1933.

Orlando: uma biografia, sua suprema realização a renovar o gênero, biografia fictícia embutida numa fantástica mistura de épocas, foi o livro que a alavancou para o sucesso. E foi também, das grandes obras, a que ela escreveu em menos tempo, começando-o em 1927 para lançá-lo já no ano seguinte. Quando se considera que o resumo de vidas, em artigos esparsos, é um dos formatos mais comuns de seus ensaios, entende-se a rapidez inusitada com que *Orlando* foi escrito por alguém que obstinadamente se treinou desde cedo para investigar e recompor o passado. Nas obras de ficção sem apoio, sem quadros para restaurar com esmero, Virginia costumava ser lenta, com frequentes hesitações dramáticas em relação ao valor do que escrevia.

Orlando, cujo fluxo narrativo se desdobra numa espontaneidade soberba, pode ser visto portanto como o coroamento do esforço nessa linha, dando ainda uma indicação para vermos de que maneira a prática do jornalismo biográfico, os temas e técnicas antecipados na esfera dos ensaios acabarão por refletir-se e imbricar-se nos livros de imaginação.

Sabe-se que a atração de Virginia por biografias antigas, por cartas, diários, papeladas do fundo do baú de outras épocas, era uma característica compartilhada com o pai. Leslie Stephen, em cuja imensa biblioteca ela aprendeu a estudar por conta própria, havia escrito 378 das quase 30 mil vidas contidas no *Dictionary of National Biography*, um calhamaço ou monumento da era vitoriana que totalizou 63 volumes, os primeiros 26 organizados por ele. Se herdou do pai esse interesse, a filha no entanto o adaptou a seu gosto, não tardando a lhe impor novos sentidos. Às celebridades cultuadas pela era em declínio, cujos estertores a deixarão sempre em guarda, ela prefere e persegue vidas obscuras, mas que por traços singulares mereçam ser trazidas à luz, numa rota que a levará a escrever principalmente sobre mulheres notáveis — e então largadas muitas vezes nos porões da história. Ao esboçar seus perfis de Christina Rossetti, Dorothy Wordsworth ou Mary Wollstonecraft, entre dezenas e dezenas de outras, Virginia Woolf abre frequentes espaços para cotejar dificuldades das suas predecessoras com problemas que ela mesma ainda enfrentava como artista e mulher, apesar de já se achar nas primeiras, incipientes mutações do século XX.

É de supor que entre biógrafos e biografados se estabeleça um forte vínculo de identificação e empatia. É de supor que um biógrafo, de tanto lidar com seu modelo, possa acabar falando de si mesmo enquanto fala do outro. Ao falar de Mary Wollstonecraft, Virginia escreve:

> A vida de uma mulher como essa estava fadada a ser muito tempestuosa. A cada dia ela elaborava uma teoria sobre como viver a vida; e a cada dia ia de encontro ao rochedo dos preconceitos alheios. Além do mais, porque não era uma pedante, uma teórica de sangue-frio, a cada dia nascia nela alguma coisa que punha suas teorias de lado ou a obrigava a lhes dar nova formulação.

Todo o trecho se encaixa à perfeição para descrever a própria Virginia nos seus embates com a vida e a criação literária, tal como eles se espelham nos seus diários e cartas, ou nas teses e antíteses que nos ensaios se acham.

Sobre Dorothy Wordsworth, que nos é apresentada na tranquilidade do campo, Virginia escreve isto: "Sempre treinado e em uso, seu poder de observação aprimorou-se e especializou-se tanto que um dia de caminhada já lhe armazenava na mente um grande estoque de interessantes objetos vistos, para escolher à vontade". Do mesmo modo e com eficaz resultado, pode-se aplicar a passagem à grande caminhante que foi a própria Virginia, seguindo também nisso as pegadas do pai, e ao poder de observação, que é um de seus dons mais óbvios e que a acompanha, posto em prática em diferentes registros, quer ela fale de longas caminhadas solitárias na região de Monk's House, seu refúgio no campo em Rodmell, quer mencione as deambulações que fazia pelo tumulto esfuziante ou, durante a guerra, pelos escombros de Londres bombardeada por aviões nazistas. Como a modelo que lhe inspirou a passagem, ela armazenava na mente um grande estoque de objetos vistos, escolhendo-os à vontade para compor cenas de rua, em criações exímias, ou para mergulhar de cabeça, como tanto gostava de fazer, na confusão de águas e nuvens, brilhos e sombras, ruídos e silêncios que a natureza propõe.

O ensaio "Batendo pernas nas ruas: uma aventura em Londres", que é um ponto alto na presente seleta, por sua redondez tão coesa, é totalmente autobiográfico. A autora, querendo comprar um lápis, sai a pé à procura. Mas sua cápsula protetora se desfaz, quando num fim de tarde de inverno ela troca o aconchego de casa pelo "brilho achampanhado do ar e a sociabilidade das ruas". Sua concha se quebra, sua identidade perde as referências do hábito, e o que então sobra, entre cacos e pontas, é "uma ostra de percepção, um enorme olho". Livre da sua ideia de si, não mais acuada entre preocupações rotineiras, a mulher que bate pernas simplesmente se entrega, na leveza e deleite do abandono, ao seu meticuloso poder de observação — ao olho que "nos leva a flutuar bem de leve corrente abaixo, parando, pausando, com o cérebro talvez dormindo, enquanto ele olha".

O ensaio em pauta foi escrito e publicado em 1927, ou seja, no ano em que Virginia escrevia também a biografia imaginária de Orlando. Nele, a caminhante que se transforma em seu olho diz que, ao sairmos de casa, "largamos a personalidade pela qual os amigos nos reconhecem". Sendo ela agora um espelho mudo do que acontece nas ruas, seu próprio eu, ao sabor dos passos e reflexos, se dissolve sozinho. Ela constata que a personalidade é algo variado e inconstante. Na vida imaginária, Orlando é levado a constatar que "já se considera uma biografia completa aquela que simplesmente enumera seis ou sete eus, embora uma pessoa possa ter muitos milhares". A questão que assim se apresenta nos dois textos, em 1927, volta e meia vem à tona em toda a ficção de Virginia e é a viga que sustenta a narrativa de Orlando, que afinal muda de sexo, na mais exacerbada das trocas, e "ia mudando de eus com a mesma velocidade com que dirigia o automóvel".

Há muitos pontos de contato, como esse, entre coisas que são ditas nos ensaios e nos romances da autora. E no repertório de ensaios, ao longo dos muitos anos de produção incessante, nota-se um retorno de ideias que parecem solidificar-se na construção de posturas. As mais evidentes estão ligadas a questões sociais, como a situação das mulheres e em especial das trabalhadoras britânicas, os privilégios e as carências de um sistema elitista de ensino esclerosado, o fantasma da guerra, ou a problemas intrínsecos à criação literária, discutidos, com a sucessiva retomada de temas próximos, em ensaios como "Ficção moderna", "Poesia, ficção e o futuro", "Mulheres e ficção" e "Carta a um jovem poeta". Ao encarar os problemas de sua arte, o eu crítico da autora, cujos melhores momentos são "momentos de ser" sem consciência de si, assoma e se lança à linha de frente, como se fosse aquele "eu-capitão" de que fala Orlando, "que a todos os outros amalgama e controla", para afirmar com extraordinária coragem as convicções que a impeliam, as posturas resultantes de seu obstinado rigor.

Em "Ficção moderna", publicado pela primeira vez em 1919, Virginia se opõe aos romancistas de maior sucesso público, aos campeões de vendas da época, todos eles submetidos a um estilo que pretendia ser realista e no fundo não passava de uma repetição pegajosa de situações esgotadas, de um eterno recontar de histórias sempre as mesmas. Para ela, esse tipo de escritor, que propõe uma vida embalsamada, contemplava o corpo, mas não via o espírito, e tinha se tornado um escravo dos muitos compromissos que assumia com a profissão já rentável. Logo se vê que a mulher que escreve, no referido ensaio, é uma incendiária da revolução modernista. Nesse tempo, as mulheres não pegavam em armas, mas a elegante combatente dispara:

> [...] se o escritor fosse um homem livre, e não um escravo, se ele pudesse escrever o que bem quisesse, não o que deve, se pudesse basear sua obra na sua própria emoção, e não na convenção, não haveria enredo, nem comédia, nem tragédia, nem catástrofe ou intriga de amor no estilo aceito [...].

Na presente seleta, os ensaios entram por ordem de publicação. Os dois primeiros, "Músicos de rua" e "O valor do riso", datam de 1905. São portanto criações de Adeline Virginia Stephen, o nome de solteira da jovem de 23 anos, filha de um vitoriano eminente, e que estava então apenas no começo de sua florescente carreira como colaboradora em jornais. Nesses escritos iniciais, já há ideias que serão retomadas, já há posturas essenciais bem definidas. O valor do ritmo, por exemplo, que está posto em relevo em "Músicos de rua", tornar-se-ia uma constante nas

Apresentação

indagações de Virginia sobre a gênese de toda arte em palavras, cores, sons, gestos de dança. "O valor do riso", por sua vez, sustenta esta irredutível postura: "Todas as excrescências horrendas que invadiram nossa vida moderna, as pompas e convenções e solenidades maçantes, nada temem tanto quanto o brilho de um riso que, como o relâmpago, as faz tremer e deixa os ossos expostos". Diz-se postura irredutível porque em 1932, já com cinquenta anos, quando ela escreve e publica o ensaio "Isto é a Câmara dos Comuns", depois de ter assistido a uma sessão legislativa, Virginia é possuída pelo mesmo ardor juvenil, a mesma indignação dos primeiros anos do século, quando desnuda as pompas da assembleia, que na hora lhe soam, além de horrendas, vazias, caricatas e inúteis. Ela não leva a sério os deputados falantes. Compara-os a um bando de passarinhos que pulam sobre uma terra lavrada e esvoaçam saltitantes em torno para disputar com alarde algum petisco no chão. Ela não se comove com a agitação reinante na Casa, onde "as portas de vaivém vivem num perpétuo ir e vir". E não demonstra senão um irreverente espanto diante das estátuas de estadistas que estão por fora do prédio, "negras e lisas e lustrosas como leões-marinhos que acabam de sair da água".

Alguém pode indagar se estes ensaios, os primeiros dos quais datam de mais de cem anos, se em particular os rompantes de uma garota inglesa culta e atrevida, ainda terão grande importância para o mundo atual, depois do impacto pesado das belicosas transformações já vividas durante o século célere. Ao indagador dir-se-ia, se o espírito de Virginia nos pudesse guiar, que o mundo muda a toda hora, de fato, e ela assim o via, mas que sempre há excrescências que se formam no rosto velho do mundo; aí persistem; se avolumam; custam para ser extirpadas, sendo não raro causa de explosões violentas. O entulho das pompas podres, mesmo no mundo tão mudado, ainda abafa a civilização verdadeira. Ainda é preciso, e como, sentir o valor do riso. Virginia zombou dos deputados, riu das estátuas e das cerimônias forçadas. Porém saiu da experiência, como a relata no ensaio de 1932, com algumas conclusões muito sérias:

> Sentimos que a Câmara é um corpo com sua índole própria; que tem longa existência; que tem suas leis e licenças; que, sendo irreverente a seu próprio modo, presume-se que também seja reverente a seu modo próprio. Considerando-se que ela possui um código, quem desrespeitar esse código será castigado sem piedade, mas os que estiverem de acordo com ele facilmente virão a ser per-

doados. Só os que conhecem o segredo da Casa podem dizer o que ela condena e o que ela perdoa. Nós, a única certeza que podemos ter é de que aqui existe um segredo.

Um dos últimos ensaios desta seleta, "Pensamentos de paz durante um ataque aéreo", publicado pela primeira vez em Nova York, em 1940, contém palavras tão atuais, para o mundo mudado mas sempre em guerra, quanto as citadas antes, que ainda podem servir para falar dos parlamentos de hoje. Enquanto ela escreve, a guerra a alcança, está por cima do telhado da casa — "A qualquer momento pode cair uma bomba aqui dentro deste quarto" — e o barulho das explosões entrecorta o zumbido persistente e fatal dos aviões no céu, onde jovens ingleses e alemães, entupidos de hinos patrióticos, lutam desesperadamente para matar uns aos outros. Deitada no escuro, com a máscara contra gases ao alcance da mão, vendo as riscas dos holofotes no ar e os rastilhos de fogo, no auge do pavor ela conclama as mulheres, que não dispunham de armas, a um outro esforço coletivo para acabar com a matança: a lutar com a mente, a criar ideias de paz. A guerra perderia o sentido se a ideia de pátria não a alimentasse e se a ideia de haver um povo livre fosse tomada por retórica. No medo da noite escura, todos ali são prisioneiros, constata o ensaio, da mesma máquina insana: o desejo de agredir, dominar, escravizar, o "hitlerismo inconsciente" que rói o coração dos homens, os instintos primitivos "fomentados e acalentados pela educação e tradição". Criar ideias de paz, lutar com a mente em plena guerra, postura que a ensaísta assume, é sobretudo "ajudar os jovens ingleses a extirpar de si mesmos esse amor por condecorações e medalhas".

Arqueologia literária é termo que se pode aplicar ao paciente esforço de Virginia Woolf para ir buscar nas sombras do passado, como ela faz nos seus ensaios, sempre baseados em abundantes leituras, um sumo remoto de experiência alheia, um vislumbre, indício ou síntese que algum espírito lhe traga para ajudá-la a dar fundamento às suas posições de combate. Ela insta o leitor, diante das evidências expostas, a dialogar com sua escrita. Por isso faz tantas pausas. Por isso aqui e ali se interroga, como se previsse certas indagações de quem lê. Por isso atenua ou contesta afirmações já feitas. Com o pensamento assim em suspensão, ela faz o leitor entrar em cena, não o tomando por passivo consumidor de ideias alheias, e sim por um parceiro que atua para completar sua obra, dando-lhe solidez democrática. "Vejamos se a democracia que constrói palácios", convida-nos a autora a pensar, após a visita inglória que fez à Casa dos deputados, "será capaz de superar a aristocracia que esculpia estátuas."

Ensaios de Virginia Woolf foram reunidos pela primeira vez em livro, por ela mesma, nos dois volumes de *The Common Reader*, o primeiro publicado em 1925, o segundo em 1932. No ano seguinte à sua morte, ocorrida em 28 de março de 1941, Leonard Woolf publicou a primeira, *The Death of the Moth and Other Essays*, de cinco seletas de ensaios organizadas por ele até 1965. Esse trabalho culminou com a organização dos *Collected Essays* de Virginia Woolf, em quatro volumes lançados em 1966-1967. A grande edição crítica e hoje a mais acatada, que aperfeiçoou o trabalho de Leonard Woolf e cujo texto seguimos na tradução, é *The Essays of Virginia Woolf*, organizada por Andrew McNeillie (vols. 1 a 4) e Stuart N. Clarke (vols. 5 e 6). Devido à minúcia dos levantamentos feitos, os seis volumes foram publicados aos poucos, pela editora Harcourt Brace Jovanovich e seus sucessores: o primeiro, em 1987; o último, em 2011.

As notas do tradutor, limitadas ao essencial, orientaram-se pelas da edição crítica e por informações obtidas nos seguintes livros: Mark Hussey, *Virginia Woolf A to Z: A Comprehensive Reference* (Facts on File, 1995); Susan Sellers e Sue Roe (orgs.), *The Cambridge Companion to Virginia Woolf* (Cambridge University Press, 2ª ed., 2011); Margaret Drabble e Jenny Stringer (orgs.), *The Concise Oxford Companion to English Literature* (Oxford University Press, 1996); Ian Hamilton (org.), *The Oxford Companion to Twentieth-Century Poetry in English* (Oxford University Press, 1996); e *Encyclopaedia Britannica*.

ENSAIOS SELETOS

Músicos de rua[1]

"Músicos de rua são considerados um incômodo" pelos moradores tão sinceros da maioria das praças de Londres, que tiveram o trabalho de inserir esse polido trecho de crítica musical numa placa contendo ainda outras regras para o decoro e a paz na praça. Mas nenhum artista dá a menor atenção à crítica, e o artista das ruas desdenha solenemente do julgamento do público britânico. É notável que, apesar da desaprovação que observei — e que de quando em quando é reforçada por um policial britânico —, o músico ambulante esteja na realidade em alta. A banda alemã dá um concerto por semana, com a mesma regularidade que a orquestra do Queen's Hall; de igual modo, os tocadores de realejo italianos são fiéis ao seu público e reaparecem pontualmente sobre o mesmo tablado; somando-se a esses mestres reconhecidos, todas as ruas recebem a visita esporádica de alguma estrela erradia. O robusto teutônico e o italiano moreno certamente vivem de alguma coisa mais substancial que a satisfação artística de suas almas; e é portanto provável que as moedas, que está abaixo da dignidade do verdadeiro amante da música jogar pela janela da sala, sejam oferecidas na escadinha dos fundos. Existe um público, em suma, que está disposto a pagar até mesmo por uma melodia tão rudimentar como essa.

A música, para fazer sucesso numa rua, deve ser alta antes de ser bonita; por isso é que os instrumentos prediletos são de metal, e podemos concluir que o músico de rua que usa a própria voz ou um violino tem uma razão genuína para sua escolha. Já observei violinistas que obviamente estavam usando seus instrumentos para expressar algo que tinham nos próprios corações enquanto balançavam seus corpos na beira da calçada na Fleet Street; e as moedas, embora as roupas em frangalhos as

---

[1] "Street Music". Texto publicado pela primeira vez no *National Review*, nº 265, de março de 1905, foi a única colaboração de Virginia Woolf a sair nesse periódico conservador inglês.

tornassem aceitáveis, eram, como são para todos os que amam seu trabalho, um pagamento de todo incongruente. De fato, certa vez segui um velho de aparência lamentável que, de olhos fechados para poder perceber melhor as melodias de sua alma, se pôs a tocar literalmente de Kensington a Knightsbridge num transe de êxtase musical, do qual uma moeda teria sido um despertar desagradável. É de fato impossível não respeitar qualquer um que tenha dentro de si um deus como esse; porque a música que se apodera da alma, fazendo esquecer a nudez e a fome, deve ser divina em sua natureza. É verdade que as melodias que saíam do seu esforçado violino eram em si mesmas risíveis, mas ele, por certo, não. Seja qual for o nível da realização, sempre devemos tratar com ternura os esforços dos que se empenham com sinceridade para expressar a música que existe neles; pois o dom da concepção é por certo superior ao dom da expressão e não é disparatado supor que os homens e mulheres que arranham por harmonias que jamais vêm, enquanto o trânsito vai estrondando ao lado, sejam tão fortemente possuídos, embora fadados a nunca transmitir isso, quanto os mestres cuja eloquência fácil encanta milhares a ouvi-los.

Há talvez mais de um motivo para que os moradores das praças olhem para o músico de rua como um incômodo; sua música perturba o dono da casa em suas ocupações legítimas, e um espírito disciplinado se irrita com a natureza erradia e não ortodoxa de tal ofício. Artistas de toda espécie têm sido invariavelmente vistos com desfavor, sobretudo pelo público inglês, não apenas por causa das excentricidades do temperamento artístico, mas também porque nos condicionamos a uma tal excelência de civilização que qualquer tipo de expressão tem algo quase indecente — decerto não reticente — a rodeá-lo. Poucos pais, observamos, querem que seus filhos se tornem pintores ou poetas ou músicos, não somente por razões mundanas, mas porque em seus próprios corações eles acham ser indigno de um homem dar expressão aos pensamentos e emoções que a arte revela e que deveria ser obrigação de um bom cidadão reprimir. Desse modo, por certo, a arte não é estimulada; e é provavelmente mais fácil para um artista do que para alguém de qualquer outra profissão cair na sarjeta. O artista não só é visto com desprezo, mas também com uma suspeita que tem em si não pouco medo. É possuído por um espírito que a pessoa comum não pode compreender, mas que evidentemente é muito poderoso e exerce sobre o artista uma influência tão grande que ele, quando ouve sua voz, sempre tem de se levantar e segui-lo.

Hoje em dia não somos crédulos e, apesar de não ficarmos à vontade na presença de artistas, fazemos todo o possível para domesticá-los. Nunca se teve tanto respeito pelo artista de sucesso como hoje em dia; e nisso talvez possamos ver um sinal do que muitas pessoas vaticinaram, e que os deuses que foram para o exílio, quando os primeiros altares cristãos se ergueram, haverão de voltar para se comprazer novamente como queiram. Muitos escritores tentaram localizar esses antigos pagãos e asseveraram encontrá-los sob o disfarce de animais e no abrigo de matas e montanhas longínquas; mas não é fantástico supor que, enquanto todos estão à sua procura, estejam eles preparando seus bruxedos bem no meio de nós, e que esses estranhos pagãos que não se põem às ordens de ninguém e são inspirados por uma voz que é diversa da humana não são de fato como as outras pessoas, mas ou são os próprios deuses ou seus profetas e sacerdotes sobre a terra. Decerto eu deveria inclinar-me a atribuir aos músicos uma tal origem divina, de qualquer modo, e provavelmente é alguma suspeita dessa espécie que nos leva a persegui-los como o fazemos. Pois se o encadeamento de palavras, que todavia pode transmitir à mente uma informação útil, ou a combinação de cores que pode representar um objeto tangível são ocupações que quando muito não conseguem senão ser toleradas, como iremos considerar o homem que passa seu tempo entoando canções? A ocupação dele não é a menos respeitável — a menos útil e necessária — das três? É claro que, ouvindo música, você nada pode levar daí que lhe seja de serventia no seu dia de trabalho; mas um músico não é simplesmente uma criatura útil; para muitos, creio eu, ele é o mais perigoso de toda a tribo de artistas. É o ministro do mais feroz dos deuses, que ainda não aprendeu a falar com voz humana nem a transmitir à mente o aspecto das coisas humanas. É porque a música incita em nós alguma coisa que é feroz e inumana como ela mesma — um espírito para se eliminar e esquecer de bom grado — que desconfiamos dos músicos e relutamos em nos colocar sob seu poder.

Ser civilizado é ter tomado a medida de nossas próprias capacidades e mantê-las num estado perfeito de disciplina; mas um de nossos dons tem, tal como o concebemos, um poder de beneficência tão reles e um poder tão desmedido de danos que, longe de cultivá-lo, fizemos todo o possível para estropiá-lo e abafá-lo. Olhamos para os que puseram suas vidas a serviço desse deus como os cristãos olham para os fanáticos adoradores de algum ídolo oriental. E isso talvez decorra de uma ansiosa presciência de que, quando os deuses pagãos voltarem, o deus que nunca adoramos haverá de se vingar de nós. Será o deus da música que há de insuflar loucura em nossos cérebros, que há de rachar as paredes de nossos templos e, fazendo-nos abominar nossas vidas sem ritmo, nos levar a dançar e rodar para sempre em obediência à sua voz.

Tem aumentado o número dos que declaram, como se confessassem sua imunidade a alguma fraqueza bem comum, não ter ouvido para música, ainda que tal confissão deva ser tão grave quanto a de alguém que é cego para as cores. Ao modo como a música é ensinada e apresentada por seus ministros cabe em certa medida a responsabilidade por isso. A música é perigosa, como nós sabemos, e os que a ensinam não têm coragem de transmiti-la em todo o seu vigor, por medo do que poderia acontecer à criança que bebesse goladas tão intoxicantes. Todo o ritmo e harmonia foram prensados, como flores secas, nas escalas claramente divididas, nos tons e semitons do piano. O atributo mais fácil e mais seguro da música — sua melodia — é ensinado, mas ao ritmo, que é sua alma, permite-se que escape como a criatura alada que é. Assim, as pessoas instruídas, às quais se ensinou o que lhes é mais seguro saber de música, são as que mais costumam se gabar da sua falta de ouvido, enquanto as não instruídas, cujo sentido de ritmo não se divorciou nem foi tornado subsidiário do seu sentido de harmonia, são as que nutrem maior amor pela música e as que ouvimos com mais frequência a produzi-la.

Pode ocorrer de fato que o sentido de ritmo seja mais forte em pessoas cujas mentes não foram elaboradamente treinadas para outros objetivos, como é verdade que os selvagens que não têm nenhuma das artes da civilização são muito sensíveis ao ritmo, antes de serem despertados para a música em si. A batida do ritmo na mente aparenta-se à batida do pulso em nosso corpo; e assim, apesar de muitos serem surdos para a melodia, é raro alguém organizado de um modo tão grosseiro que não consiga ouvir o ritmo do seu próprio coração em palavras e movimentos e música. É por ela nos ser assim tão inata que não podemos jamais silenciar a música, como não podemos impedir nosso coração de bater; e é também por essa razão que a música é tão universal e tem o estranho e ilimitado poder de uma força natural.

Malgrado tudo o que fizemos para reprimi-la, a música ainda tem tal poder sobre nós, sempre que nos damos aos seus meneios, que não há quadro, por mais justo que seja, nem palavras, por mais grandiosas, que dela se aproximem. Já nos acostumamos com a visão estranha de um salão repleto de pessoas civilizadas se movendo a passos rítmicos sob o comando de uma banda de músicos, mas pode ser que algum dia isso venha a sugerir as vastas possibilidades que estão na força do ritmo, e toda a nossa vida será então revolucionada, como o foi quando pela primeira vez o homem se deu conta da força do vapor. O realejo, por exemplo, por causa do seu ritmo rudimentar e enfático, põe as pernas de todos os passantes a andar em cadência; uma banda no centro da feroz discórdia de carruagens e charretes de aluguel seria mais eficiente do que qualquer guarda de trânsito; não apenas o cocheiro, mas o próprio cavalo sentir--se-ia obrigado a manter o tempo da dança e a seguir qualquer medida de trote ou meio-galope que as trombetas ditassem. Até certo ponto esse princípio já foi reconhecido no exército, onde as tropas são inspiradas a marchar para a batalha ao ritmo da música. Se o sentido de ritmo estivesse em plena atividade em todas as mentes, deveríamos, se não me engano, notar um grande progresso não só na organização de todos os assuntos da vida cotidiana, mas também na arte de escrever, que é quase uma aliada da música e degenerou principalmente por se ter esquecido dessa aliança. Deveríamos inventar — ou melhor, relembrar — os inumeráveis metros que por tanto tempo ultrajamos e que poderiam restaurar a poesia e a prosa segundo as harmonias que os antigos ouviam e observavam.

O ritmo, sozinho, pode levar facilmente a excessos; mas, se o ouvido dominasse seu segredo, melodia e harmonia se uniriam a ele, e as ações antes executadas por intermédio do ritmo com exatidão e a tempo, seriam feitas agora com a melodia natural a cada um. As conversas, por exemplo, não só obedeceriam às suas convenientes leis métricas, tal como as ditam nosso sentido de ritmo, mas também seriam inspiradas por caridade, amor, sabedoria, soando a rabugice e o sarcasmo, ao ouvido corpóreo, como notas em falso e discórdias terríveis. Todos nós sabemos que as vozes de amigos são discordantes, depois de ouvirmos boa música, porque perturbam o eco da harmonia rítmica que naquele momento faz da vida um todo musical e unificado; e parece provável, considerando isso, que há uma música no ar, pela qual nós sempre estamos apurando o ouvido e que apenas em parte nos é tornada audível pelas transcrições que os grandes músicos são capazes de preservar. Em florestas e lugares solitários, um ouvido atento pode detectar algo muito parecido com uma vasta pulsação, e se nossos ouvidos fossem educados, poderíamos ouvir também a música que a acompanha. Ainda que essa voz não seja humana, ela é contudo uma voz que alguma parte de nós pode, se o permitirmos, compreender, e talvez por não ser humana a música é a única coisa feita pelos homens que nunca pode ser ruim nem feia.

Se em vez de bibliotecas, por conseguinte, os filantropos doassem música grátis aos pobres, de modo que em cada esquina de rua as melodias de Beethoven e Brahms e Mozart pudessem ser ouvidas, é provável que todos os crimes e contendas logo se tornassem desconhecidos, podendo fluir melodiosos, em obediência às leis da música, o trabalho das mãos e os pensamentos da mente. E seria então um crime tomar os músicos de rua ou qualquer um que interprete a voz do deus por outro alguém que não seja um homem santo, e do nascer ao pôr do sol nossas vidas poderiam passar ao som de música.

O valor do riso[2]

A velha ideia era que a comédia representava as fraquezas da natureza humana e a tragédia retratava os homens como maiores do que eles são. Para pintá-los de um modo verdadeiro será preciso chegar a um meio-termo entre as duas; o resultado é algo muito sério para ser cômico, muito imperfeito para ser trágico, e a isso podemos chamar de humor. O humor, como a nós foi dito, é negado às mulheres. Trágicas ou cômicas elas podem ser, mas a mistura específica que constitui um humorista só pode ser encontrada em homens. As experiências no entanto são coisas perigosas e, ao tentar atingir o ponto de vista do humorista — equilibrando-se naquele pico tão alto que é negado às suas irmãs —, não é raro que o ginasta macho tombe ignominiosamente para o outro lado e, ou bem mergulha de cabeça nas palhaçadas, ou bem desce para o chão duro do lugar-comum severo, onde, justiça lhe seja feita, se sente inteiramente à vontade. Pode ser que a tragédia — um ingrediente necessário — não seja tão comum como foi na época de Shakespeare, e assim a era atual teve de providenciar um substituto decoroso que dispensa o sangue e as adagas, tendo sua melhor aparência quando de sobrecasaca e cartola. A isso nós podemos chamar de espírito de solenidade e, se os espíritos têm gênero, não há dúvida de que esse é masculino. Ora, a comédia é do sexo das graças e das musas e, quando aquele cavalheiro solene se adianta para render-lhe homenagens, ela olha e ri e olha de novo, até que a risadaria irresistível a domina e ela foge para esconder sua alegria no regaço das próprias irmãs. É assim muito raro que o humor venha ao mundo, e a comédia tem de batalhar muito por ele. O riso puro, tal como o ouvimos nos lábios das crianças e de mulheres bobas, anda em descrédito. É tido por ser a voz da tolice e da frivolidade, não se inspirando nem

---

[2] "The Value of Laughter". Publicado pela primeira vez em 16 de agosto de 1905 no *Guardian*, jornal de orientação anglo-católica para o qual Virginia Woolf colaborou várias vezes durante a primeira década do século XX.

em conhecimento nem em emoção. É um riso que não passa mensagem, que não transmite informação; é um som inarticulado como o latido de um cão ou o balir de um carneiro, e exprimir-se assim é indigno de uma espécie que inventou para si uma linguagem.

Mas há coisas que estão além das palavras, e não por baixo das palavras, e uma delas é o riso. Pois o riso é o único som, por inarticulado que seja, que nenhum animal pode produzir. Se no tapete da lareira o cão geme de dor ou late de alegria, entendemos o que ele quer dizer, e não há nada de estranho nisso; mas e se o cão resolvesse rir? E se ele, quando você entrasse no quarto, não expressasse uma alegria legítima, com o rabo ou a língua, por lhe estar vendo, mas caísse na gargalhada — dentes arreganhados —, sacudindo-se de lá pra cá e exibindo todos os sinais costumeiros de diversão extrema? Seu sentimento seria então de horror, dando a você vontade de afastar-se, como se ali uma voz humana tivesse falado pela boca do bicho. Também não podemos imaginar que seres num estado superior ao nosso riam; o riso parece pertencer essencial e exclusivamente aos homens e às mulheres. O riso é a expressão do espírito cômico que existe dentro de nós, e o espírito cômico se interessa pelas esquisitices e excentricidades e desvios do padrão reconhecido. Seu comentário se faz no riso súbito e espontâneo que vem mal sabemos nós por quê, e não podemos dizer quando. Se tivéssemos tempo para pensar — para analisar a impressão que o espírito cômico registra —, sem dúvida constataríamos que o que é superficialmente cômico é fundamentalmente trágico e, enquanto houvesse nos lábios o sorriso, em nossos olhos haveria água. Isso — as palavras são de Bunyan[3] — já foi aceito como definição de humor; porém o riso da comédia não traz o peso das lágrimas. Ao mesmo tempo, muito embora sua função seja relativamente modesta se comparada à do verdadeiro humor, o valor do riso na vida e na arte não pode ser superestimado. O humor é das alturas; só as mentes raras são capazes de escalar o pico de onde a totalidade da vida pode ser contemplada como num panorama; mas a comédia, que anda pelas estradas, reflete o trivial e acidental — os erros desculpáveis e as peculiaridades de todos os que passam por seu reluzente espelhinho. Mais do que qualquer

---

[3] Alusão a *The Pilgrim's Progress* (1678), de John Bunyan (1628-1688), livro no qual ocorre a frase "*So she smiled, but water stood in her eyes*" ("Ela assim sorriu, mas havia água em seus olhos").

outra coisa, o riso preserva nosso senso de proporção; lembra-nos sempre de que somos apenas humanos, que não há homem que seja um herói completo ou inteiramente um vilão. Tão logo nos esquecemos de rir, vemos coisas fora de proporção e perdemos nosso senso de realidade. Felizmente os cães não podem rir, porque eles mesmos se dariam conta, se pudessem, das terríveis limitações de ser um cão. Homens e mulheres estão na devida altura, na escala da civilização, para que, tendo recebido o poder de conhecer as próprias falhas, fossem agraciados com o dom de rir das mesmas. Mas estamos ameaçados de perder esse precioso privilégio, ou de esmagá-lo quando fora do peito o externamos, por uma massa de conhecimento pesado e indigerido.

Para ser capaz de rir de alguém você tem, antes de tudo, de ser capaz de o ver como ele é. Toda a capa de riqueza e posição e saber que uma pessoa possui, na medida em que é uma acumulação superficial, não deve embotar a lâmina afiada do espírito cômico, que penetra fundo. O fato de as crianças terem um poder mais certeiro que os adultos para conhecer os homens pelo que eles são é um lugar-comum, e acredito que o veredicto que as mulheres emitem sobre o caráter não será revogado no dia do Juízo Final. As mulheres e as crianças, então, são os principais ministros do espírito cômico, porque nem seus olhos foram toldados pela erudição nem seus cérebros obstruídos pelas teorias dos livros, e assim homens e coisas preservam ainda os fortes contornos originais. Todas as excrescências horrendas que invadiram nossa vida moderna, as pompas e convenções e solenidades maçantes, nada temem tanto quanto o brilho de um riso que, como o relâmpago, as faz tremer e deixa os ossos expostos. É porque o riso das crianças tem essa característica que elas são temidas por pessoas que estão conscientes de afetações e irrealidades; e é provavelmente pela mesma razão que as mulheres são vistas com tal desfavor nas profissões liberais. O perigo é que elas possam rir, como a criança em Hans Andersen que disse que o rei estava nu, quando os mais velhos adoravam a esplêndida indumentária que não existia. Na arte, como na vida, todos os piores tropeços surgem de uma falta de proporção, e a tendência de ambas é ser exageradamente séria. Nossos grandes escritores desabrocham em púrpura e progridem por frases majestosas; nossos escritores menores multiplicam seus adjetivos e regalam-se no sentimentalismo que num nível mais baixo produz o anúncio sensacionalista e o melodrama. Vamos a enterros e à cabeceira dos doentes com muito mais disposição do que a casamentos e festas, e não conseguimos tirar da ca-

O valor do riso

beça a crença de que há algo virtuoso nas lágrimas e de que a roupa preta é a que assenta melhor. Não há nada tão difícil como o riso, de fato, mas nenhuma característica é mais valiosa. Ele é uma faca que ao mesmo tempo poda e instrui e dá simetria e sinceridade aos nossos atos e à palavra escrita e falada.

As memórias de Sarah Bernhardt[4]

Quando uma atriz promete nos dar suas memórias, há boas razões para sentirmos um interesse incomum, que aguça a fundo a curiosidade. Instrumento de variadas paixões, ela vive diante de nós em muitas formas e em muitas circunstâncias. Entretanto, se optarmos por recordá-lo, ela também se senta em contemplação passiva, discretamente recolhida, numa atitude que nos cabe acreditar ter significado cabal. Pode-se alegar que a presença desse contraste é que atribui sentido às suas ações mais triviais, havendo nas mais grandiosas uma ponta adicional de mordacidade. Sabemos também que cada papel que ela representa deposita uma contribuição pequena e própria na sua forma não vista, até que se complete e se distinga das criações que faz ao mesmo tempo que lhes infunde vida. Ora, quando ela se dedica a mostrar-nos em que tipo de mulher essa forma se tornou, não deveríamos sentir uma excepcional gratidão e um interesse que é mais complexo que de hábito?

Talvez nenhuma mulher de hoje pudesse nos dizer coisas mais estranhas, sobre si mesma e a vida, do que Sarah Bernhardt.[5] É verdade que ela, ao chegar a esse último ato de revelação, faz uso de certas convenções, preocupando-se demais, de acordo com nossas expectativas, com as poses que assume antes de deixar o pano se abrir; mas isso também é característico e, pondo de lado as metáforas, seu livro por certo deve fazer o que nenhum de seus papéis fez, mostrando-nos o que no palco não pode ser exibido.

Como foi educada no convento Grands Champs, em Versalhes, sua vida logo assumiu a forma de brilhantes e separadas contas de rosário

---

[4] "The Memoirs of Sarah Bernhardt". Publicado pela primeira vez no número de fevereiro de 1908 da revista mensal *Cornhill Magazine*, como resenha do livro *My Double Life: Memoirs of Sarah Bernhardt* (1907), do qual provêm as citações entre aspas.

[5] A atriz francesa, nascida em Paris em 1844, aí morreu em 1923. Revelou-se sobretudo na Comédie Française, da qual se desligou em 1880 para iniciar uma longa série de turnês pelo mundo.

que, embora se sucedam, não estão bem interligadas. Sarah era de constituição tão intensa que mesmo então houve explosões, quando pela primeira vez ela tomou contato com a dureza das coisas do mundo exterior. Ao se ver confrontada pelas paredes tristonhas do convento, exclamou: "Papá, papá! Eu não quero ficar nessa prisão. É uma prisão, tenho certeza". Porém no mesmo instante surgiu, de véu até a boca, "uma mulher baixinha e meio rechonchuda" que, depois de lhe falar um pouco, notou que Sarah estava tremendo e, com algum estranho instinto, levantou completamente seu véu por um segundo. "Vi então o rosto mais doce e mais alegre que se possa imaginar... Na mesma hora me atirei nos braços dela". Entre aquelas paredes, suas ações foram sempre assim, arrebatadas, impulsivas. Seu cabelo, por exemplo, cresceu demais, todo encrespado, e a irmã que tinha de penteá-lo de manhã bem cedo puxava-o sem piedade. "Eu me joguei em cima dela e, com os pés, mãos, dentes, cotovelos, cabeça, com todo o meu pobre corpinho, de fato, bati a torto e a direito, ao mesmo tempo que gritava.". As alunas e as irmãs acorreram, murmuraram suas preces e brandiram seus símbolos sagrados, mas mantendo-se à distância, até que a irmã responsável pela disciplina recorresse a um sortilégio a mais e lançasse um jato de água benta sobre o demônio ativo de Sarah Bernhardt. Após toda essa exibição espiritual, foi a boa madre superiora, com seu instinto certeiro para efeitos, que a conquistou por um sortilégio não mais potente que "uma expressão de pena". Entretanto tais acessos de fúria eram em parte resultantes da extrema fragilidade de sua saúde. Mais significativo é ler como ela formou para si uma reputação de "personalidade" entre as companheiras. Levava sempre, por onde ia, suas caixinhas cheias de víboras, lagartixas e grilos. Em geral as lagartixas tinham os rabos cortados, pois, para ver se estavam comendo, ela costumava levantar a tampa e deixá-la cair com força, "vermelha de surpresa" ante o atrevimento dos bichos em correr para fora. "E *plac* — quase sempre havia um rabo esmagado". Assim, enquanto a irmã lecionava, ela alisava com os dedos as partes amputadas, imaginando se haveria um modo de colá-las novamente. Depois ela criou aranhas e, se uma menina se cortasse, "'Venha logo', eu dizia, 'que tenho teia de aranha fresca para enrolar no seu dedo'". Com paixões e afazeres assim tão esquisitos, já que com os livros nunca se deu bem, ela se abriu para a imaginação. E claro está que toda essa intensidade de sentimentos se canalizou, no convento, para compor um belo quadro dramático em que Sarah representava o papel principal como a freira que havia renunciado ao mundo, ou a freira morta, jazendo sob a pesada mortalha negra enquanto velas queimavam e as irmãs e suas pupilas choravam numa deleitosa agonia. "Vistes, Senhor meu Deus", rezava ela, "como mamãe chorou, sem que isso me afetasse", porque "eu adorava a minha mãe, mas com um desejo tocante e fervoroso de deixá-la... de sacrificá-la a Deus". Contudo uma escapada violenta, que terminou numa doença grave, acabou com a carreira religiosa que prometia tanto. Ela saiu do convento e, embora nutrisse ainda uma ambição apenas, a de tomar o véu, foi decidido de maneira bem informal, num extraordinário conselho familiar, mandá-la para o Conservatoire.[6] Sua mãe, mulher charmosa e indolente, com olhos misteriosos, uma doença do coração e paixão por música, de nenhum modo uma asceta, tinha o hábito de reunir parentes e conselheiros quando havia alguma questão familiar para resolver. Nessa ocasião estavam presentes um notário, um padrinho, um tio, uma tia, uma governanta, um amigo do andar de cima e um senhor muito distinto, o duque de Morny. Sarah tinha razões para odiar ou amar a maioria dessas pessoas — "ele tinha o cabelo ruivo plantado como capim na cabeça", "ele me chamava de *ma fil*", "ele era gentil e atencioso... e ocupava um alto posto na Corte". Discutiram se não seria melhor, com os 100 mil francos que o pai lhe havia deixado, encontrar um marido para ela. Mas diante disso ela se enfureceu e gritou: "Vou me casar com o Bon Dieu... Eu vou ser freira, e pronto!". Ficou vermelha de raiva e enfrentou os inimigos, que a repreendiam sussurrando, enquanto sua mãe passava a falar numa "voz clara e arrastada como o som de uma cachoeirinha...". Finalmente o duque de Morny, entediado, se levantou para sair. "Sabe o que a senhora deve fazer com esta criança?", disse ele. "Deve mandá-la para o Conservatoire."

Tais palavras, como sabemos, tiveram tremendas consequências, mas, deixando-as de lado, vale a pena examinar toda a cena como um exemplo do singular talento que dá a tantas passagens dessa autobiografia a precisão e a vitalidade das fotografias coloridas e animadas. Nenhuma emoção que pudesse se expressar em ação ou gesto se perdia a seus olhos e, mesmo que incidentes como esse nada tivessem a ver com o assunto em pauta, seu cérebro os valorizava e podia, se necessário, usá-los para explicar alguma coisa. Em geral alguma coisa muito banal, mas tal-

---

[6] Conservatoire National Supérieur de Musique et de Danse, escola de formação de artistas fundada em Paris em 1795.

As memórias de Sarah Bernhardt

vez por isso mesmo quase espantosa no efeito. Assim, a irmãzinha sentada no assoalho estava "trançando a franja do sofá"; mme. Guérard entrou "sem chapéu; usava uma roupa caseira de *indienne*, com um estampado de folhinhas marrons". Mais tarde, um pequeno drama é descrito assim: "Meu padrinho deu de ombros, levantou-se e saiu do camarote, batendo a porta atrás de si. Mamãe, perdendo toda a paciência comigo, pôs-se a vistoriar o teatro com seu binóculo. Mlle. de Brabender me passou o lenço, pois eu tinha deixado o meu cair e não ousava abaixar para apanhá-lo". Pode-se talvez tomar isso por um simples exemplo do que há de natural no modo como uma atriz vê as coisas, ainda que ela só tenha doze anos. Sua função é ser capaz de concentrar tudo o que sente em algum gesto perceptível aos olhos e receber suas impressões do que passa pela cabeça dos outros a partir dos mesmos sinais. A natureza de seu talento evidencia-se cada vez mais à medida que as memórias progridem e a atriz amadurece e se fixa nesse ponto de vista. E quando a estranha arte das palavras é usada para expressar um gênio dramático altamente desenvolvido, como aqui é o caso, algumas das impressões que ela causa são inusitadas e brilhantes, enquanto outras se tornam, passando desse limite, grotescas e até penosas. Ao voltar do exame no Conservatoire, no qual havia sido aprovada, ela ensaiou uma cena para sua mãe. Ia entrar de cara triste, e aí, quando a mãe exclamasse: "Bem que eu te disse", ela gritaria: "Passei!". Mas a fiel mme. Guérard, ao contar no pátio a verdade, estragou a encenação. "Devo dizer que aquela boa mulher continuou enquanto vivia... a estragar meus planos... de modo que antes de começar uma história ou uma brincadeira eu costumava pedir que ela saísse da sala." Não é raro nos encontrarmos na mesma situação de mme. Guérard, se bem que dar uma desculpa talvez nos seja possível. Há duas histórias, em meio a uma variedade estonteante, que servirão para mostrar como é que Sarah Bernhardt às vezes cruza a fronteira, tornando-se penosa ou risível — ou será que nós, como mme. Guérard, deveríamos sair da sala também?

Após a ajuda que prestou, para nosso espanto, na Guerra Franco-Prussiana, ela sentiu necessidade de mudança e por conseguinte foi para a Inglaterra.[7] "Adoro o mar e as planícies... mas não ligo para monta-

---

[7] Sarah Bernhardt ajudou a cuidar dos feridos durante o cerco de Paris, na Guerra Franco-Prussiana de 1870-1871.

nhas nem florestas... elas me esmagam, me sufocam." Na Inglaterra, encontrou horrendos precipícios abertos para o "barulho infernal do mar", com pedras que se arrastavam por baixo e lá tinham caído "em eras ignotas, só se mantendo em equilíbrio por alguma inexplicável causa". Houve também uma grande fenda, o Enfer de Plogoff, pela qual ela resolveu descer, apesar das misteriosas advertências do guia. Tomada a decisão, baixaram-na por uma corda presa num cinturão, no qual foi preciso fazer mais furos, pois sua cintura "não passava na época de 43 centímetros". Já estava escuro e o mar bramia e havia um rumor confuso e contínuo, como se de canhões e de açoites e de gemidos dos réprobos. Por fim ela tocou com os pés no chão, na ponta de uma pequena pedra num turbilhão de água, e amedrontada olhou ao redor. Viu de súbito que era observada por dois olhos enormes; um pouco adiante, viu outro par de olhos. "Não via os corpos desses seres... e cheguei a pensar que já perdia a razão." Deu então um puxão com força na corda, sendo içada lentamente; "os olhos também subiam... e, enquanto eu me levantava no ar, por toda parte não via senão olhos — olhos que esticavam longos sensores para me alcançar... 'São os olhos dos afogados'", disse-lhe o guia, se benzendo. "Que não eram olhos de afogados eu bem sabia... mas foi só quando cheguei ao hotel que ouvi falar sobre o polvo." Um cronista escrupuloso teria de quebrar a cabeça para especificar nesse drama os papéis originais do polvo, do pescador e de Sarah Bernhardt; para os outros isso não interessa.

Depois, na mesma linha, sua "querida governanta, mlle. de Brabender", estava morrendo, e Sarah foi visitá-la.

Ela havia sofrido tanto que parecia outra pessoa. Estava esticada na caminha branca, com uma touquinha branca que lhe cobria o cabelo e o narigão repuxado pela dor; a cor parecia ter sumido dos seus olhos sem expressão. Somente o bigodinho, pavoroso, se agitava em constantes espasmos. Além do mais, estava tão estranhamente alterada que eu me perguntava o que teria causado essa mudança. Cheguei mais perto e, inclinando-me, beijei-a com delicadeza. Olhei-a então de um modo tão indagador que ela entendeu por instinto. Fez-me um sinal com os olhos para eu reparar na mesa ao lado, onde avistei, dentro de um copo, todos os dentes da minha velha e querida amiga.

Há uma característica comum à maioria das histórias contadas: todas são claramente produções de um raciocínio muito literal. Por mais que ela acumule fatos sobre fatos e multiplique indefinidamente seus polvos para causar os efeitos que pretende, nunca irá invocar nenhuma influência mística. Como alguém haveria de lidar com as almas dos afogados? Ela amolga todas as vastas forças inconscientes do mundo, a amplitude do céu, a imensidade do mar, para obter algum cenário propício à sua solitária figura. Eis aí a razão desse olhar tão penetrante e minucioso que tem. Muito embora suas convicções de artista quase não entrem nessas páginas, é lícito supor que algo de sua inigualada intensidade no palco venha da capacidade de uma visão aguda e cética, que ela demonstra, no que se refere aos papéis; Sarah não se submete a ilusões. "Minha atuação foi ruim, eu estava de mau humor e feia." Parece-nos, quando a isso se dispõe, a mais prática das mulheres, como uma vendedora de aves que tem o que há de melhor e só suportará ser enganada pelo mesmo cinismo com o qual, sem dúvida, haveria de enganar a si mesma se o quisesse. Pois um discernimento tão claro não parece ser compatível, pelo menos no seu caso, com uma visão muito exaltada de um tipo como o seu; se por natureza ela a tivesse, poderia constatar que essa visão não se adaptaria facilmente aos recursos de sua arte, que os resultados a obter por meio dela eram incertos e que sua glória é fazer qualquer sacrifício que a própria arte lhe peça. Em seu modo de ver, sem dúvida o leitor percebe, quando já avançou bastante no livro, que há certa limitação e dureza, o que talvez se possa atribuir ao fato de todas as cenas violentas resultarem de certas explosões bem tramadas que apenas servem para iluminar o rosto raro, tão diferente de qualquer outro, da atriz. Num mundo que brilha assim para nós, em jatos berrantes de luz vermelha e roxa, a figura central, em todas as suas poses, sempre está muito nítida, porém às outras, que vão cair fora do círculo, estranhamente faltam cores. Assim, quando a bordo de um navio ela salvou uma senhora que ia caindo na escada, a mulher murmurou, "numa voz que mal dava para ouvir: 'Sou a viúva do presidente Lincoln'... Senti pontadas de agonia... o marido dela tinha sido assassinado por um ator, e era uma atriz que a impedia de ir juntar-se ao amado marido. Fui para minha cabine e lá fiquei por dois dias". Enquanto isso, o que estaria sentindo a senhora Lincoln?

Tal multiplicação de toscos objetos visíveis sobre os nossos sentidos fatiga-os consideravelmente quando se acaba o livro, mas o que padecemos — o triunfo final da "personalidade" — é exaustão e não tédio. Até mesmo as estrelas brilham, quando ela abre sua cortina à noite, não sobre a terra e o mar, mas sobre "a nova era" que o segundo volume nos revelará.[8]

Com nosso olhar ofuscado por esse modo inflexível de ver, somos instados a dizer alguma coisa sobre a revelação — e sem dúvida em vão. Pois quanto mais nos domina a obsessão por um livro, menos linguagem articulada precisamos usar a seu respeito. Após choques assim, você se move aos arrepios como um animal às tontas, cuja cabeça, atingida por uma pedra que cai, lampeja com todas as formas de raios cortantes. É possível, enquanto você lê o volume, sentir como sua cadeira se afunda, embaixo de você, em ondulantes vapores carmesins, de um perfume raro, que sobem sem demora para envolvê-lo por completo. Depois, separando-se os vapores, entre eles se abrem claros, ainda com traços carmesins, nos quais algum vívido conflito entre pigmeus brilhantes se prolonga; nas nuvens ressoam altas vozes francesas; a pronúncia é perfeita, mas elas são tão estranhamente afetadas e tão monótonas no tom que é difícil reconhecê-las como vozes humanas. Há uma constante reverberação de aplausos, que incita à ação todos os nervos. Mas onde afinal o sonho acaba e onde a vida começa? No fim do capítulo, quando a poltrona flutuante aterrissa com uma batida leve que o desperta e as nuvens volteiam a seu redor e somem, o quarto sólido que bruscamente se apresenta com seu mobiliário expectante não parece grande e triste demais para voltar a submergir na rasa corrente de interesse que é tudo o que resta após o pródigo dispêndio que você fez? Sim — é preciso jantar e dormir e registrar a própria vida pelo mostrador do relógio, à meia-luz, acompanhado apenas pelo irrelevante barulho de uma carroça ou coche e observado pelo olho universal de sol e lua que vela de modo imparcial, dizem, por todos nós. Mas isso não é uma monumental falsidade? Cada um de nós, na verdade, não é o centro de inumeráveis raios, que assim caem somente sobre uma figura, e o que nos cabe não é reacendê-los pronta e completamente, nunca deixando que uma simples fagulha se arrefeça no que há em nós de mais distante? Sarah Bernhardt pelo menos, em virtude de alguma concentração desse tipo, fará brilhar para muitas gerações uma

---

[8] Um segundo volume das memórias de Sarah Bernhardt não chegou a ser publicado.

mensagem sinistra e enigmática; mas mesmo assim ela haverá de brilhar, enquanto o resto de nós — será a profecia por demais arrogante? — jaz dissipado nas inundações.

Louise de La Vallière[9]

Louise de La Vallière descendia de uma família antiga, embora não da alta nobreza, e com honrosas tradições de serviço militar, seguido de geração em geração por pais e filhos.[10] Seu pai mesmo se distinguiu nas muitas campanhas de que participou, mas os esforços que fez não lhe trouxeram riqueza, e ele se afastou da carreira, após o nascimento da filha, para levar vida de fazendeiro modesto numa propriedade localizada em Reugny, perto de Tours. Foi dessa pequena propriedade que a família tirou seu nome, La Vallière, pois a casa se erguia numa suave elevação, dando vista para dois vales, um menor, de um lado, e do outro o grande vale do Brenne. Da casa antiga não restavam senão poucas paredes, mas para construir no interior dessa concha *"un charmant pavillon"*, decorado com toda a mestria do Renascimento, a família La Vallière tinha recorrido a um arquiteto *"se reposant des grands travaux de Chambord ou de Blois"*.[11] Colina abaixo, as janelas se abriam para as campinas planas por onde o rio corria entre fileiras de altos choupos. Ao redor havia amenas encostas cobertas de vinhedos e bosques — um lugar realmente encantador, onde uma menina poderia crescer feliz, consciente da própria beleza. E havia também pinturas, nos quartos, por cima das lareiras, com delicadas cenas alegóricas — um grupo de mulheres no gramado, por exemplo, e Amor puxando seu arco, escondido atrás de uma árvore — que eram capazes de lhe encantar a visão; e com certeza seu pai haveria de traduzir para ela a legenda talhada numa pedra no alto: *"Ad Princi-*

---

[9] "Louise de La Vallière". Publicado pela primeira vez em outubro de 1908, na *Cornhill Magazine*, e baseado em *Louise de La Vallière et la Jeunesse de Louis XIV*, de Jules Auguste Lair, livro de 1881, republicado em Paris em 1907 e do qual em 1908 saiu uma tradução inglesa. Foi o livro usado como fonte das citações entre aspas.

[10] Louise Françoise de La Baume Le Blanc de La Vallière (1644-1710), dama de honra da princesa Henriqueta da Inglaterra, cunhada de Luís XIV, tornou-se amante do rei em 1661. Depois, de 1674 até a morte, viveu recolhida num convento carmelita.

[11] "que descansava das grandes obras de Chambord ou de Blois."

pem ut ad Ignem Amor indissolutus". "Au Prince, comme au feu de l'autel, amour indissoluble."[12] Infelizmente o pai de Louise morreu quando ela tinha apenas dez anos, deixando-a sem ninguém que lhe ensinasse latim, no futuro, ou visse se suas traduções estavam corretas. Mal passado um ano da morte do marido, a mãe, que desde o início, como mãe, se mostrou indiferente, casou-se com o marquês de Saint-Remi, primeiro *maître d'hôtel* no séquito do duque de Orleans. Para Louise brincar, havia três jovens princesas, também pouco controladas, como ela, pela mãe. As meninas liam romances e davam-se a ruidosos folguedos ao redor do castelo de Blois, imaginando qual delas viria a ser rainha da França. Quando o pai dessas princesinhas morreu, a viúva se transferiu para Paris; os Saint-Remi e Louise faziam parte de sua comitiva, que se instalou no palácio de Luxembourg, onde elas dançaram e sonharam com animação maior que nunca. O rei, na verdade, já estava casado, mas havia príncipes, primos delas, que as levavam para caçar nas matas, e Mademoiselle, uma meia-irmã, cujo conjunto de violinos punha todos dançando. Todos eram extremamente jovens e alegres, o próprio rei não tinha senão 22 anos, e rapazes e moças com dezesseis ou dezessete anos já podiam se casar, tornando-se de imediato pessoas importantes. A consciência de que essa peça era representada a alguns passos de outro palco supremo onde o rei atuava em face da Europa conferia a tudo aquilo uma trágica espécie de esplendor. Uma ou duas senhoras já haviam surgido em plena luz e voltado a desaparecer sem aplausos. O fato decisivo para o destino de Louise ocorreu quando ela estava com apenas dezesseis anos, na primavera de 1661. Nesse ano o irmão do rei se casou com a princesa Henriqueta, filha de Carlos I da Inglaterra, e recebeu ao mesmo tempo um quinhão dos bens do finado duque de Orleans. Por conseguinte, a duquesa viúva, a cujo serviço os Saint-Remi permaneciam, viu-se privada de grande parte do poder que tivera, e o futuro dos seus dependentes se mostrou incerto. Ao surgir a crise, ao que parece, Louise já havia atraído a atenção de uma mulher influente, mme. de Choisy, sempre ansiosa para brilhar na Corte, mas desprovida de juventude e beleza próprias que a recomendassem. Com seu olhar competente ela viu que Louise atenderia às suas necessidades e sugeriu que lhe fosse dado um lugar de dama de honra no séquito de mme. Henriqueta, que estava então sendo formado.

---

[12] "Ao príncipe, como ao fogo do altar, amor indissolúvel."

Mme. Henriqueta também era uma garota de dezesseis anos, mas, pela maneira de contar os anos na Corte, uma mulher madura, no auge de sua beleza. Passara de fato por surpreendente transformação; tinha sido magrinha e insignificante em criança; o próprio rei Luís a considerara *"les os du cimetière des Innocents"*;[13] no entanto a primavera de 1661 a revelou subitamente uma jovem fora do comum, frágil e cheia de caprichos talvez, mas de *"esprit vif, délicat, enjoué"*.[14] Louise e sua família tinham boas razões para se alegrar com a indicação feita, que era de valor substancial; a dama de honra de tal senhora estaria nas mais altas posições da Corte.

O verão de 1661 se tornaria lembrado, nos anos seguintes, pelo seu esplendor. Junho, apesar de alguns temporais, foi até mais agradável do que maio, e a Corte estava em Fontainebleau. Para imaginar o que se passava quando o sol nascia, na manhã sem nuvens do verão, prometendo horas de brilho intenso antes de se pôr, e depois uma noite quente entre as árvores, temos de levar em conta o vigor não experimentado de homens de vinte e mulheres de dezoito anos, deixados livres de toda repressão e inspirados pelo amor e o bom tempo. Nas manhãs eles saíam a cavalo, para se banhar, e voltavam com a fresca da tarde; terminado o jantar, perambulavam pelos bosques, de início ao som de violinos, que diminuía ao longe à medida que os casais avançavam cada vez mais pelo escuro, lá se perdendo até o dia clarear. Quem se mostrava mais alegre e empolgada em todos esses prazeres era mme. Henriqueta. Percebeu-se também que era a seu lado que o rei mais gostava de desfrutá-los, ele que não poupava esforços para encontrar novas maneiras de distraí-la. Entre outros espetáculos, houve balés noturnos, à luz de archotes, dançados nas costas de cavalos. Decorrido um mês, os primeiros sinais se acentuaram; todo mundo andava dizendo que eles tinham um pelo outro *"cet agrément qui précède d'ordinaire les grandes passions"*,[15] e a esposa e a mãe do rei notaram isso.

Estava claro que o amor secreto só poderia continuar se encontrassem um disfarce para encobri-lo. O plano arquitetado era simples, e nenhum dos dois pôde ver, na hora, onde estaria o perigo fatal. Tanto mme.

---

[13] "os ossos do cemitério dos Inocentes".

[14] "espírito vivo, delicado, jovial".

[15] "esse agrado que normalmente precede as grandes paixões".

Louise de La Vallière

Henriqueta quanto a rainha tinham muitas damas de honra para tentar os gostos do rei. Se esse declarasse amor a uma delas, o ciúme seria desviado, e ele poderia namorar sua cunhada em paz. O plano foi adotado. Os amigos de uma das moças a mandaram para Paris; outra logo desconfiou daquilo; restava a terceira, Louise de la Vallière, que não tinha amigos e foi ingênua o bastante para acreditar. Mais não poderia fazer, mesmo se tivesse profunda astúcia e uma ambição feroz. Nem os próprios cortesãos nem observadores de sua época jamais lhe atribuíram muita esperteza ou a acusaram de ser ambiciosa. São sempre leves e honrosos os epítetos que lhe aplicaram; ela era *"douce"* e *"naïve"*, *"sincère"* e *"sage"*.[16] Nem sequer era bonita; mas dos retratos e descrições que lhe fizeram vem-nos a imagem de uma jovem esbelta, cordata, com a cabeça cheia de cachos louros; os olhos eram azuis e tinham expressão de grande doçura; um olhar íntegro, além disso, simples e sem pretensões. O que mais a distinguia, todos repetem, era o charme — um charme que antes de sua juventude findar trazia em si uma ponta de melancolia. Imagina-se que ela fosse muito calada; que nada dissesse de inteligente, a não ser por acaso; mas sua voz, nos lugares-comuns, era de uma *"douceur inexprimable"*.[17]

O rei estava acostumado a um tipo diferente de amor; tinha sido adulado por mulheres ambiciosas, que ofereciam um suntuoso retorno pelos esplendores que ele podia dar, e nunca deixou de estar consciente da barganha. Encontrar-se sob o domínio de uma afeição inteiramente simples e não calculista era uma experiência nova. No início pode ter sido até um pouco embaraçoso. Quando Louise confessou que o amava, atiçada por um falso encorajamento, o rei se cansou da farsa, mudou de opinião e descobriu que estava apaixonado. O namoro propriamente começou com cuidado, sob disfarces; mas logo, na verdade em duas semanas, o amor veio às claras. Mme. Henriqueta tinha ido para outras paragens e o relacionamento entre Luís e La Vallière foi confessado.

Quando o rei se aproximava, ditava a etiqueta da Corte, todos os outros pretendentes deviam se afastar, e assim eles tinham solidão sempre que queriam; mas talvez fosse agradável voltar tarde para casa, vindos de alguma cavalgada juntos nos bosques e de horas de conversa sim-

---

[16] "doce", "ingênua", "sincera", "sensata".

[17] "doçura inexprimível".

ples, para encontrar seus votos confirmados pelas lisonjas da Corte, que esperava por eles para que representassem seus papéis como Pastor e Pastora num dos balés de Benserade.[18] Louise poderia dizer, olhando para trás, que tinha passado um mês feliz. A simplicidade que a fez ser um joguete permitiu-lhe manter por toda a vida uma estranha inocência, como se ela estivesse consciente de que seu prazer no fundo havia sido puro. Mas aos poucos ela despertou para o fato de que seu estado não era de simples devotamento dado e recebido, mas envolvia relacionamentos com outras pessoas que não estavam felizes e se refletia duramente sobre sua paixão. A rainha e a rainha-mãe, mantendo-se unidas numa solidão virtuosa, conseguiram ignorar a apreensão do rei. Uma tarde, enquanto ele andava pelo jardim com Louise, seguido por uma legião de cortesãos, as duas permaneceram dentro de casa, desviando o olhar das janelas. Os amantes, contudo, cada vez mais atrevidos, um belo dia venceram o obstáculo mais delicado de todos e sentaram-se para jogar cartas nos aposentos particulares da rainha-mãe. Louise, quando passou a ser devota, misturou num grande crime todos os seus pecados, precisando de uma vida inteira de penitência. Se houvesse feito distinção entre eles, poderia ter reconhecido que foi nesta estação, no outono de 1664, que ela pecou com a maior consciência do pecado e na maior confusão de sentimentos. Sua beleza se achava no auge; cortesãos que antes a desprezavam, por não ter berço nem inteligência, eram-lhe agora obsequiosos. Mesmo assim, com muito pouco ela contava e, se exultou no seu momento de esplendor, em grande parte foi por saber que era um momento fugaz que lhe cabia saborear por completo, embora metade de sua alegria fosse dor. Sua felicidade podia ser perturbada quando ela visse seu rosto cada vez mais magro no espelho. As pessoas começaram a notar que ela não suportava luz solar em excesso e logo observaram que, afinal, tinha *"peu d'esprit"*.[19] Mas, apesar de entender o que queriam dizer com isso, e de sofrer amargamente, ela teve um momento de confiança em si mesma e em Luís. Respeitou o amor entre eles. *"J'ai perdu presque tout ce qui peut plaire"*, disse ela ao rei. *"Cependant, ne vous trompez pas, vous ne trou-*

---

[18] Isaac de Benserade (1613-1691), poeta francês, autor de vários balés.

[19] "pouca inteligência".

Louise de La Vallière

verez jamais ailleurs ce que vous trouvez en moi."[20] Belas palavras! Ao pronunciá-las, ela parece voltar mais uma vez à inocência dos primeiros meses de tudo. O rei protestou, mas os encantos de mme. de Montespan eram irresistíveis.[21]

Como se desconfiasse da própria felicidade, Louise sempre contara com um recurso que ela mantinha em segredo; quando o rei a abandonasse, tomaria o véu. Mas o rei a considerou útil para encobrir esse novo romance e, tendo ela então 25 anos, pareceu ser melhor que permanecesse na Corte e tornasse pública sua conversão, para edificar o mundo. Embora ela tentasse se satisfazer com gotas de filosofia e um verniz de cultura, o que leu serviu tão só para desiludi-la e convencê-la de que apenas na religião a paz seria encontrada. Na Corte, confessou a uma amiga, sofria "*comme une damnée*".[22]

Não foi senão em 1674 que o rei lhe permitiu entrar para a ordem das carmelitas, depois de tê-la submetido à mais requintada das punições. Em comparação, uma vida em que a mente se dobrava a tarefas servis e o corpo se aquecia em panos de saco era a própria paz. Ela viveu até se transformar em uma velha reumática de 65 anos, cujas paixões se aplainaram, à exceção de uma "memória importuna", como a expressão de um rosto de mármore é alisada por beijos piedosos; e tal foi sua penitência que os pobres, depois de sua morte, tomaram o corpo por divino a ponto de abençoar as oferendas que lhe faziam. Na época da Revolução, os ossos de Louise foram espalhados com os ossos reais. Ao sentimento agradaria dizer que suas cinzas se misturaram.

---

[20] "Eu perdi quase tudo o que pode agradar. No entanto não se engane, o senhor nunca encontrará alhures o que encontra em mim."

[21] Françoise Athenaïs, marquesa de Montespan (1640-1707), a nova amante de Luís XIV, com quem teve oito filhos. Protetora de artistas e escritores, foi por sua vez substituída, como favorita do rei, por mme. de Maintenon.

[22] "como uma condenada".

O diário de Lady Elizabeth Holland[23]

Dois belos volumes, em tipos grandes, com margens largas, retratos, notas e introdução, dão-nos, após um lapso de quase um século, o diário mantido por Lady Holland entre os anos de 1791 e 1811. Ao mesmo tempo, Lloyd Sanders publica *The Holland House Circle*, grosso volume pródigo em capítulos. Cada capítulo descreve um diferente grupo de homens e mulheres, das mais diversas posições e vocações, e em geral traz no título um nome importante. Mas o maior interesse desses grupos está no fato de eles terem se espalhado outrora pelas grandes salas de estar de Holland House, tendo sido as pessoas que os compunham retiradas do tumulto de Londres e atraídas ao local pelo poder de Lady Holland e seu marido. Tanto tempo se passou, de fato, que para nós já soa estranho que essa senhora de porte imperioso, sentada com os pés à mostra no retrato de Leslie,[24] como se os súditos se curvassem diante do seu trono, subisse de vez em quando ao seu quarto e lá pegasse uma folha de papel para escrever o que pensava da cena. Continuamente nos contam como ela menosprezava as pessoas, como deixava cair seu leque, como se punha à cabeceira da mesa para ouvir a mais inteligente conversa da Inglaterra até sentir-se entediada e exclamar: "Chega disso, Macaulay!".[25] Mas é difícil lembrar que ela passou por muito mais experiências do que as mulheres em geral partilham, e assim, quando sentada à sua mesa, bem poderia estar pensando em outras cenas e admirando-se das circunstâncias que a levaram àquela posição. Até a publicação de seu diário por Lord Ilchester, havia apenas material para um livro como o de Lloyd Sanders;

---

[23] Publicado pela primeira vez no número de dezembro de 1908 da *Cornhill Magazine*, como resenha de *The Journal of Elizabeth Lady Holland* (2 vols., 1908), organizado por Lord Ilchester, e de *The Holland House Circle* (1908), de Lloyd Sanders. Desses livros provêm as citações entre aspas.

[24] C. R. Leslie (1794-1859), pintor e ilustrador inglês.

[25] Thomas Babington Macaulay (1800-1859), historiador inglês de grande prestígio, quer pelo que escrevia, quer pela atuação como político.

e nós, sabendo apenas da impressão que ela causara nos outros, tínhamos de imaginar o que teria sentido. Ela era filha de um homem rico da Jamaica, Richard Vassall, que a casou, contando somente quinze anos de idade, com Sir Godfrey Webster, de Battle Abbey. Ela mesma nos relata que se tornara rebelde, colhendo seu saber onde lhe fosse possível, e que chegava às suas conclusões sem a ajuda de ninguém. Não por falta de atenção dos seus pais; eles a adoravam demais para poder domá-la; e era de todo coerente com essa afeição que, quando a viram transformada numa garota bonita e de espírito altivo, os pais pensassem que ela merecia casar-se. Um baronete quase 23 anos mais velho, dono de uma mansão no campo, membro do parlamento e "imensamente popular na região, talvez em parte por sua liberalidade e extravagância", deve ter-lhes aparecido sobretudo à luz de uma carreira brilhante para a filha deles; o amor não entraria em questão. Na época de seu casamento, Sir Godfrey vivia numa casa pequena perto da abadia, cujas instalações eram alugadas por sua tia. Pode-se perceber algo do temperamento da jovem Lady Webster a partir do que ela costumeiramente mandava perguntar pelas manhãs na abadia: "Se a bruxa velha já morreu". Na aldeola de Sussex, os dias eram tão monótonos que Elizabeth, para se distrair, perambulava pela casa grande, que já desabava em ruínas, chocalhando correntes como uma criança levada para assustar a tia. O marido se ocupava dos assuntos locais e, embora tivesse alguns dos gostos simples de um proprietário rural, não era um marido que uma mulher astuta e jovem pudesse ignorar; além de ser rude, ele tinha um temperamento violento; era dado ao jogo e caía em crises de depressão. Com base em todas essas circunstâncias, Lady Webster concebeu tal imagem da vida em áreas rurais que, mais tarde, sempre tremia só de pensar nisso e escreveu, ao sair de outra casa no campo, que se sentia como se tivesse "escapado de um infortúnio". Mas mesmo em menina não era de seu feitio sofrer se, protestando, houvesse alguma coisa a ser feita. Assim, tanto perturbou o marido com sua inquietação que ele concordou em viajar. Não se pode negar que fez até certo esforço para entender o ponto de vista dela e que tinha afeição suficiente para tentar satisfazê-la, pois viajar no tempo das diligências e deixar o seu recanto de Sussex deve ter sido uma autêntica provação para aquele ilustre senhor. Lady Webster, em todo caso, conseguiu o que queria, e é provável que tenha feito ao marido menos agradecimentos do que ele merecia pelo sacrifício. Embarcaram para a Itália em 1791, e foi então que, aos vinte anos de idade, Lady Webster começou a escrever seu diário. Um viajante inglês do século XVIII não aproveitava de todo a experiência se não escrevesse sobre o que tinha visto e pensado; sempre sobrava alguma coisa, no fim do dia, que tinha de assim ser resolvida. Foi a partir de um impulso desse tipo que Lady Webster iniciou o diário, escrito para agradar a seus próprios olhos quando ela o lesse mais tarde em Sussex; para garantir-lhe que ela cumpria o seu dever com todas as faculdades de que dispunha; e que estava circulando pelo mundo na condição de dama inglesa sensata e jovem. Imagina-se no entanto que ela nunca se sentisse em bons termos com essa versão de si mesma, e que virasse cada vez mais as páginas, à procura de uma data ou um fato, e logo se dissociasse inteiramente das suas reflexões. Mas seu caso difere um pouco do que é mais comum. Desde a adolescência Lady Webster parece ter tido uma característica que salvou seu diário da violenta sina dos diários e poupou a escritora de rubores; ela podia ser tão impessoal como um garoto de dez anos e tão sagaz como um político. Até que ponto se importava de fato em saber que o linho é cultivado pelos habitantes de Kempten, e que eles mesmos têm de consumir seu produto, "pois não há rios navegáveis", ninguém pode dizer; mas ela achou que valia a pena observar o fato e prosseguiu com toda a naturalidade para escrever, moralizando, que "talvez eles sejam mais felizes sem facilidades de comunicação", pois o comércio engendra a luxúria, a luxúria leva ao amor pelos ganhos e assim "a simplicidade de modos" é destruída, o que a moralista sentiu ser uma pena. Que conversas estranhas e que silêncios atrozes devem ter ocorrido no interior da carruagem! A jovem dama era incansável e desdenhava francamente do marido, porque, não tendo teorias, ele nem mesmo entusiasmo tinha.

Quando chegaram a Roma, a situação piorou ainda mais. Lady Webster começava a se dar conta de que era uma jovem fora do comum, e todas as obras-primas do mundo lá estavam para comprovar esse fato. De imediato ela se pôs em seu "curso de *virtu*", percorreu galerias, espichou o pescoço para trás, olhou com atenção para onde o "velho Morrison" a mandava olhar e escreveu no seu diário frases canhestras de admiração. Quando o marido a acompanhava, ora a apressava muito, e ela assim não podia ver os quadros, ora se irritava tanto que ela nem conseguia distingui-los. As pinturas, claro está, lançavam uma luz desastrosa sobre Sir Godfrey. Em Roma se encontravam também simpáticas senhoras casadas que garantiram a Elizabeth que seu marido era um monstro e a estimularam a ver a si mesma sob uma luz trágica. Ela, soluçante e

O diário de Lady Elizabeth Holland

45

enfraquecida, refletiu que os sofrimentos humanos têm de ter fim, e por pensar desse modo se desmanchou em lamúrias. Mas não há dúvida de que era infeliz, fosse qual fosse a causa que para isso se aponte; pois devemos nos apiedar de qualquer mulher de 22 anos que se debruça na janela à noite, respira fundo, enxerga brilhos na água e sente uma estranha agitação no espírito, embora tenha de escrever, alguns dias depois, que ela agora é capaz de rir das ameaças do marido, que antes a aterrorizavam. É natural temer as próprias falhas e sentir peculiar desagrado pelas circunstâncias que as criam, pois as falhas nos tornam, a nossos próprios olhos, ignóbeis; e o traço de amargura que notamos no diário de Lady Webster aponta para a presença desse desconforto. Ela sabia que era propensa a ser dura e ressentia-se do tratamento que a levara a isso, pois era uma mulher orgulhosa que gostaria de se admirar sem reservas. Na Itália, além do mais, com frequência ela sentia o que raras vezes tinha sentido na Inglaterra: horas de uma felicidade confusa em que a terra era bela e ela era jovem, com potenciais maravilhosos a se agitar em seu íntimo. Não lhe era possível abrandar esses êxtases com nenhuma de suas "frias máximas de solitário consolo", mas admitia pensar num "outro" com quem "abrir o coração". Tão logo esse outro demonstrasse o que poderia fazer para aliviá-la, em agitação ela o rejeitava, consolando-se com a ideia de que havia uma "falta de paixão" na sua natureza que era capaz de livrá-la de muitas desventuras. "Mas qual será a minha saída se o coração e a cabeça concordarem numa escolha?" Sua honestidade a impeliu a se fazer a pergunta, que a deixou tão alarmada, ao que tudo indica, quanto a havia empolgado.

Foi em Florença, menos de um ano após essas palavras serem escritas, que ela conheceu Lord Holland, rapaz de 21 anos que acabava de regressar de uma viagem à Espanha. Sua primeira impressão, como sempre, é direta: "Lord H. não é nada bonito". Ela nota "os modos agradáveis e a vivacidade das conversas" do moço; mas o que mais a interessou foi a "complexa desordem" na perna esquerda dele, "dita uma ossificação dos músculos", porque ela, como outras mulheres práticas, tinha grande curiosidade por doenças físicas e adorava conviver com médicos. Desses, repete as frases, como que se gabando de entendê-las mais a fundo do que a maioria. Não podemos traçar acuradamente a evolução da amizade, pois o objetivo do diário não era seguir seus sentimentos de perto, nem mesmo, a rigor, registrá-los, a não ser para fazer de quando em quando uma soma, à moda comercial, como se ela tomasse notas taqui-

46   Virginia Woolf

gráficas para uso futuro. Mas Lord Holland passou a ser mais um membro da confraria singular de ingleses em viagens pela Itália nos últimos anos do século XVIII, que reencontramos mais tarde, nos primeiros anos do XIX, quando lemos a história de Shelley, Byron e Trelawny. Como aventureiros numa terra estranha, eles andavam sempre juntos, dividindo carruagens e admirando estátuas, tinham seu próprio e pequeno círculo em Florença e Roma e eram em geral aliados pelo nascimento e a riqueza e a peculiaridade de seu gosto pelas belas-artes. Sir Godfrey (não espanta) ficou indócil, impacientando-se para dar fim àquelas andanças sem propósito por um país estrangeiro, com crianças pequenas na família[26] e entre pinturas e ruínas que o entediavam muito. Uma anotação feita em Roma nos mostra o que estava acontecendo na primavera de 1794:

> Quase todo o nosso grupo napolitano estava lá... fizemos juntos uma excursão a Tivoli. Levei comigo Lord Holland, o sr. Marsh e Beauclerk... Voltamos tarde da noite... No correr das nossas noites Lord H. resolveu me fazer admirar um poeta... Cowper.[27] [...] Minhas noites foram agradáveis... Uma forte crise de gota, provocada pelo vinho bebido em Orvieto, não contribuiu para melhorar o espírito do [meu marido].

Um dos aspectos atraentes dessas antigas viagens pela Itália é o tempo livre que essas pessoas tinham, e o instinto, natural num país bonito e longe de todas as obrigações, que as levava a preenchê-lo com longas horas de leituras a esmo. Lady Webster, falando de si, diz que ela "devorava livros", histórias, filosofias, na maior parte livros sérios, para aumentar seu conhecimento. Quem a fez ler poesia foi Lord Holland, que para ela leu em voz alta a *Ilíada* de Pope, além de uma tradução de Heródoto, "uma boa dose de Bayle e uma grande variedade de poesia inglesa".[28] Sua cabeça foi conquistada, e esse era, no caso de Lady Webster,

---

[26] Lady Holland teve três filhos com seu primeiro marido.

[27] Sobre William Cowper (1731-1800), ver o ensaio "Cowper e Lady Austen", de Virginia Woolf, na seção intitulada "Quatro figuras", do presente volume.

[28] A tradução da *Ilíada* de Homero pelo poeta Alexander Pope (1688-1744) foi publicada pela primeira vez na Inglaterra entre 1715 e 1720; a tradução de Heródoto a que se alude é *Histoire d'Hérodote* (1786), de Pierre-Henri Larcher; Pierre Bayle (1647-

o único caminho para o seu coração. Sir Godfrey deixou-a sozinha na Itália por vários meses seguidos; finalmente, em maio de 1795, voltou sem ela para a Inglaterra. O diário, como sempre, continua sensato; podemos imaginá-la como uma mãe de família inglesa, culta, que dispunha de todos os recursos naturais à sua condição. Porém, quando lembramos que ela estava decidida agora a desafiar a lei e a honrar sua própria paixão, há algo que soa mais alto que de hábito no registro dos seus dias. Ela nunca se arrepende nem analisa sua conduta; seu diário ainda se ocupa de Correggio e da família Médici e dos sulcos de rodas nas estradas. Ela percorreu a Itália com seu séquito, passando uns dias num lugar, uma semana em outro, e fixando-se para o inverno em Florença. O nome de Lord Holland ocorre repetidas vezes, sempre tão naturalmente como o de qualquer outro. Mas nos modos dela há uma liberdade, uma espécie de orgulho da sua felicidade, que parece demonstrar a plena confiança que era posta na sua própria moral. Em abril, Lord Holland e Lady Webster viajaram juntos de volta para a Inglaterra; Sir Godfrey divorciou-se da esposa em julho de 1797, e no mesmo mês ela se tornou Lady Holland. Algo de muito extraordinário deveria ser esperado de um casamento assim, pois o sentimento entre um marido e a mulher que se conquistaram dessa maneira não será convencional nem fácil de explicar. Não sabemos, por exemplo, até que ponto Lady Holland foi levada a ter a vida que teve por sentir gratidão pelo marido, e apenas suspeitamos que Lord Holland foi mais atencioso e terno do que lhe era natural porque a esposa tinha feito um imenso sacrifício por sua causa. Ele viu, e isso outras pessoas não viam, que algumas vezes algo a fazia sofrer. Mas ao menos se pode ter certeza de que os problemas foram superficiais e de que Lord e Lady Holland, já mais velhos e serenos, nunca se esqueceram de que em dado momento eles tinham se unido contra o mundo, nem nunca se viram sem algum tremor de emoção. "Oh, meu amado amigo", exclamou Lady Holland, "Quão benquistas tu tornastes, tornando-te meu, as ocorrências triviais da vida!"

> *Se aos vinte e quatro tanto te amei,*
> *Aos sessenta amo ainda mais, eu sei.*

1706), filósofo francês, crítico das superstições, é tido por precursor do espírito investigativo do século XVIII.

Essa era, como escreveu Lord Holland quando eles já estavam casados havia 34 anos, a

Verdade que, em verso ou prosa presente,
Flui do meu coração sinceramente.

Sendo assim, temos de admirar ainda mais os dois, lembrando-nos da reputação que Lady Holland conquistou para si, naqueles anos, e de como deve ter sido difícil viver com ela.

Bem pode ser que ela tomasse posse de Holland House com uma promessa de compensar o tempo perdido e a decisão de enfim tirar de si e dos outros o melhor possível. Também estava decidida a servir a Lord Holland na sua carreira; e os anos desafortunados em que vagou pela Europa, fazendo observações tão sensatas, tinham-na ao menos imbuído de hábitos que agora lhe seriam úteis, como "participar das conversas dos homens" e sentir intensamente a vida nas pessoas em volta. Com uma dona assim, a casa logo passou a ter caráter próprio. Mas quem saberá por que razão as pessoas combinam de se encontrar num lugar, ou quais as características necessárias para se estabelecer um *salon*? Nesse caso, a razão de elas irem parece ter sido em grande parte o desejo de Lady Holland de que lá fossem. A presença de alguém com um objetivo dá forma às informes reuniões de pessoas; elas assumem um personagem, quando se encontram, que depois sempre serve para marcar as horas assim passadas. Lady Holland era bonita e jovem; sua vida de antes a deixara senhora de uma determinação e de um destemor que a levavam mais longe, numa conversa, do que qualquer outra mulher entre cem. Tinha lido grande parte da boa ficção inglesa, livros de história e relatos de viagens, Juvenal numa tradução, Montaigne, Voltaire e La Rochefoucauld em francês. "Não tenho preconceitos contra os quais combater", escreveu ela; em sua presença, assim, o mais ousado dos livres-pensadores poderia extravasar todo o espírito. A reputação dessa mulher, jovem, brilhante e franca, se difundiu rapidamente entre os políticos, muitos dos quais lá acorriam para jantar ou pernoitar ou até mesmo para vê-la se vestir de manhã. Talvez eles até rissem, quando falassem mais tarde a seu respeito, mas ela transformava em triunfo seu grande objetivo — que fossem vê-la. Dois anos depois de se casar, anotou: "Tive cinquenta visitas hoje". Seu diário se torna uma caderneta de lembretes, com anedotas e novidades políticas; e é muito raro que ela levante por um momento os olhos para considerar o que se acha em questão. A certa altura porém ela nos dá uma pista e observa que, embora se preocupasse com seus velhos amigos, era melhor "procurar com avidez novos conhecidos", porque "relacionar-se com muita gente é vantajoso para Lord H.". É preciso viver com a própria classe e conhecê-la, porque senão "a cabeça se estreita pelo padrão do grupo", como a vida de Canning[29] lhe havia mostrado. Sempre havia tanto bom senso no que Lady Holland dizia que era difícil protestar se suas ações, em seu vigor excessivo, se tornassem perigosas. Ela ingressou na política por causa de Lord Holland, com a mesma determinação, e não tardou a se tornar muito mais entusiasta que ele; lembre-se porém como era capaz, e que tinha a cabeça aberta. Seu sucesso foi tal, de fato, que um estudioso da época disse — quase cem anos depois de tudo ter se acabado — que "Holland House foi uma câmara de consultas políticas... e o valor de um centro assim, para um partido sob liderança exclusivamente aristocrática, era quase incalculável". Contudo, por mais ativa que ela tenha se tornado como política, não devemos supor que influenciasse ministros ou fosse a autora secreta de planos que mudaram o mundo. Seu sucesso era de outra índole; pois é possível mesmo agora, com seu diário pela frente, reconstituir algo do seu caráter e ver como ele se impôs, com o correr dos anos, àquela parte do mundo que com ele entrou em contato.

Quando pensamos nela, não nos lembramos das engenhosas coisas que dizia; lembramos de uma longa série de cenas nas quais ela se mostra insolente, ou dominadora, ou excêntrica, com a excentricidade de uma grande dama mimada que destrói como bem quer todas as convenções. Mas na cena a seguir, por banal que seja, há um aspecto que nos faz perceber de imediato o efeito da presença dela na sala, a maneira como olha para nós e até mesmo a atitude que assume, dando pancadinhas com o leque. Macaulay descreve um encontro no café da manhã: "Lady Holland nos contou seus sonhos; como sonhou que um cachorro doido tinha mordido seu pé e como ela saiu procurando o Brodie mas perdeu seu rumo, em St. Martin's Lane, e não conseguiu encontrá-lo. Ela esperava, disse, que o sonho não se tornasse realidade".[30] Lady Holland era dada a su-

---

[29] George Canning (1770-1827), político inglês, notado pela importante atuação para o reconhecimento da independência do Brasil e de outros países sul-americanos.

[30] Esta citação, que foge à regra, provém de *The Life and Letters of Lord Macaulay* (2 vols., 1877), de George Otto Trevelyan.

perstições, o que voltamos a notar nas palavras que dirigiu a Moore: "Temo que este seu livro, o *Sheridan*, venha a ser insípido";[31] ou ao sr. Allen, que era um dependente dela: "A sopa de tartaruga não dá para servi-lo, sr. Allen. Ou o senhor toma o caldo de carne, ou fica sem sopa". Parecemos sentir, embora com imprecisão, a presença de uma pessoa espaçosa e enfática, que não teme nos mostrar suas peculiaridades, porque não se importa com o que pensamos sobre elas, e que tem, por peremptória e antipática que possa ser, uma extraordinária força de caráter. Ela faz com que certas coisas do mundo ganhem relevo a seu redor; extrai das outras pessoas certas qualidades. É seu mundo, enquanto ela ali está; dela são os objetos da sala, os perfumes e enfeites, os livros postos sobre a mesa, e todos esses objetos a expressam. Imaginamos, mas isso é menos óbvio, que o grosso da estranha sociedade que se reunia em volta de sua mesa devia seu sabor aos caprichos e paixões de Lady Holland. É menos óbvio porque Lady Holland, no seu diário, está longe de ser excêntrica e adota cada vez mais, com o passar do tempo, a atitude de um astuto homem de negócios já acostumado com o mundo e bem contente com ele. Lidando com muitos homens e mulheres, deles traça um rápido retrato e calcula o valor de cada um: "Ele tem mau gosto; adora companhia, mas não seleciona, e bebe vinho em quantidade, não pela qualidade; ele é grosso em tudo... Ele é honrado, sincero e justo". Tais personagens são moldados num estilo sumário, como se ela desse cortes bruscos no barro, ora de um lado, ora de outro. Mas quantas boas caracterizações produziu, e com que segurança! De fato, ela já vira tantas coisas do mundo, e tal era o conhecimento que tinha de famílias, temperamentos e questões de dinheiro, que com maior concentração poderia ter formulado uma reflexão cínica na qual uma vida inteira de observações se comprimisse. "Homens depravados", escreve ela, "vivem numa situação corrupta, muito embora prezem os nomes das virtudes tanto quanto abominam a prática." La Rochefoucauld sempre lhe vem aos lábios. Mas o simples fato de ter se relacionado com tantas pessoas e ter mantido controle sobre elas é em si mesmo prova de uma mente muito incomum. Dela era a força que as conservava juntas, que as mostrava sob certa luz e as fixava nos lugares que ela lhes destinava. Tomando o mundo em toda a vasta extensão, nele ela imprimia sua própria marca abrangente. Pois não só exercia seu

---

[31] *Memoirs of Sheridan* (1825), do poeta irlandês Thomas Moore (1779-1852).

domínio sobre tudo o que normalmente acontecia na vida cotidiana, como também não titubeava quando os cimos mais altaneiros, que bem poderiam parecer fora de alcance, se punham no seu caminho. Ela mandou chamar Wordsworth.[32] "Ele veio. É muito superior ao que escreve, e sua conversa vai além de sua competência. Quase chego a temer que ele esteja mais disposto a aplicar seu talento para fazer de si um conversador vigoroso... do que para aperfeiçoar o estilo das suas composições [...]. Sobre assuntos pitorescos, sustenta algumas opiniões das quais eu divirjo completamente... Ele parece ser bem lido na sua história provinciana."

Monstruoso e absurdo como é, não podemos achar aí uma pista para o sucesso dela? Quando alguém é capaz de sobrepor-se a todos os fatos que lhe cabe enfrentar, de modo que em sua mente se inserem em certa ordem, fantástica será a figura que irá apresentar para os outros, que se queixarão de que essa pessoa deve a força que tem à sua falta de percepção; porém, ao mesmo tempo, a forma que o mundo assume em sua presença é tão agradável que todos ficam em paz ao contemplá-la, chegando quase a amar o criador. Seu poder foi muito contestado no seu tempo de vida, e nos inclinamos mesmo agora a lhe dar pouco realce. Não é preciso alegar que ele tenha sido algum dia de suprema importância; mas, se a queremos relembrar, não podemos fingir, depois de todos esses anos, que esse poder não existe. Ela continua sentada na sua cadeira como Leslie a pintou — uma mulher talvez dura, mas indubitavelmente forte e corajosa.

---

[32] William Wordsworth (1770-1850), um dos principais poetas da primeira geração do romantismo inglês.

Veneza[33]

A primeira parte da obra de Pompeo Molmenti narrou a história de Veneza desde o povoamento mais remoto até a queda de Constantinopla. Nos quatro volumes publicados agora, em tradução de Horatio F. Brown, o autor trata da Idade de Ouro posterior à queda de Constantinopla e da decadência que se prolongou pelos séculos XVI e XVII para se completar no XVIII. Como antes, ele segue a história do "crescimento à parte" do Estado, ignorando seus destinos externos e centrando o olhar na natureza de sua constituição e, em especial, nos costumes e características de pessoas de todas as classes em todas as ocasiões.

Entramos em contato com a história de Veneza no momento mais completo de sua vida. A disputa ocorrida durante o reino do doge Foscari[34] a deixara com um império em terra firme, dando-lhe não só ascendência sobre outros Estados italianos, mas também estabelecendo-a entre as potências da Europa. A política praticada por Veneza, de "egoísmo prudente" e "autoconhecimento", as vantagens de sua posição, no centro do mundo, porém à parte, e a força peculiar de sua constituição a situaram acima dos competidores. Tendo esmagado Gênova, ela liderava o comércio no Mediterrâneo oriental, e todas essas vitórias foram apenas o prelúdio de sua grandiosa carreira como um Estado a dispor de territórios. Mas seu destino, como sabemos, não foi esse. A cidade não conseguiu manter o império que teve em terra firme; e, deixada sozinha na luta contra os turcos, perdeu o controle do Oriente e gastou em vão sua força. A história de Veneza após o século XV é um registro de maus pres-

---

[33] "Venice". Publicado pela primeira vez em 7 de janeiro de 1909, no *Times Literary Supplement*, como resenha do livro *Venice: Its Individual Growth from the Earliest Beginnings to the Fall of the Republic* (6 vols., 1906-1908), de Pompeo Molmenti, traduzido do italiano para o inglês por Horatio F. Brown. São abordadas aqui as partes II (*The Golden Age*, 2 vols., 1907) e III (*The Decadence*, 2 vols., 1908) da obra em pauta.

[34] Francesco Foscari (1373-1457), doge a partir de 1423, deposto pouco antes de morrer, lutou contra os milaneses e contra o papa Nicolau V.

ságios e decadência; contudo, ao mesmo tempo não há história que nos comova tanto, quer por seu esplendor e tragédia, quer pela semelhança que guarda com a ruína de uma grande alma. Graças não só à erudição de Molmenti, mas também ao modo vívido como ele expõe os fatos, podemos fazer com que um estudo complemente o outro; podemos espiar pelas ruas, no interior de oficinas, em salas de recepção e, com essa penetração no temperamento das pessoas, podemos entender com mais clareza suas ações externas.

Sem dúvida a primeira impressão que o leitor recebe dos capítulos iniciais de *The Golden Age* é de surpresa e paradoxo. Veneza era suprema, mas estava exausta; passamos da descoberta da rota para o Cabo à Liga de Cambray,[35] da paz de Passarowitz à conquista por Napoleão.[36] Há uma demanda constante de energia e riqueza e um crescente fracasso em atender à demanda. No entanto foi durante essa época que a vida privada da cidade se tornou mais luxuosa e brilhante e que seu talento em arte e saber chegou ao auge. Pelo menos uma parte do paradoxo pode ser explicada; séculos de comércio próspero tinham dotado as grandes famílias de enormes riquezas; e, quando o comércio com o Oriente diminuiu, os poderosos se tornaram banqueiros ou investiram sua fortuna em propriedades em terra firme. Não havia falta de riqueza privada, por ora, e foi possível manter o paradoxo de a guerra e as perdas externas e um Tesouro vazio serem compatíveis com o esplendor interno em profusão. "Depois da Liga de Cambray", segundo Horatio F. Brown, "a República se resignou ao papel de autoapresentação suntuosa."[37] A própria cidade foi reconstruída e decorada durante o século XVI por "uma legião de artistas" vindos de toda parte da Itália para se pôr a seu serviço. Ao longo do Grande Canal, ergueram-se palácios, da madeira passou-se à pedra e ao bronze, e mestres como Sansovino e Palladio puderam realizar sem estorvos suas concepções prodigiosas. As ilhas onde o mato ainda crescia foram revestidas de pedra e nelas surgiram construções; calçaram-se as

---

[35] A Liga de Cambray atuou por dois anos, a partir de 1508, para se opor às ambições territoriais de Veneza. Constituíram-na o papa Júlio II, vários monarcas europeus e algumas famílias poderosas.

[36] A Paz de Passarowitz, em 1718, pôs fim à guerra da qual Veneza participava desde 1714. Napoleão conquistou e suprimiu a República em 1797, anexando o Estado veneziano, por algum tempo, ao império austríaco.

[37] Horatio F. Brown, *Venice: An Historical Sketch of the Republic* (1893).

ruas e, por toda parte, pontes cruzaram os canais. Aos cavalos sucederam as gôndolas, das quais, pelas vias aquáticas, flutuava uma frota de 10 mil, não pretas ainda, mas brilhando em vermelho e verde, adornadas com enfeites e douradas na proa. Veneza se tornou, como diz Pompeo Molmenti, "qual um vasto lugar de moradia onde os habitantes podiam levar a vida ao ar livre"; a Piazza servia como sala de visitas e as grandes feiras e carnavais eram encenados nesse maravilhoso recinto que tinha pedras por paredes e o céu por telhado.

Nessa época a inclinação veneziana pela pompa foi estimulada tanto pela política do governo, que procurava esconder sob a ostentação sua fraqueza interna, quanto por um impulso de vida que só chegou àquela gente, finda a austeridade da Idade Média, após ter se manifestado nos outros povos da Itália. As casas venezianas se abriam para espetáculos sem fim; sempre havia uma vitória a celebrar, uma pedra qualquer a assentar ou algum rei estrangeiro para distrair. Cada crise da vida privada, nascimento, casamento, morte, tinha sua celebração formal; procissões davam voltas pela Piazza, ou até lá chegavam os comboios de gôndolas que desciam pelo canal com o Bucentauro[38] no meio. Molmenti dá os detalhes de cada ocasião, permitindo-nos compor um quadro que servirá para muitas. As figurinhas pretas das gravuras antigas, que atravessam a Piazza numa fila estreita, na realidade estão todas encapadas de escarlate e ouro; longas ripas vermelhas formam linhas ao fundo; o povo se aglomera e se dobra como a cevada ao vento quando lhe atiram moedas. Imagina-se que um céu azul e a brisa muito leve façam os reflexos se revolver na água. É fácil conceber a multidão, mas não tão fácil, com nossa estreita percepção moderna, conceber a transcendente beleza dos detalhes e indivíduos. Ergueram-se copos que, tendo sido soprados em Murano, tinham estranhas incrustações de opala e ouro e cavalos-marinhos espetados por alças; as mesas nas quais eles se dispunham eram entalhadas de quimeras e monstros; grandes taças de ouro, cinzeladas por mãos de mestre, continham doces; e as mulheres usavam roupas pesadas de damasco, brocado ou veludo, em cores fortes ou suaves, com botões de cristal, grampos de âmbar no cabelo e uma miríade de pedras preciosas. Temos de imaginar um espírito que por toda parte tomava forma e expressava, no conjunto e nos detalhes, a beleza de Veneza e a alegria de

---

[38] O galeão dourado que transportava o doge.

viver em Veneza. Clássicos latinos e gregos saíam da prensa de Aldo Manuzio; eruditos de Constantinopla viviam em Veneza e ensinavam as maravilhosas línguas mortas; particulares começaram a guardar livros "em armários e em estantes de nogueira entalhada" e o governo fundou sua grande biblioteca no magnífico prédio de Sansovino. É porém nas pinturas que o gênio da época se encontra mais completamente preservado. Elas pendem nas nossas galerias como janelas para o majestoso passado e exibem tanto o corpo da época quanto a essência mais pura de seu espírito. A Idade de Ouro de Veneza, como muitas vezes se diz, precisava das artes plásticas para expressá-la, e Molmenti sugere que existe uma relação entre o gênio dessas pinturas e o gênio da constituição veneziana. Nas pinturas, "o protagonista da cena raramente é um indivíduo, mas a multidão"; na política, "o indivíduo foi absorvido pelo Estado, que negava ao indivíduo a iniciativa independente e visava coordenar a ação de cada membro da comunidade com o movimento do Estado". As casas particulares foram construídas para emoldurar banquetes e assembleias; os cômodos enormes não eram propícios a uma vida familiar intimista nem a conversas secretas entre mulheres e homens. Lemos em Molmenti que "a maioria dos tratados acerca da família estão cheios de ensinamentos morais". As mulheres levavam vidas reclusas, de calma voluptuosa, e só emergiam em seus duros brocados se fossem necessárias para abrilhantar o espetáculo. Repetidas vezes o Estado interferiu para controlar extravagâncias à mesa, no vestuário ou nas celebrações, mas em muitos casos os nobres preferiram pagar pesadas multas em vez de refrear sua paixão pela ostentação. Até mesmo os túmulos do Renascimento estão coalhados de símbolos de vida; e é raro, diz Molmenti, ouvir falar em suicídio, que só é mencionado, se for o caso, com uma espécie de horror grotesco. Sua observação de que "a profunda melancolia da morte não encontra expressão nem mesmo na poesia veneziana" dá a entender por que foi que a República produziu pintores, mas nenhum grande poeta. Quando pensamos na nossa própria literatura desse mesmo período, pensamos não só numa apresentação elaborada, mas também no sono que a ronda. A ruína se aproximava entretanto, ela que desfigura antes de destruir por completo, e o tipo ainda viril do Renascimento relaxou na "fisionomia enfatuada, insolente e servil" do século XVII. Sintomas de declínio mostraram-se na vida pública e na vida privada; houve casos de suborno entre funcionários do Estado; a aristocracia perdeu fortunas no jogo e negou-se a praticar os ofícios dos antepassados; as guildas sofreram com a competição e com seu próprio conservadorismo, tendo os navios estrangeiros desertado do porto. As artes da pintura e da arquitetura revelaram, ambas, a mesma corrupção; a pedra foi talhada em flóridos cachos de ornamento e incongruentemente as linhas se ondularam; palácios como o Pesaro e igrejas como a Salute são típicos desse "Renascimento grotesco", como o chamou Ruskin.[39]

Mas Veneza, enquanto decaía lentamente de sua posição como potência europeia e de sua condição como a grande artista da Europa, foi assumindo outra aparência, caracterizada por uma peculiar beleza e não menos notada do que o resto. Durante a última parte do século XVII e ao longo do XVIII, tornou-se ela o pátio de lazer de tudo o que era alegre, misterioso e irresponsável. Sua semelhança com um grande lugar de moradia aumentou, pois as pessoas eram sociáveis como uma numerosa família, "com o doge como o avô de toda a raça", e o fato de não terem existência política as unia em seus prazeres. Se um baile transbordasse do salão, dançava-se em plena rua. Em sua grande maioria, os nobres, sem ânimo para nutrir algum interesse pelo governo, gastavam sua energia em refinadas brincadeiras com as trivialidades da vida. Estudaram a arte das boas maneiras e a ciência da caixa de rapé; "como assoar o nariz, como espirrar, como pedir a uma dama 'uma pitada de encanto'". Os atrativos dos cafés foram reconhecidos e, nas salas de visitas, falava-se de arte e amor e cartas entre homens e mulheres, com ligeiras discussões, chegada a hora, sobre princípios revolucionários. A conversação, a finura, o escândalo, todas as relações íntimas da vida, com suas partes adequadas, floresceram à perfeição. As maneiras eram requintadas, as vestimentas, soberbas, e a arte veneziana ainda podia enfeitar uma mulher ou mobiliar uma sala com um gosto inimitável. Mas Veneza tinha mais para mostrar do que isso. Era também a cidade das ruas escuras e das águas profundas; havia casas, "em lúgubres e remotos recessos da cidade", onde se podia comprar o elixir da longa vida ou a pedra filosofal. As tortuosas vias aquáticas, com seus ângulos bruscos e suas sombras, incitaram estranhos viajantes a frequentá-las, tendo abrigado amores e crimes. Tanto Casanova quanto Cagliostro[40] podem ser encontrados entre a mul-

---

[39] John Ruskin (1819-1900). A citação é de seu livro *The Stones of Venice* (3 vols.), publicado entre 1851 e 1853.

[40] Giacomo Casanova (1725-1798), aventureiro e escritor, esteve preso em Veneza,

tidão de excêntricos que caminhou pela Piazza. A história de Veneza no século XVIII tem o fascínio da extrema distinção e, ao mesmo tempo, de uma irrealidade estranha. Os sons e visões do mundo exterior podem ser vistos aqui, mas apenas em ecos graciosos, como se ao passar pelas águas eles tivessem sofrido alguma mutação pelo mar.

A imagem de Veneza, antes de ela cair em silêncio, mais uma vez se refletiu todavia com o máximo de decisão. As pinturas de Canaletto e Guardi e as comédias de Goldoni permanecem para descrevê-la por dentro e por fora. O espetáculo não é mais turbulento; porém, quando olhamos para essas telas luminosas e ordeiras, mal podemos imaginar uma beleza maior ou lamentar a perda daquele antigo esplendor. Pois quem dirá quando foi que Veneza chegou aos píncaros, quem negará que nós que a desfrutamos hoje percebemos uma beleza nunca imaginada pelas pessoas de sua Idade de Ouro?

---

por astúcia no jogo e outros golpes de esperteza, mas conseguiu fugir para a França. Alessandro Cagliostro (1743-1795), além de aventureiro, era conde e foi alquimista.

Thoreau[41]

Há cem anos, em 12 de julho de 1817, nascia Henry David Thoreau, filho de um fabricante de lápis de Concord, Massachusetts. Deu sorte com seus biógrafos, que foram atraídos por ele não tanto por sua fama quanto por simpatizarem com suas opiniões, embora não tenham conseguido nos dizer muita coisa a seu respeito que não se encontre nos seus próprios livros. Não foi nada cheia de acontecimentos a vida de Thoreau, que tinha, como ele mesmo diz, "uma autêntica vocação para ficar em casa". Sua mãe, impaciente e volúvel, era tão dada às perambulações solitárias que um dos filhos que teve só por pouco escapou de vir ao mundo num campo aberto. Já o pai era um "homenzinho trabalhador e tranquilo", com a capacidade de fazer os melhores lápis de grafite dos Estados Unidos, graças ao segredo, que ele detinha, de misturar a plumbagina em pasta com greda e água, enrolar em folhas, cortar em tiras e levar ao fogo. Seja como for, com muita economia e alguma ajuda ele pôde se permitir mandar o filho para Harvard, se bem que o próprio Thoreau não desse grande importância a essa oportunidade tão cara. É todavia em Harvard que pela primeira vez ele se torna visível para nós. Muito do que um colega nele viu em rapaz nós reconhecemos tempos depois no adulto, e assim, em lugar de um retrato, citaremos o que por volta do ano de 1837 foi visível ao olhar penetrante do reverendo John Weiss:

> Ele era frio e nada impressionável. Seu toque de mão era úmido e indiferente, como se ele tivesse apanhado alguma coisa ao ver a mão de alguém se esticando e apertasse a mão com isso. Os olhos proeminentes, cinza-azulados, pareciam vaguear pelo caminho abaixo, um pouco à frente dos pés, quando suas graves passadas

---

[41] "Thoreau". Publicado pela primeira vez em 12 de julho de 1917, no *Times Literary Supplement*, em comemoração ao centenário do autor. As citações entre aspas provêm dos livros de Thoreau ou foram extraídas de sua biografia por H. S. Salt, *The Life of Henry David Thoreau* (1890).

de índio o levavam para o saguão da universidade. Ele não ligava para pessoas; seus colegas pareciam muito distantes. Sempre esse devanear o envolvia, e não de modo tão folgado quanto as roupas estranhas fornecidas pelo piedoso desvelo da família. O pensamento não lhe avivara ainda o semblante, que era sereno, mas algo tosco e obstinado. Os lábios não estavam firmes ainda; era como se um ar de satisfação presunçosa estivesse à espreita em seus cantos. Está claro agora que ele se preparava para sustentar suas futuras opiniões com grande determinação e uma apreciação pessoal do valor delas. O nariz era proeminente, mas sua curva caía para a frente, sem firmeza, sobre o lábio superior, e lembramo-nos dele como se parecesse muito com a escultura de um rosto egípcio, de feições largas mas cismarentas, imóvel, fixado num egoísmo místico. Entretanto, como se ele tivesse deixado cair ou esperasse encontrar alguma coisa, às vezes seus olhos se punham à procura. De fato seus olhos raramente pareciam sair do chão, mesmo nas conversas mais sérias com alguém...[42]

Ele prossegue falando da "reserva e inaptidão" da vida de Thoreau na universidade.

Está claro que o rapaz assim retratado, cujos prazeres físicos assumiam a forma de caminhadas e acampamentos no mato, que não fumava a não ser "umas hastes secas de lírios", que venerava as relíquias indígenas tanto quanto os clássicos gregos, que ao raiar da juventude já criara o hábito de "acertar contas" com sua consciência num diário, onde seus pensamentos, sentimentos, estudos e experiências tinham de ser passados dia a dia em revista por aquele rosto egípcio e seu olhar à procura —, está claro que esse rapaz se achava destinado a desapontar os pais, os professores e todos os que desejavam que ele se destacasse no mundo e se tornasse uma pessoa importante. Sua primeira tentativa de ganhar a vida de maneira normal, tornando-se um mestre-escola, viu-se interrompida pela obrigação de castigar os alunos com varadas. Ele propôs que, em vez disso, falassem sobre moral. Quando a direção lhe comunicou que a escola não iria tolerar sua "indevida brandura", Thoreau surrou solenemente seis alunos e depois pediu demissão, alegando que o

---

[42] O artigo do reverendo John Weiss, citado na biografia de Salt, foi publicado no *Christian Examiner* de Boston em julho de 1865.

emprego como professor "interferia em seus planos". Os planos do jovem na penúria diziam provavelmente respeito a encontros, pelas redondezas, com certos pinheiros, lagos, animais silvestres e até pontas de flechas de índios que já tinham lhe imposto seu domínio.

Mas por algum tempo ele viveu no mundo dos homens, pelo menos naquela parte muito extraordinária do mundo de que Emerson era o centro e que professava as doutrinas transcendentalistas. Thoreau se instalou num quarto da residência de Emerson e sem demora se tornou, como disseram seus amigos, quase indistinguível do próprio profeta. Se alguém ouvisse uma conversa entre os dois, mantendo os olhos fechados, não saberia dizer onde Emerson se interrompia e Thoreau começava: "[...] em seus modos, nos tons da voz, nas maneiras de se expressar e até mesmo nas hesitações e pausas de sua fala ele tinha se tornado a contraparte de Emerson". O que bem pode ter sido assim. As naturezas fortes, quando são influenciadas, submetem-se sem a menor resistência; e isso é talvez sinal de seu vigor. Mas os leitores de seus livros negarão com certeza que Thoreau tenha perdido algo de sua força no processo, ou que tenha assumido permanentemente quaisquer cores que não lhe fossem naturais.

O movimento transcendentalista, como a maioria dos movimentos que têm vitalidade, representou o esforço de uma ou duas pessoas invulgares para se livrar das roupas velhas, que para elas tinham se tornado incômodas, e se ajustar com mais firmeza ao que agora lhes parecia ser realidade. O desejo de reajustamento teve seus sintomas ridículos e seus grotescos discípulos, como Lowell registrou e as memórias de Margaret Fuller confirmam.[43] Mas, de todos os homens e mulheres que viveram numa era em que o pensamento estava sendo redefinido em comum, sentimos que Thoreau foi quem menos teve de se adaptar, quem já se achava em harmonia, por natureza, com o novo espírito. Por nascimento ele estava entre as pessoas, como Emerson o expressa, que "em silêncio tinham dado sua adesão pessoal a uma esperança nova e em qualquer companhia manifestam uma maior confiança na natureza e nos recursos do homem do que as leis da opinião popular concederão de bom grado".

---

[43] James Russell Lowell (1819-1891), poeta, ensaísta e diplomata americano, abordou Thoreau em seu livro *My Study Windows* (1871). Margaret Fuller (1810-1850), feminista e escritora americana, editou por algum tempo *The Dial*, o periódico dos transcendentalistas; deixou um livro de memórias e outros, entre os quais *Woman in the Nineteenth Century* (1845).

Thoreau

Havia dois modos de vida que aos líderes do movimento pareciam dar margem à consecução dessas novas esperanças: um em comunidades cooperativas, como a de Brook Farm;[44] o outro na solidão da natureza. Ao chegar o momento de fazer sua escolha, resolutamente Thoreau se decidiu pelo segundo. "No tocante às comunidades", escreveu ele em seu diário, "acho melhor eu ter um quarto de solteiro no inferno do que ir me hospedar no céu". Fosse qual fosse a teoria, em sua natureza se entranhava "um singular anseio pelo ermo" que o levaria a viver experiências como as registradas em *Walden*, quer isso fosse ou não bom para os outros. Na verdade ele iria pôr em prática as doutrinas dos transcendentalistas mais a fundo que qualquer um deles, e provar quais são os recursos do homem ao depositar neles toda sua confiança. Assim, tendo chegado aos 27 anos de idade, ele escolheu dentro da mata um pedaço de terra, à beira das águas muito verdes e limpas do lago Walden, construiu uma cabana com as próprias mãos, usando um machado que pegou emprestado, com certa relutância, para algumas partes do trabalho, e ali se instalou, como ele disse, "para enfrentar apenas os fatos essenciais da vida e ver se eu poderia aprender o que ela tinha a ensinar, e não descobrir, quando viesse a morrer, que eu não tinha vivido".

E agora temos uma oportunidade de conhecer Thoreau como pouca gente é conhecida, mesmo pelos amigos. Poucos, é seguro afirmar, se interessam tanto por si mesmos como Thoreau o fez; pois nós, se somos dotados de um egoísmo intenso, fazemos todo o possível para sufocá-lo, a fim de poder viver em paz com os vizinhos. Não temos tanta confiança assim em nós mesmos para romper completamente com a ordem estabelecida. Essa foi a aventura de Thoreau; seus livros são o registro da experiência vivida e de seus resultados. Ele fez tudo o que podia para intensificar seu autoconhecimento, para desenvolver o que lhe era peculiar, para isolar-se do contato com qualquer força que pudesse interferir no dom imensamente valioso de sua personalidade. Tal era seu sagrado dever, não apenas para consigo mesmo, mas com o mundo; e um homem mal chega a ser egoísta se o é em tão grande escala. Quando lemos *Walden*, o registro de seus dois anos na mata, temos a impressão de contem-

---

[44] Nesta fazenda, no estado de Massachusetts, nos Estados Unidos, estabeleceu-se por poucos anos, a partir de 1841, uma comunidade transcendentalista em que o desenvolvimento pessoal se associava à prática, por homens e mulheres, de todos os trabalhos manuais necessários.

plar a vida por uma lente de aumento muito poderosa. Caminhar, comer, cortar lenha, ler um pouco, observar um passarinho num galho, fazer o próprio jantar — todas essas ocupações, quando, raspadas as excrescências, são sentidas como novas, se mostram maravilhosamente amplas e brilham. As coisas comuns são tão estranhas, as sensações usuais, tão surpreendentes, que confundi-las ou desperdiçá-las, por viver no rebanho e adotar hábitos que convêm à maioria, é um pecado, um ato de sacrilégio. O que a civilização tem a dar, como pode o luxo se desenvolver a partir de fatos tão simples? "Simplicidade, simplicidade, simplicidade!" — eis o seu apelo. "Em vez de três refeições por dia, fazer uma só, se for necessário; em vez de uma centena de pratos, cinco; e reduzir em proporção as outras coisas."

Mas o leitor pode perguntar: qual o valor da simplicidade? Será a simplicidade de Thoreau algo que vale por si mesmo, ou antes um método de intensificação, um modo de pôr em liberdade a complicada e delicada máquina da alma, de modo que seus resultados sejam o contrário do simples? Os homens mais excepcionais tendem a descartar-se do luxo por acharem que ele estorva o desempenho daquilo que para eles é muito mais valioso. O próprio Thoreau foi um ser humano extremamente complexo que por certo não alcançou a simplicidade por viver dois anos numa cabana, fazendo sua comida. Antes, sua façanha foi pôr a nu o que existia em seu íntimo — deixar a vida seguir o próprio rumo, livre de constrições artificiais. "Eu não queria viver o que não fosse vida, sendo tão bom viver; nem queria praticar a resignação, a menos que de todo necessária. O que eu queria era viver a fundo e sugar toda a essência da vida..." *Walden* — como aliás todos os seus livros — está repleto de descobertas sutis, conflitantes e muito frutíferas. Descobertas que não foram escritas para provar alguma coisa no fim, e sim como os índios quebram pontas de galhos para marcar suas trilhas através da floresta. Thoreau abre um caminho pela vida, como se ninguém nunca tivesse tomado a mesma direção, e deixa esses sinais para os que vierem depois, caso queiram saber por onde ele seguiu. Mas ele não quis deixar rastros atrás de si, e segui-lo não é um processo simples. Jamais permitiremos que a nossa atenção cochile, quando lemos Thoreau, pela certeza de agora termos apreendido seu tema e podermos confiar na coerência do guia. Sempre devemos estar prontos para experimentar alguma coisa nova; devemos estar sempre preparados para o choque de encarar no original um daqueles pensamentos que ao longo de toda a vida conhecemos em reproduções. "Toda saúde e sucesso me fazem bem, por mais remotos que possam parecer; toda doença e fracasso contribuem para deixar-me triste e me fazem mal, por mais que tenham muita afinidade comigo, ou eu com eles." "Desconfie de todas as atividades que exijam roupas novas." "É preciso ter vocação para a caridade, como para qualquer outra coisa." Eis aí uma amostra, colhida quase ao acaso, e naturalmente há também muitas platitudes completas.

Ao caminhar por sua mata, ou ao sentar-se numa pedra, quase imóvel como a esfinge dos seus tempos de estudante, para observar passarinhos, Thoreau definiu sua própria posição em relação ao mundo, não só com honestidade inabalável, mas também com um fulgor de êxtase no coração. Ele parece abraçar sua própria felicidade. Aqueles anos foram cheios de revelações — achando-se ele tão independente dos outros homens, provido de modo tão perfeito pela natureza não só para manter-se abrigado, alimentado e vestido, mas também para sentir-se soberbamente acolhido sem nenhuma contribuição da sociedade. De sua mão aliás a sociedade recebeu uma saraivada de golpes. E ele dispunha suas queixas com tal solidez que não podemos evitar a suspeita de que a sociedade possa um dia desses chegar a bons termos com um rebelde tão nobre. Nem igrejas nem exércitos ele queria, nem jornais nem correios, e com muita coerência negou-se a pagar dízimos, sendo preso ademais por não pagar o imposto sobre pessoas, a capitação. Todo e qualquer aglomerar--se em multidões, para fazer o bem ou obter prazer, era para ele uma aflição intolerável. Thoreau disse que a filantropia era um dos sacrifícios que ele havia transformado em noção de dever. Já a política lhe parecia "insignificante, irreal, inacreditável", e a maioria das revoluções não seriam tão importantes como o ressecamento de um rio ou a morte de um pinheiro. Ele queria apenas ser deixado sozinho a perambular pela mata, na sua roupa cinza do Vermont,[45] não tolhido nem mesmo pelas duas pedras calcárias que ficaram em cima de sua mesa até que, mostrando-se culpadas de juntar poeira, foram jogadas de vez pela janela afora.

Esse egoísta contudo foi o homem que abrigou em sua cabana escravos fugidos; e foi esse eremita quem primeiro falou em público em de-

---

[45] No original, *Vermont Grey*: termo em desuso que no século XIX designava um capote de inverno nas zonas rurais da Nova Inglaterra americana.

fesa de John Brown;[46] esse homem solitário e autocentrado não conseguiu dormir nem pensar quando puseram Brown na prisão. A verdade é que qualquer um que reflita tanto e tão profundamente quanto Thoreau refletiu sobre a vida e nossa conduta é possuído por uma anômala noção de responsabilidade para com sua espécie, quer escolha viver na mata ou tornar-se presidente da República. Trinta volumes do diário, que de quando em quando ele condensaria com infinito cuidado em pequenos livros, provam além disso que o homem independente que afirmou se importar tão pouco com seus semelhantes era possuído por um intenso desejo de se comunicar com eles. "De bom grado", escreve ele, "eu comunicaria a riqueza da minha vida aos homens, realmente lhes daria o que há de mais precioso em meu talento... Não tenho bens pessoais, a menos que o seja minha peculiar capacidade de servir ao público... Quisera eu comunicar aquelas partes da minha vida que eu viveria de novo com alegria." Ninguém que o lê pode deixar de perceber esse desejo. E a questão no entanto é saber se ele conseguiu transmitir sua riqueza, partilhar sua vida. Depois de lermos seus livros fortes e nobres, nos quais cada palavra é sincera, cada frase tão bem trabalhada quanto o escritor a sabe tornear, fica-nos um estranho sentimento de distância; eis aqui um homem que está tentando se comunicar, porém não pode fazê-lo. Seus olhos estão postos no chão, ou talvez no horizonte. Nunca ele está falando diretamente conosco; fala em parte consigo e em parte para algo místico além de nossa visão. "Digo eu a mim mesmo", escreve ele, "deveria ser o mote do meu diário" — e todos os seus livros são diários. Os outros homens e mulheres eram muito bonitos, eram maravilhosos, mas estavam longe; eram diferentes; ele achava muito difícil compreender seus modos. Para ele, pareciam "tão esquisitos como se fossem marmotas". Todo intercâmbio humano era infinitamente difícil; a distância entre um amigo e outro, imperscrutável; as relações humanas eram muito precárias e terrivelmente propensas a acabar em decepção. Mas, embora envolvido e disposto a fazer o que pudesse, exceto rebaixar seus ideais, Thoreau estava consciente de que a dificuldade não podia ser superada por esforço. Tinham-no feito diferente dos outros. "Se um homem não acerta o passo pelo de seus companheiros, talvez seja porque ele ouve um tambor diferente.

---

[46] O abolicionista John Brown (1800-1859), defendido por Thoreau numa assembleia em Concord, em outubro de 1859, mas enforcado em dezembro do mesmo ano.

Deixem-no andar à música que está ouvindo, por mais distante ou cadenciada que ela seja." Sendo um homem selvagem, nunca ele se submeteria a ser domesticado. E aqui está, para nós, seu peculiar encanto. Ele ouve um outro tambor. É um homem em quem a natureza soprou instintos diferentes dos nossos e a quem sussurrou, como se pode imaginar, alguns de seus segredos.

"Parece ser uma lei", diz ele, "que não se possa ter uma simpatia profunda, a um só tempo, pelo homem e o mundo natural. As características que nos trazem para junto de um são as mesmas que nos afastam do outro." Talvez seja verdade. A maior paixão de sua vida foi a paixão pela natureza, que de fato foi mais que uma paixão: era uma afinidade, e é nisso que ele difere de homens como White e Jefferies.[47] Thoreau era dotado, como nos é dito, de uma extraordinária acuidade dos sentidos; podia ver e ouvir o que outros não percebiam; tinha o tato tão apurado que numa caixa abarrotada de lápis conseguia apanhar de cada vez exatamente uma dúzia; e conseguia, de noite, encontrar seu caminho através da mata fechada. Era capaz de pegar um peixe no rio com as próprias mãos; de atrair um esquilo silvestre a se aninhar no seu casaco; ou de sentar-se tão imóvel que, em torno dele, os animais continuavam com as correrias de hábito. Conhecia tão intimamente os aspectos da região que, se despertasse num prado, saberia dizer a época do ano, com um dia ou dois de diferença, pelas flores a seus pés. A natureza tornara fácil para ele garantir seu sustento sem esforço. Era tão habilidoso com as mãos que, trabalhando quarenta dias, podia viver sem preocupações pelo restante do ano. É difícil saber se devemos considerá-lo o último de uma linhagem mais antiga de homens, ou o primeiro de uma ainda por vir. Ele tinha o vigor, o estoicismo, os sentidos não corrompidos de um índio, combinados com a autoconsciência, a insatisfação exigente, a suscetibilidade dos mais modernos. Às vezes parece ir além das nossas forças humanas naquilo que ele percebe no horizonte da humanidade. Nenhum filantropo jamais quis tanto bem à humanidade, nem impôs a si mesmo tarefas mais elevadas e nobres, e aqueles cujo ideal de paixão e de serviço é o mais sublime são os que têm maior capacidade de doação, ainda que a vida possa não lhes pedir tudo o que têm a dar e os force, não a

---

[47] Gilbert White (1720-1793) e Richard Jefferies (1848-1887), naturalistas americanos, ambos autores de livros muito lidos em suas respectivas épocas.

esbanjar, mas a manter em reserva. Por mais que tenha sido capaz de fazer, Thoreau ainda veria outras possibilidades além; permaneceria para sempre, num certo sentido, insatisfeito. E essa é uma das razões que o capacitaram a se tornar companheiro de uma geração mais nova.

Ele morreu quando se achava no auge da vida,[48] e teve de suportar longa doença sem sair de casa. Mas com a natureza aprendera o estoicismo e o silêncio. Nunca falou das coisas que mais o haviam comovido nas suas circunstâncias pessoais. Mas com a natureza ele aprendera também a estar contente, não de um modo impensado ou egoísta, nem por certo com resignação, e sim com uma confiança saudável na sabedoria da própria natureza, onde, como ele diz, não há tristeza. "Desfruto tanto como sempre da existência", escreveu no leito de morte, "e não lamento nada." Falava consigo mesmo sobre alces e índios quando morreu sem espasmos.

---

[48] Em 1862, ou seja, aos 45 anos.

Ficção moderna[49]

Ao se fazer qualquer exame da ficção moderna, mesmo o mais descuidado e livre, é difícil não dar por certo que a prática moderna da arte é de algum modo um progresso em relação à antiga. Pode-se dizer que, com suas toscas ferramentas e materiais primitivos, Fielding se saiu bem e Jane Austen ainda melhor, mas compare as oportunidades deles com as nossas! Há por certo um estranho ar de simplicidade em suas obras-primas. No entanto a analogia entre a literatura e, para dar um exemplo, o processo de fabricar automóveis dificilmente se mantém válida além de um primeiro e rápido olhar. É duvidoso que no decurso dos séculos, apesar de termos aprendido muito sobre a produção de máquinas, tenhamos aprendido alguma coisa sobre como fazer literatura. Nós não passamos a escrever melhor; tudo o que se pode dizer que fazemos é continuar a nos mover, ora um pouco nesta direção, ora naquela, mas com uma tendência circular, caso o trajeto completo da pista fosse visto de um pico suficientemente elevado. Nem é preciso dizer que não temos a pretensão de estar, por um momento sequer, nessa posição vantajosa. Na planície, entre a multidão, meio cegos pela poeira, olhamos para trás com inveja daqueles guerreiros mais felizes cuja batalha está ganha e cujas realizações se revestem de um ar de perfeição tão sereno que mal podemos nos abster de murmurar que a luta para eles não foi tão violenta quanto para nós. Cabe ao historiador da literatura decidir; cabe-lhe dizer se estamos começando ou concluindo ou no meio de um grande período da prosa de ficção, pois lá embaixo na planície pouca coisa é visível. Sabemos apenas que certas gratidões e hostilidades nos inspiram; que certos caminhos parecem conduzir à terra fértil, outros à poeira e ao deserto; e que talvez valha a pena tentar uma explicação para isso.

---

[49] "Modern Fiction". Publicado pela primeira vez em 10 de abril de 1919, com o título "Romances modernos", no *Times Literary Supplement*, e revisado por Virginia Woolf para inclusão no primeiro volume de *The Common Reader* (1925), o único livro de ensaios que ela mesma organizou e publicou em vida.

Nossa querela não é pois com os clássicos e, se falamos de discordar de Wells, Bennett e Galsworthy,[50] é em parte porque, pelo simples fato de terem existência corpórea, suas obras trazem uma imperfeição do dia a dia, viva e dotada de fôlego, que nos autoriza a tomar com elas as liberdades que bem quisermos. Mas também é verdade que, embora por mil dádivas sejamos gratos a eles, reservamos nossa gratidão incondicional a Hardy, a Conrad e, em grau muito menor, ao Hudson de *The Purple Land*, *Green Mansions* e *Far Away and Long Ago*.[51] Wells, Bennett e Galsworthy despertaram tantas esperanças e frustraram-nas de um modo tão persistente que nossa gratidão assume em grande parte a forma de um agradecimento por nos terem mostrado o que poderiam ter feito, mas não fizeram; o que nós certamente não poderíamos fazer, mas que certamente talvez nem desejássemos. Nenhuma frase isolada resumirá a denúncia ou queixa que temos de apresentar contra essa massa de trabalho tão grande em seu volume e que incorpora tantas qualidades, sejam elas admiráveis, ou o contrário. Se tentássemos formular numa palavra o que queremos dizer, deveríamos afirmar que esses três escritores são materialistas. É por estarem preocupados, não com o espírito, e sim com o corpo, que eles nos desapontaram, deixando-nos a impressão de que, quanto mais cedo a ficção inglesa lhes der as costas, tão polidamente quanto possível, e seguir em frente, ainda que apenas para entrar no deserto, melhor para a alma dela será. Naturalmente não há palavra isolada que atinja o centro de três alvos distintos. No tocante a Wells, ela cai muitíssimo longe do objetivo visado. Contudo indica, na nossa opinião, mesmo em seu caso, uma fatal mescla em seu gênio, a do grande torrão de barro que se misturou à pureza de sua inspiração. Mas Bennett talvez seja o maior culpado dos três, na medida em que é, de longe, o melhor artesão. É capaz de fazer um livro tão bem construído e sólido em sua carpintaria que se torna difícil, para o mais exigente dos críticos, ver por que fenda ou greta pode insinuar-se a decomposição. Não há sequer uma

---

[50] Os romancistas ingleses H. G. Wells (1866-1946), Arnold Bennett (1867-1931) e John Galsworthy (1867-1933), todos então no auge da fama.

[51] Thomas Hardy (1840-1928), Joseph Conrad (1857-1924) e William Henry Hudson (1841-1922). Este último, nascido na Argentina, escreveu, além de romances, contos ambientados na América do Sul e, como naturalista, tratados sobre a avifauna de La Plata.

folga nos caixilhos das janelas, sequer uma rachadura nas tábuas. E se a vida se negasse no entanto a viver lá? Esse é um risco que o criador de *The Old Wives's Tale*,[52] que George Cannon, que Edwin Clayhanger e inúmeras outras personalidades bem podem pretender ter superado. Os personagens dele vivem profusa e até imprevistamente, mas falta perguntar como vivem, e para quê? Parece-nos cada vez mais que eles, abandonando até mesmo o sólido casarão em Five Towns, passam o tempo todo em algum vagão estofado da primeira classe de um trem, apertando botões e campainhas sem conta; e o destino para o qual viajam assim com tanto luxo inquestionavelmente se torna, cada vez mais, uma eterna bem-aventurança passada no melhor hotel de Brighton. Por certo não se pode dizer de Wells que ele seja um materialista a deleitar-se em excesso com a solidez de sua construção. Sua mente é muito generosa em suas afeições para permitir-lhe gastar tempo demais fazendo coisas bem-acabadas e substanciais. É um materialista por pura bondade de coração, que põe nos ombros um trabalho de que funcionários do governo deveriam desincumbir-se, e que na abundância de seus fatos e ideias mal encontra uma folga para dar realidade, ou se esquece de julgá-la importante, à crueza e grosseria de seus seres humanos. Que crítica mais danosa pode contudo haver, tanto à sua Terra quanto ao seu Céu, do que dizer que eles serão habitados, aqui e no além, por esses seus Joans e Peters?[53] A inferioridade da natureza de tais personagens não empana os ideais e instituições que porventura lhes sejam proporcionados pela generosidade de seu criador? Nem nas páginas de Galsworthy, por mais que respeitemos profundamente sua integridade e humanismo, haveremos de encontrar o que buscamos.

Se em todos esses livros colamos então um mesmo rótulo, no qual há a mesma palavra, materialistas, queremos dizer com isso que é sobre coisas desimportantes que seus autores escrevem; que desperdiçam um esforço imenso e uma imensa destreza para fazer com que o trivial e o transitório pareçam duradouros e reais.

---

[52] Arnold Bennett. Os dois nomes seguintes, Cannon e Clayhanger, são de personagens de outros livros do autor.

[53] Referência ao romance *Joan and Peter* (1918) de H. G. Wells.

Ficção moderna

Temos de admitir que somos exigentes e, ademais, que achamos difícil explicar o que é que exigimos para justificar nossa insatisfação. Diferente é o modo pelo qual, em diferentes momentos, formulamos nossa pergunta. Ela porém reaparece, e com maior persistência, quando largamos o romance terminado num suspiro que alteia: isto vale a pena? Qual a razão de ser de tudo isto? Será que Bennett, com seu magnífico mecanismo de apreensão da vida, veio pegá-la pelo lado errado, por questão de centímetros, devido a um desses pequenos desvios que o espírito humano parece de quando em quando fazer? A vida nos escapa; e talvez, sem vida, nada mais valha a pena. É uma confissão de imprecisão ter de usar uma figura como essa, mas pouco aprimoramos o tema se falarmos, como se inclinam a fazer os críticos, de realidade. Admitindo a imprecisão que aflige toda a crítica de romances, arrisquemo-nos pois à opinião de que para nós, neste momento, a forma de ficção em voga mais frequentemente deixa escapar do que apreende a coisa que buscamos. Quer a chamemos de espírito ou vida, de verdade ou realidade, isso, essa coisa essencial, já mudou de posição e se nega a estar ainda contida em vestes tão inadequadas quanto as que fornecemos. Não obstante prosseguimos, perseverante e conscienciosamente, a construir nossos 32 capítulos de acordo com um plano que deixa cada vez mais de assemelhar-se à visão de nossas mentes. Muito do enorme esforço para provar a solidez, a semelhança da história com a vida, não só é trabalho jogado fora, como também trabalho mal direcionado que acaba por obscurecer e apagar a luz da concepção. O escritor parece obrigado, não por sua livre vontade, mas por algum tirano inescrupuloso e poderoso que o tem em servidão, a propiciar um enredo, a propiciar comédia, tragédia, intrigas de amor e um ar de probabilidade no qual o todo é embalsamado de modo tão impecável que, se todas as personagens se erguessem, adquirindo vida, achar-se-iam até o último botão de seus casacos vestidas pela moda em vigor. O tirano é obedecido; o romance é cozido ao ponto. Mas às vezes, e com frequência cada vez maior à medida que o tempo passa, ocorre-nos uma dúvida momentânea, um espasmo de rebelião, enquanto as páginas vão sendo enchidas ao modo habitual. A vida é assim? Devem ser assim os romances?

Olhe para dentro e a vida, ao que parece, está muito longe de ser "assim". Examine por um momento uma mente comum num dia comum. Miríades de impressões recebe a mente — triviais, fantásticas, evanescentes, ou gravadas com a agudeza do aço. E é de todos os lados que elas chegam, num jorro incessante de átomos inumeráveis; ao cair, ao transmutar-se na vida de segunda ou terça-feira,[54] o acento cai de um modo que difere do antigo; não é aqui, mas lá, que o momento de importância chega; assim pois, se o escritor fosse um homem livre, e não um escravo, se ele pudesse escrever o que bem quisesse, não o que deve, se pudesse basear sua obra na sua própria emoção, e não na convenção, não haveria enredo, nem comédia, nem tragédia, nem catástrofe ou intriga de amor no estilo aceito e, talvez, nem um só botão pregado conforme estipulam os alfaiates da Bond Street. A vida não é uma série de lampiões dispostos simetricamente; a vida é um halo luminoso, um envoltório semitransparente que do começo ao fim da consciência nos cerca. Não é missão do romancista transmitir esse espírito variável, desconhecido e incircunscrito, seja qual for a aberração ou a complexidade que ele possa apresentar, com o mínimo possível de mistura do que lhe é alheio e externo? Não estamos propondo apenas sinceridade e coragem; sugerimos que a matéria apropriada à ficção difere um pouco do que o hábito nos levaria a crer que fosse.

É pelo menos desse modo que tentamos definir a característica que distingue a obra de vários autores jovens, entre os quais James Joyce é o mais notável, da de seus predecessores. Eles se esforçam para chegar mais perto da vida e para preservar com mais sinceridade e exatidão o que lhes interessa e comove, mesmo que para isso tenham de se livrar da maioria das convenções normalmente seguidas pelo romancista. Registremos os átomos, à medida que vão caindo, na ordem em que eles caem na mente, e tracemos o padrão, por mais desconexo e incoerente na aparência, que cada incidente ou visão talha na consciência. Não tomemos por certo que a vida existe de modo mais pleno naquilo que comumente se considera grande do que naquilo que comumente se considera pequeno. Quem quer que tenha lido *Um retrato do artista quando jovem* ou, livro que promete ser muito mais interessante, o *Ulysses*, ora em publicação na *Little Review*, há de se ter aventurado a alguma teoria desse tipo quanto à intenção de Joyce. De nossa parte, com o fragmento que temos diante de nós, mais nos aventuramos do que sustentamos; porém, seja qual for a intenção do todo, não pode haver nenhuma dúvida de que sua sinceridade é profunda e o resultado, ainda que o julguemos difícil ou desagradável,

---

[54] Ver o conto de Virginia Woolf intitulado "Monday or Tuesday", no volume homônimo, a primeira coletânea de contos da autora (1921).

Ficção moderna

inegavelmente importante. Em contraste com os que chamamos de materialistas, Joyce é espiritual; preocupa-se em revelar, custe o que custar, as oscilações dessa flama interior tão recôndita que dispara mensagens pelo cérebro e, a fim de preservá-la, desconsidera com extrema coragem tudo o que lhe pareça fortuito, seja a probabilidade, seja a coerência ou qualquer um desses balizamentos que há gerações têm servido para amparar a imaginação de um leitor, quando instada a supor o que ele não pode ver nem tocar. A cena no cemitério, por exemplo, com seu brilho e sordidez, sua incoerência, seus súbitos lampejos de significação, chega indubitavelmente tão perto da própria essência da mente que é difícil não aclamá-la, pelo menos numa primeira leitura, como obra-prima. Se é a vida em si que queremos, aqui a temos decerto. De fato, encontramo-nos a tentear, de modo meio desajeitado, se tentamos dizer o que mais desejamos, e por que razão uma obra de tal originalidade ainda não consegue comparar-se — pois devemos tomar altos exemplos — a *Juventude* ou a *O prefeito de Casterbridge*.[55] Não o consegue por causa da comparativa pobreza da mente do escritor, poderíamos dizer simplesmente e liquidar a questão. Mas é possível insistir mais um pouco e indagar se não nos cabe relacionar nossa impressão de estar num quarto claro, porém pequeno, confinado e isolado, mais do que livre e desimpedido, a alguma limitação imposta pelo método, bem como pela mente. Será o método que inibe a força criadora? Será devido ao método que não nos sentimos joviais nem magnânimos, mas centrados num ego que, a despeito do seu tremor de suscetibilidade, nunca abrange nem cria o que está fora de si e mais além? A ênfase posta na indecência, talvez didaticamente, contribui para o efeito de algo isolado e anguloso? Ou será apenas que em qualquer esforço tão original assim se torna muito mais fácil, em particular para os contemporâneos, sentir o que está faltando do que indicar o que é dado? Seja como for, é um erro ficar de fora examinando "métodos". Se somos escritores, todos os métodos estão corretos, qualquer método serve, desde que expresse o que é nosso desejo expressar; e isso nos traz mais perto, se somos leitores, da intenção do romancista. O método em pauta tem o mérito de nos trazer mais perto do que fomos preparados para tomar por vida em si mesma; a leitura do *Ulysses* pôde sugerir como é grande

---

[55] No original, *Youth* (1902), de Joseph Conrad, e *The Mayor of Casterbridge* (1886), de Thomas Hardy.

a parte da vida que se ignora ou se exclui, assim como foi um choque abrir *Tristram Shandy* ou mesmo *Pendennis*[56] e por eles se convencer não só de que há outros aspectos da vida, mas também de que esses são, além disso, mais importantes.

Como quer que seja, o problema com o qual o romancista se defronta hoje, como supomos ter ocorrido no passado, é inventar meios de estar livre para registrar o que escolhe. Ele tem de ter a coragem de dizer que o que lhe interessa não é mais "aquilo", mas "isto": e apenas a partir "disto" é que deve construir sua obra. Para os modernos, o ponto de interesse, "isto", muito provavelmente jaz nas obscuras paragens da psicologia. O acento cai de imediato, por conseguinte, de modo um pouco diferente; a ênfase é posta numa coisa até então ignorada; de imediato se torna necessária uma outra ideia de forma, de difícil apreensão por nós e, para nossos predecessores, incompreensível. Ninguém senão um moderno, ninguém talvez senão um russo, sentiria o interesse da situação que Tchekhov transformou no conto por ele intitulado "Gússev". Soldados russos doentes estão deitados no navio que os leva de volta à Rússia. Fragmentos da conversa entre eles e alguns de seus pensamentos nos são dados; um dos soldados então morre e é retirado dali; a conversa continua entre os outros, por algum tempo, até morrer o próprio Gússev, que, "como se fosse uma cenoura ou um rabanete", é jogado no mar. A ênfase é posta em lugares tão inesperados que a princípio nem parece que houvesse qualquer ênfase; depois, quando os olhos se acostumam à penumbra e distinguem no ambiente as formas das coisas, é que vemos como o conto é inteiriço, como é profundo e como Tchekhov, em fiel obediência à sua visão, optou por isto, por aquilo e o restante, colocando-os juntos para compor algo novo. Mas é impossível dizer "isto é cômico", ou "aquilo é trágico", e nem sequer estamos certos, já que os contos, pelo que nos foi ensinado, devem ser curtos e conclusivos, de que o texto em questão, sendo vago e inconclusivo, deva mesmo ser chamado de conto.

Como as observações mais elementares sobre a moderna ficção inglesa dificilmente podem evitar alguma alusão à influência russa, corre-se o risco de sentir, se os russos são mencionados, que escrever sobre qualquer ficção, exceto a deles, é uma perda de tempo. Se é entendimento de alma e coração que queremos, onde mais haveremos de encontrá-lo com

---

[56] No original, *The Life and Opinions of Tristram Shandy* (1759-1767), de Laurence Sterne, e *The History of Pendennis* (1848-1850), de W. M. Thackeray.

semelhante profundidade? Se já estamos cansados de nosso próprio materialismo, o menos considerável de seus romancistas tem, por direito de nascença, uma reverência natural pelo espírito humano. "Aprende a te fazer semelhante aos outros... Mas que essa empatia não seja da mente — pois com a mente é fácil — e sim do coração, do amor por eles."[57] Em cada grande escritor russo temos a impressão de perceber os traços de um santo, caso a empatia pelos sofrimentos alheios, o amor pelos outros, o esforço para alcançar algum objetivo digno das mais rigorosas exigências do espírito constituam a santidade. É o santo neles que nos desconcerta, fazendo-nos sentir nossa própria banalidade irreligiosa e transformando muitos dos nossos famosos romances em mero embuste e falso brilho. Inevitavelmente talvez, as conclusões da mentalidade russa, assim compreensiva e compassiva, são da maior tristeza. Seria até mais exato falar da inconcludência da mentalidade russa. É a sensação de que não há mesmo resposta, de que a vida, se examinada honestamente, faz uma pergunta atrás da outra, as quais devem ser deixadas a repercutir sem parar, depois de acabada a história, numa interrogação sem esperança que nos enche de um desespero profundo e enfim talvez ressentido. Bem pode ser que eles estejam certos; veem mais longe do que nós, isso é inconteste, e sem os grandes impedimentos de visão que temos. Mas talvez vejamos algo que lhes escapa, senão por que essa voz de protesto viria imiscuir-se em nossa melancolia? A voz de protesto é a de uma outra e antiga civilização que parece ter criado em nós o instinto para desfrutar e lutar, mais do que para compreender e sofrer. De Sterne a Meredith,[58] a ficção inglesa dá testemunho de nosso natural deleite com o humor e a comédia, com a beleza da terra, com as atividades do intelecto e o esplendor do corpo. Mas quaisquer deduções que possamos tirar da comparação entre duas ficções tão imensuravelmente distantes são vãs, a não ser, de fato, por nos cumularem de uma visão das infinitas possibilidades da arte e nos lembrarem de que não há limite algum no horizonte, que nada — nenhum "método", nenhuma experiência, nem mesmo a mais extravagante — é proibido, exceto a falsidade e o fingimento. "A matéria apropriada à ficção" não existe; tudo serve de assunto à ficção, todos os sen-

---

[57] O conto "Gússev", aqui citado, estava incluído no livro *The Witch and Other Stories*, de Anton Tchekhov (1848-1904), traduzido do russo para o inglês por Constance Garnett (1918).

[58] Laurence Sterne (1713-1768); George Meredith (1828-1909).

timentos, todos os pensamentos; cada característica do cérebro e do espírito entra em causa; nenhuma percepção é descabida. E, se pudermos imaginar que a arte da ficção ganhasse vida e se postasse entre nós, ela mesma nos pediria, sem dúvida, para quebrá-la e transgredi-la, e também para amá-la e respeitá-la, pois assim sua juventude se renova e sua soberania está garantida.

Como impressionar um contemporâneo[59]

Em primeiro lugar, é muito difícil um contemporâneo deixar de se impressionar com o fato de dois críticos, à mesma mesa e no mesmo momento, emitirem opiniões completamente diferentes sobre o mesmo livro. Aqui, à direita, tal livro é declarado uma obra-prima da prosa inglesa; e ao mesmo tempo não passa, à esquerda, de um monte de papel imprestável que, se o fogo conseguisse aturá-lo, deveria ser atirado nas chamas. Ambos os críticos estão contudo de acordo quanto a Milton e Keats. Demonstram sensibilidade apurada e possuem, sem dúvida, um entusiasmo legítimo. É apenas quando discutem a obra de escritores contemporâneos que inevitavelmente eles se engalfinham. O livro em questão, que é tanto uma contribuição duradoura à literatura inglesa como mera embrulhada de mediocridade pretensiosa, foi publicado há cerca de dois meses. Essa é a explicação; por isso é que eles divergem.

E é uma estranha explicação, que desconcerta o leitor, desejoso de orientar-se em meio ao caos da literatura contemporânea, e de igual modo o escritor, em quem é natural a vontade de saber se sua obra, produzida com infinito sofrimento e numa escuridão quase total, há de arder para sempre entre os luminares fixos das letras inglesas ou se, pelo contrário, há de apagar o fogo. Mas, se nos identificarmos com o leitor e explorarmos primeiramente seu dilema, nossa perplexidade será bem passageira. A mesma coisa já aconteceu com tanta frequência antes! Ouvimos os doutores discordando sobre o novo e concordando sobre o antigo duas vezes por ano em média, na primavera e no outono, desde que Robert Elsmere, se não foi Stephen Phillips,[60] saturou de algum modo a

---

[59] "How it Strikes a Contemporary". Publicado pela primeira vez em 5 de abril de 1923, no *Times Literary Supplement*, e revisado por Virginia Woolf para inclusão no primeiro volume de *The Common Reader* (1925).

[60] *Robert Elsmere* (1888) é o título de um livro da sra. Humphry Ward, grande best-seller na época. Stephen Phillips (1864-1915) escreveu poemas dramáticos como "Francesca" (1900) e "Nero" (1906).

atmosfera, e houve a mesma discordância entre pessoas adultas sobre esses livros também. Seria muito mais espantoso e, com efeito, muito mais perturbador se, abrindo uma exceção, os dois cavalheiros se pusessem de acordo, declarassem o livro de Blank uma obra-prima inconteste e assim nos situassem ante a necessidade de decidir se deveríamos endossar seu julgamento até o limite de dez libras e meio xelim. Ambos são renomados críticos; as opiniões que aqui se precipitam de maneira tão espontânea vão se engomar e empertigar em colunas de prosa sóbria que sustentarão a dignidade das letras na Inglaterra e nos Estados Unidos.

Enquanto a conversa prossegue, deve então ser um cinismo inato, uma desconfiança mesquinha do gênio contemporâneo, que automaticamente nos convence — se eles fossem concordar, o que não dão sinais de fazer — de que meio guinéu é uma quantia por demais elevada para esbanjar em entusiasmos contemporâneos, quando adequadamente se resolve o caso com um pedido à biblioteca. Mesmo assim a questão permanece, e a nós cabe ter a audácia de propô-la aos próprios críticos. Não haverá orientação hoje em dia para um leitor que ninguém supera na reverência aos mortos, mas que se atormenta com a suspeita de que a reverência aos mortos esteja fundamentalmente ligada ao entendimento dos vivos? Os dois críticos concordam, depois de um rápido exame, que infelizmente tal pessoa não existe. Pois quanto vale o julgamento deles, quando o que entra em questão são livros novos? Não, por certo, dez libras e meio xelim. E do seu cabedal de experiência passam os dois a dar à luz exemplos terríveis de passados erros grosseiros; crimes da crítica que, se houvessem sido cometidos contra os mortos, não contra os vivos, os levariam a perder seus empregos, fazendo perigar suas reputações. O único conselho que podem dar é respeitar os próprios instintos, segui-los com destemor e, em vez de submetê-los ao controle de algum crítico ou resenhista vivos, ler e reler as obras-primas do passado para conferi-los.

Agradecendo-lhes humildemente, não podemos deixar de pensar que nem sempre foi assim. Era uma vez, temos de acreditar, uma norma, uma disciplina em vigor, que controlava de um modo hoje ignorado a grande república dos leitores. Isso não quer dizer que o grande crítico — um Dryden, um Johnson, um Coleridge, um Arnold — fosse um juiz infalível da obra contemporânea, cujos veredictos qualificassem indelevelmente o livro, poupando ao leitor o trabalho de reconhecer por si seu valor. Os enganos desses homens ilustres sobre seus próprios contemporâneos são por demais notórios para que mereçam registro. O simples fato de eles

80 Virginia Woolf

existirem tinha porém influência centralizadora. Não é fantasioso supor que isso bastasse para controlar discordâncias à mesa de jantar e impor à tagarelice impensada sobre algum livro recém-saído a autoridade que está por se buscar agora. As diversas escolas devem ter debatido com o mesmo ardor de sempre, mas cada leitor traria provavelmente em seu íntimo a consciência de haver ao menos um homem a manter bem à vista os princípios essenciais da literatura: um homem que, se alguém lhe levasse uma excentricidade momentânea, a poria em contato com a permanência, fixando-a mediante sua própria autoridade entre as explosões opostas de louvor e censura.[61] Mas, no tocante à gestação de um crítico, a natureza deve ser generosa e a sociedade tem de estar madura. As mesas de jantar que se espalham pelo mundo moderno, o corre-corre e o torvelinho das várias correntes que compõem a sociedade de nossa época só poderiam ser dominados por um gigante de proporções fabulosas. Mas por onde andará esse homem de superior estatura que é direito nosso esperar? Temos resenhistas, mas não temos críticos; um milhão de policiais competentes e incorruptíveis, mas não juízes. Homens capazes, de bom gosto e erudição, continuamente fazem preleções para os jovens e celebram os mortos. O resultado por demais frequente de suas penas aptas e industriosas é porém uma dissecação dos tecidos vivos da literatura até virarem uma teia de ossinhos. Em parte alguma encontraremos o vigor sem-cerimônia de um Dryden, ou o belo e natural procedimento de Keats, com sua aguda perspicácia e seu juízo perfeito, ou a tremenda força do fanatismo de Flaubert ou, acima de tudo, Coleridge, misturando na cabeça a totalidade da poesia para deixar de quando em quando escapar uma dessas profundas assertivas genéricas que a mente aquecida pela fricção da leitura capta como se fossem da própria alma do livro.

---

[61] Duas citações mostrarão como essas são violentas. "Isto [o livro *Told by an Idiot*, 1923, de Rose Macaulay] deveria ser lido como se deve ler *A tempestade* e *As viagens de Gulliver*, pois se os dons poéticos de Miss Macaulay são por acaso menos sublimes que os do autor de *A tempestade*, e se sua ironia é por acaso menos considerável que a do autor de *As viagens de Gulliver*, sua imparcialidade e sabedoria não são menos nobres que as deles." *The Daily News* [1º de novembro de 1923].

No dia anterior, lemos: "Quanto ao resto só se pode dizer que, se Mr. Eliot tivesse se deleitado em escrever em inglês demótico, *The Waste Land* poderia não ter sido, como é mesmo para todos, exceto antropólogos e literatos, tal quantidade de papel imprestável". *The Manchester Guardian* [31 de outubro de 1923]. (N. da A.)

E com tudo isso os críticos também concordam generosamente. Um grande crítico, dizem eles, é o mais raro dos seres. Mas, se surgisse um por milagre, como iríamos mantê-lo, de que iríamos nutri-lo? Grandes críticos, se eles mesmos não são grandes poetas, são engendrados pela exuberância da época. Há um grande homem para ser defendido, alguma escola para destruir ou fundar. Mas nossa época, tão pobre, está à beira da penúria. Não há um nome que se sobreponha aos restantes. Não há um mestre em cuja oficina os jovens se orgulhem de fazer seu aprendizado. Faz muito tempo Hardy se retirou da arena, e há algo de exótico em relação ao gênio de Conrad, algo que o torna menos uma influência que um ídolo, respeitado e admirado, mas arredio e ao longe. Quanto aos demais, embora sejam tantos, com tal vigor e em plena efervescência da atividade criadora, não há um só cuja influência possa atingir a sério seus contemporâneos ou projetar-se além do dia presente, naquele futuro não tão distante que nos apraz chamar de imortalidade. Se previrmos um século em nosso teste, e nos perguntarmos quanto do que atualmente se produz na Inglaterra ainda existirá então, teremos de responder não só que não podemos concordar sobre o mesmo livro, mas também que duvidamos, e muito, da real existência de tal livro. Esta é uma era de fragmentos. Umas poucas estrofes, algumas páginas, um capítulo aqui e ali, o começo de um romance ou o final de outro são iguais ao melhor de qualquer tempo ou autor. Mas podemos encarar a posteridade com um punhado de folhas soltas, ou pedir aos leitores desses dias vindouros, com a totalidade da literatura diante de si, que peneirem nossos imensos montes de entulho para achar nossas minúsculas pérolas? Tais são as perguntas que é lícito que os críticos façam a seus companheiros de mesa, os romancistas e poetas.

À primeira vista o peso do pessimismo parece suficiente para esmagar toda oposição. Sim, esta é uma época pobre, repetimos, com muito para justificar-lhe a pobreza; mas, francamente, se opusermos um século a outro, a comparação se mostra, de modo irresistível, contra nós. *Waverley*, *The Excursion*, *Kubla Khan*, *Don Juan*, os ensaios de Hazlitt, *Orgulho e preconceito*, *Hyperion* e *Prometeu desacorrentado* foram todos publicados entre 1800 e 1821.[62] Ao nosso século não faltou atividade;

---

[62] *Waverley* (1814), de Walter Scott; *The Excursion* (1814), de William Wordsworth; *Kubla Kahn* (1816), de Samuel Taylor Coleridge; *Don Juan* (1819-1924), de Lord

porém, se lhe exigirmos obras-primas, os pessimistas, a julgar pela aparência, estão certos. Tem-se a impressão de que uma era de gênios deve ser sucedida por uma era de esforço; o tumulto e a extravagância, por limpeza e trabalho duro. Claro está que aqueles que sacrificaram sua imortalidade para pôr a casa em ordem são merecedores de crédito. Mas, se quisermos obras-primas, onde procurá-las? Alguma poesia, podemos estar certos, sobreviverá; alguns poemas de Yeats, de Davies, de de la Mare. Lawrence, naturalmente, tem momentos de grandeza, mas também horas de algo bem diverso. Beerbohm[63] é perfeito a seu modo, se bem que não seja um grande modo. Passagens de *Far Away and Long Ago* passarão inteiras, sem dúvida, à posteridade. *Ulysses* foi uma memorável catástrofe — imenso na ousadia, terrificante no malogro. E assim, colhendo e escolhendo, ora selecionamos isto, ora aquilo, e o erguemos para mostrar, expondo-o a defesa ou a escárnio, e temos por fim de enfrentar a objeção de que mesmo assim estamos apenas concordando com os críticos quanto a ser nossa época incapaz de esforço contínuo, dada a confusão dos fragmentos, e não seriamente comparável à que a ela precedeu.

Mas é justamente quando o predomínio das opiniões é total, e ao seu poder acrescentamos o falso elogio, que somos possuídos às vezes pela mais veemente consciência de não acreditarmos numa só palavra do que estamos dizendo. Esta é uma época esgotada e estéril, repetimos; devemos olhar para o passado com inveja. Ao mesmo tempo, este é um dos primeiros dias bonitos da primavera. À vida, de modo geral, não falta cor. O telefone, que interrompe as mais sérias conversas e logo corta as observações de mais peso, não deixa de ter seu romantismo. E o falar à toa de pessoas sem esperança de imortalidade, que assim podem dizer tudo o que pensam, dispõe não raro de um cenário de luzes, ruas, casas, pessoas belas ou grotescas que há de entrelaçar-se para sempre ao momento. Mas isso é a vida; e a conversa é sobre literatura. Cabe-nos tentar

---

Byron; no original, *Pride and Prejudice* (1813), de Jane Austen; *Hyperion* (1820), de John Keats; no original, *Prometheus Unbound* (1820), de Percy Bysshe Shelley. Na época, o ensaísta William Hazlitt (1778-1830) estava em grande evidência, escrevendo na imprensa.

[63] William Butler Yeats (1865-1939); William Henry Davies (1871-1940); Walter de la Mare (1873-1956); D. H. Lawrence (1885-1930); Max Beerbohm (1872-1956).

desembaraçar as duas e justificar a impetuosa revolta do otimismo contra a plausibilidade superior, a distinção mais fina, do pessimismo.

Nosso otimismo é, pois, em grande parte instintivo. Provém do dia bonito e da conversa e do vinho; provém do fato de, quando a vida produz dia a dia esses tesouros, quando dia a dia sugere mais do que pode a loquacidade expressar, por mais que admiremos os mortos, preferimos a vida como ela é. Há no presente alguma coisa que não queremos trocar, ainda que viver em qualquer das eras passadas se oferecesse à nossa escolha. E a literatura moderna, com todas as suas imperfeições, tem essa mesma ascendência sobre nós e exerce o mesmo fascínio. Ela é como um parente que não recebemos bem e atormentamos diariamente com críticas, mas do qual, afinal de contas, não podemos prescindir. Tem a mesma cativante característica de ser o que também somos, o que fizemos e onde estamos vivendo, em vez de ser outra coisa, por grandiosa que fosse, vista pelo lado de fora e alheia a nós. De resto, nenhuma geração tem mais necessidade que a nossa de querer bem a seus contemporâneos. Fomos abruptamente separados de nossos predecessores. Uma oscilação da balança — a guerra, o súbito deslocamento de massas mantidas na mesma posição por tempos — abalou de alto a baixo a estrutura, alienou-nos do passado e tornou-nos conscientes do presente de um modo talvez demasiado intenso. Todos os dias nos encontramos fazendo, dizendo ou pensando coisas que teriam sido impossíveis aos nossos antepassados. E sentimos as diferenças que não foram notadas com muito mais agudeza do que as semelhanças que foram expressas à perfeição. Novos livros nos induzem a lê-los com uma parcela de esperança de que irão refletir essa recomposição de nossa atitude — essas cenas, pensamentos e agrupamentos manifestamente fortuitos de coisas incongruentes que incidem sobre nós com um sabor tão forte de novidade — e, como faz a literatura, devolvê-la à nossa guarda, inteira e compreendida. Razões para otimismo, com efeito, aqui não faltam. Nenhuma época pode ter sido mais rica do que a nossa em escritores decididos a dar expressão às diferenças que os separam do passado e não às semelhanças que os ligam a ele. Seria injusto citar nomes, mas é difícil que o leitor mais displicente, mergulhando na poesia, na ficção, na biografia, não fique impressionado com a coragem, a sinceridade, a generalizada originalidade, em suma, de nossa época. Porém, de estranho modo, nossa animação diminui. Livro após livro nos deixa a mesma impressão de promessa irrealizada, de pobreza intelectual, de brilho que foi arrebatado à vida mas não se transmudou em literatura. Muito do que há de melhor nas obras contemporâneas assume a aparência de ter sido escrito sob pressão, grafado numa taquigrafia desolada que preserva com espantoso brilho os movimentos e expressões das figuras que estão passando na tela. Mas o lampejo acaba logo, e o que nos resta é uma insatisfação profunda. A irritação é tão aguda quanto intenso foi o prazer.

Feitas as contas, eis-nos então de volta ao começo, vacilando de um extremo a outro, entusiasmados um momento e a seguir pessimistas, incapazes de chegar a qualquer conclusão que seja sobre nossos contemporâneos. Pedimos aos críticos para nos ajudar, mas eles desaprovaram a tarefa. Já está portanto na hora de aceitar seu conselho e consultar as obras-primas do passado para corrigir tais extremos. Sentimo-nos a nos mover para elas, impelidos não por um sereno critério, mas por certa necessidade imperiosa de ancorar nossa instabilidade na segurança que têm. Mas o choque da comparação entre passado e presente, sinceramente, é a princípio desconcertante. Em grandes livros, sem dúvida, há monotonia. Em página após página de Wordsworth e Scott e Jane Austen há uma tranquilidade impassível que é sedativa e beira a sonolência. Ocorrem oportunidades que eles deixam passar. Sutilezas e sombras se acumulam, e eles as ignoram. Parece que deliberadamente se negam a satisfazer os sentidos que os modernos estimulam com tanta intensidade; os sentidos da visão, da audição, do tato — e, acima de tudo, o sentido do ser humano, a diversidade de suas percepções, sua profundeza, sua complexidade, sua confusão, sua personalidade, em suma. Há pouco de tudo isso nas obras de Wordsworth e Scott e Jane Austen. De onde então surge essa impressão de segurança que gradativa e deleitosamente nos subjuga por completo? É o poder de sua crença — de sua convicção — que se impõe a nós. Em Wordsworth, o poeta filosófico, isso é bastante óbvio. Mas é do mesmo modo verdade quanto ao descuidado Scott, que rabiscava obras-primas para a edificação de castelos antes do desjejum, e da modesta dama donzela que furtiva e tranquilamente escrevia só para dar prazer. Em ambos há a mesma convicção singela de que a vida é de uma determinada natureza. Eles têm seus julgamentos de conduta. Conhecem as relações dos seres humanos uns para com os outros e para com o universo. É bem provável que nenhum deles tenha uma palavra inequívoca a dizer sobre o assunto, mas tudo depende disso. Basta acreditar, damos por nós mesmos dizendo, que todo o resto há de vir por si. Basta acreditar, para pegar um exemplo muito simples trazido à mente pela recente

Como impressionar um contemporâneo

publicação de *The Watsons*,[64] que uma moça bonita tentará por instinto acalmar os sentimentos de um garoto que foi humilhado num baile, e aí, caso implícita e inquestionavelmente acredite de fato nisso, você não só fará com que pessoas de cem anos depois sintam o mesmo, mas também fará com que o sintam como literatura. Pois esse tipo de certeza é a condição que possibilita escrever. Acreditar que suas impressões são válidas para outros é ser liberto do estorvo e confinamento da própria personalidade. É ficar livre, como Scott foi livre, para explorar com um vigor que ainda nos mantém encantados um mundo inteiro de romantismo e aventuras. Esse é também o primeiro passo daquele misterioso processo em que Jane Austen foi tão exímia. Uma vez selecionado, tomado por crível e lançado para fora de si, o pequeno grão de experiência já podia ser posto em seu exato lugar, deixando-a então livre para transformá-lo, num processo que nunca revela seus segredos ao analista, nessa exposição por inteiro que é a literatura.

Assim pois nossos contemporâneos nos afligem porque pararam de acreditar. O mais sincero deles nos dirá tão somente o que a si próprio acontece. Por não estarem libertos de outros seres humanos, não podem eles construir um mundo. Não podem contar histórias, porque não acreditam que as histórias são verdadeiras. Não podem generalizar. Dependem mais dos seus sentidos e emoções, cujo testemunho é confiável, do que de seus intelectos, cuja mensagem é obscura. E é forçoso que tenham de negar a si mesmos o uso de algumas das armas mais possantes e aprimoradas de seu ofício. Com toda a riqueza da língua inglesa por trás, timidamente eles passam de mão em mão, e de livro em livro, apenas as mais insignificantes moedinhas. Situados num ângulo recente da perspectiva eterna, podem apenas sacar dos seus cadernos de notas e registrar com intensidade agônica os flutuantes vislumbres — luz de quê sobre quê? — e os esplendores transitórios que talvez nem cheguem a constituir coisa alguma. Mas aqui se interpõem os críticos, e não sem certa demonstração de justiça.

Se esta descrição for válida, dizem eles, e não depender de todo, como bem pode ser, de nossa posição à mesa e de certas relações puramente pessoais com potes de mostarda e vasos de flores, os riscos de julgamento do trabalho contemporâneo são então maiores que nunca. Para

---

[64] Romance inacabado de Jane Austen (1775-1817), impresso pela primeira vez em 1871 e republicado na Inglaterra, com introdução de Leonard Parsons, em 1923.

eles há todas as desculpas, se errarem o alvo; e sem dúvida seria melhor, como aconselhou Matthew Arnold, retirar-se do solo causticante do presente para a tranquilidade segura do passado. "Entramos em solo causticante", escreveu Matthew Arnold, "quando abordamos a poesia de épocas por demais perto de nós, poesia como a de Byron, Shelley e Wordsworth, cujas considerações são com muita frequência, além de pessoais, pessoalmente apaixonadas", e isso, como nos lembram, foi escrito no ano de 1880. Cuidado, dizem ainda, para não pôr sob o microscópio um centímetro apenas de uma fita que se estende por muitos quilômetros; as coisas se ajeitam sozinhas, se você esperar; a moderação e o estudo dos clássicos devem ser recomendados. Além do mais, a vida é breve; o centenário de Byron se aproxima; e a causticante pergunta do momento é saber se ele se casou ou não com a própria irmã. Assim, para resumir — se de fato alguma conclusão for possível quando todos falam ao mesmo tempo e está na hora de ir embora —, parece que seria sensato se os escritores do presente renunciassem à esperança de criar obras-primas. Seus poemas, peças teatrais, biografias e romances não são livros, mas cadernos de anotações, e o Tempo, como um bom mestre-escola, há de tomá-los nas mãos, apontar seus borrões e garranchos e rasuras e rasgá-los ao meio, sem contudo jogá-los na lixeira como papéis imprestáveis. Há de guardá-los, porque outros estudantes os acharão muito úteis. Dos cadernos de anotações do presente é que são feitas as obras-primas do futuro. A literatura, como ainda há pouco os críticos estavam dizendo, já durou muito e sofreu muitas mudanças, mas somente uma vista curta e um espírito estreito poderão exagerar a importância dessas borrascas, por mais que elas sacudam os barquinhos ora à deriva no mar. O vendaval e o aguaceiro estão na superfície; a continuidade e a calmaria, nas profundezas.

Quanto aos críticos, cuja tarefa é proferir sentenças sobre os livros do momento, cujo trabalho, admitamos, é difícil, arriscado e não raro desagradável, peçamos-lhes que sejam generosos no estímulo, mas parcimoniosos na concessão dessas coroas e láureas que tendem tanto a entortar e murchar, dando a seus usuários, num espaço de seis meses, um ar um pouco ridículo. Que eles façam uma apreciação mais ampla e menos pessoal da literatura moderna, olhando para os escritores como se esses estivessem envolvidos numa vasta construção que, por ser erguida pelo esforço conjunto, bem pode deixar no anonimato os trabalhadores que atuam à parte. Que eles batam a porta na cara dessa companhia acolhedora, onde o açúcar custa pouco e a manteiga é farta, que desistam, ao menos por um tempo, da discussão deste fascinante tópico — se Byron se casou com sua irmã — e que se afastem um pouco, talvez um palmo, da mesa à qual nos sentávamos nessa conversa fiada, para dizer alguma coisa interessante sobre a literatura em si mesma. Quando estiverem de partida, vamos pegá-los pela gola e reavivar em sua memória aquela emaciada aristocrata, Lady Hester Stanhope,[65] que mantinha em seu estábulo um cavalo branco-leite, pronto para o Messias, e que impaciente mas confiante não parava de vasculhar o alto dos morros por sinais de Sua chegada, pedindo-lhes para seguir o exemplo dela: vasculhar o horizonte; ver o passado em relação com o futuro; e preparar assim o caminho para as obras-primas por vir.

---

[65] Hester Stanhope (1776-1839), excêntrica inglesa que viveu na Síria e no Líbano e se dizia uma profetisa inspirada, surge também em outros dois ensaios de Virginia Woolf, um especialmente dedicado a ela.

O leitor comum[66]

Há uma frase na vida de Gray pelo dr. Johnson[67] que bem poderia estar escrita em todos esses cômodos muito modestos para serem chamados de bibliotecas, porém cheios de livros, onde uma pessoa qualquer tem por ocupação a leitura: "Folgo em concordar com o leitor comum; pois pelo bom senso dos leitores, não corrompido pelos preconceitos literários, que decorrem dos refinamentos da sutileza e do dogmatismo da erudição, deve ser finalmente decidida toda pretensão a honrarias poéticas". Isso define suas características; dignifica seus objetivos; aplica-se a uma atividade que consome grande parte do tempo e no entanto tende a deixar atrás de si nada de muito substancial, a sanção de aprovação do grande homem.

O leitor comum, como sugere o dr. Johnson, difere do erudito e do crítico. Não é tão bem instruído, nem foi a natureza tão generosa ao dotá-lo. Ele lê por prazer, não para transmitir conhecimentos ou corrigir opiniões alheias. Acima de tudo, é guiado pelo instinto de criar para si, a partir de eventuais fragmentos dos quais venha a aproximar-se, algum tipo de todo — o retrato de um homem, um esboço de uma época, uma teoria sobre a arte da escrita. Nunca deixa, enquanto lê, de construir alguma estrutura frágil e desengonçada que lhe dará a satisfação provisória de ser bastante parecida com o objeto real para admitir emoções, risos, discussão. Apressado, superficial e inexato, ora se agarrando a tal poema, ora a tais restos de elementos antigos, sem se importar onde os encontra ou qual a natureza que tenham, desde que sirvam a seu propósito e lhe arrematem a estrutura, suas deficiências como crítico são por demais óbvias para serem assinaladas; mas se ele tem voz ativa, como sustentava

---

[66] Escrito para servir como texto de abertura a *The Common Reader* (1925), onde foi publicado pela primeira vez.

[67] A vida de Thomas Gray (1716-1771) é uma das que constam de *Lives of the English Poets* (1779-1881), livro de Samuel Johnson (1709-1884).

o dr. Johnson, na distribuição final das honrarias poéticas, então talvez valha a pena dar por escrito algumas das ideias e opiniões que, insignificantes em si mesmas, contribuem porém para um resultado assim tão considerável.

Jane Austen[68]

É provável que, se Cassandra Austen tivesse mesmo ido até o fim, nada teríamos nós de Jane Austen a não ser seus livros. Apenas a essa irmã mais velha ela escrevia com total liberdade; apenas à irmã ela confidenciou as esperanças que tinha e a grande decepção de sua vida; mas quando Cassandra Austen envelheceu e a crescente fama da irmã a fez suspeitar que chegaria o tempo em que estranhos iriam pesquisar e eruditos especular, com grande pesar queimou todas as cartas que poderiam satisfazer a curiosidade deles, poupando somente as que julgou muito banais para ter algum interesse.

Portanto nosso conhecimento de Jane Austen é derivado de pequenos mexericos, de algumas cartas e de suas obras. Quanto aos mexericos, os que sobreviveram à própria época nunca são desprezíveis; com um ligeiro reajuste, servem admiravelmente à nossa intenção. Jane, por exemplo, "não é nada bonita e é toda empertigada, nem parece uma garota de doze anos... Ela é esquisita e afetada",[69] diz de sua prima a pequena Philadelphia Austen. Temos depois a sra. Mitford, que conheceu as Austen quando jovens e achou Jane "a borboleta à caça de marido mais bonitinha, boba e afetada de que se lembrava". A seguir vem a amiga anônima da srta. Mitford, que "ora a visita [e] diz que Jane se empertigava para ser o mais aprumado, preciso e taciturno exemplo de 'bem-aventurança de solteira' que já existiu algum dia e que, até *Orgulho e preconceito* mostrar que joia preciosa estava oculta naquele rígido estojo, em sociedade ninguém olhava para ela mais do que para uma grade de lareira ou

---

[68] "Jane Austen". Publicado pela primeira vez no primeiro volume de *The Common Reader* (1925). Baseia-se em parte na resenha que antes Virginia Woolf escreveu sobre a edição dos romances de Jane Austen organizada por R. W. Chapman (5 vols., 1923), tendo-a publicado em 15 de dezembro de 1923 no semanário *New Statement and Nation*.

[69] Esta citação de correspondência, como as que estão logo a seguir, provêm de William Austen-Leigh e R. Austen-Leigh, *Jane Austen: Her Life and Letters. A Family Record* (1913).

um atiçador de fogo...". "A história é muito diferente agora", prossegue a boa senhora; "ela ainda é um atiçador de fogo, mas que todos temem... Um espírito agudo, que delineia personagens, mas não fala, é de fato terrível!" Por outro lado, é claro que há os Austen, gente pouco dada a se fazer panegíricos, não obstante ser dito que seus irmãos "a tinham em grande estima e se orgulhavam muito dela. Eram cativados por seu talento, suas virtudes, suas encantadoras maneiras, e todos eles adoravam supor mais tarde, numa sobrinha ou filha que tivessem, alguma semelhança com a querida irmã Jane, de quem porém nunca esperavam ver um equivalente perfeito".[70] Cativante mas aprumada, amada em casa mas temida por estranhos, ferina na língua mas terna de coração — tais contrastes não são nada incompatíveis e, quando nos voltarmos para os romances, lá também nos acharemos confusos diante das mesmas complexidades na escritora.

Para começar, a garotinha empertigada que Philadelphia achou tão diferente de uma criança de doze anos, esquisita e afetada, dentro em breve seria autora de uma história surpreendente e nem um pouco infantil, *Amor e amizade*,[71] que, por incrível que pareça, foi escrita por ela aos quinze anos. Escrita, ao que tudo indica, para divertir a sala de estudos; um dos contos do livro é dedicado com falsa solenidade ao irmão; outro é meticulosamente ilustrado, por sua irmã, com cabeças em aquarela. Esses gracejos, percebe-se, eram peculiaridade da família; estocadas de sátira que entraram na casa porque todos os pequenos Austen zombavam das senhoras elegantes que "suspiravam e desmaiavam no sofá".

Irmãos e irmãs devem ter rido muito enquanto Jane lia em voz alta seu último ataque aos vícios que todos eles detestavam: "Eu morro como mártir da dor pela perda de Augustus. Um desfalecimento fatal custou-me a vida. Cuidado com os desmaios, querida Laura... Enfureça-se sempre que quiser, mas não desmaie...". E ela se precipitava adiante, tão rápido quanto conseguia escrever e mais depressa do que sabia ortografar, para contar as incríveis aventuras de Sophia e Laura, de Philander e Gustavus, do homem que, dia sim dia não, guiava um coche entre Edimburgo e Stirling, do roubo da fortuna guardada na gaveta da mesa, das mães

---

[70] *A Memoir of Jane Austen* (1870), de J. E. Austen-Leigh.

[71] *Love and Friendship and Other Early Works* (1922), de onde provêm esta e as citações que se seguem no comentário sobre o livro.

que morriam à míngua e dos filhos que representavam *Macbeth*. Sem dúvida cada história contada deve ter levado a sala de estudos a gargalhadas ruidosas. Nada porém mais óbvio do que o fato de essa garota de quinze anos, sentada lá no seu canto da sala de visitas da casa, não estar escrevendo para provocar riso nos irmãos, nem para consumo caseiro. Ela estava escrevendo para todo mundo, para ninguém, para a nossa época, para a dela; noutras palavras, mesmo nessa idade precoce Jane Austen já estava escrevendo. Ouve-se isso no ritmo e torneamento e sobriedade das frases: "Ela não era nada mais do que uma simples jovem de boa índole, educada e obsequiosa; como tal, nem poderia nos desagradar — ela era apenas um objeto de desprezo". Uma frase como essa está destinada a durar mais que os feriados cristãos. Espirituoso, leve, cheio de troças, beirando com liberdade o absurdo — *Amor e amizade* é tudo isso; mas que nota é esta que jamais se funde com o resto, que soa distinta e penetrantemente através de todo o volume? É o som do riso. A garota de quinze anos, lá no seu canto, está rindo do mundo.

Garotas de quinze anos sempre estão rindo. Riem quando o sr. Binney se serve de sal quando queria açúcar. Quase morrem de rir quando a velha sra. Tomkins senta em cima do gato. Contudo, no momento seguinte elas já estão chorando. Não se mantêm num ponto fixo de onde ver que há algo eternamente risível na natureza humana, certa característica de homens e mulheres que para sempre nos estimula à sátira. Elas não sabem que Lady Greville, que não trata os outros bem, e a pobre Maria, que é maltratada, são figuras permanentes em qualquer salão de baile. Jane Austen contudo sabia disso desde o nascimento. Uma dessas fadas que se empoleiram nos berços provavelmente a levou num voo pelo mundo tão logo ela nasceu. Ao ser posta de novo no berço, não só ela já sabia que aparência tinha o mundo, como também já escolhera seu reino. Decidira que, se pudesse comandar nesse território, não cobiçaria nenhum outro. Assim, aos quinze anos, tinha poucas ilusões sobre outras pessoas, e nenhuma quanto a si mesma. Tudo o que ela escreve está bem-acabado e polido e posto na relação que mantém, não com o presbitério, mas com o mundo. Ela é impessoal; é imperscrutável. Quando a escritora Jane Austen compõe, na cena mais notável do livro, trechos da conversa de Lady Greville, não há vestígio de raiva pela descortesia sofrida certa vez pela Jane Austen filha de presbítero. Seu olhar atento passa direto ao marco, e sabemos exatamente onde, no mapa da natureza humana, esse marco está. Sabemos disso porque Jane Austen foi fiel ao seu

Jane Austen

93

pacto; ela nunca ultrapassou as próprias fronteiras. Nunca, nem mesmo aos quinze anos, idade tão emotiva, se encolheu em si mesma de vergonha, nunca disfarçou um sarcasmo com arroubos de compaixão nem nublou um contorno com vapores de êxtase. Arroubos e êxtases, parece ter dito ela, apontando com a bengala, *aqui* terminam; e a linha limítrofe está perfeitamente visível. No entanto ela não nega que existam luas e montanhas e castelos — lá do outro lado. Tem até mesmo sua fascinação por alguém. Pela Rainha da Escócia, que realmente ela admirava muito. Considerava-a "uma das principais personalidades do mundo, uma princesa encantadora cujo único amigo era então o duque de Norfolk, sendo os únicos agora o sr. Whitaker, a sra. Lefroy, a sra. Knight e eu". Com essas palavras sua paixão é circunscrita habilmente e se arredonda num sorriso. E é divertido recordar em que termos, não muito mais tarde, as jovens Brontë escreveram, no seu presbitério ao norte, sobre o duque de Wellington.

A garotinha empertigada cresceu. Tornou-se "a borboleta à caça de marido mais bonitinha, boba e afetada" de que a sra. Mitford se lembrava e, diga-se de passagem, a autora de um romance intitulado *Orgulho e preconceito* que, escrito em segredo, ao abrigo de uma porta rangente, permaneceu inédito por muitos anos. Algum tempo depois, ao que se pensa, ela começou outro livro, *The Watsons*,[72] que deixou inacabado, já que por algum motivo estava insatisfeita com ele. Vale a pena ler os livros menores de um grande escritor, porque eles oferecem a melhor crítica das suas obras-primas. As dificuldades de Jane Austen são aqui mais evidentes e o método que ela empregou para superá-las é encoberto por menos artifícios. Antes de tudo, a rigidez e nudez dos primeiros capítulos mostram-na como um desses escritores que expõem seus fatos de maneira algo tosca, na primeira versão, e a eles voltam repetidas vezes depois, para lhes dar atmosfera e corpo. Não podemos dizer como isso chegaria a ser feito — por que supressões e inserções e artificiosos inventos. Mas o milagre se realizaria; a história monótona de catorze anos na vida de uma família se transformaria numa daquelas introduções primorosas que parecem não depender de esforço; e nós jamais descobriríamos por quantas páginas de trabalho insosso preliminar Jane Austen forçou sua pena a passar. Aqui se percebe que ela afinal não era malabarista. Como ou-

---

[72] *Orgulho e preconceito* foi escrito em 1796-1797. *The Watsons*, começado talvez em 1804, só seria publicado pela primeira vez em 1871.

tros escritores, tinha de criar a atmosfera onde seu próprio e peculiar talento pudesse dar frutos. Ela aqui se atrapalha; ainda nos mantém à espera. Mas de repente o consegue; agora as coisas podem acontecer como ela gosta que as coisas aconteçam. A família Edwards está indo ao baile. A carruagem da família Tomlinson passa; ela pode nos contar que Charles "recebeu suas luvas e a instrução de não tirá-las"; Tom Musgrave, que se refugia num cantinho isolado com um barril de ostras, lá está otimamente instalado. Liberto, o talento dela entra em ação. Nossos sentidos disparam de imediato; somos possuídos pela peculiar intensidade que só ela sabe transmitir. Mas de que, em suma, se compõe tudo isso? De um baile numa cidade do interior; alguns casais se encontram e dão-se apertos de mãos numa sala de reuniões; come-se, bebe-se um pouco; e, para que haja catástrofe, um rapaz é repelido por uma moça e tratado amavelmente por outra. Não há tragédia e não há heroísmo. Entretanto por alguma razão a pequena cena é comovente para além de toda relação com sua solenidade superficial. Fomos levados a ver que, se Emma agisse assim no salão de baile, teria se mostrado bem sensata, afetuosa e inspirada por sentimentos sinceros naquelas crises mais graves da vida que, enquanto a observamos, inevitavelmente nos vêm aos olhos. Jane Austen é pois senhora de uma emoção muito mais profunda do que se revela na superfície. Ela nos estimula a prover o que ali não se encontra. O que oferece é na aparência uma banalidade, porém composta de algo que se expande na mente do leitor e confere a mais resistente forma de vida a cenas que por fora são banais. Sempre a ênfase é posta na personagem. Como Emma se comportará, somos instados a nos perguntar, quando Lord Osborne e Tom Musgrave chegarem de visita às cinco para as três, justamente quando Mary vem entrando com a bandeja e os talheres? É uma situação por demais embaraçosa. Os rapazes estão acostumados a muito mais refinamento. E pode ser que Emma se mostre uma pessoa mal-educada e vulgar, um zero à esquerda. Os diálogos, com suas voltas e reviravoltas, nos deixam em permanente suspense. Metade de nossa atenção jaz no momento presente, metade está no futuro. No fim, quando Emma se comporta de um modo que justifica nossas boas expectativas a seu respeito, comovemo-nos como se nos fizessem ser testemunhas de um assunto da mais alta importância. Aqui, de fato, nesse trabalho inacabado e de modo geral inferior, estão todos os elementos da grandeza de Jane Austen. Os atributos permanentes da literatura o compõem. Afastem-se a animação de superfície, a semelhança com a vida, e eis que fica por trás, para propiciar um mais profundo prazer, uma distinção rigorosa dos valores humanos. Afaste-se isso também da mente e será possível se debruçar com extrema satisfação sobre a arte mais abstrata que, na cena do salão de baile, tanto varia as emoções e harmoniza as partes que nos permite desfrutá-la como se desfruta a poesia, por ela mesma, e não como um elo que conduz a história por esse ou aquele rumo.

Mas os mexericos dizem de Jane Austen que ela era aprumada, precisa e taciturna — "um atiçador de fogo que todos temem". Há vestígios disso também; sua impiedade podia não ter limites; ela é um dos satiristas mais consistentes de toda a literatura. Aqueles angulosos capítulos iniciais de *The Watsons* mostram que seu talento não era dos mais prolíficos; não lhe bastava abrir a porta, como Emily Brontë, para se fazer notada. Humilde e alegremente ela apanhou as lascas e palhas de que o ninho seria feito e com cuidado as reuniu. Lascas e palhas que aliás, em si mesmas, já estavam meio empoeiradas e secas. Havia a casa grande e a casinha; um jantar, um chá, de vez em quando um piquenique; toda a vida era cercada por valiosos laços de família e rendimentos adequados; pelas estradas lamacentas, os pés molhados e a tendência, por parte das senhoras, a sentir cansaço; tudo se amparando num pequeno princípio, num pequeno alcance, e na educação comumente desfrutada por famílias da alta classe média vivendo em áreas rurais. Vício, paixão e aventura eram deixados de fora. Mas ela nada evita dessa vidinha prosaica, de toda essa pequenez, e nada é atenuado. Conta-nos, com paciência e exatidão, como eles "não pararam em nenhum lugar antes da chegada a Newbury, onde uma refeição revigorante que unia ceia e jantar deu por concluídos os prazeres e as fadigas do dia".[73] Ela também não paga às convenções apenas o tributo dos louvores fingidos; além de aceitá-las, acredita nelas. Quando descreve um clérigo, como Edmund Bertram, ou um marinheiro, em particular, parece impedida, pela inviolabilidade do papel de tal pessoa, de usar livremente sua principal ferramenta, a veia cômica, e por conseguinte tende a descambar para o panegírico decoroso ou a descrição trivial. Há porém exceções; no mais das vezes sua atitude relembra a exclamação da anônima senhora: "Um espírito agudo, que delineia personagens, mas não fala, é de fato terrível!". Nem reformar nem aniquilar ela quer; fica em silêncio, e isso é mesmo assustador. Um após

---

[73] *Mansfield Park* (1814), de Jane Austen, comentado a seguir com outras citações e referências.

outro ela cria seus mundanos, seus pedantes, seus tolos, seus senhores Collins, Sir Walter Elliot ou a sra. Bennett.[74] Increve-os com o açoite de uma frase que, ao passar em volta deles, para sempre lhes recorta as silhuetas. Mas por lá ficam; não se encontram desculpas para eles nem por eles se mostra compaixão. Nada fica de Julia e de Maria Bertram, depois que ela as deu por findas; e Lady Bertram é deixada eternamente "sentada a chamar o Pug e tentando mantê-lo longe dos canteiros de flores". Impõe-se uma justiça divina: o dr. Grant, que começa por gostar de ganso macio, termina trazendo à baila "a apoplexia e a morte, por três grandes jantares de gala numa mesma semana".[75] Às vezes é como se suas criaturas só tivessem nascido para dar a Jane Austen o supremo prazer de lhes cortar a cabeça. Ela se satisfaz; fica contente; não alteraria um fio de cabelo que fosse na cabeça de alguém, nem moveria uma pedra ou uma folha de grama num mundo que lhe proporciona prazer tão raro.

Nós também não o faríamos. Porque, mesmo se as dores da vaidade ofendida ou o calor da indignação moral nos incitassem a querer melhorar um mundo tão repleto de ódio, mesquinharia e insensatez, a tarefa estaria além de nossas forças. As pessoas são assim mesmo — como a garota de quinze anos sabia e a mulher madura o demonstra. Neste exato momento alguma Lady Bertram está tentando manter o Pug longe dos canteiros de flores; pouco depois ela manda Chapman ir ajudar Miss Fanny. A distinção é tão perfeita, a sátira tão justa que, apesar de coerente, quase escapa à nossa atenção. Nenhum toque de mesquinharia, nenhuma insinuação de ódio nos desperta da contemplação. O deleite se mistura estranhamente ao nosso entretenimento. A beleza ilumina esses tolos.

São partes muito diferentes, de fato, que constituem essa qualidade impalpável, e é preciso um talento específico para reuni-las num todo. O espírito agudo de Jane Austen tem por parceiro a perfeição de seu gosto. Seu tolo é um tolo, seu esnobe é um esnobe, porque cada um parte do modelo de sanidade mental e sensatez que ela tem em mente e inequivocamente se transmite a nós, mesmo quando ela nos faz rir. Nunca um romancista fez mais uso de uma noção tão impecável dos valores humanos.

---

[74] O sr. Collins e a sra. Bennett são personagens de *Orgulho e preconceito*; Sir Walter Elliot surge em *Persuasão*.

[75] Citações de *Mansfield Park*.

Contra o clichê de um coração que não erra, de um bom gosto infalível, de uma moralidade quase intolerante é que ela expõe os desvios em relação à verdade, sinceridade e bondade, que estão entre as coisas mais deliciosas da literatura inglesa. É inteiramente desse modo que retrata, em sua mistura de bem e mal, uma Mary Crawford. Deixa que ela deblatere contra o clero, ou a favor de um baronete e 10 mil libras por ano, com todo o desembaraço e vivacidade possíveis; mas de quando em quando lhe ocorre tocar uma nota própria, em surdina, mas em sintonia perfeita, e logo a tagarelice de Mary Crawford, embora continue a divertir, soa enjoada. Daí a profundez, a beleza, a complexidade das cenas de Jane Austen. Desses contrastes provêm um encanto e até certa gravidade que, além de tão notáveis quanto sua agudeza de espírito, dela são parte inseparável. Em *The Watsons*, ela nos dá uma amostra prévia dessa força; nos faz perguntar por que um ato corriqueiro de bondade se torna tão cheio de sentido quando descrito por ela. Nas suas obras-primas, o mesmo dom é levado à perfeição. Nada aqui é impróprio; é meio-dia no condado de Northampton; na escada, um rapaz insosso fala com a moça meio adoentada enquanto sobem a se vestir para o jantar, com empregadas passando. Mas as palavras que eles trocam, a partir da banalidade, do lugar-comum, bruscamente se tornam cheias de sentido, e o momento é para os dois um dos mais memoráveis de suas vidas. O momento se completa; e brilha; resplandece; por um instante pende diante de nós, trêmulo, profundo, sereno; depois a empregada passa e aquela gota, na qual toda a felicidade da vida se juntara, volta a cair suavemente para integrar-se ao fluxo e refluxo da existência comum.

O que de mais natural então que Jane Austen, com essa capacidade de penetrar na profundez alheia, decidisse escrever sobre as banalidades do dia a dia, as festas, os piqueniques, os bailes na roça? Quer partissem do príncipe regente, quer do sr. Clarke, "sugestões para alterar o estilo de sua escrita" não a tentariam jamais;[76] não havia romance, aventura,

---

[76] O príncipe regente em 1811, quando era príncipe de Gales, tornou-se em 1820 o rei George IV da Grã-Bretanha e da Irlanda. J. S. Clarke foi bibliotecário de seu palácio, Carlton House, demolido mais tarde. A passagem consta de *A Memoir of Jane Austen*, de autoria do sobrinho de Jane Austen, J. E. Austen-Leigh. Jane Austen teve de fato que lidar com tentativas de ingerência em sua obra por parte de Clarke, encarregado de comprar títulos para a Biblioteca Real. Pesquisas recentes mostraram que o príncipe tinha muito interesse pela obra dela e fazia questão de adquirir exemplares de seus livros antes que viessem a público.

política ou intriga capaz de lançar um facho de luz sobre a vida na escada de uma casa no campo como ela a via. O príncipe regente e seu bibliotecário, de fato, tinham topado com um obstáculo enorme, tentando violar uma consciência incorruptível, perturbar um discernimento infalível. A menina que com tanto capricho compunha suas frases aos quinze anos nunca parou de lhes dar forma e nunca escreveu para o príncipe regente e seu bibliotecário, mas sim para o mundo todo. Sabia exatamente quais eram suas forças e que materiais eram adequados a elas, e como os materiais devem ser trabalhados por um autor cujo nível de determinação é alto. Havia impressões que jaziam fora de seu alcance; emoções que por nenhuma torção ou artifício poderiam ser adequadamente envoltas e cobertas por seus próprios recursos. Fazer uma garota falar com entusiasmo de capelas e estandartes, por exemplo, ela não conseguia. Nem conseguia se atirar de todo o coração a um momento romântico. Tinha estratagemas de todo tipo para esquivar-se das cenas de paixão. E era de um modo indireto, bem próprio dela, que abordava a natureza e suas maravilhas. Descreve uma noite bonita sem mencionar uma só vez a lua. Não obstante, quando lemos as poucas frases formais sobre "a luminosidade de uma noite sem nuvens e o contraste com a sombra escura da mata", a noite logo fica tão "suave e solene e encantadora" como, na maior simplicidade, ela diz que era.

Era de uma perfeição singular o equilíbrio dos seus dons. Entre os romances que concluiu, não há fracassos, e entre os muitos capítulos de cada um, poucos ficam notadamente abaixo do nível dos demais. Mas ela morreu, afinal de contas, com 42 anos. Morreu no auge de suas forças. Ainda estava sujeita àquelas mudanças que não raro tornam o período final da carreira de um escritor o mais interessante de todos. Cheia de vida, irreprimível, dotada de vigorosa capacidade inventiva, não há dúvida de que ela teria escrito mais, se mais vivesse, e é tentador pensar se não viria a escrever de outra maneira. As fronteiras estavam definidas; luas, montanhas e castelos ficavam do outro lado. Mas ela mesma não era às vezes tentada a transgredir por um instante? Não estava começando, a seu modo brilhante e alegre, a admitir uma pequena viagem de descoberta?

Tomemos *Persuasão*, seu último romance concluído, para à luz dele pensar nos livros que ela ainda escreveria se tivesse vivido. Há uma beleza peculiar e uma peculiar monotonia em *Persuasão*. A monotonia é o que marca tantas vezes a etapa de transição entre dois períodos distintos.

Jane Austen

A autora parece meio entediada. Familiarizou-se demais com os costumes do seu mundo e agora não os nota com o mesmo frescor. Há na sua comédia uma aspereza que sugere que ela já quase parou de se divertir com as vaidades de um Sir Walter ou o esnobismo de uma Miss Elliot. A sátira é cruel, a comédia é tosca. Não é mais tão grande e nova a atenção que ela presta às diversões da vida cotidiana. Sua mente não está completamente focada no objeto. Mas, enquanto sentimos que Jane Austen já tinha feito isso antes, e melhor, também sentimos que ela está tentando uma coisa a que nunca se aventurara. Há um novo elemento em *Persuasão*, talvez as virtudes que fizeram o dr. Whewell se empolgar e insistir que esse era "o mais bonito dos seus livros".[77] Ela está começando a descobrir que o mundo é maior, mais misterioso e mais romântico do que havia suposto. Sentimos que o mesmo se aplica à sua pessoa, quando diz sobre Anne: "Tendo sido forçada na juventude à prudência, ela aprendeu a romancear quando ficou mais velha — sequela natural de um inatural começo".[78] Com frequência ela se debruça sobre a beleza e a melancolia da natureza, e sobre o outono, quando antes costumava se debruçar sobre primavera. Fala da "influência tão doce e triste dos meses de outono no campo". Nota "as folhas amarelas e as sebes murchas". Observa que "não se gosta menos de um lugar por aí se ter sofrido". Mas não é só em uma nova sensibilidade ante a natureza que detectamos a mudança. Sua atitude ante a própria vida se alterou. E ela a vê, na maior parte do livro, pelos olhos de uma mulher que, sendo ela própria infeliz, tem especial consideração pela felicidade e infelicidade dos outros, a respeito do que, até o desfecho, é forçada a comentar para si mesma. Por conseguinte, os fatos são menos e os sentimentos mais observados que de hábito. Há uma emoção expressa na cena no concerto e na famosa conversa sobre a constância das mulheres que não só prova o fato biográfico de Jane Austen ter amado, mas também o fato estético de ela não mais temer dizer isso. A experiência, quando era de um tipo sério, tinha de mergulhar muito a fundo e ser completamente desinfetada pela passagem do tempo antes de ela se permitir lidar com isso na ficção. Mas agora, em 1817, ela estava pronta. Também por fora, nas suas circunstâncias, uma mudança era imi-

---

[77] William Whewell (1794-1866) foi diretor do Trinity College, em Cambridge. A defesa que ele fez de *Persuasão* é narrada no livro já mencionado de J. E. Austen-Leigh.

[78] Esta e as citações seguintes provêm de *Persuasão*, com alguns de seus personagens comentados em destaque.

nente. Sua fama havia crescido muito devagar. "Duvido que fosse possível mencionar qualquer outro autor de destaque cuja obscuridade fosse tão completa", escreveu Austen-Leigh. Tudo isso teria se modificado se ela vivesse apenas alguns anos mais. Teria passado tempos em Londres, saído para almoçar e jantar, conhecido gente famosa, feito novos amigos; teria lido e viajado e levado de volta para sua tranquila casa no campo um vasto repertório de observações para se regalar à vontade.

E que efeito tudo isso poderia ter sobre os seis romances que Jane Austen não escreveu? Sobre crimes, paixões ou aventuras ela não iria escrever. Não se deixaria apressar, nem pela insistência de editores nem pela adulação de amigos, para incidir em insinceridade ou desleixo. Mais coisas no entanto ela teria sabido. Sua impressão de segurança viria a ser abalada. Sua comédia sofreria algum dano. Para nos dar conhecimento dos seus personagens, ela confiaria menos nos diálogos (o que já é perceptível em *Persuasão*) e mais na reflexão. Aquelas falas breves e maravilhosas que sintetizam, numa conversa de poucos minutos, tudo o que precisamos saber a fim de conhecer para sempre um almirante Croft ou uma sra. Musgrove, aquele método taquigráfico, de tentativa e erro, que contém capítulos de psicologia ou análise, se tornariam por demais primários para abarcar tudo o que ela agora percebesse da complexidade da natureza humana. Ela haveria de inventar um método, claro e sereno como sempre, porém mais sugestivo e profundo, para nos transmitir não só o que as pessoas dizem, mas também o que deixam de dizer; não só o que elas são, mas o que a vida é. Ficando mais distante dos seus personagens, passaria a vê-los mais como grupo e menos como indivíduos. Sua sátira, não soando com a mesma insistência, seria mais severa e convincente. Jane Austen seria então uma precursora de Henry James e Proust — mas basta. Essas especulações são inúteis: a mais perfeita artista entre as mulheres, a autora cujos livros são imortais, morreu "justamente quando estava começando a sentir confiança no próprio sucesso".[79]

---

[79] Mais uma citação do livro de J. E. Austen-Leigh, sobrinho de Jane Austen.

Jane Eyre e *O morro dos ventos uivantes*[80]

Dos cem anos transcorridos desde que Charlotte Brontë nasceu, ela, agora no centro de tantas lendas, livros e devoção, não viveu senão 39. É curioso refletir como essas lendas poderiam ter sido diferentes se sua vida houvesse atingido a duração comum aos seres humanos. Talvez se tornasse ela, tal como alguns de seus contemporâneos famosos, figura habitualmente encontrada em Londres e alhures, tema de pinturas e anedotas inumeráveis, autora de muitos romances e provavelmente até de memórias, afastada de nós mas bem presente na lembrança dos de meia--idade, em todo o esplendor da fama consagrada. Ela poderia ter sido rica, poderia ter sido próspera. No entanto não é assim. Quando pensamos nela, temos de imaginar alguém para quem não haveria lugar em nosso mundo moderno; temos de voltar mentalmente aos meados do século XIX e a um longínquo presbitério nas áreas pantanosas e desertas do condado de York. Nesse presbitério e no charco, solitária e infeliz na sua euforia e pobreza, ela permanece para sempre.

Tais circunstâncias, por agirem sobre sua índole, terão deixado vestígios na obra que ela criou. Um romancista, refletimos, está fadado a montar sua estrutura com materiais muito perecíveis, que começam por lhe dar realidade e terminam por atravancá-la com entulho. Ao abrirmos mais uma vez *Jane Eyre*, não podemos refrear a suspeita de que acharemos seu mundo imaginário tão antiquado e obsoleto, vindo de meados da era vitoriana, quanto o presbitério no charco, um lugar para ser visitado apenas por curiosos e preservado somente por devotos. E assim abrimos *Jane Eyre*; em duas páginas, todas as dúvidas são varridas de vez de nossas mentes:

---

[80] "*Jane Eyre* and *Wuthering Heights*". Escrito especialmente para o primeiro volume de *The Common Reader* (1925) e baseado em parte na resenha intitulada "Charlotte Brontë", publicada em 13 de abril de 1916 no *Times Literary Supplement*, em comemoração do centenário da autora, que viveu entre 1816 e 1855. As citações entre aspas provêm dos dois romances que estão no título do ensaio e nele são comentados.

Dobras de cortina escarlate tapavam-me a vista pelo lado direito; à esquerda ficavam as vidraças claras que me protegiam, mas não me separavam, do dia sombrio de novembro. A intervalos, enquanto eu virava as folhas do meu livro, estudei a aparência daquela tarde de inverno. Ao longe ela oferecia um branco pálido de névoa e nuvem; de perto, o cenário de um gramado úmido e de um arbusto batido pelo temporal, com a chuva incessante que dali se arrastava ferozmente antes de uma longa e lamentável rajada.

Nada há aí mais perecível do que o próprio charco, ou mais sujeito às oscilações da moda do que a "longa e lamentável rajada". Mas vida curta não tem essa exultação, que nos arrasta através de todo o volume, sem nos dar tempo de pensar, sem deixar que nossos olhos se levantem da página. Nossa absorção é tão intensa que, se alguém se mexer na sala, o movimento não parece ocorrer ali, mas sim lá no condado de York. A autora nos pega pela mão, força-nos a seguir seu caminho, faz-nos ver o que ela vê, não nos larga um só instante nem nos permite esquecê-la. Por fim somos totalmente impregnados pelo talento, a veemência, a indignação de Charlotte Brontë. Faces notáveis, figuras de forte contorno e expressão tortuosa passaram subitamente por nós; mas foi pelos olhos dela que as vimos. E é em vão que as procuramos, quando ela parte. Pense-se em Rochester, e temos de pensar em Jane Eyre. Pense-se no charco, e de novo lá está Jane Eyre. Pense-se até na sala de visitas,[81] naqueles seus

---

[81] Em grande parte, Emily e Charlotte Brontë tinham a mesma noção de cor: "Vimos — ah, e era bonito! — um esplêndido lugar alcatifado em carmesim, com cadeiras e mesas de carmesim cobertas, e o teto todo branco com um friso dourado nas extremidades, uma saraivada de gotas de vidro que pendiam do meio em correntes de prata e luziam com suaves e delgadas velinhas" (*O morro dos ventos uivantes*).
"Tratava-se porém simplesmente de uma sala de visitas muito bonita, que continha em seus limites um camarim, ambos forrados de tapetes brancos sobre os quais guirlandas reluzentes de flores pareciam dispor-se; ambos tendo no teto níveas moldagens de uvas e folhas de vinha brancas sob as quais brilhavam, em rico contraste, canapés e otomanas carmesins; já os enfeites no claro consolo de porcelana da lareira eram de um cristal da Boêmia faiscante, vermelho rubi; entre as janelas, grandes espelhos duplicavam a generalizada combinação de fogo e neve" (*Jane Eyre*). (N. da A.)

"tapetes brancos sobre os quais guirlandas reluzentes de flores pareciam dispor-se", naquele "claro consolo de porcelana da lareira", com seus cristais da Boêmia de um "vermelho rubi", e na "generalizada combinação de fogo e neve" — o que vem a ser tudo isso, senão Jane Eyre?

Não é preciso ir buscar longe as desvantagens que há em ser Jane Eyre. Ser sempre uma governanta e sempre estar apaixonada é limitação perigosa num mundo que afinal está cheio de pessoas que nem são o que ela é, nem apaixonadas estão. Os personagens de uma Jane Austen ou um Tolstói têm milhões de facetas, comparadas a essas. São complexos e vivem pelo efeito que exercem sobre muitas pessoas diferentes que servem para espelhá-los ao redor. Movem-se de um lado para outro, quer seus criadores os vigiem ou não, e a esfera na qual estão imersos parece-nos um mundo independente que podemos visitar por nós mesmos, agora que os autores o criaram. Pelo poder de sua personalidade e a estreiteza de visão que lhe é própria, Thomas Hardy é mais aparentado a Charlotte Brontë. Mas as diferenças são grandes. Quando lemos *Judas, o obscuro*, não somos precipitados a uma conclusão; ruminamos, refletimos e nos afastamos do texto em rasgos pletóricos de pensamento que constroem em torno dos personagens uma atmosfera de sugestão e indagação da qual em geral eles mesmos estão inconscientes. Sendo simples camponeses, somos forçados a confrontá-los com destinos e questionamentos de enorme significação, donde a impressão frequente de que os personagens mais importantes dos romances de Hardy são aqueles que não têm nomes. Desse poder, dessa curiosidade especulativa, não há vestígios em Charlotte Brontë. Ela não tenta resolver os problemas da vida humana; nem sequer está ciente de que tais problemas existem; toda a sua força, que é mais tremenda por estar contraída, se vai com uma assertiva: "Eu amo, eu odeio, eu sofro".

Porque os autores mais autocentrados e contidos nos seus limites têm um poder que se nega aos de espírito mais eclético e aberto. As impressões dos primeiros se aglomeram muito e fortemente se estampam entre suas paredes estreitas. Nada lhes sai das mentes que não esteja marcado pelo cunho pessoal. Pouco eles aprendem com outros escritores, sendo além disso incapazes de assimilar o que adotam. Tanto Hardy como Charlotte Brontë parecem ter baseado seus estilos num jornalismo decoroso e frio. O componente principal da prosa, em ambos, é duro e deselegante. Mas ambos, com muito esforço e a mais obstinada integridade, pensando cada pensamento até que o mesmo submeta a si as pala-

Jane Eyre e *O morro dos ventos uivantes*

vras, forjaram para uso próprio uma prosa que assume por inteiro a feição de suas mentes; e que ainda por cima tem uma força, uma beleza, uma velocidade que lhe é peculiar. Charlotte Brontë, pelo menos, nada deve à leitura de muitos livros. Ela nunca aprendeu a dar o polimento do escritor profissional, nem adquiriu a capacidade que esse tem de manejar e rechear como bem queira a linguagem que usa. "Nunca pude manter-me em comunicação com espíritos fortes, refinados e circunspectos, fossem de homens ou mulheres", escreveu ela, como qualquer redator de jornal provinciano poderia ter feito; mas prosseguiu, na sua voz própria e autêntica, juntando à velocidade o fogo, "até passar pelas trincheiras da reserva convencional, transpor o limiar da confiança e conquistar um lugar junto ao calor que emana dos seus corações". É aí que ela toma assento; o brilho avermelhado e inconstante do fogo dos corações é que ilumina suas páginas. Noutras palavras, não lemos Charlotte Brontë pela meticulosa observação de um personagem — seus personagens são vigorosos e elementares; nem pela comédia — a que ela propõe é rudimentar e implacável; nem sequer por uma visão filosófica da vida — a dela é a da filha de um pastor de zona rural; e sim por sua poesia. Provavelmente o mesmo ocorre com todos os escritores que têm, como ela, uma personalidade forte demais, de modo que, como dizemos na vida real, basta-lhes abrir a porta para se fazerem notados. Há neles uma ferocidade indomada, em guerra permanente com a ordem estabelecida das coisas, que os faz desejar criar no instante, em vez de observar com paciência. Esse ardor mesmo, rejeitando as meias-tintas e outros impedimentos menores, abre seu caminho aéreo além do comportamento diário das pessoas comuns para aliar-se às suas paixões mais inarticuladas. E isso os torna poetas, ou, caso optem por escrever em prosa, intolerantes com as restrições que ela impõe. Donde tanto Emily quanto Charlotte Brontë sempre estarem invocando a ajuda da Natureza. Ambas sentem a necessidade de algum símbolo mais convincente das grandes e adormecidas paixões da natureza humana do que palavras ou ações podem transmitir. É com a descrição de uma tempestade que Charlotte termina seu melhor romance, *Villette*: "O céu pende enfunado e escuro — um navio em destroços singra do oeste; as próprias nuvens se modelam assumindo formas estranhas". Assim ela pede à Natureza para descrever um estado de espírito que de outro modo não teria como expressar-se. Mas nenhuma das irmãs observou o mundo natural com a exatidão com que o fez Dorothy Wordsworth, nem o pintou com as minúcias empregadas por

Tennyson.[82] Ativeram-se ambas aos aspectos da terra mais afins ao que elas mesmas sentiam ou atribuíam aos seus respectivos personagens, e assim suas tempestades, seus charcos, seus adoráveis espaços no clima do verão não são ornatos aplicados para decorar uma página insípida ou exibir os poderes de observação do escritor — são meios de levar a emoção adiante e aclarar o sentido do livro.

O sentido de um livro, que tantas vezes jaz à parte do que acontece e é dito, consistindo antes em alguma conexão diferente da que as coisas em si tiveram para o escritor, é necessariamente difícil de apreender. Sobretudo quando o escritor é poético, como ocorre com as Brontë, e seu sentido é inseparável da linguagem usada, sendo mais um estado de espírito do que uma observação específica. *O morro dos ventos uivantes* é um livro mais difícil de entender do que *Jane Eyre* porque Emily era maior poeta que Charlotte. Quando escrevia, Charlotte dizia com eloquência e esplendor e paixão: "Eu amo, eu odeio, eu sofro". Sua experiência, apesar de mais intensa, acha-se no mesmo nível que a nossa. Em *O morro dos ventos uivantes* não há porém nenhum "eu". Não há patrões nem governantas. E o amor que existe não é o amor entre homens e mulheres. Emily foi inspirada por alguma concepção mais genérica. O impulso que a impeliu a criar não foi seu próprio sofrimento nem suas próprias injúrias. Ao olhar para um mundo partido em gigantesca desordem, ela achou que estava a seu alcance reatá-lo num livro. Percebe-se através de todo o romance essa ambição também gigantesca — uma luta, semifrustrada mas de convicção soberba, para dizer pela boca dos seus personagens alguma coisa que não fosse simplesmente "eu odeio" ou "eu amo", e sim "nós, toda a espécie humana" e "vós, as forças eternas...". A frase permanece inacabada. Não é nada estranho que tivesse de ser assim; o que surpreende, antes, é que ela possa nos fazer sentir de algum modo o que tinha dentro de si para dizer. Isso vem à tona nas palavras semiarticuladas de Catherine Earnshaw: "Se tudo o mais sucumbisse e *ele* permanecesse, ainda assim eu continuaria a existir; e, se tudo o mais permanecesse e ele fosse aniquilado, o universo se transformaria num poderoso estranho; dele eu não pareceria ser parte". Na presença dos mortos, isso se manifesta de novo: "Vejo uma tranquilidade que nem a terra

---

[82] Alfred, Lord Tennyson (1809-1892). Sobre Dorothy Wordsworth (1771-1855), ver o ensaio de Virginia Woolf que tem seu nome por título, na seção "Quatro figuras" do presente volume.

Jane Eyre e *O morro dos ventos uivantes*

nem o inferno são capazes de interromper e sinto uma garantia do além sem fim e sem sombras — a eternidade em que eles ingressaram —, onde a vida é ilimitada em sua duração, o amor em sua comunhão e a alegria em sua inteireza". É essa sugestão do poder que subjaz às aparições da natureza humana e as eleva em presença da grandeza que dá ao livro sua imensa estatura entre outros romances. Contudo não foi bastante, para Emily Brontë, escrever alguns versos líricos, soltar um grito, exprimir uma crença. De uma vez por todas ela fez isso nos seus poemas, os quais talvez venham a sobreviver ao seu romance. Mas Emily, sendo tanto romancista como poeta, teve de assumir uma tarefa que era mais trabalhosa e ingrata. Precisou encarar o fato de haver outras existências, enfrentar o mecanismo das coisas exteriores, edificar fazendas e casas, em forma reconhecível, e relatar as falas de homens e mulheres cuja existência era independente da sua. Atingimos assim aqueles picos de emoção, não por rapsódias ou perorações empoladas, mas por ouvirmos uma garota que, enquanto se balança nos galhos de uma árvore, entoa para si mesma velhas canções; por observarmos as ovelhas dos charcos mordiscando o capim; por escutarmos o vento suave que sopra pelos relvados. A vida de fazenda, com sua improbabilidade e absurdos, é apresentada diante de nós. Todas as oportunidades de comparar *O morro dos ventos uivantes* com uma fazenda real e Heathcliff com um homem real nos são dadas. Como, permite-se que perguntemos, pode haver introvisão ou verdade ou as mais tênues nuances de emoção em homens e mulheres que tão pouco se assemelham aos que nós mesmos já vimos? Mas, justo ao perguntarmos isso, vemos em Heathcliff o irmão que uma irmã de talento eventualmente terá visto; ele é inadmissível, dizemos nós, se bem que não haja na literatura outro rapaz com existência mais vívida que a dele. Isso ocorre também com as duas Catherines; mulheres nunca poderiam sentir o que elas sentem nem agir a seu modo, dizemos. Mas mesmo assim elas são as mulheres mais dignas de amor da ficção inglesa. É como se Emily fosse capaz de estraçalhar tudo o que sabemos sobre os seres humanos e preencher essas transparências irreconhecíveis com tal rompante de vida que eles transcendem a realidade. Seu poder portanto é o mais raro de todos. Ela sabia libertar a vida de sua dependência em relação aos fatos; indicar de tal forma o espírito de um rosto, com uns poucos toques, que a presença de um corpo nem lhe é necessária; ou ainda, ao falar dos charcos, fazer com que o vento sopre e o trovão ribombe.

Como se deve ler um livro?[83]

Quero enfatizar, antes de tudo, o ponto de interrogação no fim do meu título. Ainda que eu pudesse responder para uso próprio à pergunta, a resposta só se aplicaria a mim, não a você. De fato, o único conselho sobre leitura que uma pessoa pode dar a outra é não aceitar conselho algum, seguir os próprios instintos, usar o próprio bom senso e tirar suas próprias conclusões. Se nos pusermos de acordo quanto a isso, sinto-me então em condições de apresentar algumas ideias e lhe fazer sugestões porque você não permitirá que elas restrinjam a característica mais importante que um leitor pode ter, sua independência. Afinal, que leis se podem formular sobre livros? A batalha de Waterloo foi sem dúvida travada em certo dia; mas será *Hamlet* uma peça melhor do que *Rei Lear*? Ninguém o pode dizer, cada um deve decidir por si mesmo essa questão. Admitir autoridades em nossas bibliotecas, por mais embecadas e empelicadas que estejam, e deixar que elas nos digam como ler, o que ler e que valor atribuir ao que lemos, é destruir o espírito de liberdade que dá alento a esses santuários. Em qualquer outra parte podemos ser limitados por convenções e leis — mas lá não temos nenhuma.

Para gozar de liberdade, se a platitude for desculpável, temos porém, é claro, de nos controlar. Não devemos desperdiçar nossas forças, com incompetência e inépcia, esguichando água por metade da casa a fim de molhar uma roseira apenas; devemos discipliná-las, com rigor e energia, no ponto certo. Essa pode ser uma das primeiras dificuldades com que nos defrontamos numa biblioteca. Qual será "o ponto certo"? Pode bem ser que lá não pareça haver senão acúmulo, senão amontoamento confuso. Poemas e romances, histórias e memórias, dicionários e publicações do governo; livros escritos em todas as línguas por homens e mulheres de todas as raças, idades e temperamentos acotovelam-se nas prateleiras. E

---

[83] "How Should One Read a Book?". Publicado pela primeira vez em outubro de 1926 na *Yale Review*, da Universidade Yale, e bastante modificado por Virginia Woolf para ser incluído no segundo volume de *The Common Reader* (1932).

do lado de fora o burro zurra, as mulheres tagarelam no poço, os potros galopam pelos campos. Por onde vamos começar? Como vamos pôr ordem nesse caos multitudinário e assim extrair do que lemos o prazer mais amplo e profundo?

É bem simples dizer que, já que os livros têm classes — ficção, biografia, poesia —, deveríamos separá-los e tirar de cada um o que é certo que cada um nos dê. Poucas porém são as pessoas que aos livros pedem o que os livros são capazes de dar. É mais comum que os abordemos com a mente toldada e dividida, pedindo à ficção que seja verídica, à poesia, que seja falsa, à biografia, que seja lisonjeira, à história, que ela reforce nossos próprios preconceitos. Se pudéssemos banir, quando lemos, todas essas ideias preconcebidas, isso seria um admirável começo. Não dite para o seu autor; tente transformar-se nele. Seja seu companheiro de trabalho e cúmplice. Caso relute, e se mantenha a princípio reticente e crítico, você mesmo se impedirá de obter daquilo que está lendo o máximo de valor possível. Porém, caso abra a mente, tanto quanto possível, sinais e indicações de uma quase imperceptível finura, desde a inflexão torneada das primeiras frases, hão de levá-lo à presença de um ser humano diferente de qualquer outro. Mergulhe nisso, familiarize-se com isso, e logo você verá que o seu autor lhe está dando, ou tentando lhe dar, alguma coisa muito mais categórica. Os 32 capítulos de um romance — se considerarmos primeiramente como ler um romance — são uma tentativa de fazer algo tão formal e controlado como uma construção: as palavras porém são mais impalpáveis do que os tijolos; ler é um processo mais complicado e mais longo do que ver. O modo mais rápido de compreender os elementos daquilo que um romancista está fazendo talvez não seja ler, mas sim escrever; fazer seu próprio experimento com as dificuldades e os riscos das palavras. Lembre-se então de algum fato que lhe tenha deixado uma impressão bem clara — de como, na esquina da rua, você passou talvez por duas pessoas conversando. Uma árvore tremeu; uma luz elétrica dançou; o tom da conversa era cômico, mas também trágico; toda uma visão, toda uma concepção, parecia estar contida em tal momento.

Ao tentar reconstruí-lo em palavras, você constatará no entanto que ele se decompõe numa infinidade de impressões conflitantes. Umas devem ser atenuadas; outras, acentuadas; e é provável que você, nesse processo, acabe por perder todo o domínio sobre a própria emoção. Da desordem de suas folhas rasuradas, dirija-se então às páginas iniciais de algum grande romancista — Defoe, Jane Austen, Hardy. Agora você será mais capaz de apreciar a mestria deles. Não é tão só que nos achemos em presença de uma diferente pessoa — Defoe, Jane Austen ou Thomas Hardy —, mas também que estamos vivendo num mundo diferente. Aqui, no *Robinson Crusoe*, avançamos por uma simples estrada principal; uma coisa acontece atrás da outra; bastam o fato e a ordem do fato. Mas se o ar livre e a aventura, para Defoe, significam tudo, para Jane Austen não significam nada. Dela é a sala de visitas, com pessoas conversando e, pelos muitos espelhos da conversa que travam, revelando cada qual seu caráter. Se nos voltarmos para Hardy, quando já acostumados à sala de visitas e seus reflexos, mais uma vez nos vemos a rodopiar. Charcos nos circundam e, acima da cabeça, temos estrelas. O outro lado da mente é exposto agora — o lado escuro, que prevalece na solidão, e não o lado claro, que se mostra quando estamos acompanhados. Não nos relacionamos com pessoas, mas com a Natureza e o destino. No entanto, por mais diferentes que esses mundos sejam, todos eles, cada qual a seu modo, são coerentes. Os que se incumbem de criá-los têm o cuidado de obedecer às leis de sua própria perspectiva e, mesmo que possam exigir de nossa parte um grande esforço, eles nunca nos deixarão confusos, como escritores não tão bons fazem com tamanha frequência, ao introduzir no mesmo livro dois tipos de realidade. Assim, passar de um grande romancista a outro — de Jane Austen a Hardy, de Peacock a Trollope, de Scott a Meredith[84] — é ser desenraizado e deslocado; ser jogado para um lado e depois para outro. Ler um romance é uma arte complexa e difícil. Você terá de ser capaz não só de muita agudeza de percepção, mas também de muita audácia de imaginação para poder fazer uso de tudo o que o romancista — o grande artista — lhe dá.

Entretanto uma rápida olhada na heterogênea companhia da estante lhe mostrará ser muito raro que os escritores sejam "grandes artistas"; bem mais comum é que um livro não tenha nenhuma pretensão de ser obra de arte. Devemos então nos recusar a ler, porque não são "arte", essas biografias e autobiografias, por exemplo, as vidas de grandes homens, de homens mortos e esquecidos de há muito, que se perfilam ombro a ombro com romances e poemas? Ou convém que as leiamos, sim, mas de um modo diferente e com outro objetivo em mira? Devemos lê-

---

[84] Thomas Love Peacock (1785-1866); Anthony Trollope (1815-1882); Walter Scott (1771-1832); George Meredith (1828-1909).

-las, em primeiro lugar, para satisfazer a curiosidade que às vezes nos domina quando à noitinha nos deixamos ficar diante de uma casa, onde as luzes estão acesas e as janelas ainda não foram fechadas, e cada andar nos revela uma diferente seção da vida humana existente? Ardemos então de curiosidade pelas vidas das pessoas da casa — as criadas com suas bisbilhotices, o senhor que está jantando, a garota que se veste para uma festa, a velhota à janela com seu tricô. Quem são, o que são elas, quais são seus nomes, suas ocupações, seus pensamentos e aventuras?

Biografias e memórias respondem a tais perguntas, iluminam um sem-fim dessas casas; mostram-nos pessoas que cuidam dos problemas de seu cotidiano, que se esforçam, que fracassam, que são bem-sucedidas, que comem, amam, odeiam, até que morrem. Às vezes, enquanto observamos, a casa aos poucos vai sumindo, sua grade de ferro desaparece e eis-nos então em pleno mar; navegamos, caçamos, combatemos; é em meio a soldados e selvagens que estamos; participamos de grandes campanhas. Ou, se nos apraz ficar na Inglaterra, em Londres, ainda assim o cenário muda; a rua se estreita; a casa, com vidraças em forma de losango, torna-se pequena, apertada e fétida. Vemos um poeta, Donne,[85] que sai de uma dessas casas porque as paredes eram tão finas que, quando as crianças berravam, seus gritos passavam através delas. Podemos segui-lo, pelos caminhos que estão situados nas páginas dos livros, até Twickenham; até o parque de Lady Bedford, famoso ponto de encontro de poetas e nobres; depois dirigir nossos passos para Wilton House, a mansão no condado de Wilts, e aí ouvir Sidney lendo para a irmã seu *Arcadia*; e vagar pelos próprios pantanais e ver as próprias garças que figuram nesse famoso romance;[86] depois então ir para o norte com aquela outra Lady Pembroke, Anne Clifford, até seus charcos desertos, ou mergulhar no centro de Londres e controlar nossa alegria à visão de Gabriel Harvey, no seu traje de veludo preto, discutindo poesia com Spenser.[87] Nada mais fascinante do que andar tenteando e aos tropeções na escuridão e esplendor que se alternam na Londres elisabetana. Não há porém como ficar aqui. Os Temples e os Swifts, os Harleys e os St. Johns já nos convidam

---

[85] John Donne (1572-1631).

[86] *Arcadia*, de Sir Philip Sidney (1554-1586), romance em prosa que intercala poemas de metrificação variada.

[87] Gabriel Harvey (*c.* 1550-1631) e Edmund Spenser (*c.* 1552-1599), grandes amigos e grandes expoentes da poesia elisabetana.

adiante; horas e horas podem ser necessárias para destrinchar suas querelas e lhes decifrar o caráter; quando nos cansamos deles, podemos prosseguir ainda ao léu, passando por uma dama de preto com seus diamantes, para estar com Samuel Johnson e Goldsmith e Garrick;[88] ou, se nos der vontade, atravessar o canal da Mancha para encontrar Voltaire, Diderot e mme. du Deffand; e então de volta à Inglaterra e Twickenham — como certos lugares e nomes se repetem! —, onde Lady Bedford teve antes seu parque e Pope viveu mais tarde, para irmos à casa de Walpole em Strawberry Hill.[89] Mas Walpole nos apresenta a um grupo tão grande de novos conhecidos, há tantas casas para visitar, tantas sinetas para tocar, que bem podemos hesitar um momento, por exemplo, nos degraus à porta das irmãs Berry, quando aí mesmo eis que aparece Thackeray;[90] ele é amigo da amada de Walpole; e assim é que, simplesmente indo de amigo a amigo, de jardim em jardim, de casa em casa, passamos de um a outro extremo da literatura inglesa e despertamos para de novo nos acharmos aqui, no presente, se assim pudermos distinguir este momento de quantos antes se passaram. Tal é pois um dos modos pelos quais nos é dado ler essas vidas e cartas; ao fazer com que iluminem as muitas janelas do passado, podemos observar os ilustres mortos em seus hábitos mais corriqueiros, ora crendo que, por nos encontrarmos tão perto, seremos capazes de surpreender seus segredos, ora apanhando um poema ou uma peça dos que por eles foram escritos para ver se em presença do autor sua leitura difere. Mas outra vez isso suscita novas questões. Até que ponto, cabe-nos perguntar, é um livro influenciado pela vida do autor — até que ponto é prudente deixar que o homem represente o escritor? Até que ponto resistimos ou damos livre curso às simpatias e antipatias que o próprio homem desperta em nós — sendo as palavras tão sensíveis, tão receptivas ao caráter do autor? São perguntas que nos perseguem, quando lemos biografias e cartas, e que devemos responder por nós mesmos, pois nada pode ser mais fatal do que deixar-se guiar por preferências alheias num assunto tão pessoal.

---

[88] Samuel Johnson (1709-1884); Oliver Goldsmith (1730-1774); David Garrick (1717-1779).

[89] Alexander Pope (1688-1744); Horace Walpole (1717-1797).

[90] Mary (1763-1852) e Agnes Berry (1764-1852); William Makepeace Thackeray (1811-1863).

Mas também podemos ler esses livros com outro objetivo em mira, não para lançar luz sobre a literatura, não para nos familiarizarmos com pessoas famosas, mas a fim de revigorar e exercitar nosso próprio potencial criador. Não existe, à direita da estante, uma janela aberta? Que delícia parar de ler e olhar para fora! Como o cenário é estimulante, em sua inconsciência, sua irrelevância, seu movimento perpétuo — os potros galopando em volta do campo, a mulher enchendo o balde no poço, o burro empinando a cabeça para emitir seu gemido prolongado e pungente. A maior parte de qualquer biblioteca nada mais é do que o registro desses momentos fugazes na vida de homens, mulheres e muares. Todas as literaturas, à medida que envelhecem, têm seus montes de entulho, seu repertório de momentos desfeitos e vidas esquecidas narrados numa linguagem vacilante e fraca que já pereceu. Mas, caso se dê ao prazer de ler do entulho, você será surpreendido e acabará mesmo conquistado pelas relíquias de vida humana vazadas fora do molde. Pode ser apenas uma carta — mas que visão ela dá! Podem ser umas poucas frases — mas que panoramas sugerem! Toda uma história se concatena às vezes, tão completa e patética e com humor tão primoroso que até parece ter estado em ação um romancista dos bons, quando é porém um velho ator, Tate Wilkinson,[91] que apenas rememora o estranho caso do capitão Jones; é apenas um jovem subalterno que trabalha com Arthur Wellesley e se apaixona em Lisboa por uma linda menina;[92] apenas Maria Allen[93] que, deixando sua costura cair na sala de visitas vazia, suspira por achar que deveria ter aceitado o bom conselho do dr. Burney e nunca fugir com o seu Rishy. Nada disso tem o menor valor; tudo é extremamente dispensável; como porém é interessante, de quando em quando, ir por esses montes de entulho e achar anéis e tesouras e narizes quebrados, soterrados na imensidão do passado, e tentar juntar as peças enquanto o potro galopa pelo campo, a mulher enche seu balde no poço e o burro zurra.

Mas a leitura do entulho, a longo prazo, nos cansa. Cansamo-nos de procurar pelo que falta para completar a meia-verdade que é tudo o

---

[91] Alusão a *Memoirs of his Own Life* (1790), do ator Tate Wilkinson (1739-1803).

[92] Alusão a *Reminiscences of a Veteran: Being Personal and Military Adventures in Portugal* (1861), de Thomas Bunbury. Arthur Wellesley foi o primeiro duque de Wellington (1769-1852).

[93] Filha de Charles Burney (1726-1814), músico e historiador da música, dela restaram muitas cartas.

que os Wilkinsons, os Bunburys e as Marias Allens são capazes de nos oferecer. O poder do artista, de manejar com mestria, de eliminar, eles não tinham; nem mesmo sobre suas vidas conseguiram dizer toda a verdade; desfiguraram pois as narrativas que poderiam ter sido tão bem-feitas. Fatos são tudo o que eles podem nos dar, e os fatos são uma forma de ficção muito inferior. E assim cresce em nós o desejo de dizer basta aos meios-termos e aproximações; de cessar de ir à cata das sombras diminutas do caráter humano para desfrutar da abstração maior, da verdade mais pura da ficção. E assim criamos esse estado de espírito, intenso e generalizado, que ignora os detalhes, mas é marcado por uma batida regular recorrente cuja natural expressão é a poesia; e é quando já somos nós mesmos quase capazes de escrevê-la que está na hora de ler poesia.

> *Western wind, when wilt thou blow?*
> *The small rain down can rain.*
> *Christ, if my love were in my arms,*
> *And I in my bed again!*[94]

O impacto da poesia é tão forte e direto que por ora não há outra sensação, salvo a do próprio poema. A que profundidades descemos — quão súbita e completa é a nossa imersão! Não há nada a que se agarrar aqui; nada que nos detenha em nosso voo. A ilusão da ficção é gradativa; seus efeitos são preparados; mas quem, ao ler esses quatro versos, se detém a indagar quem os escreveu ou se põe a evocar a casa de Donne ou a escrivaninha de Sidney; ou a enredá-los no emaranhado do passado e da sucessão de gerações? O poeta é sempre nosso contemporâneo. Como em qualquer violento choque de emoção pessoal, nosso ser por um momento se concentra e se constringe. É bem verdade que em seguida a sensação passa a difundir-se em círculos mais amplos através da mente; sentidos mais remotos são alcançados; estes começam a soar e elucidar-se e tomamos consciência dos ecos, dos reflexos. A intensidade da poesia cobre uma gama imensa de emoções. Basta-nos comparar a força e o caráter direto de

---

[94] "Quando hás de soprar, ó vento oeste?/ A chuva fina, ai-jesus, aí vem/ Se eu nos braços meu amor tivesse/ Voltar à cama cairia bem!" (Anônimo do século XVI).

I shall fall like a tree, and find my grave,
Only remembering that I grieve[95]

com a oscilante modulação de

Minutes are numbered by the fall of sands,
As by an hour glass; the span of time
Doth waste us to our graves, and we look on it;
An age of pleasure, revelled out, comes home
At last, and ends in sorrow; but the life,
Weary of riot, numbers every sand,
Wailing in sighs, until the last drop down,
So to conclude calamity in rest,[96]

ou colocar a calma meditativa de

whether we be young or old,
Our destiny, our being's heart and home,
Is with infinitude, and only there;
With hope it is, hope that can never die,
Effort, and expectation, and desire,
And effort evermore about to be,[97]

ao lado da completa e inexaurível amorosidade de

---

[95] "Cairei como árvore e acharei minha tumba/ Lembrando só da minha dor que tomba." *The Maid's Tragedy* (1610), de Francis Beaumont (1584-1616) e John Fletcher (1579-1625).

[96] "Contam-se os minutos pela queda da areia,/ Como numa ampulheta; e o tempo que nós vemos,/ Que aí se estende, nos consome para as tumbas;/ A alegre idade do prazer retorna à casa,/ Enfim, e acaba em sofrimento; mas a vida,/ Fatigada de orgias, conta todos ôs grãos,/ Suspirando queixosa até que o último caia/ E a calamidade assim finde em repouso." *The Lover's Melancholy* (1628), de John Ford (1585-1640?).

[97] "sejamos jovens ou velhos,/ Nosso destino, lar e cerne do ser,/ Jaz no infinito e é tão somente dele;/ É da esperança que não morre nunca,/ Do esforço, da expectativa, do desejo,/ Um esforço pronto a realizar-se sempre." *The Prelude, or Growth of a Poet's Mind* (1805), de William Wordsworth (1770-1850).

> *The moving Moon went up the sky,*
> *And nowhere did abide:*
> *Softly she was going up,*
> *And a star or two beside* —[98]

ou da esplêndida fantasia de

> *And the woodland haunter*
> *Shall not cease to saunter*
> *When, far down some glade,*
> *Of the great world's burning,*
> *One soft flame upturning*
> *Seems, to his discerning,*
> *Crocus in the shade,*[99]

para considerarmos a variada arte do poeta; seu poder de nos fazer a um só tempo atores e espectadores; seu poder de enfiar a mão numa luva para movimentar personagens e ser Falstaff ou Lear; seu poder de condensar, ampliar, expressar, de uma vez para sempre.

"Basta-nos comparar" — com essas palavras deixa-se escapar um segredo, admitindo-se a real complexidade da leitura. O procedimento inicial, o de receber impressões com a compreensão mais extrema, é apenas parte do processo de ler; e deve ser completado, para que possamos obter todo o prazer de um livro, por outro. Resta-nos dar uma sentença sobre essa infinidade de impressões; resta-nos transformar as formas efêmeras em outra que seja resistente e durável. Mas não de imediato. Deixe que a poeira da leitura se assente; que o conflito e o questionamento se aquietem; caminhe, converse, tire as pétalas secas de uma rosa, ou então durma. De repente, sem que o queiramos, pois é assim que a Natureza empreende essas transições, o livro irá retornar, mas de outro modo,

---

[98] "Foi a Lua céu acima,/ Se movendo sem parar:/ E assim subiu meigamente/ Em companhia estelar." *The Rime of the Ancient Mariner* (1798), de Samuel Taylor Coleridge (1772-1834).

[99] "E o fantasma da floresta/ Não cessa de errar por esta/ Quando ao longe, num desvão,/ Uma flama que se vira/ Do incêndio em que o mundo gira/ Parece, quando ele a mira,/ Açafrão na escuridão." "When the World is Burning", de Ebenezer Jones (1820-1860).

Como se deve ler um livro?

flutuando até o topo da mente como um todo. E o livro como um todo difere do livro recebido comumente em frases soltas. Os detalhes se encaixam agora nos seus lugares. Vemos a forma do começo ao fim; seja um celeiro, um chiqueiro ou uma catedral. Agora então podemos comparar livro com livro como comparamos construção com construção. Mas esse ato de comparação significa que nossa atitude mudou; não somos mais amigos do escritor, e sim seus juízes; se não podemos, enquanto amigos, ser compreensivos em demasia, não poderemos, como juízes, ser demasiadamente severos. E não são eles criminosos, os livros que consumiram nosso tempo e simpatia; não são eles os mais insidiosos inimigos da sociedade, corruptores, contaminadores, os autores de livros falsos, livros espúrios, livros que enchem o ar de podridão e doença? Sejamos pois, em nossos julgamentos, severos; comparemos cada livro com o maior de seu gênero. Pairam na mente as formas dos livros que já lemos, solidificadas pelos julgamentos sobre eles que foram feitos por nós — *Robinson Crusoe, Emma, O retorno do nativo*.[100] Compare a esses os romances novos — até mesmo o mais recente e mais insignificante dos romances tem o direito de ser julgado com o que há de melhor. E assim também com a poesia: quando cessa a embriaguez do ritmo e se esvai o esplendor das palavras, uma visionária forma nos retorna, e essa deve ser comparada a *Rei Lear*, a *Fedra*,[101] a *The Prelude*, o que for melhor ou que nos pareça melhor em seu gênero. E podemos estar certos de que a novidade da nova poesia e ficção é sua característica mais superficial e de que nos basta alterar ligeiramente, não refazer, os padrões pelos quais temos julgado a antiga.

Seria pois tolice pretender que a segunda parte da leitura, comparar e julgar, é tão simples quanto a primeira — abrir ao máximo a mente às inumeráveis e céleres impressões que se apinham. Continuar a ler sem o livro à frente, contrapor uma forma-sombra a outra, ter lido o suficiente e com suficiente compreensão para fazer tais comparações iluminadoras e vivas — é bem difícil; e ainda mais difícil é ir além e dizer: "Não só o livro é de tal tipo, mas tem tal valor; fracassa aqui; ali é bem-sucedido; isto é ruim; isto é bom". A execução dessa parte do dever de um leitor

---

[100] *Emma* (1816), de Jane Austen; no original, *The Return of the Native* (1878), de Thomas Hardy.

[101] *Phèdre* (1677), de Jean Racine (1639-1677).

requer tanta imaginação, perspicácia e erudição que é difícil conceber qualquer mente dotada o suficiente; impossível que a pessoa mais auto-confiante venha a encontrar em si mesma mais do que os germes desses poderes. Não seria então mais sensato transferir essa parte da leitura e deixar que os críticos, as autoridades embecadas e empelicadas da biblioteca, decidissem por nós a questão do valor absoluto de um livro? Todavia quão impossível! Podemos acentuar o valor da empatia; podemos tentar pôr de lado a nossa própria identidade enquanto lemos. Mas sabemos que não podemos ter total empatia nem ficar de todo indiferentes; há sempre um demônio em nós que murmura: "Eu odeio, eu amo", e não temos como silenciá-lo. É exatamente por odiarmos e amarmos, de fato, que nossa relação com os poetas e romancistas é tão íntima que achamos intolerável a presença de outra pessoa. E, mesmo que os resultados sejam abomináveis e nossos julgamentos errôneos, é o nosso gosto, o nervo sensorial que através de nós transmite choques, o que ainda assim mais ilumina; é pelo sentir que aprendemos; não podemos suprimir nossa própria idiossincrasia sem empobrecê-lo. Porém, com a passagem do tempo, talvez possamos educar nosso gosto; talvez possamos levá-lo a submeter-se a certo controle. Desde que ele tenha se nutrido ávida e profusamente de livros de todo tipo — poesia, ficção, história, biografia — e que, parando de ler, tenha buscado por longos intervalos a diversidade, a incongruência do mundo vivo, constataremos que está mudando um pouco; já não é tão ávido e é mais reflexivo. Passará não apenas a nos fazer julgamentos sobre livros específicos, mas também nos dirá que, entre certos livros, há uma característica em comum. Que nome vamos dar a *isto*? — perguntará. E talvez leia para nós *Rei Lear* e depois talvez o *Agamêmnon*[102] a fim de trazer à luz essa característica em comum. Assim, guiados por nosso gosto, aventurar-nos-emos além do livro específico em busca das características pelas quais os livros se agrupam; dando--lhes nomes, constituiremos uma regra que há de impor ordem às nossas percepções. Ganharemos, feita essa distinção, um prazer adicional e mais raro. Contudo, como uma regra só perdura quando é perpetuamente quebrada pelo contato com os livros — nada mais fácil e absurdo do que regras criadas para existir num vazio, sem relação com os fatos —, agora afinal, para nos firmarmos nessa difícil tentativa, talvez convenha nos

---

[102] *Agamêmnon*, a primeira das três peças que constituem a *Oresteia* de Ésquilo (525-456 a.C.).

Como se deve ler um livro?

voltarmos para os raríssimos escritores capazes de nos esclarecer sobre a literatura enquanto arte. Coleridge e Dryden e Johnson, em suas ponderadas críticas, e os poetas e romancistas, em seus ditos imponderados, são muitas vezes surpreendentemente relevantes; eles aclaram e solidificam as ideias vagas que até então se debatiam nas nebulosas profundezas de nossas mentes. Mas só conseguirão nos ajudar se formos até eles imbuídos das questões e sugestões conquistadas com efeito no decurso de nossas próprias leituras. Nada podem fazer por nós se nos arrebanharmos sob sua autoridade, deitando como carneiros à sombra de uma cerca viva. Só podemos compreender seu domínio quando ele entra em conflito com o nosso e o vence.

Se assim for, se ler um livro como um livro deve ser lido requer os mais raros dons de imaginação, perspicácia e julgamento, você talvez venha a concluir que a literatura é uma arte muito complexa e que mesmo após uma vida inteira de leituras talvez não consigamos dar qualquer contribuição valiosa à sua crítica. Devemos continuar a ser leitores; não convém nos investirmos dessa outra glória pertencente àqueles seres raros que também são críticos. Mas mesmo assim temos nossas responsabilidades, como leitores, e até nossa importância. Os padrões que criamos e os julgamentos que fazemos penetram na atmosfera e se tornam parte do ar que os escritores respiram quando estão trabalhando. Estabelece-se assim uma influência que se exerce sobre eles, ainda que ela jamais venha a ser impressa. E essa influência, se for bem informada, vigorosa e individual e sincera, pode ser de grande valor agora, quando a crítica se encontra fatalmente vacante; quando os livros são examinados como bichos que vão passando em série num estande de tiro, tendo o crítico apenas um segundo para carregar, mirar e atirar e bem podendo ser perdoado caso confunda coelhos com tigres, águias com galinhas de terreiro, ou simplesmente erre o alvo e desperdice o disparo, para atingir alguma vaca tranquila que pasta num campo ao longe. Se por trás da errática fuzilaria da imprensa o autor sentisse que havia um outro tipo de crítica, a opinião de pessoas lendo por amor à leitura, lenta e não profissionalmente, e julgando com grande compreensão, porém com grande severidade, a qualidade de seu trabalho não poderia melhorar com isso? E se os livros, pelos meios de que dispomos, se tornassem mais fortes, mais ricos e mais variados, eis aí um fim que valeria a pena alcançar.

Mas quem lê tendo em vista um fim, por mais desejável que ele seja? Não há certas atividades que exercemos por serem boas em si, certos prazeres que são definitivos? E o nosso não está entre eles? Eu pelo menos já sonhei algumas vezes que, quando raiar o dia do Juízo Final e os grandes conquistadores e juristas e estadistas vierem receber suas recompensas — suas coroas, seus lauréis, seus nomes indelevelmente gravados em mármore imperecível —, o Todo-Poderoso há de se virar para São Pedro e dizer, não sem certa inveja, quando vir que chegamos sobraçando livros: "Esses aí, olhe só, não precisam de recompensa. Não temos nada para dar-lhes aqui. Eles adoravam ler".

Sobre estar doente[103]

Considerando como a doença é comum, como é enorme a alteração espiritual que ela provoca, como são surpreendentes, quando as luzes da saúde estão fracas, as terras ainda não descobertas que então se revelam, considerando que refugos e desertos da alma um ligeiro ataque de gripe põe às claras, que prados e precipícios salpicados de flores latejantes um pequeno aumento de temperatura faz ver, que velhos e obstinados carvalhos são desenraizados em nós no ato da doença, como afundamos pelo poço da morte sentindo as águas da aniquilação se fecharem por cima da cabeça e acordamos pensando estar na presença dos anjos e dos harpistas quando temos um dente arrancado e voltamos à tona na cadeira do dentista para confundir o "Enxague a boca" que ele diz com a saudação da Divindade que se inclina do chão do Céu para nos receber —, quando pensamos em tudo isso e infinitamente mais, como com tanta frequência somos forçados a fazê-lo, parece realmente estranho que a doença não tenha encontrado o seu lugar, junto com o amor, o ciúme e a batalha, entre os temas primais da literatura. Alguns romances, ocorreria a alguém pensar, seriam dedicados à gripe; poemas épicos, à febre tifoide; odes à pneumonia, breves poemas à dor de dente. Mas não; com poucas exceções — De Quincey tentou algo do tipo em *O comedor de ópio*;[104] deve haver um volume ou dois sobre doença espalhados entre as páginas de Proust — a literatura faz tudo o que pode para sustentar que sua preocupação é com a mente; que o corpo é uma placa de vidro liso, pela qual passa o olhar direto e claro da alma, e que o corpo, exceto no que toca a uma ou duas paixões, como o desejo e a ambição, é nulo, negligenciável e não existente. Mas justamente o contrário é que é verdade. O dia

---

[103] "On Being Ill". Publicado pela primeira vez em janeiro de 1926 na *New Criterion*, revista dirigida por T. S. Eliot. Em 1931 saiu como folheto pela Hogarth Press, a editora, a princípio artesanal, fundada por Virginia e Leonard Woolf, seu marido.

[104] No original, *Confessions of an English Opium Eater* (1822-1856), de Thomas De Quincey (1785-1859).

todo e a noite inteira o corpo interfere; embaça ou aclara, colore ou descolore, transforma-se em cera no calor de junho, adensa-se em sebo na escuridão de fevereiro. A criatura que vai dentro só pode olhar pela placa — encardida ou rósea; não pode nem por um instante separar-se do corpo como a bainha da faca ou a vagem do grão; tem de passar por toda a infinita sucessão de mudanças, calor e frio, conforto e desconforto, fome e satisfação, saúde e doença, até que ocorra a inevitável catástrofe; o corpo se parte em cacos, e a alma (é o que se diz) escapa. Mas de todo esse drama cotidiano do corpo não há registro nenhum. Todos sempre escrevem sobre os afazeres da mente; as ideias que lhe vêm; seus nobres planos; como ela civilizou o universo. Mostram-na a ignorar o corpo na torrezinha do filósofo; ou chutando o corpo, como uma velha bola de futebol de couro, por extensões de neve e deserto à cata de descoberta ou conquista. As grandes guerras que o corpo trava por si, com a mente como sua escrava, na solidão do quarto, contra o ataque de febre ou o avanço da melancolia, são esquecidas. Não se vai longe em busca da razão. Para olhar essas coisas cara a cara seriam necessárias a coragem de um domador de leões; uma filosofia robusta; e uma razão enraizada nos intestinos da terra. À falta disso, este monstro, o corpo, este milagre, sua dor, logo nos fará descambar para o misticismo ou subir, com um rápido bater de asas, aos êxtases do transcendentalismo. Para falar de um modo mais prático, o público diria que um romance consagrado à gripe careceria de trama; queixar-se-ia de não haver amor em cena — o que porém seria um erro, porque a doença não raro se disfarça de amor e faz os mesmos truques curiosos. Atribui a certos rostos divindade, deixando-nos à espera do ranger de uma escada, hora após hora, de orelhas em pé, e entrelaça nas faces dos ausentes (sabe Deus se bem de saúde) uma nova significação, enquanto a mente imagina mil lendas e romances sobre aqueles para os quais não tem tempo nem gosto quando sã. Por fim, entre as desvantagens da doença como assunto para a literatura, acha-se a pobreza da língua. O inglês, tão capaz de expressar os pensamentos de Hamlet e a tragédia de Lear, não tem palavras para a tremura e a dor de cabeça. Cresceu demais para um lado só. Uma simples estudante, quando cai de amores, conta com Shakespeare, Donne e Keats para dizer por ela o que lhe vem à mente; mas, se um sofredor tiver de explicar a um médico a dor que traz na cabeça, logo a língua fica seca. Não há nada já pronto para usar. Ele mesmo terá de cunhar palavras e, pegando numa das mãos sua dor, na outra um torrão de puro som (como os habitantes de Babel devem ter feito de início), amassar os dois juntos até que por fim daí resulte uma palavra inteiramente nova. É bem provável que seja algo risível. Pois qual o inglês de nascimento que pode tomar liberdades com a sua língua? Para nós ela é uma coisa sagrada e portanto destinada a morrer, a menos que os americanos, cujo talento logra muito mais êxito ao criar palavras novas do que ao dispor das antigas, venham em nossa ajuda para fazer as fontes jorrarem. Entretanto não é só de uma língua nova que precisamos, primitiva, sutil, sensual, obscena, mas também de uma nova hierarquia das paixões; o amor deve ser deposto em favor de uma febre de quarenta graus; o ciúme, dar lugar às pontadas da ciática; a insônia deve fazer o papel de vilão, e o herói passar a ser esse líquido branco e de gosto adocicado — esse príncipe poderoso, de olhos de mariposa e pés plumosos, do qual um dos nomes é Cloral.

Mas retornemos ao inválido. "Estou de cama com gripe", diz ele, quando na verdade se lamenta por não merecer compaixão. "Estou de cama com gripe", ouve-se — mas o que isso transmite sobre a grande experiência; sobre como o mundo modificou sua forma; quão remotas estão as ferramentas do ofício; os sons festivos se tornaram românticos como um carrossel que se ouve através de campos distantes; os amigos mudaram, alguns adquiriram estranha beleza, outros deformaram-se ao agachamento dos sapos, e enquanto isso toda a paisagem da vida abre-se ampla ao longe, como a costa vista de um navio ao largo no mar, e ora ele é exaltado nas alturas, não precisa de ajuda dos homens nem de Deus, ora se arrasta de costas no assoalho, à mercê do chute que uma empregada lhe dê —, a experiência não pode ser comunicada e, como sempre se dá com as coisas mudas, seu sofrimento pessoal só serve para despertar na memória dos amigos as lembranças que eles têm das *suas* gripes, *suas* dores e pontadas, das quais em fevereiro passado não se lastimaram e que agora vêm apelar, desesperada e clamorosamente, pelo divino alívio da compaixão alheia.

Mas não podemos ter compaixão. Mais sábio que todos, o Destino diz que não. Se seus filhos, que já vergam sob o peso de tanto sofrimento, tivessem de suportar mais essa carga, acrescentando dores dos outros, pela imaginação, às próprias, as construções deixariam de erguer-se, as estradas largadas virariam trilhas no mato; a música e a pintura teriam fim; um único e imenso suspiro se elevaria ao Céu e as únicas atitudes para homens e mulheres seriam as do desespero e do horror. Tal como é, sempre há alguma pequena distração — um tocador de realejo na esqui-

Sobre estar doente

na do hospital, uma vitrine com um livro ou um bibelô que nos atrai, depois de passarmos pela prisão ou o hospício, algum desatino de cachorro ou de gato para nos impedir de transformar o hieroglifo de miséria do velho mendigo em volumes de sórdido sofrimento; e assim o grande esforço de compaixão que essas casernas de dor e disciplina, esses símbolos secos da desgraça, pedem-nos para exercer a seu favor é deixado, com certo constrangimento, para outra ocasião. A compaixão hoje em dia é manifestada sobretudo pelos molengas e fracassados, na maior parte mulheres (nas quais o obsoleto coexiste tão estranhamente com a anarquia e a novidade), que, tendo ficado à margem da espécie, têm tempo para gastar em fantasiosas e não lucrativas digressões; C. L., por exemplo, que, sentada à lareira do quarto abafado de doente, constrói com toques ao mesmo tempo imaginativos e sóbrios o guarda-fogo da lareira, o pão, o lampião, realejos na rua e todos os singelos casos de velhotas casadas sobre travessuras e camisolas de criança; A. R., a temerária, a magnânima, que, se você desejasse uma tartaruga gigante para lhe consolar, ou uma tiorba[105] para lhe animar, vasculharia todos os mercados de Londres até conseguir trazê-las, embrulhadas em papel, antes do fim do dia; a frívola K. T., vestida em sedas e plumas, empoada e pintada (o que também toma tempo), como se para um banquete de reis e rainhas, que gasta todo o seu brilho na penumbra do quarto do doente e faz os vidros de remédios tremerem e as chamas se altearem com seus fuxicos e sua mímica. Mas tais loucuras já tiveram seu tempo; a civilização aponta para um objetivo diverso; para que a luz elétrica venha a iluminar as cidades do Meio-Oeste, Mr. Insull "tem de manter vinte ou trinta compromissos a cada dia dos seus meses de trabalho"[106] — e que lugar haveria aí, nesse caso, para a tartaruga e a tiorba?

Há sim, confessemos logo (e a doença é um grande confessionário), uma infantil franqueza na doença; verdades escapam, dizem-se coisas que a cautelosa respeitabilidade da saúde esconde. Sobre a compaixão, por exemplo, sem a qual podemos passar. A ilusão de um mundo formatado para fazer eco a todos os gemidos, de seres humanos tão unidos por medos e necessidades comuns que um puxão num pulso arrasta outro, onde

---

[105] Instrumento maior e com mais cordas que o alaúde comum, muito usado no século XVII.

[106] Samuel Insull (1859-1938), homem de negócios americano, dono de várias usinas geradoras de eletricidade.

sua experiência, por mais estranha que seja, já foi vivida por outras pessoas, onde, por mais longe que você viaje na sua própria cabeça, alguém antes de você já esteve por lá — tudo é uma ilusão. Não conhecemos nossas próprias almas, quanto mais as almas dos outros. Os seres humanos não andam de mãos dadas por toda a extensão do caminho. Em cada um existe uma floresta virgem, emaranhada e sem trilhas; um campo nevado onde até as marcas dos pés dos passarinhos sumiram. Aqui nós vamos sozinhos, e achamos até melhor. Contar sempre com solidariedade, estar sempre acompanhado, ser sempre compreendido seria intolerável. Mas com saúde o jovial fingimento deve ser mantido e o esforço renovado — comunicar, civilizar, compartilhar, cultivar o deserto, instruir o nativo, trabalhar juntos de dia e divertir-se à noite. Na doença esse faz de conta acaba. Imediatamente a cama entra em cena ou, afundados numa poltrona entre almofadas, levantamos os pés um pouco acima do chão, deixamos de ser soldados do exército dos aprumados; tornamo-nos desertores. Eles marcham para a batalha. Nós boiamos com os tocos na correnteza; varridos com as folhas secas no chão, irresponsáveis e desinteressados, somos capazes, talvez pela primeira vez em anos, de olhar em volta, de olhar para cima — de olhar, por exemplo, o céu.

A primeira impressão desse extraordinário espetáculo nos subjuga de um modo estranho. Geralmente é impossível olhar para o céu por qualquer fração de tempo. Um olhador do céu, em público, estorvaria e desconcertaria os pedestres. As nesgas de céu que vemos são mutiladas por chaminés e igrejas, servem de fundo para o homem, sinalizam chuva ou bom tempo, debruam de dourado as janelas e, estendendo-se entre os galhos, completam a visão patética dos plátanos desgrenhados do outono pelas praças de Londres. Agora, reclinados em repouso, feito uma folha ou uma flor, olhando bem para o alto, descobrimos que o céu é tão diferente daquele outro que realmente é até meio chocante. O tempo todo então isso estava acontecendo sem que a gente soubesse! — esse incessante fazer e refazer de formas, esses entrechoques de nuvens, vastos comboios de embarcações e carroças arrastadas do norte para o sul, esse experimento interminável com raios dourados e sombras azuis, que ergue muralhas de pedras para dispersá-las de um sopro — essa atividade infinita, com o dispêndio de sabe lá Deus quantos milhões de cavalos-vapor de energia, foi deixada trabalhando à vontade, entra ano, sai ano. O fato parece merecer comentário e até reprovação. Alguém deveria escrever ao *Times* acerca disso. Algo deveria ser feito. Não se deveria deixar que

Sobre estar doente

127

esse filme gigantesco passasse perpetuamente para uma sala vazia. Mas olhemos um pouco mais, e logo outra emoção sufoca os clamores do ardor cívico. O divinamente belo é também divinamente impiedoso. Imensuráveis recursos são usados para algum objetivo que nada tem a ver com o prazer humano ou o lucro humano. Se todos nós ficássemos deitados, gelados, hirtos, ainda assim os experimentos do céu, com seus azuis e dourados, prosseguiriam. Talvez então, olhando para baixo, para uma coisa muito pequena e próxima e familiar, nós encontremos afinidade. Examinemos a rosa. Já a vimos tantas vezes em flor nas jarras, tantas vezes associada à beleza no seu auge, que nos esquecemos de como ela se ergue, parada e firme, ao longo de uma tarde inteira na terra. De como mantém uma postura de perfeita dignidade e autocontrole. O extravasamento de suas pétalas é de inimitável retidão. Agora, talvez intencionalmente, uma delas cai; todas as flores agora, as roxas voluptuosas, as cremosas, em cuja carne suculenta uma colher deixou respingos de suco de cereja; os gladíolos; as dálias; os lírios, sacerdotais, eclesiásticos; as flores que vêm em afetados colarinhos de papelão, tingidas de damasco e âmbar, todas elas se inclinam de cabeça para a brisa — todas, exceto o pesado girassol, que orgulhoso reconhece o sol ao meio-dia, e talvez à meia-noite rejeite a lua. Lá estão elas; e é delas, das mais imóveis e serenas, das mais autossuficientes de todas as coisas, que os seres humanos fizeram companheiras; elas que simbolizam suas paixões, enfeitam suas festas e mentem (como se soubessem o que é dor) sobre os travesseiros dos mortos! Maravilhoso é relatar que poetas encontraram na Natureza uma religião; que as pessoas do campo aprendem as virtudes das plantas. É na indiferença em que vivem que elas são consoladoras. O campo nevado da mente, onde o homem ainda não pisou, é visitado pela nuvem e beijado pela pétala que cai tal como, em outra esfera, são os grandes artistas, como um Milton ou um Pope, que consolam, não por se lembrarem, mas por se esquecerem de nós.

Entrementes, com o heroísmo da formiga ou da abelha, por indiferente que esteja o céu, por desdenhosas as flores, o exército dos aprumados marcha para a batalha. A sra. Jones pega o seu trem. O sr. Smith conserta o seu motor. As vacas são levadas ao curral para a ordenha. Há homens reformando o telhado. Há cachorros latindo. As gralhas, que formam uma rede ao subir, em rede despencam sobre os ulmeiros. A onda de vida se arroja infatigavelmente. Só quem está em repouso para saber o que a Natureza afinal nem faz esforço para esconder — que no fim ela triunfará; o mundo ficará sem calor; duros de frio, deixaremos de nos arrastar pelos campos; montes de gelo cobrirão motores e fábricas; o sol vai sumir. Mesmo assim, quando toda a terra já estiver coberta e escorregadia, alguma ondulação, alguma irregularidade de superfície há de marcar o limite de um antigo jardim, e ali, erguendo à luz das estrelas sua corola impávida, a rosa há de florescer, o açafrão há de se abrasar. Mas com o gancho da vida ainda em nós, ainda temos de nos retorcer. Não podemos ficar hirtos e em paz, largados em montinhos vidrentos. Até mesmo os acamados, à mera imaginação de estar com frio nos pés, dão um pulo e se esticam para tirar proveito desta esperança universal — Céu, Imortalidade. Por certo eles desejariam, já que há tantas eras os homens têm desejado, que passasse a existir alguma coisa; que houvesse uma ilha verde para o descanso da mente, mesmo que lá os pés não se plantassem. A imaginação cooperativa da humanidade já deve ter traçado um contorno firme. Mas não. A gente abre o *Morning Post* e lê o bispo de Lichfield a falar do Céu — um discurso vago, fraco, aguado, inconclusivo. Vemos os que vão à igreja entrando em fila naqueles templos galantes onde, no dia mais lúgubre, nos lugares mais úmidos, velas estarão queimando, sinos tocando e, como quer que o vento gema e as folhas outonais venham a ser varridas lá fora, esperanças e desejos serão transformados em crenças e certezas aqui dentro. Parecem serenas essas pessoas? Têm os olhos impregnados da luz de sua sublime convicção? Alguma delas se atreveria a pular do alto de um penhasco para cair no Céu? Ninguém faria tais perguntas a não ser um simplório; a pequena confraria de fiéis arrasta-se aos passinhos, sem ânimo; a mãe está exausta, o pai cansou. Os bispos também estão cansados. Já lemos nesse mesmo jornal que a diocese deu um automóvel de presente a seu bispo; que na cerimônia um destacado cidadão comentou, dizendo a pura verdade, que um bispo tem mais necessidade de automóveis que qualquer um de seu rebanho. No entanto essa construção do Céu não necessita de carros; precisa é de tempo e concentração. Precisa da imaginação de um poeta. Deixados por nossa conta, não podemos senão brincar com isso — imaginar Pepys no Céu,[107] esboçar pequenas entrevistas com pessoas famosas sobre moitas de tomilho, logo passar a bisbilhotar sobre um de nossos amigos que já passou

---

[107] Referência a Samuel Pepys (1633-1703), parlamentar e funcionário da administração naval inglesa conhecido por seu diário, que contém observações sobre acontecimentos importantes como a Grande Praga e o Grande Incêndio de Londres.

pelo Inferno ou, pior ainda, retornar à Terra e optar, já que optar não faz mal, por viver mais e mais e sempre, ora como homem, ora como mulher, ou capitão de mar, ou dama da Corte, imperador, mulher de fazendeiro, em cidades esplêndidas e em longínquos brejais, em Teerã e em Tunbridge Wells, na época de Péricles ou de Artur, Carlos Magno, George IV —, viver até termos esgotado aquelas vidas embrionárias que nos rodeiam na adolescência e foram consumidas pelo tirânico "eu", o qual até aqui fez conquistas, no que a este mundo concerne, mas, se o desejo puder modificá-lo, não irá usurpar também o Céu e nos condenar, a nós que aqui representamos nossos papéis como William ou Amelia, a permanecer para sempre os mesmos. Deixados por nossa conta, assim especulamos carnalmente. Precisamos dos poetas para imaginar por nós. A tarefa de construção do Céu deveria estar vinculada à função de Poeta Laureado.

É para os poetas, de fato, que nos voltamos. A doença não nos deixa propensos às longas campanhas impostas pela prosa. Não temos como comandar todas as nossas faculdades e manter o entendimento, o raciocínio e a memória em atenção enquanto um capítulo se embaralha com outro e, mal o pomos no lugar, já temos de estar à espera da vinda do seguinte, até que toda a estrutura — arcos, ameias, torres — assente firme nos alicerces. *Declínio e queda do Império Romano* não é um livro para a gripe, nem *A taça de ouro*, nem *Madame Bovary*.[108] Por outro lado, com a responsabilidade engavetada e o entendimento temporariamente inativo — pois quem há de esperar que um inválido faça críticas, ou exigir bom senso do acamado? —, outras preferências se afirmam; súbitas, intensas, impulsivas. Subtraímos as flores dos poetas. Arrancamos um ou dois versos e deixamos que eles se manifestem nas profundezas do espírito, que abram suas asas reluzentes e nadem como peixes coloridos em águas verdes:

> and oft at eve
> Visits the herds along the twilight meadows[109]

---

[108] No original *The Decline and Fall of the Roman Empire* (1776, 1781, 1788), de Edward Gibbon (1737-1794); *The Golden Bowl* (1904), de Henry James (1843-1916); *Madame Bovary* (1856), de Gustave Flaubert (1821-1880).

[109] "e de tarde às vezes/ visita o gado no lusco-fusco das campinas." *A Mask* (1637), de John Milton (1608-1674).

wandering in thick flocks along the mountains
Shepherded by the slow, unwilling wind.[110]

Ou então há um romance inteiro, em três volumes, sobre o qual meditar num único verso de Hardy ou uma frase de La Bruyère. Mergulhamos nas cartas de Lamb — alguns autores de cartas devem ser lidos como poetas — e achamos isto: "Sou um assassino sanguinário do tempo e o mataria pouco a pouco agora mesmo. Mas a serpente é mortal",[111] e quem há de explicar todo o sabor do trecho? ou abre-se Rimbaud e se lê:

Ô saisons, ô châteaux,
Quelle âme est sans défauts?[112]

e quem há de racionalizar o encanto? Na doença as palavras parecem possuir uma natureza mística. Entendemos o que está além de seu significado superficial, entendemos isso, aquilo e tudo o mais — uma cor, um som, aqui uma ênfase, ali uma pausa — que o poeta espalhou por sua página, sabendo como as palavras são fracas em comparação com as ideias, para evocar, quando reunidos, um estado de espírito que nem as palavras podem expressar nem a razão explicar. Na doença, a incompreensibilidade tem um poder enorme sobre nós, mais legítimo talvez do que os aprumados hão de reconhecer. Na saúde o significado se sobrepôs ao som. Nossa inteligência domina os nossos sentidos. Mas na doença, como a polícia não está de plantão, rastejamos por baixo de um poema de Mallarmé ou de Donne, de alguma frase em latim ou grego, e as palavras exalam seu perfume e destilam seu sabor, e então, se enfim apreendemos o seu significado, mais rico ele é por ter chegado a nós primeiro sensualmente, por via do paladar e das narinas, como um estranho odor. Os estrangeiros, para quem a língua é exótica, levam vantagem sobre nós. Os chineses devem conhecer o som de *Antônio e Cleópatra* melhor do que nós.

O arrebatamento é uma das propriedades da doença — sendo nós uns proscritos —, e é sobretudo de arrebatamento que precisamos para

---

[110] "vagando em densos bandos pelos montes,/ com o vento lento, a contragosto, de pastor." *Prometheus Unbound* (1820), de Percy Bysshe Shelley.

[111] *The Letters of Charles Lamb*, org. Alfred Ainger (1904).

[112] "Castelos, estações,/ Que alma é sem senões?" "Une saison en enfer" (1873), tradução de Augusto de Campos em *Rimbaudlivre*, São Paulo, Perspectiva, 1993.

Sobre estar doente

ler Shakespeare. Não é que devamos nos livrar da inteligência quando o lemos, mas sim que, estando nós de todo conscientes, a fama dele nos intimida, e todos os livros de todos os críticos amortecem em nós aquele súbito estalo de convicção de que nada se põe entre nós e ele, o que, se ilusão for, é mesmo assim uma ilusão útil, um prazer prodigioso, um estímulo fortíssimo para ler os grandes. Estão estragando Shakespeare; um governo paternal bem poderia proibir que se escrevesse sobre ele, como lhe ergueram um monumento em Stratford fora do alcance de rabiscadores. Com tais zumbidos de crítica ao redor, podemos nos arriscar às nossas próprias conjecturas em particular, tomando notas na margem; mas saber que alguém já disse isso antes, ou que o disse melhor, quebra todo o encanto. A doença, em sua régia sublimidade, varre isso tudo para o lado, deixando-nos a sós com Shakespeare, e ao confronto de seu enfatuado poder com nossa enfatuada arrogância as barreiras vão sumindo, os nós se desfazem, o cérebro soa e ressoa com *Lear* ou *Macbeth*, e até o próprio Coleridge guincha como um camundongo distante. De todas as peças, e mesmo dos sonetos, isso é verdade; *Hamlet* é que é a exceção. Só se lê *Hamlet* uma vez na vida, entre os vinte e os 25 anos, quando quem lê então é Hamlet, é jovem; assim como, para deixar bem claro, Hamlet é Shakespeare, é jovem. E como alguém pode explicar o que é, se tudo o que pode é sê-lo? O crítico, sempre forçado a olhar de frente ou de soslaio para o próprio passado, vê uma coisa a se mover e esvaecer em *Hamlet*, como vemos no espelho a imagem refletida, e é isso que, embora dê à peça uma diversidade infinita, nos impede de sentir, como com *Lear* ou *Macbeth*, que o centro é sólido e se mantém firme, imune ao peso de nossas sucessivas leituras.

Mas basta de Shakespeare — voltemo-nos agora para Augustus Hare. Há quem diga que nem mesmo a doença autoriza essas transições; que o autor de *The Story of Two Noble Lives*[113] não se iguala a Boswell; e se afirmarmos que em literatura, à falta do melhor, preferimos o pior — a mediocridade é que é detestável —, disso também nada teremos. Pois que assim seja. A lei está do lado do normal. Mas, para quem sofre de um ligeiro aumento de temperatura, os nomes de Hare e Waterford e Canning emitirão fachos de salutar esplendor. Não, é verdade, nas primeiras cem páginas. Aí, como é tão comum nesses volumes grossos, nos embaralha-

---

[113] *The Story of Two Noble Lives. Being Memorials of Charlotte, Countess Canning, and Louisa Marchioness of Waterford* (3 vols., 1893), de Augustus J. C. Hare.

mos, correndo o risco de afundar numa pletora de tias e tios. Temos de nos lembrar de que esta coisa, a atmosfera, existe; de que não raro os próprios mestres nos mantêm em intolerável espera enquanto eles nos preparam a mente para o que quer que seja — a surpresa ou a falta de surpresa. Assim, Hare também vai ganhando tempo; e imperceptivelmente o encanto se apodera de nós; pouco a pouco, quase chegamos a ser alguém da família, mas não de todo, porque a impressão de estranheza ante tudo aquilo persiste, e participamos da consternação da família quando Lord Stuart sai da sala — o baile já ia começar — e depois só ouvimos falar dele na Islândia. As festas, disse ele, o entediavam — assim eram os aristocratas ingleses antes de o casamento com o intelecto ter adulterado a bela singularidade de suas mentes. Entediando-se nas festas, iam para a Islândia. Depois ele se viu atacado pela mania de construir castelos de Beckford;[114] cismou de levantar um *château* francês no outro lado do canal e, a grande custo, ergueu torres e pináculos para servir de quartos de empregada, isso na beira de um penhasco que desmoronava, tanto que as empregadas viam suas vassouras boiando pelo Solent abaixo, e Lady Stuart passou por grande aflição, mas de tudo tirou o melhor partido que pôde e, como senhora bem-nascida que era, cuidou de ajardinar a entrada da ruína; enquanto isso as filhas, Charlotte e Louisa, foram crescendo em sua incomparável beleza, ambas sempre com lápis nas mãos, sempre desenhando, dançando, flertando, envoltas numa nuvem de gaze. Na verdade não há muita diferença entre elas. Porque a vida naquela época não era a de Charlotte e Louisa, mas a vida das famílias, dos grupos. Era uma teia, uma rede, que se estendia ao longe para envolver nas suas malhas todos os tipos de primos, de dependentes, de velhos agregados. Tias — tia Caledon, tia Mexborough — e avós — vovó Stuart, vovó Hardwicke — aglomeram-se numa espécie de coro, se alegram e se entristecem e fazem juntas a ceia de Natal, vão ficando muito velhas, mas continuam bem firmes, e sentam-se em cadeiras com para-sóis recortando flores, ao que parece, de papel colorido. Charlotte se casou com Canning e foi para a Índia; Louisa se casou com Lord Waterford e foi para a Irlanda. Depois as cartas, que atravessam vastidões nos lentos navios de carreira, e tudo se torna ainda mais verboso e esticado, e parece não haver fim para a amplitude e o lazer daqueles dias do começo do século XIX, e há uma fé que

---

[114] William Beckford (1759-1844), o autor de *Vathek*, que ergueu seu castelo na Inglaterra, Fonthill Abbey, e lá viveu em solidão no fim da vida.

se perde aqui e ali e a vida de Hedley Vicars[115] para reavivá-la; tias pegam gripe, mas se recuperam; primos se casam; há fome na Irlanda e há um motim na Índia e as duas irmãs ficam — para seu grande e mudo alívio, pois naquele tempo havia coisas que as mulheres escondiam nos seios como pérolas — sem filhos que as sucedam. Louisa, afundada na Irlanda enquanto Lord Waterford passava os dias caçando, em geral se sentia muito sozinha; mas mantinha-se em seu posto, visitava os pobres, dizia palavras de consolo ("Lamento realmente saber da perda de consciência, ou melhor, de memória, de Anthony Thompson; caso porém ele ainda tenha suficiente entendimento para não confiar senão em nosso Salvador, tem o bastante") e desenhava sem parar. Encheu milhares de cadernos com desenhos de suas noites, a tinta e bico de pena, e depois fez murais para salas de aula em grandes folhas que o carpinteiro esticou para ela; no seu quarto de dormir deixava ovelhas entrar, arranjou cobertores para agasalhar guarda-caças e pintou uma abundante série de Sagradas Famílias, levando o grande Watts a exclamar que ali estava um igual de Ticiano e um mestre de Rafael! Ao que Lady Waterford sorriu (tendo um gentil e generoso senso de humor) e disse não passar de uma rabiscadora; mal tinha tido uma lição na vida — como comprovavam as asas do seu anjo, escandalosamente inacabado. Além do mais, havia a casa de seu pai, sempre despencando no mar, e ela precisava escorá-la; tinha de entreter os amigos; tinha de encher seus dias com todo tipo de caridade até que seu senhor voltasse para casa da caça, e aí, em geral à meia-noite, ela faria um esboço dele, com o garboso rosto de cavaleiro meio oculto na tigela de sopa, sentando-se ao lado, de caderno em punho e embaixo de uma luz. Logo ele partiria de novo, soberbo como um cruzado, a caçar raposas, e a cada vez ela lhe acenaria pensando: e se essa fosse a última? Foi o que aconteceu certa manhã. O cavalo tropeçou. Ele morreu. Antes de lhe dizerem, ela já o sabia, e Sir John Leslie nunca pôde se esquecer, quando correu escada abaixo no dia em que o enterraram, da beleza da grande dama em pé à janela para ver o féretro sair, nem, quando lá ele voltou, de como a cortina, pesada, de meados da era vitoriana, talvez fofa, estava toda amarrotada no ponto em que, na sua agonia, ela a agarrara.

---

[115] Oficial do Exército britânico cuja conversão religiosa foi narrada por Catherine M. Marsh em *The Memorials of Captain Hedley Vicars* (1855).

Poesia, ficção e o futuro[116]

Os críticos, em sua grande maioria, dão as costas para o presente e olham fixamente para o passado. Com prudência, sem dúvida, abstêm-se de fazer comentários sobre o que realmente está sendo escrito no momento atual; deixam essa obrigação para a classe dos resenhistas, cuja própria função dá a entender a transitoriedade que há neles e nos produtos que examinam. Nós porém já nos perguntamos algumas vezes: o trabalho de um crítico tem sempre de se haver com o passado, seu olhar tem sempre de se fixar lá atrás? Ele não poderia se virar às vezes e, protegendo os olhos da luz, à maneira de Robinson Crusoe na ilha deserta, voltá-los na direção do futuro e traçar em sua neblina as vagas faixas de terra que poderemos talvez alcançar um dia? A verdade de tais especulações nunca pode ser provada, é claro, mas numa época como a nossa há uma grande tentação de entregar-se a elas. Porque é uma época em que evidentemente não estamos ancorados com firmeza onde nos encontramos; tudo se move à nossa volta; e nós também nos movemos. A obrigação do crítico não seria então nos dizer, ou pelo menos supor, para onde estamos indo?

É óbvio que a indagação deve ser circunscrita com muito rigor, mas talvez seja possível, num espaço restrito, tomar um exemplo da insatisfação e da dificuldade e, tendo-as examinado a fundo, capacitarmo-nos melhor para presumir em que direção, quando as tivermos suplantado, haveremos nós de seguir.

Ninguém de fato pode ler muita literatura moderna sem se dar conta de que alguma insatisfação, alguma dificuldade, se acha em nosso caminho. Por toda parte, os escritores estão tentando algo que não conseguem realizar, estão forçando a forma que utilizam a conter um signifi-

---

[116] "Poetry, Fiction and the Future". Publicado pela primeira vez, em duas partes, nos números de 14 e 21 de agosto de 1927 do *New York Herald Tribune*. Deriva de uma palestra feita por Virginia Woolf, em 18 de maio do mesmo ano, no St. Hugh's College da Universidade de Oxford.

cado que para ela é estranho. Muitas razões poderiam ser dadas para isso, mas apontemos aqui apenas uma, qual seja, o fracasso da poesia em nos servir como serviu a tantas gerações de antepassados. A poesia já não nos presta seus serviços tão prodigamente como o fazia em relação a eles. O grande canal de expressão pelo qual se escoou tanta energia, tanto talento, parece ter se estreitado ou sofrido algum desvio.

Claro está que isso só é verdade dentro de certos limites; nossa época é rica em poesia lírica; talvez nenhuma outra o tenha sido mais. Mas para a nossa geração e a que virá a seguir o grito lírico de êxtase ou de desespero, que é tão intenso, tão pessoal e tão limitado, não basta. A mente está cheia de emoções disformes, híbridas, incontroláveis. Que a idade da Terra seja de 3 bilhões de anos; que a vida humana dure apenas um segundo; que a capacidade da mente seja não obstante irrestrita; que infinitamente bela, mas repulsiva, seja a vida; que sejam adoráveis, mas irritantes, as criaturas com as quais a partilhamos; que a ciência e a religião tenham destruído a fé entre si; que todos os vínculos de união pareçam rompidos, muito embora deva existir algum controle —, é nessa atmosfera de dúvida e conflito que os escritores agora têm de criar, e a leve tessitura de um poema lírico não é mais adequada para conter tal ponto de vista do que uma pétala de rosa para envolver a grandeza irregular de um rochedo.

Contudo, quando nos perguntamos o que serviu no passado para expressar uma atitude como essa — uma atitude que está cheia de colisões e contrastes; uma atitude que parece pressupor o conflito de uma pessoa contra outra e, ao mesmo tempo, continuar necessitando de um indefinido poder de formação, de alguma concepção que ao todo confira harmonia e força —, temos de responder que houve outrora uma forma, que não foi a da poesia lírica; era a forma do drama, do drama poético da era elisabetana. E é essa forma específica que hoje parece morta, além de qualquer possibilidade de ressurreição.

Porque, se considerarmos a situação do drama poético, temos de ter sérias dúvidas de que alguma força na Terra seja capaz de revivê-lo agora. Ele foi e ainda é praticado por escritores do maior talento e ambição. Desde a morte de Dryden, todo grande poeta, ao que parece, fez sua tentativa arrojada. Wordsworth e Coleridge, Shelley e Keats, Tennyson, Swinburne e Browning (para citar somente os mortos), todos escreveram dramas poéticos, mas nenhum logrou êxito. Das muitas peças escritas por eles, provavelmente apenas *Atalanta*, de Swinburne, e *Prometheus*, de Shelley,[117] ainda são lidas, mas com menos frequência do que outras obras desses mesmos autores. Todo o resto subiu para as prateleiras do alto das estantes, onde enfiou a cabeça sob as asas para pegar no sono. Ninguém irá de bom grado perturbar aquelas modorras.

É tentador no entanto procurar uma explicação para o fracasso, caso isso possa lançar luz sobre o futuro que ora temos em mente. O motivo pelo qual os poetas não podem mais escrever dramas poéticos talvez esteja em algum ponto nessa direção.

Há uma coisa misteriosa e vaga que se chama de atitude diante da vida. Nós todos conhecemos pessoas — se por um momento nos voltamos da literatura para a vida — que estão em desavença com a existência; pessoas infelizes que nunca obtêm o que querem; que estão frustradas e se queixam, que se mantêm num ângulo desconfortável de onde veem tudo meio torto. E há também aquelas que, embora se mostrem perfeitamente contentes, parecem ter perdido todo o contato com a realidade; que esbanjam todo seu afeto em cachorrinhos ou porcelanas antigas; que por nada se interessam, a não ser pelas vicissitudes da própria saúde e os altos e baixos do esnobismo social. Todavia há outras que nos parecem, e seria difícil dizer exatamente por quê, estar, seja por natureza ou pelas circunstâncias, numa posição em que podem usar ao máximo suas aptidões, no tocante às coisas que realmente importam. Elas não são necessariamente felizes ou bem-sucedidas, mas sua presença é estimulante e há interesse no que fazem. Tais pessoas parecem totalmente vivas. Em parte isso pode decorrer das circunstâncias — nasceram em ambientes que lhes são favoráveis —, mas muito mais decorre de um auspicioso equilíbrio de características que há em si mesmas e as leva a ver as coisas não de um ângulo inadequado, sempre enviesado; nem distorcidas por efeito da neblina; mas cara a cara e nas devidas proporções; agarram as coisas com força; quando entram em ação, deixam sua marca.

Do mesmo modo, um escritor também tem uma atitude diante da vida, embora seja uma vida diferente da outra. Também eles podem estar num ângulo desconfortável; podem sentir-se malogrados, frustrados, incapazes de alcançar o que, como escritores, almejam. Isso é válido, por exemplo, para os romances de George Gissing. Depois, como vimos, po-

---

[117] *Atalanta in Calydon* (1865), de Algernon Charles Swinburne (1837-1909); *Prometheus Unbound* (1820), de Percy Bysshe Shelley (1792-1822).

Poesia, ficção e o futuro

dem se recolher às cercanias e esbanjar seu interesse em cachorros de estimação e duquesas — bonitezas, esnobismos, sentimentalismos —, o que aliás se aplica a alguns dos nossos romancistas de maior sucesso. Mas há outros que parecem situados de tal modo, por sua natureza ou pelas circunstâncias, que são capazes de livremente usar suas aptidões em relação às coisas que importam. Não é que escrevam rápido ou com facilidade, ou que logo façam sucesso ou sejam incensados. O que ora tentamos é, antes, analisar uma característica que se faz presente na maior parte das grandes eras da literatura, tendo maior visibilidade na obra dos dramaturgos elisabetanos. Se eles parecem ter uma atitude diante da vida, tal posição lhes permite a livre movimentação dos seus membros; uma visão que, embora constituída por uma miscelânea de coisas, incide sobre a perspectiva certa para os objetivos que têm.

Em parte, isso foi decorrência, é claro, das circunstâncias. A voracidade do público, não por livros, mas pelo teatro, o pequeno tamanho das cidades, a distância que separava as pessoas, a ignorância em que então até os instruídos viviam, tudo fez com que fosse natural, para a imaginação elisabetana, encher-se de leões e unicórnios, duques e duquesas, violência e mistério. Isso foi reforçado por algo que não podemos explicar de modo tão simples, mas que podemos com certeza sentir. Eles tinham uma atitude diante da vida que os tornou capazes de uma expressão livre e plena. As peças de Shakespeare não são obra de um espírito atarantado e frustrado; são o envoltório perfeitamente flexível do seu pensamento. Sem nenhum estorvo ele passa da filosofia a uma briga de bêbados; das canções de amor a uma discussão; da simples hilaridade à especulação mais profunda. E é verdade que todos os dramaturgos elisabetanos, embora possam nos entediar — o que às vezes ocorre —, nunca nos fazem sentir que eles têm medo ou não são espontâneos, ou que haja alguma coisa que impeça, dificulte ou iniba a completa expansão de suas mentes.

No entanto a primeira ideia que nos vem, quando abrimos um drama poético moderno — e o mesmo se aplica a grande parte da poesia moderna —, é que o autor não está à vontade. Ele tem medo, ele é coagido, ele não se mostra espontâneo. E que boas razões tem para isso!, podemos exclamar, pois qual de nós sente-se perfeitamente à vontade com um homem de toga que se chama Xenócrates ou uma mulher chamada Eudóxia enrolada num cobertor? Mas por algum motivo o drama poético moderno é sempre sobre Xenócrates, não sobre um certo sr. Robinson; é sobre a Tessália, não sobre Charing Cross Road. Os elisabetanos, quando situavam a ação de suas peças em terras estrangeiras, e de seus heróis e heroínas faziam príncipes e princesas, se limitavam a mover a cena de um lado para outro de um véu muito fino. Era um recurso singelo que conferia distância e profundidade aos seus personagens. Mas o país continuava a ser inglês, sendo o príncipe da Boêmia idêntico, como pessoa, ao nobre inglês. É contudo por um motivo diferente que nossos modernos teatrólogos poéticos parecem buscar o véu da distância e do passado. O que eles querem não é um véu que realce, mas uma cortina que oculte; situam suas ações no passado porque têm medo do presente. Sabem que, se tentassem expressar as ideias, as visões, as afinidades e aversões que estão de fato girando e martelando em suas cabeças, neste ano da graça de 1927, os pudores poéticos seriam violados; eles só poderiam, quando muito, tropeçar e gaguejar, tendo talvez de sentar-se ou de sair da sala. A atitude dos elisabetanos permitia-lhes uma liberdade completa; o teatrólogo moderno nem chega a ter uma atitude, ou ela é tão forçada que lhe paralisa os membros e lhe distorce a visão. Por conseguinte, ele tem de se refugiar em Xenócrates, que não diz nada ou diz apenas o que o verso branco pode dizer com decoro.

Mas será que podemos nos explicar um pouco mais? O que mudou, o que aconteceu, o que colocou o escritor agora em tal ângulo que ele não consegue fazer sua mente escoar pelos velhos canais da poesia inglesa? Algum tipo de resposta pode ser sugerido por um passeio pelas ruas de qualquer cidade grande. A longa avenida de tijolos está dividida em caixotes e em cada um deles habita um ser humano diverso que pôs fechaduras nas portas e trincos nas janelas para se garantir certa privacidade, apesar de estar ligado aos seus semelhantes por fios que passam acima da cabeça, por ondas de som que fluem pelo telhado e em voz alta lhe falam de batalhas e assassinatos e greves e revoluções pelo mundo. Caso entremos e falemos com a pessoa em questão, constataremos tratar-se de um animal precavido, retraído, desconfiado, nada espontâneo nos modos e cuidadoso ao extremo para não se revelar. Na verdade não há nada em nossa vida moderna que o force a proceder assim. Na vida privada não existe violência; somos gentis, tolerantes e agradáveis quando nos encontramos. Até a guerra é conduzida por companhias e comunidades, não por indivíduos. O duelo está extinto. O vínculo do casamento pode ser esticado indefinidamente, sem romper-se de súbito. A pessoa comum está mais calma, mais desimpedida, mais independente do que costumava ser.

Poesia, ficção e o futuro

Mas também constataremos, se dermos uma volta com o nosso amigo, que ele é atentíssimo a tudo — à feiura, à sordidez, à beleza, à diversão. E é curioso e indagador. Vai atrás de cada ideia sem se importar para onde ela o possa levar. Discute abertamente o que nunca costumava ser mencionado, nem mesmo em particular. E é bem provável que essa liberdade e curiosidade sejam a causa do que parece ser sua característica mais saliente — o estranho modo como em sua mente se associam certas coisas entre as quais não há conexões visíveis. Sentimentos que eram simples, e antes vinham separados, já não são mais assim. A beleza em parte é feiura; a diversão em parte é enfado; e em parte o prazer é dor. As emoções que antes entravam inteiras pela mente agora se partem no seu limiar.

Por exemplo: é uma noite de primavera, a lua está no céu, canta um rouxinol e os salgueiros se dobram sobre o rio. Sim; mas ao mesmo tempo há uma velha adoentada que remexe nos seus farrapos imundos sobre um horrendo banco de ferro. A velha e a primavera lhe entram juntas na mente; combinam-se, embora não se misturem. Em uníssono, as duas emoções, tão incongruentemente agregadas, dão-se repelões e patadas. Mas a emoção sentida por Keats ao ouvir o canto de um rouxinol é indivisa e una, embora passe da alegria com a beleza para o sofrimento ante a infelicidade da sina humana. Keats não estabelece um contraste. O sofrimento, no seu poema, é a sombra que acompanha a beleza.[118] Já na mente moderna a beleza não se faz acompanhar por sua sombra, mas por seu contrário. O poeta moderno fala do rouxinol que canta "*piu-piu para ouvidos sujos*".[119] Ao lado da beleza moderna caminha um espírito de zombaria que escarnece da beleza só por ela ser bela; que, virando o espelho, nos mostra que o seu rosto, do outro lado, é todo marcado e deformado. É como se o espírito moderno, sempre desejoso de examinar as próprias emoções, tivesse perdido o poder de aceitar as coisas como elas são simplesmente. Sem dúvida esse espírito cético e verificador trouxe à alma um grande frescor, reanimando-a. A franqueza, a sinceridade que há na escrita moderna é salutar, quando não imensamente prazerosa. A literatura moderna, que por perfumar-se demais se tornara até sufocante

---

[118] O poema é *Ode to a Nightingale* (1819), de John Keats (1795-1821).

[119] Alusão à parte II, "A Game of Chess", de *The Waste Land*, de T. S. Eliot (1888-1965).

com Oscar Wilde e Walter Pater, logo recobrou os sentidos, saindo do langor oitocentista, quando Samuel Butler e Bernard Shaw queimaram suas plumas e lhe deram seus sais para cheirar. Ela então despertou; pôde sentar-se; e deu um espirro. Assustados, os poetas naturalmente saíram correndo.

Pois é claro que a poesia sempre tomou maciçamente o partido da beleza. Sempre ela insistiu em certos direitos, como a rima, a métrica, a dicção poética, e nunca foi usada para os objetivos comuns da vida. Coube à prosa tomar sobre seus ombros todo o trabalho sujo; coube-lhe responder cartas, pagar contas, escrever artigos, atender às necessidades de homens de negócios, lojistas, advogados, soldados, camponeses.

A poesia, no controle dos seus sacerdotes, se manteve à parte. Talvez tenha pago o preço por esse isolamento ao se tornar um pouco rígida. Sua presença com tantos aparatos — seus véus e guirlandas, suas lembranças e associações — afeta-nos quando ela fala. Por isso, quando pedimos à poesia para expressar essa discórdia, essa incongruência, esse escárnio, esse contraste, essa curiosidade, essas emoções singulares e fugazes que se engendram em pequenos quartos isolados, as amplas e generalizadas ideias que a civilização ensina, ela não é capaz de se mover com a rapidez, a simplicidade, a largueza necessárias para fazê-lo. Seu timbre é muito marcado; sua maneira, por demais enfática. E ela nos dá, em vez de belos poemas, gritos passionais; manda-nos, movendo o braço num gesto majestoso, buscar refúgio no passado; mas ela não anda passo a passo com a mente para atirar-se veloz, sutil e apaixonadamente aos vários sofrimentos e alegrias que há nesta. Byron apontou o caminho, no *Don Juan*; mostrou em que instrumento flexível a poesia poderia transformar-se, mas ninguém seguiu seu exemplo para dar novo uso à ferramenta. Continuamos sem um drama poético.

Somos levados assim a refletir se a poesia será capaz da tarefa que lhe estamos impondo agora. Pode bem ser que as emoções atribuídas aqui à mente moderna, e esboçadas num contorno tão imperfeito, se submetam mais facilmente à prosa do que à poesia. Pode bem ser que a prosa venha a assumir — e na verdade até já assumiu — algumas das obrigações que eram antes desempenhadas pela poesia.

Se então ousarmos, a risco de exposição ao ridículo, e tentarmos ver para onde vamos, nós que parecemos nos mover tão depressa, poderemos supor que estamos indo na direção da prosa e que dentro de dez ou quinze anos a prosa virá a ser usada para finalidades a que ela nunca tinha

Poesia, ficção e o futuro

servido antes. O romance, esse canibal, que já devorou tantas formas de arte, terá então devorado muitas outras. Seremos forçados a inventar novos nomes para os diferentes livros que se disfarçam sob esse único rótulo. E é bem possível que venha a haver algum, em meio aos chamados romances, que dificilmente saberemos como batizar. Ele será escrito em prosa, mas numa prosa que há de ter muitas características da poesia. Trará algo da exaltação da poesia, mas parte considerável da normalidade da prosa. Será dramático, sem ser porém uma peça. Será lido e não representado. O nome pelo qual iremos chamá-lo não é contudo questão de grande importância. O que importa é que esse livro que nós vemos no horizonte pode servir para expressar alguns daqueles sentimentos que no momento parecem ser pura e simplesmente enjeitados pela poesia e que constatam que o drama também lhes é inospitaleiro. Tentemos então chegar a termos mais íntimos com ele e imaginar quais possam ser seu escopo e sua natureza.

Em primeiro lugar, pode-se supor que ele vai diferir do romance, tal como o conhecemos hoje, por se distanciar ainda mais da vida. Dar-nos-á mais o contorno do que os detalhes, como faz a poesia. Pouco uso fará do maravilhoso poder de registrar fatos, que é um dos atributos da ficção. Muito pouco nos dirá sobre as casas, os rendimentos, as ocupações dos seus personagens; pouco parentesco terá com o romance sociológico ou o romance de ambientação. Com essas limitações, expressará de modo intenso e atento as emoções e ideias dos personagens, mas a partir de outro ângulo. Há de assemelhar-se à poesia porque mostrará não só ou principalmente as relações das pessoas entre si e suas atividades em grupo, mas também a relação da mente com ideias indefinidas e seu solilóquio urdido em solidão. Porque sob o domínio do romance já perscrutamos com atenção uma das partes da mente, deixando outra inexplorada. Chegamos mesmo a esquecer que uma grande e importante parte da vida consiste nas nossas emoções em relação a coisas como os rouxinóis e as rosas, o nascer do dia, o crepúsculo, a existência, o destino, a morte; esquecemos que passamos muito tempo dormindo, sonhando, pensando, lendo sozinhos; nós não nos ocupamos somente com as relações pessoais; nem toda a nossa energia se consome para ganhar a vida. O romancista psicológico tendeu demais a limitar a psicologia à psicologia das relações pessoais; mas nós às vezes ansiamos por escapar da incessante e implacável análise do apaixonar-se e desapaixonar-se, do que Tom sente por Judith e do que Judith sente ou nem sequer chega a sentir por Tom. Ansiamos por algum relacionamento mais impessoal. Ansiamos por ideias, por sonhos, por imaginações, por poesia.

E é uma das glórias dos dramaturgos elisabetanos que eles nos deem isso. O poeta sempre é capaz de transcender a particularidade da relação de Hamlet com Ofélia e transmitir-nos o questionamento não só de seu próprio destino pessoal, mas também da condição e essência da vida humana como um todo. Em *Medida por medida*, por exemplo, passagens de extrema sutileza psicológica misturam-se com reflexões profundas, com imaginações tremendas. Entretanto vale a pena notar que, se Shakespeare nos dá essa profundidade, essa psicologia, ao mesmo tempo não faz nenhuma tentativa para nos dar algumas outras coisas. Suas peças não têm a menor utilidade como "sociologia aplicada". Se tivéssemos de depender delas para um conhecimento das condições sociais e econômicas da vida elisabetana, estaríamos inapelavelmente perdidos.

Portanto, sob esses aspectos, o romance ou a variedade de romance que será escrito num tempo ainda por vir há de assumir alguns dos atributos da poesia. Ele mostrará as relações do homem com a Natureza, com o destino; sua imaginação; seus sonhos. Mas mostrará também o escárnio, o contraste, a contestação, a intimidade e complexidade da vida. Há de pautar-se pelo molde deste amontoado excêntrico de coisas incongruentes — a mente moderna. Por conseguinte há de abrigar no seu seio as preciosas prerrogativas da arte democrática da prosa; sua liberdade, seu destemor; sua flexibilidade. Pois a prosa é tão humilde que a qualquer lugar pode ir; não há lugar, por mais baixo, por mais sórdido, por mais indigno, em que ela deixe de entrar. Ela, além disso, é infinitamente paciente, humildemente ávida. Pode lamber os mais diminutos fragmentos de um fato, com sua língua longa e viscosa, e amalgamá-los nos mais sutis labirintos, ou escutar em silêncio junto a portas por trás das quais só um murmúrio, só um cochicho se ouve. Com toda a versatilidade de uma ferramenta em uso constante, pode acompanhar as reviravoltas e registrar as mudanças que são típicas da mente moderna. E com isso somos obrigados a concordar, tendo às vossas costas Proust e Dostoiévski.

Cabe no entanto perguntar se a prosa, por adequada que seja para lidar com o que é comum e o que é complexo, se a prosa pode dizer as coisas simples que são porém tão extraordinárias. Pode ela dar as emoções súbitas que são tão assombrosas? Pode entoar a elegia, ou exaltar o amor em hinos, ou gritar de horror, ou louvar a rosa, o rouxinol ou a

Poesia, ficção e o futuro

beleza da noite? Pode lançar-se de um só salto ao coração do assunto, como faz o poeta? Penso que não. Essa é a pena que ela paga por haver dispensado o encantamento e o mistério, a rima e a métrica. É bem verdade que os prosadores são ousados; estão constantemente forçando sua ferramenta para fazer a tentativa. Mas sempre temos uma impressão de mal-estar quando uma passagem exageradamente rebuscada de um poema em prosa se faz presente ante nós. A objeção à passagem rebuscada não se refere todavia ao seu rebuscamento, mas ao fato de ser uma passagem. Lembremos, por exemplo, "Diversion on a Penny-Whistle", no *Richard Feverel* de Meredith.[120] Como é enfático e desajeitado, com um metro poético quebrado, o seu começo: "Douradas jazem as campinas; dourados correm os rios; e ouro vermelho doura os troncos dos pinheiros. O sol que baixa sobre a terra percorre os campos e as águas". Ou lembremos a famosa descrição da tempestade no final do *Villette* de Charlotte Brontë.[121] Essas passagens são eloquentes, líricas, esplêndidas; soam muito bem quando pinçadas e postas numa antologia; mas no contexto do romance nos deixam pouco à vontade. Pois tanto Meredith quanto Charlotte Brontë se consideravam romancistas; punham-se em proximidade com a vida; levavam-nos a contar com o ritmo, a observação, a perspectiva da ficção; mas brusca, violenta e artificialmente eles trocam isso pelo ritmo, a observação e a perspectiva da poesia. Sentimos o solavanco e o esforço; quase somos despertados do transe de consentimento e ilusão no qual nossa submissão ao poder da imaginação do escritor é mais completa.

Vamos agora refletir sobre outro livro que, apesar de escrito em prosa e usualmente considerado um romance, assume desde o início uma atitude diferente, um ritmo diferente, que se afasta da vida e nos leva a esperar uma perspectiva diferente — o *Tristram Shandy*.[122] É um livro cheio de poesia, mas nunca notamos isso; um livro marcado pelo rebuscamento, mas nunca de modo irregular. Aqui, embora a atmosfera geral

---

[120] "A Diversion Played on a Penny-Whistle", cap. XIX de *The Ordeal of Richard Feverel: A History of a Father and Son* (1859), de George Meredith (1828-1909).

[121] Descrição de tempestade que Virginia Woolf cita e comenta no ensaio "*Jane Eyre* e *O morro dos ventos uivantes*", reproduzido no presente volume.

[122] *The Life and Opinions of Tristram Shandy* (1759-1767), de Laurence Sterne (1713-1768). O trecho citado a seguir é do Livro IX.

esteja sempre mudando, não há solavancos nem sacudidas nessa mudança para nos despertar das profundezas do consentimento e da crença. Num mesmo fôlego Sterne ri, zomba, lapida uma tirada indecente e chega a uma passagem como esta:

> O tempo passa muito depressa: cada letra que eu traço me diz com que rapidez a vida me segue a pena; mais preciosos do que em torno do teu pescoço os rubis — minha querida Jenny —, os dias e as horas voam por cima das cabeças, como as nuvens ligeiras de um dia muito ventoso, para nunca mais retornarem; tudo nos comprime e impele — enquanto enrolas este cacho — vê!, ele já embranquece; e cada vez que eu beijo a tua mão para dizer adeus e cada ausência que se segue são prelúdios à separação eterna que haveremos de fazer dentro em breve. — Que o céu tenha piedade de nós dois!

Cap. IX

> Agora, pelo que o mundo pensa desta jaculatória —, eu não daria um tostão.

E daí ele parte para o tio Toby, o caporal, a sra. Sandy e todo o resto.

Vemos que aí a poesia está se transformando fácil e naturalmente em prosa, e a prosa em poesia. Pondo-se um pouco à parte, bem de leve Sterne pousa as mãos sobre a imaginação, a graça, a fantasia; e, ao se esticar para o alto em meio aos galhos onde essas coisas crescem, com naturalidade e com certeza ele se priva de bom grado do seu próprio direito aos vegetais mais substanciosos que crescem pelo chão. Pois, infelizmente, parece ser verdade que alguma renúncia é inevitável. Ninguém pode atravessar a ponte estreita da arte carregando nas mãos todas as ferramentas dela. Tem de largar umas para trás, para evitar que caiam na corrente ou, o que é pior, que a própria pessoa se desequilibre com o excesso de peso e lá se afogue.

Assim pois essa variedade de romance ainda sem nome será escrita tomando distância da vida, porque desse modo se obtém uma visão mais ampla de algumas de suas importantes facetas; e será escrita em prosa porque a prosa — se a livrarmos da função de besta de carga que tantos romancistas forçosamente lhe impingem, para que carregue montes de

Poesia, ficção e o futuro

detalhes e imensas pilhas de fatos — se mostrará capaz, assim tratada, de erguer-se muito acima do chão, não de um salto, mas em voltas e rodeios, e de manter-se ao mesmo tempo em contato com as diversões e idiossincrasias da personalidade humana em seu dia a dia.

Resta entretanto uma questão. Pode a prosa ser dramática? É óbvio que Shaw e Ibsen a usaram dramaticamente com o maior êxito, mas ambos foram fiéis à forma teatral. Pode-se prever que não há de ser essa forma que o dramaturgo poético do futuro julgará adequada às suas necessidades. Uma peça em prosa, que é muito rígida, muito limitada, muito enfática para os objetivos dele, deixa escapar por suas malhas metade das coisas que ele gostaria de dizer. Não lhe é possível comprimir em diálogo todo o comentário, toda a análise, toda a riqueza que ele pretende mostrar. No entanto ele cobiça o explosivo efeito emocional do drama; quer tirar sangue dos leitores, e não apenas afagar e encantar as suscetibilidades intelectuais que esses tenham. A liberdade e a soltura do *Tristram Shandy*, ainda que maravilhosamente circundem e levem à deriva personagens como o tio Toby e o caporal Trim, não tentam juntar essas pessoas, enfileirando-as e disciplinando-as, num contraste dramático. Por conseguinte será necessário que o autor desse livro que tanto exige venha a admitir sobre suas emoções tumultuosas e contraditórias o poder simplificador e generalizante de uma imaginação estrita e lógica. O tumulto é vil; a confusão é detestável; tudo numa obra de arte deve ser controlado e organizado. O esforço do autor, mais do que separar, será então generalizar. Ele deverá moldar blocos, em vez de enumerar detalhes. Seus personagens assim terão uma força dramática que os personagens minuciosamente compostos da ficção contemporânea sacrificam não raro em prol da psicologia. Além do mais, embora isso mal seja visível, por estar tão distante na linha do horizonte — pode-se imaginar que ele terá expandido o escopo do seu interesse para dramatizar algumas dessas influências que desempenham papel tão importante na vida, porém sempre escaparam ao romancista até hoje —, o poder da música, o estímulo da visão, o efeito sobre nós de uma forma de árvore ou de um jogo de cores, as emoções que as multidões disparam na gente, os terrores e ódios obscuros que surgem tão irracionalmente em certos lugares ou de certas pessoas, as delícias do movimento, a embriaguez do vinho. Cada momento é o centro e ponto de encontro de um número extraordinário de percepções ainda não expressadas. A vida é sempre e inevitavelmente mais rica, muito mais, do que nós que tentamos expressá-la.

Mas não é preciso um grande dom de profecia para ter certeza de que qualquer um que tentar fazer o que está esboçado acima precisará de toda a sua coragem. A prosa não vai aprender um novo passo por solicitação do primeiro que apareça. Contudo, se os sinais dos tempos têm algum valor, a necessidade de novos desenvolvimentos está sendo sentida. É certo que há, espalhados pela Inglaterra, a França e os Estados Unidos, escritores que estão tentando se libertar de uma servidão que para eles se tornou penosa; que estão tentando reajustar sua atitude para poder ficar outra vez numa posição natural e cômoda em que sua força se exerça plenamente sobre as coisas que importam. E é quando um livro nos impressiona mais como o resultado dessa atitude do que por sua beleza ou por seu brilho que nós sabemos que ele contém as sementes de uma duradoura existência.

Batendo pernas nas ruas: uma aventura em Londres[123]

Ninguém nunca talvez tenha sentido paixão por um lápis. Mas há circunstâncias em que pode ser supremamente desejável possuir um; momentos em que estamos determinados a ter um objeto, o que nos dá um pretexto para atravessar meia Londres entre o chá e o jantar. Como um caçador de raposas caça para preservar a linhagem dos cavalos, e o golfista joga para que espaços abertos possam ser preservados da ação das construtoras, assim, quando o desejo de sair perambulando pelas ruas nos vence, o lápis bem que serve de pretexto, e levantamo-nos dizendo: "Realmente eu preciso comprar um lápis", como se com essa desculpa por disfarce pudéssemos fruir com segurança do maior prazer da vida da cidade no inverno — perambular pelas ruas de Londres. Convém que a hora seja à tardinha e a estação, o inverno, porque no inverno o brilho achampanhado do ar e a sociabilidade das ruas são por demais agradáveis. Nessa época não nos afeta, como no verão, o anseio de sombra, de solidão, do ar suave que vem dos campos de feno. A hora crepuscular, além disso, dá-nos a irresponsabilidade que a escuridão e as luzes dos lampiões propiciam. Não somos mais totalmente nós. Quando saímos de casa num belo fim de tarde, entre as quatro e as seis, largamos a personalidade pela qual os amigos nos reconhecem e nos tornamos parte desse grande exército republicano de caminhantes anônimos cuja companhia é tão agradável após a solidão do próprio quarto. Em casa nos sentamos cercados de objetos que expressam perpetuamente as esquisitices de nossos próprios temperamentos e reforçam as memórias da própria experiência. Aquela tigela no consolo da lareira, por exemplo, foi comprada em Mântua num dia de muito vento. Já estávamos saindo da loja quando a velha sinistra nos puxou pelas roupas e disse que ia acabar morrendo de fome um dia, mas "Podem levar!", gritou, enfiando nas nossas mãos a tigela de porcelana azul e branca, como se jamais quisesse ser lembrada

---

[123] "Street Haunting: A London Adventure". Publicado pela primeira vez no número de outubro de 1927 da *Yale Review*, da Universidade Yale.

de sua generosidade quixotesca. Assim, com certa culpa por um lado, mas por outro desconfiando de ter levado a pior, voltamos com a tigela para o hotelzinho onde, no meio da noite, o porteiro teve uma briga tão feia com a mulher que todos nós nos debruçamos sobre o pátio para olhar e vimos as videiras enlaçando as colunas e estrelas brancas no céu. Esse momento se estabilizou, cunhou-se indelevelmente como uma moeda, em meio ao milhão de outros, imperceptíveis, que se escoaram. E houve ainda o melancólico inglês, que se levantava entre as mesinhas de ferro e as xícaras de café e revelava os segredos de sua alma — como costumam fazer os viajantes. Tudo isso — a manhã ventosa, as videiras enlaçadas nas colunas, o inglês e os segredos de sua alma — ergue-se numa nuvem a partir da tigela de porcelana sobre a lareira. E lá está, quando nossos olhos batem no chão, a mancha escura no tapete. Mr. Lloyd George foi quem fez. "Esse homem é um diabo!", disse Mr. Cummings, pondo no chão a chaleira com a qual ia encher o bule de chá e assim fazendo no tapete essa rodela queimada.

Mas tudo isso desaparece quando a porta se fecha por trás de nós. A concha que nossas almas excretaram para se abrigar, para fazer para si uma forma diferente das outras, se quebrou, e entre tantos cacos e pontas sobrou no centro uma ostra de percepção, um enorme olho. Como é bonita uma rua no inverno, que ao mesmo tempo se revela e obscurece! Vagamente podem ser traçadas aqui avenidas retas e simétricas de portas e janelas; embaixo das lâmpadas, aqui flutuam ilhas de luz pálida onde brilham os homens e as mulheres que vão passando às pressas, que têm, malgrado sua pobreza e suas roupas surradas, certa aparência de irrealidade, um ar de triunfo, como se tivessem se esquivado da vida, e a vida, lograda pela presa, continuasse andando às tontas sem eles. Mas, afinal, não estamos senão deslizando suavemente pela superfície. O olho, que não é um mineiro, nem um mergulhador, nem um caçador de tesouros ocultos, nos leva a flutuar bem de leve corrente abaixo, parando, pausando, com o cérebro talvez dormindo, enquanto ele olha.

Linda portanto é uma rua em Londres, com suas ilhas de luz, seus bosques de escuridão, e para um lado talvez algum espaço gramado, com árvores esparsas, onde a própria noite se deita para dormir naturalmente e, quando passamos pela grade de ferro, ouvimos esse ligeiro estalar e roçar de galho e folha que parece supor em toda a volta o silêncio dos campos, uns pios de coruja e, já bem ao longe, o chacoalhar de um trem no vale. Mas, somos lembrados, estamos em Londres: no alto, em meio às árvores nuas, pendem recortes de luz amarelo-avermelhada — janelas; há pontos brilhantes que se mantêm sempre estáveis como estrelas baixas — lâmpadas; esse chão vazio que contém em si o país e sua paz é apenas uma praça de Londres, delimitada por casas e escritórios onde a essa hora luzes persistentes ardem sobre mapas, sobre documentos, sobre mesas onde os arquivos de correspondências infindas são virados nos dedos úmidos de funcionários ativos; ou então a luz do fogo tremula, de um modo mais difuso, e a da lâmpada incide sobre a privacidade de uma sala de visitas, com suas poltronas, seus papéis, suas porcelanas, sua mesa posta, e uma figura de mulher que atentamente calcula o número exato de colheres de chá que... Ela olha à porta como se tivesse ouvido a campainha lá embaixo e alguém perguntando se ela estava em casa.

Mas aqui temos de peremptoriamente parar. Corremos o risco de cavar mais fundo do que o olho aprova; impedimos nossa própria passagem pela corrente que flui tão à vontade quando nos agarramos a um galho ou uma raiz. A qualquer momento o exército de adormecidos pode se sacudir e por reação despertar em nós mil violinos e trombetas; o exército de seres humanos pode despertar a si mesmo e se afirmar em toda a sua estranheza, seu sofrimento e sordidez. Atardemo-nos um pouco mais, contentes ainda só com as superfícies — o brilho reluzente dos ônibus a motor; o esplendor carnal dos açougues, com seus flancos amarelos, seus bifes roxos; o azul e o vermelho dos buquês de flores que irradiam tanta energia pelo vidro da vitrine do florista.

Pois o olho tem esta propriedade estranha: pousa apenas na beleza; como uma borboleta, procura as cores e se compraz no calor. Numa noite de inverno como essa, quando a Natureza se desdobrou em beleza e requinte, ele nos traz de volta os troféus mais lindos, quebra pequenas lascas de esmeralda e coral como se toda a terra fosse feita de pedras preciosas. O que ele não consegue fazer (estamos falando do olho não profissional médio) é arrumar esses troféus de um modo que permita expor às claras seus ângulos e relações mais obscuros. Daí que, após essa prolongada dieta de comida simples e açucarada, de beleza pura e não composta, tornamo-nos conscientes da saciedade. Paramos na porta da sapataria e damos uma pequena desculpa que não tem nada a ver com o verdadeiro motivo para esquivar-se da brilhante parafernália das ruas e recolher-se a um lugar mais penumbroso do ser onde podemos perguntar, enquanto obedientemente levantamos o pé esquerdo para uma prova: "Não parece que é uma anã?".

Batendo pernas nas ruas: uma aventura em Londres

Ela vinha escoltada por duas mulheres que, sendo de tamanho normal, a seu lado causavam a impressão de benevolentes gigantas. Sorrindo para as moças da loja, pareciam eximir-se de qualquer relação com a deformidade da outra e, ao mesmo tempo, certificá-la da proteção que lhe davam. Ela trazia a expressão comum nos rostos dos deformados, emburrada, mas com ar de quem se desculpa. Precisava da bondade alheia, se bem que disso se ressentisse. Contudo, quando a atendente foi chamada e as gigantas, sorrindo indulgentemente, pediram sapatos para "esta senhora" e a moça pôs diante dela o pequeno provador, a anã logo esticou o pé com uma impetuosidade que parecia clamar por toda a nossa atenção. "Olhem só! Vejam só que coisa!", parecia pedir a todos, pois creiam que era um pé muito bem-feito, perfeito nas proporções, de mulher de estatura normal. Era arqueado; era aristocrático. Todo seu jeito mudou quando ela olhou seu pé no provador. Cheia de autoconfiança, dava agora a impressão de estar satisfeita e apaziguada. E ela pediu um sapato atrás do outro, experimentando pares e mais pares. Levantava-se e fazia piruetas diante de um espelho que só refletia seus pés em sapatos amarelos, sapatos marrons, sapatos de couro de lagarto. Suspendendo a saia, tão pequena, ela mostrava as perninhas. Estava pensando que os pés, afinal de contas, são a parte mais importante de uma pessoa; mulheres foram amadas, disse a si mesma, só por causa dos pés. Nada vendo além dos próprios, talvez ela imaginasse que o resto do seu corpo era um prolongamento da forma daqueles pés tão bonitos. Vestia-se modestamente, mas estava pronta a esbanjar qualquer dinheiro para ter seus sapatos. E como essa era a única ocasião em que não temia ser olhada, pelo contrário, positivamente ela desejava atenção, estava pronta a usar qualquer estratagema para prolongar ao máximo a escolha e as provas. Olhem meus pés, olhem meus pés, parecia estar dizendo, enquanto dava passos largos, para um lado e para outro. A moça da loja, de bom humor, deve ter feito algum elogio, pois de repente o rosto dela se iluminou em êxtase. Mas afinal as gigantas, por benevolentes que fossem, tinham também seus assuntos a tratar, e ela precisava se decidir. Um par acabou sendo escolhido mas, quando entre as duas guardiãs ela saiu da loja, balançando o embrulho no dedo, o êxtase evanesceu, a consciência voltou, a velha casmurrice e o velho ar de desculpa se reinstalaram, e ao chegar à rua ela já tinha se tornado novamente uma anã.

Mas ela havia mudado o clima; fez passar a existir uma atmosfera que, quando a seguimos pela rua afora, parecia na realidade estar criando os corcundas, os tortos, os deformados. Dois homens barbudos, irmãos pela aparência, cegos completos, que se escoravam apoiando a mão na cabeça de um garotinho entre eles, iam descendo pela rua. Andavam com os passos vacilantes mas obstinados dos cegos, que parecem transmitir à sua aproximação algo da inevitabilidade e terror do destino que os vitimou. Quando eles passavam, indo sempre em frente, o pequeno comboio parecia abrir uma brecha entre os pedestres com a intensidade de seu silêncio, seu imediatismo, sua desventura. De fato, a anã tinha dado início a uma claudicante dança grotesca com a qual todos agora pareciam estar em sintonia na rua: a senhora corpulenta, emproada e apertada no seu casaco de pele de foca cintilante; o rapaz com deficiência, que ia chupando o castão de prata da própria bengala; o velho agachado no degrau de uma porta como se, dominado bruscamente pelo absurdo do espetáculo humano, ele tivesse sentado ali para assistir — todos se juntavam nas claudicações e batidas da dança da anã.

Em que fendas e buracos, poderia alguém perguntar, vivem essas pessoas, essa sociedade estropiada que inclui os mancos e os cegos? Aqui talvez, nos quartos mais altos dessas casas velhas e estreitas entre Holborn e a Strand, onde os moradores têm nomes incomuns e exercem os mais estranhos ofícios, batem folhas de ouro para dourações, fazem foles pregueados para acordeões, encapam botões, ou vão ganhando a vida, com ainda mais fantastiquice, num comércio paralelo de xícaras com pires, cabos de porcelana para sombrinhas e imagens fartamente coloridas de santos martirizados. É ali que eles moram, e parece que, se a dama de casaco de foca deve achar a vida tolerável, passando parte do seu dia com o fazedor de foles ou o homem especializado em encapar botões, a vida, que é tão fantástica, não pode ser de todo trágica. Eles não nos invejam, vamos nós cismando, por nossa prosperidade; mas de repente, dobrando a esquina, damos com um judeu barbudo, todo desarrumado, com um ar faminto no seu olhar de indigência; ou passamos pelo corpo corcunda de uma velha, largado ao abandono nos degraus de um prédio público com um casaco por cima, como a coberta improvisada que jogam sobre um cavalo ou um burro morto. Os nervos da espinha, a tais visões, põem-se eretos; um súbito clarão se agita em nossos olhos; faz-se uma pergunta à qual jamais respondemos. Com muita frequência esses desvalidos resolvem ficar bem por perto dos teatros, de onde ouçam os realejos e quase a ponto de tocar, à medida que a noite avança, nos casacos luxuosos e nas pernas brilhantes que ali passam para jantares e bailes. Ficam grudados nas vitrines das lojas onde o comércio oferece, a um mundo de velhas largadas em degraus, de cegos, de anãs mancas, sofás que são amparados pelos pescoços dourados de orgulhosos cisnes; mesas cheias de cestinhas com frutas coloridas aos montes; aparadores com tampo em mármore verde para aguentar melhor o peso das cabeças de javalis, das cestas douradas, dos candelabros; e tapetes já tão amaciados pelo tempo que suas carnações quase sumiram na palidez de um verde mar.

Passando, espiando, tudo parece incidental mas milagrosamente aspergido de beleza, como se a maré de comércio que pontual e prosaicamente deposita seus fardos nas margens da Oxford Street não tivesse previsto para essa noite senão tesouros. O olho, não pensando em comprar, é brincalhão e generoso; cria; adorna; realça. Em plena rua podemos construir todos os quartos de uma grande casa imaginária e mobiliá-los como bem quisermos com mesa, sofá, tapete. O tapetinho que ali vemos dará para a entrada. E a tigela de alabastro poderá ficar numa mesa entalhada na janela. Nossas festas serão refletidas nesse grosso espelho redondo. Contudo, tendo construído e mobiliado a casa, ninguém felizmente está na obrigação de possuí-la; pode-se desmantelá-la num piscar de olho e construir e mobiliar outra, com outras cadeiras e outros vidros. Ou podemos entrar nesta joalheria, que oferece antiguidades entre as fileiras de anéis e os colares que pendem. Podemos escolher estas pérolas, por exemplo, e imaginar como, se as puséssemos, haveria na vida uma mudança. De repente são entre duas e três da madrugada; nas ruas desertas de Mayfair as luzes acesas ficam muito brancas. A essa hora, apenas automóveis são vistos, e temos uma impressão de vazio, de volatilidade, de alegria insulada. Usando pérolas, usando seda, saímos para uma sacada que dá para os jardins da Mayfair adormecida. Há algumas luzes nos quartos dos grandes pares do reino que voltaram da Corte, dos lacaios de libré e meias de seda, de viúvas ricas que apertaram mãos de estadistas. Um gato se arrasta pelo muro do jardim. Sedutora e sibilantemente se faz amor ao redor, nos recantos mais escuros do quarto, por trás de grossas cortinas verdes. Com passadas serenas como se caminhasse por um platô abaixo do qual os condados da Inglaterra estendiam-se banhados de sol, o idoso primeiro-ministro reconta para a madame fulana, a de cachos e esmeraldas, a verdadeira história de alguma grave crise nos assuntos da terra. Parece que viajamos no topo do mais alto mastro do navio mais alto; porém ao mesmo tempo sabemos que nada disso importa, que não se prova o amor assim, nem assim se completam grandes realizações; por isso nós brincamos com o momento e nele alisamos nossas plumas de leve, enquanto olhamos da sacada para o gato que se arrasta ao luar pelo muro do jardim da princesa Mary.

Mas o que poderia ser mais absurdo? Na verdade são quase seis horas agora; é um fim de tarde de inverno; estamos andando pela Strand a fim de ir comprar um lápis. Como então estamos também numa sacada, usando pérolas em junho? O que poderia ser mais absurdo? Mas a loucura não é nossa, é da Natureza. Quando encetou sua principal obra-prima, a criação do homem, ela deveria ter pensado apenas numa coisa. Em vez disso, virando a cabeça para olhar por cima do ombro, em cada um de nós ela deixou crescer instintos e desejos que destoam fortemente do padrão principal, tornando-nos assim raiados, variegados, uma completa mistura; as cores sumiram. Qual a verdadeira personalidade, a que em janeiro está de pé na calçada, ou a que se debruça na sacada em junho? Eu estou aqui, ou estou lá? Ou a verdadeira personalidade não está aqui nem lá, não é isso nem aquilo, mas sim algo tão variado e inconstante que só somos realmente nós mesmos quando damos rédeas a seus desejos e o deixamos seguir desimpedido por seu caminho? As circunstâncias constrangem à unidade; por questão de conveniência, um homem deve ser um todo. O bom cidadão, quando abre sua porta à noitinha, deve ser banqueiro, golfista, marido, pai; não um nômade vagando pelo deserto, um místico contemplando o céu, um devasso nos antros sórdidos de San Francisco, um soldado à frente de uma revolução, um pária uivando de solidão e ceticismo. Quando ele abre a porta, deve passar a mão pelos cabelos e, como os demais, pendurar seu guarda-chuva no cabide.

Mas aqui estão, e vêm mesmo a calhar, as lojas de livros usados. Para essas correntes cruzadas do ser, temos aqui um ancoradouro; aqui nos equilibramos, depois dos esplendores e misérias das ruas. Já a visão da esposa do livreiro, sentada perto do bom carvão da lareira, com um pé no guarda-fogo e protegida da porta por um biombo, é alegre e tranquilizante; sua conversa, quando ela para de falar da venda de livros, o que faz de bom grado, é sobre chapéus; gosta de um chapéu que tanto seja prático, como diz, quanto bonito. Oh, não, eles não vivem na loja, moram em Brixton; ela precisa de um pouquinho de verde para olhar. No verão uma jarra com flores do seu próprio jardim é fincada no topo de alguma pilha empoeirada para dar vida à loja. Os livros estão por toda parte; e como sempre a mesma impressão de aventura nos domina. São livros selvagens, os de segunda mão, livros sem teto; chegaram juntos em

Batendo pernas nas ruas: uma aventura em Londres

grandes bandos de plumagem variegada e têm um encanto que faz falta aos volumes domesticados da biblioteca. Além do mais, nessa miscelânea que temos por companhia, podemos esbarrar por acaso num estranho completo que talvez ainda se torne, com sorte, nosso melhor amigo no mundo. Há sempre a esperança, quando puxamos de uma prateleira no alto algum livro branco-acinzentado, conduzidos por seu ar de penúria e abandono, de encontrar ali um homem que partiu a cavalo, há mais de um século, para explorar o mercado de lã nos condados centrais e no País de Gales; um viajante desconhecido que dormia em estalagens, tomava sua cerveja, observava os bons costumes e as garotas bonitas, tendo escrito tudo isso, com obstinação e esforço, pelo simples prazer da coisa (o livro foi impresso por sua conta); extremamente simples e prático nos seus interesses, deixa assim que se exale, sem que ele mesmo soubesse disso, o próprio perfume da malva-rosa e do feno, junto com um autorretrato que lhe garante para sempre um lugar no canto mais aquecido ao pé do fogo da mente. Pode-se comprá-lo por uma ninharia agora. Está marcado um preço mais alto, mas a esposa do livreiro, vendo que a capa se acha em péssimo estado e que o livro já ficou ali muito tempo desde que foi comprado da biblioteca de um cavalheiro em Suffolk, deixa-o sair mais barato.

Assim, olhando ao redor da livraria, fazemos outras amizades súbitas e fantasiosas com os desconhecidos e os desaparecidos, dos quais o único registro é, por exemplo, este livrinho de poemas tão bem impresso, com um retrato do autor em ótima gravura. Pois se trata de um poeta que morreu prematuramente afogado, e seus versos, muito embora sejam fracos, formais e sentenciosos, ainda emitem um som delicado e agudo como o do realejo que um velho italiano de paletó de veludo toca com resignação numa rua dos fundos. Há também os viajantes, em fileiras e mais fileiras, que ainda nos dão seu testemunho, como os indomáveis solteirões que foram, sobre os desconfortos que tiveram de aturar e os crepúsculos que admiraram na Grécia quando a rainha Vitória era menina; pensava-se que uma volta pela Cornualha, com uma visita às minas de estanho, era digna de volumoso registro; os que subiam lentamente o Reno desenhavam a nanquim seus respectivos retratos, lendo sentados no convés, com um rolo de corda ao lado; esses homens mediram as pirâmides; perderam-se da civilização por anos; em pântanos pestilentos, converteram negros. A azáfama de arrumar as malas e partir, para explorar desertos e pegar febres, estabelecer-se por décadas na Índia, penetrar até a China e depois retornar para levar uma vida provinciana em Edmonton, rola e se esparrama pelo chão poeirento como um revolto mar, tão inquietos são os ingleses, com as ondas bem à sua porta. As águas da aventura e da viagem parecem quebrar-se contra pequenas ilhas de esforço sério, e o empenho de uma vida inteira ora se dispõe em colunas irregulares no chão da livraria. Nessas pilhas de volumes cheios de marcas de dedos, com monogramas em douração nas costas, pensadores religiosos expõem os evangelhos; ouvem-se eruditos com seus martelos e cinzéis a desbastar para aclarar os textos antigos de Eurípides e Ésquilo. Pensamentos, anotações, exposições avançam num ritmo prodigioso à nossa volta e sobre o que estiver pela frente, como uma maré certeira e duradoura que invade o velho mar da ficção. Inumeráveis volumes contam que Arthur amava Laura e eles foram separados e ficaram infelizes e depois se reencontraram e então foram felizes para sempre, tal como costumava acontecer quando Vitória governava estas ilhas.

A quantidade de livros no mundo é infinita, e somos forçados a dar uma espiada, inclinar a cabeça e prosseguir após um instante de conversa, um lampejo de compreensão, como pegamos uma palavra ao passar, lá fora na rua, e a partir de uma frase casual construímos toda uma vida. É sobre uma mulher chamada Kate que eles estão falando: "Eu disse a ela sem rodeios ontem de noite, se você acha que eu não valho nem um selo barato, eu disse...". Mas quem é Kate, e a que crise nessa amizade se refere o tal selinho barato, nunca saberemos; pois Kate afunda no calor da volubilidade reinante; e logo ali, na esquina da rua, mais uma página do volume da vida é aberta pela visão de dois homens que estão trocando ideias sob o poste de luz. Falam dos últimos despachos de Newmarket no noticiário vespertino. Será então que eles acham que o destino ainda irá transformar seus andrajos em roupas finas e peles, pendurar neles correntes de relógios e espetar diamantes onde o que se vê agora é um rasgão na camisa? Mas o fluxo principal dos pedestres, a essa hora, vai rápido demais para nos deixar fazer tais perguntas. Todos são envolvidos, na breve passagem do trabalho à casa, por algum sonho narcótico, agora que estão livres da escrivaninha e têm no rosto o ar fresco. Põem as roupas vistosas, que guardam penduradas e trancadas à chave durante o resto do dia, e são grandes atletas, famosas atrizes, soldados que salvaram a pátria na hora mais necessária. Sonhando, gesticulando, não raro dizendo em voz alta algumas palavras, eles caminham pela Strand e sobre a ponte de Waterloo, de onde serão lançados em longos trens barulhentos, sonhando sempre, até uma casinha deliciosa em Barnes ou Surbiton, onde a visão do relógio de parede na entrada e o cheiro do jantar na cozinha são os remates do sonho.

Mas agora chegamos à Strand e, enquanto hesitamos na calçada, um bastãozinho quase do tamanho de um dedo começa a se colocar de través ante a velocidade e abundância da vida. "Realmente eu preciso, realmente eu preciso" — é isso mesmo. Sem investigar a demanda, a mente se curva, servil, ao costumeiro tirano. Sempre devemos, sempre temos de fazer isso ou aquilo; não nos é dada permissão para simplesmente fruir. Não foi por isso que pensamos nessa desculpa, há algum tempo, e inventamos a necessidade de comprar alguma coisa? O que era mesmo? Ah, lembramos agora, era um lápis. Pois então vamos comprá-lo logo. No entanto, mal nos viramos para cumprir a ordem, outra parte de nós disputa com o tirano o direito de insistir. O habitual conflito se estabelece. A espraiar-se por trás do bastão da obrigação vemos em toda a sua extensão o rio Tâmisa — largo, tranquilo, melancólico. E o vemos pelos olhos de alguém que se debruça à sua beira numa tarde de verão, sem se preocupar com nada no mundo. Que a compra do lápis seja adiada; melhor irmos em busca dessa pessoa (que logo se evidencia sermos nós mesmos). Pois se pudemos ficar ali, onde estivemos há seis meses, não poderíamos voltar a nos sentir como então — calmos, distantes, contentes? Façamos uma tentativa. O rio porém é mais turbulento, mais escuro, que a lembrança que temos dele. As águas correm para o mar, levando em sua ondulação um rebocador e duas barcaças cuja carga de palha vai bem amarrada sob coberturas de lona. Bem perto de nós, um casal também se debruça na amurada em sussurros, com aquela curiosa falta de escrúpulos que os amantes demonstram, como se a importância do caso em que estão envolvidos merecesse, sem nenhuma objeção, a indulgência da espécie humana. Aquilo que vemos e os sons que ouvimos agora não têm as mesmas características do passado; nem temos nós a menor participação na serenidade da pessoa que, há seis meses, esteve exatamente onde estamos agora. Dela é a felicidade da morte; nossa, a insegurança da vida. Ela não tem futuro; e neste exato momento o futuro invade a nossa paz. Só quando estamos cara a cara com o passado e dele extraímos o elemento de incerteza é que podemos desfrutar da paz perfeita. Tal como é, temos de fazer meia-volta, temos de atravessar de novo a Strand, temos de encontrar uma loja onde, mesmo sendo já tão tarde, ainda estejam dispostos a nos vender um lápis.

Entrar num espaço novo é sempre uma aventura, porque nele foi destilada a atmosfera das vidas e personalidades dos seus proprietários, e tão logo entramos nos deparamos com uma nova onda de emoção. Aqui nesta papelaria, sem dúvida alguma, estava havendo uma altercação. A raiva ainda paira no ar. Os dois se interromperam; a velha — é evidente que eram marido e mulher — retirou-se para um quarto nos fundos; o velho, cuja testa redonda e olhos globulosos teriam ficado bem no frontispício de um fólio elisabetano, ficou para nos atender. "Um lápis, um lápis", repetia, "certo, certo." Falava com a distração, sempre aliada à efusão, de alguém cujas emoções se exaltaram e foram controladas com o sangue quente. Ele começou a abrir e fechar uma caixa atrás da outra. Disse que era muito difícil encontrar as coisas, uma vez que tinham tantos artigos diferentes. Daí derivou para uma história de alguém da área jurídica que passou por grandes apertos devido à conduta da esposa. Alguém que ele conhecia há anos; fazia meio século contava com amigos entre os advogados, disse, como se quisesse que a esposa, no quarto dos fundos, o escutasse. E o homem veio com uma caixa de elásticos. Por fim, exasperado com a própria incompetência, ele empurrou a porta de vaivém e perguntou asperamente: "Onde é que você guarda os lápis?", como se a mulher os tivesse escondido. A velha apareceu. Sem olhar para ninguém, e com um ar de altiva severidade, pôs a mão sobre a caixa certa. Lá estavam os lápis. E como ele poderia passar sem ela? Não lhe era a mulher indispensável? A fim de mantê-los ali, plantados um ao lado do outro numa neutralidade forçada, tínhamos de ser bem detalhistas em nossa escolha de lápis; um era muito macio, outro, duro demais. O casal, em silêncio, ficou olhando, e quanto mais ali ficaram mais foram se acalmando; seu ardor baixou de intensidade e a raiva desapareceu. A briga se resolvia agora, sem nenhuma palavra dita por qualquer dos lados. O velho, que não teria feito feio numa folha de rosto de Ben Jonson, repôs a caixa em seu lugar, inclinou-se profundamente para nos dizer boa-noite, e os dois sumiram. Ela iria pegar sua costura; ele iria ler seu jornal; imparcialmente o canário espalharia sementes sobre os dois. A briga tinha acabado.

Durante esses minutos, em que um fantasma foi procurado, uma querela apaziguada e um lápis comprado, as ruas se esvaziaram totalmente. Recolhendo-se a vida aos últimos andares, acenderam-se luzes. O calçamento estava seco e duro; a rua era de prata martelada. Andando para casa, em plena desolação, podíamos nos contar a história da anã, dos cegos, da festa na mansão de Mayfair, do desentendimento na papelaria. Em cada uma dessas vidas iríamos penetrar um pouco, apenas o suficiente para nos dar a ilusão de não estarmos amarrados a uma única mente, mas podermos assumir rapidamente, por alguns minutos, os corpos e mentes de outras pessoas. Seria possível assim ser lavadeira, ou taverneiro, ou cantor de rua. E que maior maravilha, maior delícia haverá do que sair das linhas retas da personalidade e desviar-se por essas trilhas que levam ao coração da floresta, por baixo de espinheiros e grossos troncos de árvores, onde vivem os animais silvestres, nossos companheiros?

Isto é verdade: escapar é o maior dos prazeres; e bater pernas pelas ruas no inverno, a maior das aventuras. Na calma com que mais uma vez nos aproximamos da nossa própria porta, é consolador sentir que as velhas posses, os velhos preconceitos, dobram-se em torno de nós para abrigar e encapsular o ser que por tantas esquinas se dispersou ao vento, que pelejou como uma mariposa ante a chama de tantas luzes inacessíveis. Aqui de novo está a porta de hábito; aqui a cadeira virada, como a deixamos, e a tigela de porcelana e a rodela queimada no tapete. E aqui — que o examinemos com cuidado, que o toquemos com toda a reverência — está o único bem que nós trouxemos dos tesouros da cidade, um lápis preto.

Geraldine e Jane[124]

Certamente Geraldine Jewsbury jamais esperaria que alguém, a essa altura da vida, desse alguma atenção aos seus romances. Caso surpreendesse um leitor tirando-os da estante numa biblioteca, não deixaria de fazer-lhe uma advertência, dizendo: "São coisas muito sem sentido, meu bem". E agrada-nos imaginar que ela depois explodisse num ataque, a seu modo tão anticonvencional e irresponsável, contra as bibliotecas e a literatura e o amor e a vida e todo o restante, gritando "Que isso tudo se dane!" ou então "Raios o partam!", pois Geraldine era dada a imprecações.

O mais estranho em Geraldine Jewsbury era o fato de ela combinar blasfêmias e carícias, razão e efervescência, entusiasmo e ousadia. Era "indefesa e meiga por um lado, mas por outro muito forte, até para quebrar pedras", como a descreve Annie Ireland, sua biógrafa, que diz ainda: "Intelectualmente ela era um homem, mas por dentro tinha um coração tão feminino como qualquer filha de Eva poderia se gabar de ter". Olhando-se bem, nota-se que dela parecia emanar alguma coisa esquisita, incongruente e provocante. Era muito baixa, mas com jeito de menino, muito feia, mas atraente, características que quase se ocultaram, na única foto que temos dela, sob a saia rodada e a enorme toalha da

---

[124] "Geraldine and Jane". Publicado pela primeira vez em 28 de fevereiro de 1929 no *Times Literary Supplement*, como resenha dos romances *Zoe* e *The Half Sisters*, de Geraldine Jewsbury. Em forma ampliada, a que aqui se traduz, saiu no número de fevereiro de 1929 da revista *The Bookman*, de Nova York, e foi incluído por Virginia Woolf no segundo volume de *The Common Reader* (1932). As citações entre aspas provêm dos seguintes livros: *Selections from the Letters of Geraldine Endsor Jewsbury to Jane Welsh Carlyle*, org. Annie Ireland (1892); *Jane Welsh Carlyle: Letters to her Family, 1839-1863*, org. Leonard Huxley (1924); *Letters and Memorials of Jane Welsh Carlyle*, org. Thomas Carlyle e James Anthony Froude (1843); *New Letters and Memorials of Jane Welsh Carlyle*, org. Thomas Carlyle e Alexander Carlyle (1903); e *Thomas Carlyle: A History of his Life in London, 1834-1881*, de James Anthony Froude (1884).

mesa do estúdio do fotógrafo. Ela aí está sentada lendo, com o rosto meio de perfil, indefesa e meiga naquele instante, mais do que quebrando pedras.

Mas é impossível dizer o que lhe havia acontecido antes de ela sentar-se, lendo seu livro, à mesa do fotógrafo. Até a idade de 29 anos, nada sabemos a seu respeito, a não ser que nasceu em 1812, era filha de um negociante e viveu em Manchester ou arredores. Na primeira parte do século XIX, uma mulher de 29 anos não era mais jovem. Ou já tinha vivido a sua vida ou a deixara passar. Apesar de Geraldine ser, sob vários aspectos, uma exceção, mesmo assim não resta dúvida de que algo muito grave aconteceu nos anos obscuros que antecedem o conhecimento que dela temos. Alguma coisa aconteceu em Manchester. Uma imprecisa figura masculina assoma ao fundo — uma criatura sem fé mas fascinante que lhe ensinou que a vida é traiçoeira, que a vida é dura, que a vida para uma mulher é o próprio inferno. Em seu íntimo se formara um poço negro de experiência, no qual ela mergulhava para o consolo ou a instrução de outros. "Oh! é um horror falar disso. Durante dois anos não tive senão pequenas tréguas desse negrume total", exclamava de quando em quando. Houve estações "como os dias sombrios e calmos de novembro, quando há apenas uma nuvem, mas que dá para cobrir todo o céu". Ela havia lutado, mas "não adianta lutar". Tinha lido todo o Cudworth.[125] Tinha escrito um ensaio sobre materialismo, antes de se entregar à dor. Pois, embora presa de tantas emoções, tinha também seu lado desapegado e especulativo. Gostava de quebrar a cabeça com questões sobre "a matéria e o espírito e a natureza da vida", mesmo quando seu coração sangrava. Havia uma caixa, no alto da casa, cheia de excertos, resumos, conclusões. Mas a que conclusão poderia uma mulher chegar? Alguma coisa ajuda uma mulher quando o amor a abandona, quando o amante joga sujo com ela? Não — era inútil lutar; melhor seria deixar que a onda a engolfasse, que a nuvem se fechasse sobre sua cabeça. Assim meditava ela, em geral recostada no sofá com um tricô nas mãos e uma viseira verde como proteção para os olhos. Pois sofria de numerosas doenças — inflamações nos olhos, resfriados, inominadas exaustões; e Greenheys, o subúrbio fora de Manchester onde ela administrava a casa do irmão,

---

[125] Ralph Cudworth (1617-1688), teólogo anglicano de um grupo conhecido como "Os platonistas de Cambridge".

era muito úmido. De sua janela, era esta a vista: "Lama, mistura de neve e nevoeiro, um brejal que se alonga, tudo envolto na mais fria e persistente umidade". Às vezes ela mal conseguia se arrastar pelo quarto. E havia interrupções incessantes; inesperadamente chegava alguém para jantar, forçando-a a dar um pulo e correr à cozinha para preparar ela mesma um frango. Feito isso, punha a viseira verde e voltava ao seu livro, pois era grande leitora.

Lia metafísica, relatos de viagens, livros velhos e novos — entre os quais os de Carlyle.[126] Dava pequenas reuniões em que, inclinando-se à ousadia, discutia literatura, com um charuto na boca, e também moralidade e vida, pois sempre estava sendo ou não sendo amada — fosse qual fosse o caso, a paixão desempenhou grande papel em sua vida.

No começo de 1841 ela foi a Londres e conseguiu ser apresentada ao grande homem cujas obras já tanto admirava. Conheceu também a esposa de Carlyle. As duas devem ter se tornado íntimas com grande rapidez, porque em poucas semanas a sra. Carlyle já era sua "querida Jane". Devem ter conversado sobre tudo. É provável que tenham falado da vida e do passado e do presente e de certos "indivíduos" que estavam sentimentalmente interessados ou que não estavam sentimentalmente interessados em Geraldine. A sra. Carlyle contava um caso atrás do outro; como ela havia trabalhado; como havia cozinhado; como era a vida que levara em Craigenputtock. Tão logo voltou para Manchester, Geraldine passou a escrever longas cartas para Jane, que ecoam e prolongam suas conversas íntimas em Cheyne Row. "Um homem que fez *le plus grand succès* entre as mulheres, e que era o amante mais apaixonado e refinado na conversa e nos modos que a gente desejaria encontrar, uma vez me disse que talvez nós mulheres sejamos feitas tal como somos a fim de que eles possam de alguma forma fecundar o mundo. Continuaremos a amar, e eles (os homens) a se esforçar e lutar, sendo a todos nós misericordiosamente permitido morrer — depois de um tempo. Não sei se você concordará com isso, nem vejo como discutir, porque os meus olhos estão péssimos e doendo muito."

Jane deve ter concordado com muito pouco de tudo isso. Porque Jane era onze anos mais velha. Não era dada a reflexões abstratas sobre a natureza da vida. Jane era a mais cáustica, a mais concreta, a mais pers-

---

[126] O escritor, historiador e ensaísta escocês Thomas Carlyle (1795-1881).

picaz das mulheres. Mas convém notar que, quando ela se interessou por Geraldine, já estava começando a sentir essas premonições do ciúme, essa desagradável impressão de que velhos relacionamentos tinham mudado e novos se achavam em formação, tudo isso em decorrência da fama conquistada por seu marido. Sem dúvida, durante aquelas longas conversas em Cheyne Row, Geraldine tinha ouvido algumas confidências, algumas queixas, e tirado certas conclusões. Além de ser um aglomerado de sensibilidade e emoção, Geraldine era uma mulher inteligente e sagaz que tinha ideias próprias e detestava o que chamava de "respeitabilidade", tanto quanto a sra. Carlyle detestava o que chamava de "impostura". Acrescente-se que desde o início Geraldine teve pela sra. Carlyle os mais estranhos sentimentos. Sentiu "vagos desejos indefinidos de ser sua de algum modo... Você vai deixar que eu seja sua e pensar em mim como tal, não vai?", e os repetiu com insistência: "Penso em você como os católicos pensam nas suas santas", escreveu ela. "Você vai rir, mas em relação a você me sinto mais como um amante do que uma amiga mulher." A sra. Carlyle, com certeza, riu; mas é improvável que não se sentisse lisonjeada com a adoração daquela criaturinha.

Assim, quando o próprio Carlyle, em 1843, sugeriu inesperadamente que eles convidassem Geraldine para passar uns dias com eles, a sra. Carlyle, depois de debater a questão com sua habitual franqueza, concordou. Considerou que uma breve presença de Geraldine seria "muito animadora", mas que em excesso, por outro lado, seria muito exaustiva. Geraldine vertia lágrimas quentes nas mãos dos outros; espiava a gente; se metia em tudo; vivia sempre em estado de exaltação emotiva. Ademais, Geraldine tinha "um pendor inato para a intriga" que poderia fomentar discórdias entre marido e mulher, se bem que não no sentido costumeiro; porque a sra. Carlyle refletiu que seu marido tinha o hábito de preferi-la a outras mulheres, "e os hábitos nele são muito mais fortes do que as paixões". Por outro lado, ela mesma estava ficando intelectualmente preguiçosa; Geraldine adorava uma conversa, e uma conversa inteligente; tinha tantas aspirações, tanto entusiasmo, que seria até um benefício deixar que ela viesse; e assim ela veio.

Chegou no primeiro ou no segundo dia de fevereiro e ficou até 11 de março, um sábado. No ano de 1843 as visitas eram assim. A casa era muito pequena; a empregada, ineficiente; e Geraldine não saía nunca. Passava as manhãs escrevendo cartas. As tardes passava em sono profundo, esticada no sofá da sala. Aos domingos, para receber as visitas, punha um vestido de decote audacioso. Falava sem parar. Quanto a seu reputado intelecto — ela "era afiada como um cutelo de açougue, mas igualmente estreita". Ela adulava. Ela incensava. Era insincera. Flertava, blasfemava. Mas nada a fazia partir. Num crescendo de irritação, as queixas contra ela aumentaram. A sra. Carlyle, incapaz de ocultar sua insatisfação, quase chegou a mandá-la embora de casa. Por fim elas se despediram. Geraldine se afogava em lágrimas, mas os olhos da sra. Carlyle estavam secos. Na verdade, sentia-se imensamente aliviada por dizer adeus à visita. No entanto, quando se viu sozinha, após a partida de Geraldine, não sentiu paz de espírito. Sabia que seu comportamento com a hóspede por ela mesma convidada estivera longe de ser perfeito. Ela havia sido "fria, impertinente, irônica, desatenciosa". Acima de tudo, estava zangada consigo mesma por ter tomado Geraldine como confidente. "Queira Deus que as consequências sejam apenas *desagradáveis* — escreveu ela — e não *fatais*." Mas a irritação que sentia, tanto por si quanto por Geraldine, fica bem clara.

Geraldine estava ciente de que havia algo errado. A barreira do distanciamento e do silêncio as separou. Pessoas lhe repetiam histórias maliciosas que ela só ouvia por alto. Geraldine era a menos vingativa das mulheres; "muito nobre nas suas disputas", como a própria sra. Carlyle admitiu, e, apesar de sentimental e imprudente, nada orgulhosa nem metida. Seu amor por Jane, antes de tudo, era sincero. Não demorou muito e ela já estava de novo escrevendo para a sra. Carlyle, "com uma assiduidade e um desinteresse que beiram o supra-humano", como Jane comentou, com ligeira exasperação. Geraldine se preocupava com a saúde de Jane, dizendo que não queria cartas inteligentes, apenas cartas simples que contassem a verdade sobre o estado dela. Porque — e isso pode ter sido uma das coisas que a tornaram tão incômoda como hóspede — Geraldine não teria passado quatro semanas em Cheyne Row sem chegar a conclusões que provavelmente não manteve só para si. "Você não conta com ninguém que tenha algum tipo de consideração por você", escreveu ela. "Você teve tolerância e paciência, a tal ponto que enjoo das virtudes, e o que fizeram por você? Quase a mataram." E depois, numa explosão: "Carlyle é grande demais para o dia a dia da vida. Uma esfinge não se encaixa comodamente em nossa vida de conversas na sala". Nada porém ela podia fazer. "Quanto mais amamos, mais impotentes nos sentimos", moralizou. De Manchester, podia apenas olhar para o brilhante caleidoscópio da existência da amiga e compará-lo à sua própria vida prosaica, composta de bagatelas, mas que, por obscura que fosse, já não a fazia invejar Jane pelo brilho de seu destino.

Se não fosse pelos Mudie, elas teriam continuado distantes, correspondendo-se indefinida e irregularmente. "Estou morta de cansaço de escrever cartas para o espaço", Geraldine exclamou; "após uma longa separação, só escrevemos para nós mesmas, e não para a amiga que temos". Os Mudie e o mudieísmo,[127] como dizia Geraldine, desempenharam importante papel, se bem que quase sem registro, nas vidas obscuras das mulheres inglesas vitorianas. Os Mudie, ou qualquer nome que se lhes dê, eram sempre iguais. Eram uns infelizes; uns desvalidos; precisavam de ajuda. Chegavam nas horas mais inconvenientes e ficavam esperando no vestíbulo, onde às vezes recebiam, numa bandeja, sanduíches e um copo de vinho. No caso em pauta, os Mudie eram duas meninas, Elizabeth e Juliet, "meninas deslumbrantes, de olhos muito vivos e com um ar impassível de presunçosas", como as viu Carlyle, filhas de um mestre--escola de Dundee que escreveu livros de história natural e morreu, deixando uma viúva pateta e pouca ou nenhuma provisão para a família. Se nos arriscarmos ao palpite, os Mudie terão chegado a Cheyne Row em hora bem inadequada, quando o jantar já estava na mesa. Mas a dama vitoriana nunca se importava com isso; para ajudar os Mudie, ela enfrentava qualquer dificuldade. A questão aliás logo se colocou: o que poderia ser feito por aquelas meninas?, quem sabia de um lugar?, quem tinha influência sobre algum homem rico? E logo acudiu à lembrança da sra. Carlyle o nome de Geraldine, que estava sempre desejando ser útil. Não custava nada perguntar a Geraldine se havia alguma possibilidade para as duas em Manchester. Geraldine agiu com uma presteza que depôs muito a seu crédito. De imediato empregou Juliet e sem demora veio a saber de outro lugar, para Elizabeth. A sra. Carlyle, que estava então na Ilha de Wight, saiu à compra de um vestido, com anágua e espartilhos, para Elizabeth, voltou a Londres, pegou Elizabeth e com ela atravessou a cidade até Euston Square às sete e meia da noite, deixou-a aos cuidados de um homem velho e gordo e de ar benevolente, com uma carta para Ge-

---

[127] Provável trocadilho com o nome de Charles Edward Mudie (1818-1890), editor inglês e fundador da Mudie's Lending Library e da Mudie's Subscription Library, sistemas de empréstimo de livros que revolucionaram e popularizaram as bibliotecas circulantes ao torná-las acessíveis à classe média vitoriana.

raldine junto dos novos espartilhos, e voltou exausta para casa, triunfante e no entanto, como não raro ocorre às adeptas do mudieísmo, com algumas secretas apreensões. Seriam as meninas felizes? Ser-lhe-iam gratas pelo que havia feito? Alguns dias depois os inevitáveis problemas apareceram em sua casa e foram atribuídos, com ou sem razão, aos modos de Elizabeth. Pior que isso, quatro meses depois apareceu a própria Elizabeth, que se provou "totalmente inaproveitável para qualquer objetivo prático", que "costurou um avental *preto* com linha *branca*" e, ao ser levemente repreendida, "se jogou no chão da cozinha esperneando aos gritos. O resultado de tudo isso, naturalmente, foi sua imediata dispensa". Elizabeth sumiu. Foi costurar mais aventais pretos com linha branca, gritar e espernear e ser dispensada — quem sabe o que acabou acontecendo com a pobre Elizabeth Mudie? Ela desaparece do mundo.

Juliet entretanto ainda foi vista. Geraldine tomou-a sob sua guarda, servindo-lhe de conselheira e supervisora. O primeiro lugar mostrou-se insatisfatório. Geraldine se incumbiu de arranjar outro. Saiu e foi sentar-se no vestíbulo de uma "senhora idosa e muito exigente" que precisava de empregada. A senhora idosa e muito exigente disse que queria Juliet para engomar colarinhos, engomar punhos, lavar e passar anáguas. O coração de Juliet quase parou de bater. Aquela história de passar a ferro e engomar estava além de suas forças. Já caía a noite quando Geraldine saiu de novo, dessa vez para ter com a filha da velha. Combinaram que as anáguas poderiam "ficar de fora", e nesse caso restariam apenas, para Juliet passar, os colarinhos e os babados. Sempre atrás de uma solução, Geraldine combinou com sua chapeleira para ensinar a moça a fazer pregueados e remates. A sra. Carlyle escreveu para animá-la e mandou-lhe um embrulho. Assim prosseguiu a história, com novos lugares e novos problemas, e Juliet até escreveu um romance, que um senhor elogiou muitíssimo, tendo ela contado a Geraldine que outro senhor a incomodava seguindo-a quando voltava da igreja para casa. Era contudo ótima menina e todos falaram bem a seu respeito até o ano de 1849, quando bruscamente, sem que se dê uma razão para isso, cai sobre a última das Mudie um silêncio total, que com toda a certeza encobre outro fracasso. O romance, a senhora idosa e exigente, o tal senhor, as toucas, as anáguas, tudo o que havia para engomar — qual foi a causa de sua queda? Nada se sabe. "Aquelas cabeças-duras, altivas e desditosas", escreveu Carlyle, "fatal e persistentemente decaíram no rumo da perdição, apesar de tudo o que pôde ser dito e feito, e sumiram por completo de vista." A sra. Carlyle teve de admitir, malgrado todos os seus esforços, que o mudieísmo fracassava sempre.

Mas inesperadas consequências teve o mudieísmo. Graças a ele, Jane e Geraldine se juntaram de novo. Jane não podia negar que o "montinho de penugem", a quem havia servido, bem à sua maneira, com muitas frases desdenhosas para a diversão de Carlyle, tinha "assumido a questão com um entusiasmo que até ultrapassava o meu". É que ela, por baixo da penugem, tinha determinação. Assim, quando Geraldine lhe enviou o manuscrito do seu primeiro romance, *Zoe*, a sra. Carlyle se mexeu, e com surpreendente sucesso, para encontrar um editor. ("Pois o que será dela", escreveu, "quando estiver velha e sem vínculos, sem objetivos?") A Chapman & Hall logo concordou em publicar o livro, que "pegava" o leitor, disse quem o leu na editora, "com uma garra de ferro". Livro que vinha havia muito tempo sendo preparado. A própria sra. Carlyle tinha sido consultada em várias etapas de sua criação. Lera o primeiro esboço "com uma impressão quase de *terror*! Tanta força de talento a precipitar-se tão desordenadamente no espaço desconhecido". Mas ela se impressionara muito. "O que mais sobressai é que Geraldine aqui se mostra uma pensadora mais profunda e audaciosa do que jamais imaginei que fosse. Não acredito que haja outra mulher nos dias de hoje, nem mesmo a própria George Sand, que pudesse ter escrito algumas das melhores passagens deste livro... mas não deveriam publicá-lo... o decoro o proíbe!" A sra. Carlyle se queixou de haver algo indecoroso, ou "falta de reserva no campo espiritual", que nenhum público respeitável iria tolerar. Presume-se que Geraldine tenha concordado em fazer alterações, apesar de ela afirmar que "não tinha vocação para questões de decência como essas". O livro foi reescrito; e saiu finalmente em fevereiro de 1845. O costumeiro falatório e o conflito de opiniões logo surgiram. As pessoas menos moralistas, segundo a sra. Carlyle, foram as mais escandalizadas. As mais moralistas, como Erasmus Darwin e Arthur Helps,[128] admiraram-no ou não disseram nada. Uma escocesa afetada e puritana, certa Miss Wilson, admitiu que, embora "*reconhecidamente* seja o livro de um audacioso *esprit fort*... achei-o muito inteligente e divertido", enquanto "jovens e

---

[128] Erasmus Alvey Darwin (1804-1881), irmão de Charles Darwin; Sir Arthur Helps (1813-1875), escritor inglês.

velhos devassos do Reform Club[129] quase tiveram ataques de histeria —
devido à sua *indecência*". O editor ficou meio assustado; mas o escândalo o ajudou a vender e Geraldine tornou-se uma celebridade.

Agora, é claro, quando viramos as páginas dos três pequenos e ama-
relados volumes, perguntamo-nos que motivos havia neles para aprovação ou desaprovação, que espasmo de indignação ou admiração riscou
esta marca a lápis ou dobrou esta folha, que emoção misteriosa prensou
violetas, hoje pretas como a tinta, entre as páginas da cena de amor. Cada capítulo escorre fluente e amavelmente atrás do outro. Numa espécie
de bruma, captamos vislumbres de uma filha ilegítima chamada Zoe; de
um enigmático padre católico chamado Everhard; de um castelo no campo; de damas reclinadas em sofás azul-celeste; de senhores lendo em voz
alta; de meninas bordando corações em seda. Há um grande incêndio.
Há um abraço dentro da mata. Há um momento de terrível emoção quando o padre exclama: "Que bom seria se eu não tivesse nascido!", e em
seguida atira numa gaveta uma carta e um pacote, tudo isso porque sua
fé fora abalada por Zoe; a carta vinha do papa, pedindo-lhe para revisar
uma tradução das principais obras dos padres dos primeiros quatro séculos, e o pacote continha uma comenda de ouro da Universidade de
Göttingen. Mas é impossível adivinhar que indecência foi tão picante para chocar os devassos do Reform Club, que talento tão brilhante para
impressionar o fino intelecto da sra. Carlyle. As cores que eram vivas como rosas há oitenta anos passaram a um tom muito aguado; nada resta
daqueles odores e sabores raros a não ser um leve perfume de violetas
murchas ou de óleo de cabelo rançoso, não sabemos bem qual. Que mi-
lagres, exclamamos, alguns poucos anos têm o poder de realizar! Mas,
feita a exclamação, vemos ao longe o que talvez seja um vestígio do que
significaram. A paixão, à medida que emana dos lábios de pessoas vivas,
se consome por inteiro. Figuras como Zoe, Clothilde e Everhard mofam
nos seus poleiros; no entanto alguém está com eles na sala; um espírito
irresponsável, uma mulher ousada e ágil, se pensarmos como espartilhos
e anquinhas a estorvavam; uma criatura absurda e sentimental, a discorrer com langor, mas cujas opiniões, apesar disso, ainda estão estranhamente vivas. Damos às vezes com uma frase de formulação atrevida, um

---

[129] Clube de cavalheiros fundado em 1836, no centro de Londres, que congregava
os membros do Partido Liberal do Reino Unido. (N. da E.)

pensamento de sutil concepção: "Como é muito melhor fazer o bem sem religião!". "Oh, como um padre ou pregador conseguiria dormir na sua cama, se acreditasse mesmo no que prega?" "Até no coração das coisas mais sagradas a insinceridade já penetrou." "A fraqueza é o único estado para o qual não há esperança." "Amar honestamente é o princípio mais elevado de que a humanidade é capaz." E como ela detestava as "teorias plausíveis e condensadas dos homens"! É apenas cozinhar, apenas costurar o que compete às mulheres? E o que é a vida? Para que fim ela nos foi dada? Tais perguntas e convicções ainda repercutem além das cabeças das figuras empalhadas que mofam nos seus poleiros. Elas estão mortas, mas Geraldine Jewsbury sobrevive em pessoa, independente, corajosa, absurda, rodando por Manchester à procura de um lugar, conversando aqui e ali, indo falar com a chapeleira, escrevendo página após página sem parar para corrigir e explicitando suas opiniões sobre o amor, a moralidade, a religião e as relações entre os sexos, a despeito de quem estivesse ouvindo.

Algum tempo antes da publicação de *Zoe*, a sra. Carlyle já esquecera ou superara sua irritação com Geraldine, em parte por ela ter trabalhado com tanto empenho pela causa das Mudie, mas em parte também porque esse empenho de Geraldine a deixou "quase mais do que persuadida de novo por minha velha ilusão de que ela tem algum tipo de estranha, apaixonada, incompreensível *atração* por mim". Não só ela reatou a correspondência, como ainda, a despeito de todos os seus votos em contrário, voltou a ficar sob o mesmo teto que Geraldine, em Seaforth House, perto de Liverpool, em julho de 1844. Não se passaram muitos dias antes de a "ilusão" da sra. Carlyle sobre a atração de Geraldine por ela ser confirmada. Certa manhã houve um ligeiro arrufo entre as duas; Geraldine passou o dia emburrada; de noite, foi até o quarto da sra. Carlyle e fez uma cena que para esta foi "uma revelação não só de Geraldine, mas da própria natureza humana! Uma ciumeira tão desvairada, tão *de amante*, da parte de uma mulher em relação a outra nunca tinha me entrado no coração para poder ser concebida". Zangada, ofendida e desdenhosa, a sra. Carlyle reteve uma narrativa completa dessa cena para com ela divertir o marido. Alguns dias depois, apontando para Geraldine em público, arrancou gargalhadas de todos os presentes ao dizer: "Eu me pergunto se ela esperaria que eu procedesse bem com ela depois que passou a noite toda, na minha cara, fazendo amor com *outro homem!*". O castigo deve ter sido forte e a humilhação, penosa. Mas Geraldine era incorrigível. Um ano mais tarde voltou a estar emburrada e enfurecida e declarou que tinha o direito de enfurecer-se porque "ela me ama mais do que todo o resto do mundo"; ao ouvir isso, a sra. Carlyle se levantou e disse: "Enquanto você não se comportar como mulher fina, Geraldine...", e se retirou da sala. Novamente houve lágrimas e pedidos de desculpa e promessas de se endireitar.

No entanto, por mais que a sra. Carlyle a repreendesse e expusesse ao ridículo, por mais que elas se afastassem, deixando de se escrever por algum tempo, sempre acabavam juntas de novo. "Não houve briga nenhuma com a criatura", disse a sra. Carlyle. Sentada no chão, ela esfregava os pés da amiga. Secava os olhos e fumava "um *cigarrito*". Não havia um pingo de vaidade no seu modo de ser. Por sua vez, Geraldine disse que, apesar da dor que ela lhe causava "a um nível que dificilmente se acreditaria que uma mulher possa infligir a outra", apesar de ser insensível e não ter consideração "pelos efeitos naturais das coisas sobre os outros", apesar de tudo isso, estava além da capacidade de Jane afastá-la ou irritá-la para sempre — "enquanto você estiver neste mundo, a ligação existe". E assim as cartas estão sempre recomeçando — cartas longas, muito longas, escritas às vezes "com um gatinho que sobe e desce pelas roupas", cartas cheias de mexericos e casos como Jane tanto gostava: como a sra..., cujo marido costumava pô-la no alto da escada e fazê-la rolar para baixo, estava tentando se safar da penúria pintando miniaturas vendidas por dois guinéus; como a pobre sra... tinha sido "vítima de um erro!!! o rapaz da farmácia fez a prescrição errada e lhe deu calomelano em vez de ipecacuanha! Já pensou?". As vacilações do suscetível coração de Geraldine são comunicadas. O egípcio tinha escrito para ela. Q. fez certas insinuações, mas talvez não propriamente uma proposta. O sr... voltou a procurá-la. Ela havia comprado um xale. Através de tudo isso fica bem claro que Geraldine achava que Jane era em todos os aspectos mais sensata, mais forte, melhor que ela. Ela dependia de Jane. Precisava da amiga para tirá-la de enrascadas; pois a própria Jane nunca se metia em enrascadas. Mas, apesar de Jane ser tão mais sensata e inteligente que todos, houve momentos em que foi a imprudente e irresponsável quem se tornou conselheira. Por que, perguntou ela, gastar seu tempo remendando roupas velhas? Por que não trabalhar com alguma coisa na qual empregue de fato suas energias? Escreva, ela aconselhou. Geraldine estava convencida de que Jane, sendo tão profunda, tão clarividente, poderia escrever coisas que ajudassem as mulheres nas "suas obrigações e dificuldades tão complicadas". Jane tinha uma dívida com seu sexo. Mas, prosseguiu a ousada mulher, "não conte com o apoio do sr. Carlyle, não permita que ele lhe jogue um balde de água fria. Você deve respeitar seu próprio trabalho e seus próprios motivos" — um conselho que Jane teria feito bem em seguir. Mas o fato é que ela temia até aceitar que Geraldine lhe dedicasse seu novo romance, *The Half Sisters*, pensando em eventuais objeções do marido. A criaturinha era, sob certos aspectos, a mais audaciosa e a mais independente das duas.

Além disso, Geraldine tinha uma característica que faltava a Jane, apesar de todo o seu brilhantismo — um elemento de poesia, uma dose de imaginação especulativa. Mergulhava em velhos livros, copiava passagens românticas sobre as palmeiras e caneleiras da Arábia e as enviava para incongruentemente jazer sobre a mesa do café da manhã em Cheyne Row. O talento de Jane, claro está, era o completo oposto; era positivo, direto, prático. Sua imaginação se concentrava nas pessoas. Suas cartas devem seu brilhantismo à rapidez com que sua mente se alça como um falcão para baixar sobre os fatos. Nada lhe escapa. Ela enxerga, através da água clara, até as pedras do fundo. Mas o intangível não a tocava; ela rejeitou com escárnio a poesia de Keats; algo da estreiteza e algo da pudicícia da filha de médico do interior da Escócia se manteve nela. Geraldine, embora infinitamente menos dotada, era às vezes a de mente mais aberta.

Tais afinidades e aversões juntaram essas duas mulheres com uma elasticidade propícia à permanência. O vínculo entre elas, mesmo sendo esticado ao máximo, não se rompia nunca. Jane sabia até que ponto iam as doidices de Geraldine; e essa tinha sentido as lambadas de que a língua de Jane era capaz. Aprenderam, com a prática, a se tolerar. E, se os "jorros de sensibilidade" enfureciam Jane, ninguém dava mais valor que ela à verdade dos sentimentos. Certa ocasião, quando estava doente e infeliz, foi ficar justamente com Geraldine — a temperamental, a biruta, a nada prática. Para sua surpresa, Jane encontrou a casa em silêncio, as coisas da amiga em perfeita ordem, e a própria Geraldine muito tranquila e sensata. Com sua generosidade usual, retirou tudo quanto já havia dito contra a outra. "Quem se acha à vontade no Sião — eu mesma, quando até certo ponto já estive assim —, pode achar que Geraldine é irritantemente absurda, mas basta a gente estar doente e sofrendo — em especial de um sofrimento *mórbido* — para ver quem Geraldine é! Quanta solidariedade inteligente e quanta bondade real e prática ela tem em si!" Jane disse que, enquanto vivesse, seria grata a Geraldine. Naturalmente elas voltaram a brigar; mas suas brigas agora eram diferentes, como há tantas desavenças que já vêm predestinadas a se resolver. Quando, após o casamento de seu irmão em 1854, Geraldine se mudou para Londres, foi para estar perto da sra. Carlyle, segundo o desejo desta. A mulher que em 1843 nunca seria amiga dela de novo era agora a mais íntima de que dispunha no mundo. Foi morar a duas ruas apenas; e talvez duas ruas fosse a distância correta para se colocar entre elas. A amizade emocional, de longe, foi cheia de mal-entendidos; sob o mesmo teto, tornou-se insuportavelmente difícil. Entretanto, quando viveram perto, como vizinhas, seu relacionamento se ampliou e simplificou-se; passou a ser um acontecimento natural cujas rusgas e calmarias tinham bases nas profundezas da intimidade. Elas saíam juntas. Foram ouvir o *Messias*. De modo típico, Geraldine chorou ante a beleza da música e Jane teve de fazer grande esforço para não sacudir Geraldine e para não chorar ela mesma ante a feiura das mulheres do coro. Fizeram uma viagem a Norwood e Geraldine esqueceu um lenço de seda e um broche de alumínio ("uma lembrança de amor do sr. Barlow") no hotel e um guarda-chuva novo de seda no salão de espera. Jane anotou também, com sardônica satisfação, que Geraldine, numa tentativa de economia, comprou duas passagens de segunda classe, quando o custo de uma passagem de ida e volta, na primeira, era exatamente o mesmo. Fizeram uma caminhada até Dalston, com o cachorro Nero, para festejar o aniversário de Geraldine visitando "uma mulher feliz", Eliza, ex-empregada da sra. Carlyle. Voltaram para casa de ônibus e Jane deu a Geraldine um "bonito colar rendado e uma jarra de cristal da Boêmia que até agora não quebrou". A sra. Carlyle costumava contar a Geraldine um sem-fim de histórias sobre a sua infância — como o peru lhe dava medo; como ela convencera o pai a lhe ensinar latim; quantos homens tinham gostado dela; como ela reverenciava o pai. À menção do nome dele, ficava um instante calada. Depois recomeçava, falando de Craigenputtock e de Carlyle e contando caso atrás de caso sobre uma porção de empregados. Ninguém contava casos como a sra. Carlyle. Ninguém era tão viva, tão dramática ou, quando ela estava inspirada, demonstrava tanta sagacidade, tanta compreensão.

Enquanto isso, espichada no chão, Geraldine generalizava e especulava e tentava formular alguma teoria de vida a partir de sua própria experiência. (Sua linguagem sempre tendia a ser forte; ela sabia que "muitas vezes pecava contra as noções que Jane tinha de bom gosto"). Como era abominável, sob tantos aspectos, a situação das mulheres! Como ela própria tinha sido manietada e tolhida! Como o sangue lhe fervia pelo poder que os homens tinham sobre as mulheres! Bem que ela gostaria de dar um pontapé em certos senhores — "uns tratantes mentirosos e hipócritas! Sei que não adianta xingar, mas estou enfezada e isso me acalma". Sobre as mulheres, tinha também opiniões próprias. Não concordava com as feiosas e inteligentes que iam a Manchester pregar as doutrinas dos direitos das mulheres. Não apoiava, no tocante à educação feminina, os professores e ensaístas, cujos objetivos e teorias considerava errados. Julgava-se capaz de ver ao longe um outro tipo de mulher que surgia, uma mulher meio parecida com ela mesma e Jane. "Acredito que estamos nos aproximando de uma época melhor", escreveu ela, "em que as mulheres poderão viver sua própria vida, normal e autêntica. Talvez então não haja tantos casamentos, e as mulheres aprenderão a não sentir seu destino *manqué*, caso permaneçam solteiras. Serão capazes de ser amigas e companheiras de um modo que hoje não lhes é possível... Em vez de precisar manter as aparências, poderão ter suas próprias virtudes, em qualquer grau que apraza a Deus lhes mandar, sem que elas sejam diluídas no tépido 'espírito retificado' da 'graça feminina' e da 'timidez das mulheres' — a elas se permitirá, em suma, que se façam mulheres, como aos homens se permite se fazerem homens."

E aí seu pensamento se voltava para ela e Jane e os dons brilhantes — Jane, de qualquer forma, tinha dons brilhantes — que tinham dado tão pouco resultado visível. Porém, a não ser quando doente, ela não pensava "que você e eu devemos ser consideradas fracassos. Somos indicações de um desenvolvimento da condição de mulher que por enquanto ainda não foi reconhecido. Não há canais já prontos por onde ele escoar, mas mesmo assim nós procuramos, tentamos e descobrimos que as atuais regras para mulheres não nos conterão — é preciso algo melhor e mais forte... Depois de nós virão mulheres que se aproximarão mais da inteireza da medida da estatura de uma natureza de mulher. Considero-me uma simples e ligeira indicação, um rudimento da ideia, de certas qualidades e possibilidades mais altas que jazem nas mulheres, e todas as excentricidades e erros e confusões e absurdos que eu fiz são apenas consequências de uma formação imperfeita, de um crescimento imaturo". Assim ela teorizava, assim especulava, e a sra. Carlyle ouvia e ria, sem dúvida contradizendo-a. Talvez quisesse que Geraldine fosse mais precisa; talvez quisesse que ela moderasse sua linguagem. A qualquer momento

Carlyle poderia entrar e, se havia uma criatura que Carlyle odiava, era uma mulher decidida e forte, da mesma espécie de George Sand. Ela porém não tinha como negar a verdade presente no que Geraldine dizia; sempre lhe parecera que Geraldine "tinha nascido para mudar as coisas ou morrer tentando". Apesar das aparências, Geraldine não era tola.

Mas o que Geraldine pensava e dizia, como ela passava as manhãs, o que fazia nas longas tardes de inverno em Londres — tudo o que constituía de fato sua vida em Markham Square é totalmente desconhecido por nós. Pois, como era de se esperar, a luz brilhante de Jane extinguiu o fogo de Geraldine, que diminuía e oscilava. Ela não tinha mais necessidade de escrever a Jane, em cuja casa entrava e saía a todo instante — ora para escrever uma carta por ela, porque Jane estava com os dedos inchados, ora para levar uma carta ao correio, o que, é claro, não se lembrava de fazer. De quando em quando, à guisa de cantiga, ouvimos um som caseiro, como o miado de um gatinho ou a chaleira de chá fervendo. E assim os anos se passaram rapidamente. No sábado, 21 de abril de 1866, Geraldine ia ajudar Jane nos preparativos para o chá. Estava se vestindo para a ocasião quando o sr. Froude apareceu subitamente à sua porta. Mandavam-no dizer que "tinha acontecido alguma coisa com a sra. Carlyle". Geraldine pegou seu casaco e os dois foram juntos para o St. George's Hospital, onde os levaram a um quartinho. Lá eles viram a sra. Carlyle elegantemente vestida, "como se tivesse se sentado na cama, após descer da carruagem, e caído para trás dormindo... Tanto a brilhante zombaria quanto a suavidade triste com a qual a zombaria alternava tinham desaparecido. O semblante jazia apaziguado, numa calma majestosa e dura... Geraldine não conseguia falar".

Nem nós, de fato, conseguimos quebrar esse silêncio. Logo depois da morte de Jane ela foi morar em Sevenoaks, onde viveu sozinha por 22 anos. Diz-se que perdeu sua vivacidade. Não escreveu mais livros.[130] O câncer a atacou, e ela sofreu muito. Já no leito de morte começou a rasgar as cartas de Jane, como esta desejara, e destruiu todas, exceto uma, antes de morrer. Assim como começou na obscuridade, entre sombras terminou sua vida. Só a conhecemos por alguns anos de entremeio. Quando se pensa quão pouco conhecemos mesmo das pessoas com as quais

---

[130] Além dos dois romances mencionados, Geraldine Jewsbury (1812-1880) escreveu alguns outros, bem como livros infantis e numerosas resenhas para a imprensa.

Geraldine e Jane

vivemos, quanto é preciso adivinhar dos sentimentos das que vemos constantemente, difícil se torna nos persuadirmos de que podemos julgar Geraldine Jewsbury e a verdadeira natureza do seu sentimento por Jane Carlyle. Se nutrirmos tal ilusão, logo ela é destruída pela própria Geraldine. "Oh, minha querida", escreveu ela, "se a gente se afogasse, você e eu, se a gente morresse, o que seria de nós, se algum espírito superior resolvesse escrever nossa 'vida e erros'? Que preciosa confusão uma 'pessoa fidedigna' ia fazer de nós, e como seríamos tão diferentes do que realmente somos ou fomos!"

O eco de sua zombaria, coloquial e antigramatical, alcança-nos de onde ela está: na cripta de Lady Morgan, no cemitério de Brompton.

Mulheres e ficção[131]

O título deste artigo pode ser lido de dois modos: em alusão às mulheres e a ficção que elas escrevem, ou às mulheres e a ficção que é escrita sobre elas. A ambiguidade é intencional, porque o máximo de flexibilidade é desejável ao se considerar as mulheres como escritoras; é preciso deixar espaço para considerar outras coisas além do seu trabalho, já que esse trabalho foi tão influenciado por condições que nada tinham a ver com arte.

Mesmo a investigação mais superficial sobre a escrita das mulheres logo suscita uma porção de perguntas. Por que, por exemplo, não houve uma produção contínua de literatura feita por mulheres antes do século XVIII? Por que elas, a partir de então, escreveram quase tão habitualmente quanto os homens e no desenvolvimento dessa escrita criaram, um após outro, alguns dos clássicos da ficção inglesa? Por que sua arte assumiu então a forma de ficção e por que isso, até certo ponto, ainda prevalece?

Basta pensar um pouco para ver que nós fazemos perguntas para as quais só iremos obter, como resposta, mais ficção. A resposta atualmente está fechada em velhos diários, afundada em velhas gavetas, meio apagada nas memórias dos antigos. Ela pode ser encontrada nas vidas obscuras — nesses corredores quase sem luz da história onde, de modo vago e intermitente, se percebem as figuras de gerações de mulheres. Porque sobre as mulheres muito pouco se sabe. A história da Inglaterra é a história da linha masculina, não da feminina. Dos nossos pais sempre sabemos alguma coisa, um fato, uma distinção. Eles foram soldados ou foram marinheiros; ocuparam tal cargo ou fizeram tal lei. Mas das nossas mães, das nossas avós, das nossas bisavós, o que resta? Nada além de uma tradição. Uma era linda; outra era ruiva; uma terceira foi beijada pela rainha. Nada sabemos sobre elas, a não ser seus nomes, as datas de seus casamentos e o número de filhos que tiveram.

---

[131] "Women and Fiction". Publicado pela primeira vez no número de março de 1929 da revista *Forum*, de Nova York.

Assim, se quisermos saber por que, num determinado momento, as mulheres fizeram isso ou aquilo, por que não escreveram nada, por um lado, e por que, por outro, escreveram obras-primas, é extremamente difícil dizer. Quem se debruçar em pesquisa sobre esses velhos papéis, virando a história pelo avesso para assim formar uma fiel imagem da vida cotidiana da mulher comum na época de Shakespeare, na época de Milton, na época de Johnson, não só escreverá um livro de enorme interesse, como também fornecerá ao crítico uma arma que agora lhe faz falta. É da mulher comum que a incomum depende. Apenas quando soubermos quais eram as condições de vida da mulher comum — o número de filhos que teve, se o dinheiro de que dispunha era seu, se tinha um quarto para ela, se contava com ajuda para criar a família, se tinha empregadas, se parte do trabalho doméstico era tarefa dela —, apenas quando pudermos avaliar o modo de vida e a experiência de vida tornados possíveis para a mulher comum é que poderemos explicar o sucesso ou o fracasso da mulher incomum como escritora.

Estranhos intervalos de silêncio parecem separar um período de atividade de outro. Numa ilha grega, houve Safo e um pequeno grupo de mulheres, todas escrevendo poesia seiscentos anos antes do nascimento de Cristo. Mas as mulheres se calaram. Tempos depois, por volta do ano 1000, vamos encontrar no Japão uma certa dama da Corte, Shikibu Murasaki, que escreveu um romance imenso e belo.[132] Mas na Inglaterra do século XVI, quando a atividade dos dramaturgos e poetas estava no auge, as mulheres ficaram mudas. A literatura elisabetana é exclusivamente masculina. Já no fim do século XVIII e no começo do XIX, voltamos a encontrar mulheres que escreviam — dessa vez na Inglaterra — com extraordinária frequência e sucesso.

As leis e os costumes, é claro, foram em grande parte responsáveis por essas estranhas intermitências de silêncio e fala. Quando a mulher era passível, como foi no século XV, de levar uma surra e ser jogada no quarto se não se casasse com o homem escolhido pelos pais, a atmosfera espiritual não era favorável à produção de obras de arte. Quando ela se casava sem seu próprio consentimento com um homem que desde então se tornava seu senhor e dono, "ao menos tal como as leis e os costu-

---

[132] Em julho de 1925, Virginia Woolf escreveu na revista *Vogue* uma resenha, "*The Tale of Genji*", sobre este clássico da literatura japonesa, lido na tradução de Arthur Waley, que acabara de sair em Londres.

mes o podiam fazer",[133] situação em que a mulher esteve na época dos Stuart, é bem provável que ela tivesse pouco tempo para escrever, e ainda menos incentivo. Em nossa era psicanalítica, estamos começando a nos dar conta do imenso efeito do ambiente e da sugestão sobre a mente. Também começamos a entender, com livros de memórias e cartas para nos ajudarem, como o esforço necessário à produção de uma obra de arte é anormal e que abrigo e suporte para a mente o artista requer. As vidas e as cartas de homens como Keats e Carlyle e Flaubert nos certificam disso.

Está claro assim que a extraordinária explosão de ficção no começo do século XIX na Inglaterra foi prenunciada por inumeráveis pequenas mudanças nas leis, nos costumes e nas práticas sociais. As mulheres do século XIX tinham algum tempo livre e certo nível de instrução. Escolher o próprio marido não era mais uma exceção, só para mulheres das classes altas. E é significativo que das quatro grandes romancistas mulheres — Jane Austen, Emily Brontë, Charlotte Brontë e George Eliot — nenhuma teve filhos e duas não se casaram.

Entretanto, apesar de estar claro que a proibição da escrita foi então revogada, dir-se-ia haver ainda uma considerável pressão sobre as mulheres para escrever romances. Não há quatro mulheres mais diferentes pelo talento e o caráter do que essas. Jane Austen nada poderia ter em comum com George Eliot; e George Eliot era o completo oposto de Emily Brontë. Todas porém foram treinadas para a mesma profissão; todas, ao escrever, escreveram romances.

A ficção era, e ainda é, a coisa mais fácil de uma mulher escrever. E a razão para isso não é difícil de encontrar. O romance é a forma de arte menos concentrada. É mais fácil interromper ou retomar um romance do que um poema ou uma peça. George Eliot parava de trabalhar para ir cuidar do pai. Charlotte Brontë trocava a pena pela faca de descascar batatas. E a mulher, vivendo na sala, em comum com as pessoas que a cercavam, era treinada para usar sua mente na observação e análise do caráter. Era treinada para ser romancista, não para ser poeta.

Mesmo no século XIX, uma mulher vivia quase exclusivamente em sua casa e em suas emoções. E esses romances do século XIX, embora sejam tão extraordinários, foram profundamente marcados pelo fato de

---

[133] Citação de *History of England* (1926), de George Macaulay Trevelyan (1876-1962).

as mulheres que os escreveram serem excluídas, por seu sexo, de certos tipos de experiência. É indiscutível que a experiência exerce grande influência sobre a ficção. A melhor parte dos romances de Conrad, por exemplo, caso ele não tivesse podido ser um homem do mar, iria por água abaixo. Retire-se tudo o que Tolstói sabia sobre a guerra, como soldado, e da vida e da sociedade, como um jovem rico cuja educação o habilitava a qualquer tipo de experiência, e *Guerra e paz* ficaria incrivelmente empobrecido.

Todavia *Orgulho e preconceito*, *O morro dos ventos uivantes*, *Villette* e *Middlemarch*[134] foram escritos por mulheres forçosamente privadas de toda experiência salvo aquela que pudesse ser encontrada numa sala de estar da classe média. Nenhuma experiência em primeira mão da guerra, da vida no mar, da política ou dos negócios era possível para elas. Até mesmo a vida emocional que levaram foi regida estritamente pelos costumes e as leis. Quando George Eliot se aventurou a viver com George Lewes, sem ser casada com ele, a opinião pública se escandalizou. Tal foi a pressão que ela se isolou numa reclusão suburbana que inevitavelmente teve os piores efeitos possíveis sobre sua obra. Nunca convidava ninguém, como ela mesma escreveu, a não ser que a pessoa lhe pedisse, por vontade própria, para ir vê-la. No outro extremo da Europa, ao mesmo tempo, Tolstói estava levando a vida livre de um soldado, com homens e mulheres de todas as classes, sem que ninguém o censurasse por isso, vivências das quais seus romances extraíram muito da surpreendente amplitude de visão e do vigor que têm.

Mas os romances de mulheres não foram afetados apenas pelo âmbito necessariamente estreito da experiência da autora. Eles mostram outra característica, pelo menos no século XIX, que pode ser vinculada ao sexo de quem escreve. Em *Middlemarch* e em *Jane Eyre*, tomamos consciência não só do caráter do autor, tal como tomamos consciência do caráter de Charles Dickens, mas também da presença de uma mulher — de alguém que se ressente do tratamento imposto a seu gênero e defende os seus direitos. Isso confere à escrita das mulheres um elemento que está de todo ausente da escrita de um homem, a não ser que este venha a ser um negro, um trabalhador ou alguém por qualquer outro motivo consciente

---

[134] No original, *Wuthering Heights* (1847), de Emily Brontë (1818-1848); *Villette* (1853) e *Jane Eyre* (1847), mencionado logo adiante, de Charlotte Brontë (1816-1855); *Middlemarch* (1872), de George Eliot (1819-1880).

de alguma limitação. Isso introduz uma distorção e é frequentemente causa de fraqueza. O desejo de defender uma causa pessoal ou de fazer de um personagem o porta-voz de uma insatisfação ou um ressentimento pessoal tem sempre um efeito de distração, como se no ponto para o qual a atenção do leitor é dirigida houvesse bruscamente dois alvos, em vez de um só.

O talento de Jane Austen e Emily Brontë nunca é mais convincente do que seu poder de ignorar tais clamores e solicitações para seguir seu caminho sem se perturbar com zombaria ou censura. Mas era preciso ter uma mente muito poderosa e serena para resistir à tentação de irar-se. A chacota, a censura, a garantia de inferioridade de uma forma ou de outra, prodigalizadas às mulheres que praticavam uma arte, foram naturalmente a causa dessas reações. Vemos o efeito disso na indignação de Charlotte Brontë, na resignação de George Eliot. E o mesmo se encontra repetidas vezes na obra de escritoras menores — em sua escolha do assunto, na sua docilidade e autoafirmação antinaturais. A insinceridade aí se derrama, além do mais, de modo quase inconsciente. É em deferência à autoridade que elas assumem um dado ponto de vista. Eis que assim a visão se torna ou muito masculina ou feminina demais, perdendo sua integridade perfeita e, com isso, sua característica mais essencial como obra de arte.

A grande mudança que se alastrou pela escrita das mulheres, ao que parece, foi uma mudança de atitude. A mulher escritora deixou de ser amarga. Deixou de se indignar. Quando ela escreve, não está mais protestando e defendendo uma causa. Aproximamo-nos de uma época, se é que já não a atingimos, em que haverá pouca ou nenhuma influência externa para perturbar sua escrita. Ela será capaz de se concentrar na sua visão, sem distrações que venham de fora. O afastamento que esteve outrora ao alcance do gênio e da originalidade só agora está chegando ao alcance da mulher comum. Por isso um romance médio de mulher é muito mais autêntico e muito mais interessante hoje do que há cem ou mesmo há cinquenta anos.

Mas ainda é verdade que, antes de escrever exatamente como deseja escrever, uma mulher tem muitas dificuldades a enfrentar. Antes de tudo há a dificuldade técnica — tão simples na aparência. Mas tão desconcertante, na realidade, que a própria forma da frase não é compatível com ela. É uma frase feita por homens; muito pesada, muito descosida, muito pomposa para uma mulher usar. Num romance, porém, que cobre tão

Mulheres e ficção

grande extensão de terreno, um tipo comum e usual de frase tem de ser encontrado para conduzir o leitor, cômoda e naturalmente, de um extremo a outro do livro. E isso uma mulher deve fazer por si mesma, alterando e adaptando a frase corrente até escrever alguma que tome a forma natural do seu pensamento, sem o esmagar nem distorcer.

Mas isso, afinal, ainda é meio para um fim, e o fim só poderá ser alcançado quando a mulher tiver coragem para se sobrepor à oposição e determinar-se a ser fiel a si mesma. Um romance, pensando bem, é uma exposição de mil diferentes objetos — humanos, divinos, naturais; é uma tentativa de relacioná-los uns aos outros. Em todos os romances de mérito, esses elementos diferentes são mantidos no lugar pela força da visão do autor. Mas eles seguem outra ordem também, que é a ordem a eles imposta pelas convenções. Como os árbitros das convenções são os homens, pois foram eles que estabeleceram uma ordem de valores na vida, e já que é na vida que em grande parte a ficção se baseia, também aqui, na ficção, em extensa medida, esses valores prevalecem.

É provável no entanto que, quer na vida, quer na arte, os valores de uma mulher não sejam os valores de um homem. Assim, quando se põe a escrever um romance, uma mulher constata que ela está querendo incessantemente alterar os valores estabelecidos — querendo tornar sério o que parece insignificante a um homem, e banal o que para ele é importante. Por isso, é claro, ela será criticada; porque o crítico do sexo oposto ficará surpreso e intrigado de verdade com uma tentativa de alterar a atual escala de valores, vendo nisso não só uma diferença de visão, mas também uma visão que é fraca, ou banal, ou sentimental, por não ser igual à dele.

Mas, quanto a esse ponto, as mulheres também estão passando a ser mais independentes em suas opiniões. Começam a respeitar suas próprias noções sobre valores. E por essa razão o tema de seus romances começa a mostrar certas mudanças. Ao que parece, elas estão menos interessadas em si mesmas e, por outro lado, mais interessadas em outras mulheres. No começo do século XIX, os romances de mulheres eram em grande parte autobiográficos. Um dos motivos que as levavam a escrever era o desejo de expor o próprio sofrimento, de defender sua causa. Agora que esse desejo não é mais tão premente, as mulheres começam a explorar seu próprio sexo, a escrever sobre mulheres como as mulheres jamais tinham escrito antes; pois claro está que mulheres na literatura, até bem recentemente, eram uma criação dos homens.

Aqui também há dificuldades a transpor, porque, se a generalização for cabível, não só as mulheres se submetem menos prontamente à observação do que os homens, mas seus modos de viver são também muito menos testados e examinados pelos processos comuns da vida. Com frequência nada resta de tangível do dia de uma mulher. Tudo o que ela cozinhou foi comido; os filhos dos quais cuidou já saíram mundo afora. A que então dar ênfase? A que ponto saliente há de agarrar-se a romancista? É difícil dizer. Sua vida tem uma característica anônima que desconcerta e intriga ao extremo. Pela primeira vez, essa região obscura começa a ser explorada na ficção; ao mesmo tempo, uma mulher tem também de registrar as mudanças nos hábitos e mentes das mulheres que decorreram da abertura das profissões. Tem de observar como suas vidas estão deixando de acontecer às ocultas; e de descobrir que novas cores e sombras mostram-se agora nelas quando são expostas ao mundo exterior.

Se tentássemos então sintetizar as características da ficção das mulheres no atual momento, diríamos que ela é corajosa; é sincera; não se afasta do que as mulheres sentem. Não contém amargura. Não insiste em sua feminilidade. Porém, ao mesmo tempo, um livro de mulher não é escrito como seria se o autor fosse homem. Essas características, sendo bem mais comuns do que já foram, dão até mesmo a livros medíocres um valor de verdade, um interesse por sua sinceridade.

Em acréscimo a essas boas qualidades, há outras duas que ainda merecem ser discutidas. A mudança que transformou a mulher inglesa, de influência indefinida, flutuante e vaga que ela era, numa eleitora, numa assalariada, numa cidadã responsável, causou tanto em sua vida quanto em sua arte uma virada para o impessoal. Suas relações agora não são apenas emocionais; são intelectuais, são políticas. O velho sistema, que a condenava a olhar de esguelha para as coisas, pelos olhos ou pelos interesses do marido ou do irmão, deu lugar aos interesses diretos e práticos de alguém que tem de agir por si mesma e não somente influenciar ações dos outros. Donde sua atenção ser desviada do centro pessoal, que a absorvia de todo no passado, para o impessoal, tornando-se seus romances naturalmente mais críticos da sociedade e menos analíticos das vidas individuais.

Pode-se esperar que o papel de mosca-varejeira do Estado, até aqui uma prerrogativa dos machos, agora também passe a ser exercido por mulheres. Seus romances tratarão das mazelas sociais e das soluções para elas. Seus homens e mulheres não serão totalmente observados na relação emocional que mantenham uns com os outros, mas sim por se juntarem e entrarem em conflito, como grupos e classes e raças. Essa mudança tem sua importância. Mas há outra mais interessante ainda para os que prefiram a borboleta à mosca — ou seja, o artista ao provocador reformista. A maior impessoalidade das vidas das mulheres estimulará o espírito poético, e é em poesia que a ficção das mulheres permanece mais fraca. Elas serão levadas por isso a se absorver menos nos fatos e a não mais se contentar em registrar com espantosa acuidade os mínimos detalhes que caiam sob sua observação. Para além das relações pessoais e políticas, elas se voltarão para as questões mais amplas que o poeta tenta resolver — as de nosso destino e do sentido da vida.

É claro que a base da atitude poética se assenta em grande parte em coisas materiais. A observação impessoal e desapaixonada depende de haver tempo livre, de algum dinheiro e das oportunidades surgidas pela combinação desses dois fatores. Com dinheiro e tempo livre a seu dispor, naturalmente as mulheres se dedicarão mais do que até aqui foi possível ao ofício das letras. Farão um uso mais completo e sutil da ferramenta da escrita. Sua técnica será mais audaciosa e mais rica.

No passado, a virtude da escrita das mulheres estava muitas vezes na sua espontaneidade divina, como a do canto do melro ou do tordo. Não era ensinada; vinha do coração. Mas sua escrita também era, e com muito mais frequência, palavrosa e prolixa — mera conversa derramada em papel e deixada a secar em borrões e manchas. No futuro, desde que haja tempo e livros e um pequeno espaço para a mulher na casa, a literatura se tornará para elas, como para os homens, uma arte a ser estudada. O dom das mulheres será treinado e fortalecido. O romance deixará de ser o lugar onde as emoções pessoais são despejadas para se tornar, mais do que hoje, uma obra de arte como qualquer outra, e seus recursos e limitações serão explorados.

A partir daí, logo se chegará à prática das artes sofisticadas ainda tão pouco exercida por mulheres — à escrita de ensaios e críticas, de história e biografias. E isso também será vantajoso se tivermos o romance em vista; porque, além de a própria qualidade do romance melhorar, assim serão afastados os estranhos que foram atraídos à ficção por sua acessibilidade, enquanto tinham os corações em outro lugar. Assim o romance se livrará dessas excrescências de história e fato que, na nossa época, o tornaram tão amorfo.

E assim, se nos for lícito vaticinar, as mulheres do futuro escreverão menos, mas melhores romances; e não apenas romances, mas também poesia e crítica e história. Ao dizer isso, por certo olhamos bem à frente, para aquela era de ouro e talvez fabulosa em que as mulheres terão o que por tanto tempo lhes foi negado — tempo livre e dinheiro e um quarto só para si.

Quatro figuras

I. Cowper e Lady Austen[135]

É claro que aconteceu há muitos anos, mas deve ter havido algo de extraordinário naquele encontro, já que as pessoas ainda gostam de o trazer para diante dos olhos. Um senhor idoso estava olhando pela sua janela, na rua de um vilarejo no verão de 1781, quando viu duas mulheres que entravam, do outro lado, numa loja de fazendas. O aspecto de uma delas interessou-o muito, e ele parece ter dito isso, pois logo foi combinado um encontro.

Tranquila e solitária devia ser essa vida em que um senhor olhava pela manhã da janela e a visão de um rosto sedutor era um acontecimento. Mas talvez só fosse um acontecimento por reviver em parte certas lembranças meio esquecidas, se bem que ainda pungentes. Pois nem sempre Cowper tinha olhado para o mundo da janela de uma casa na rua de um vilarejo. Longe estava o tempo em que a visão de mulheres no rigor da moda lhe havia sido familiar. Ele, quando moço, foi muito desmiolado. Tinha flertado e dado boas risadas; tinha ido elegantemente vestido a Vauxhall e Marylebone Gardens. Seu emprego no Tribunal de Justiça, assumiu-o com tal leviandade que alarmou os amigos, porque ele, para viver, não tinha nada. Tinha se apaixonado por sua prima Theodora Cowper. De fato, foi um rapaz estouvado e imprudente. Mas de súbito, no auge da juventude, no meio de toda aquela alegria, alguma coisa terrível aconteceu. Por trás da leviandade, e talvez inspirando-a, escondia-se

---

[135] Baseado em *The Correspondence of William Cowper*, org. Thomas Wright (1904), livro do qual provêm as citações entre aspas, este texto foi publicado pela primeira vez em 21 de setembro de 1929 no semanário inglês *Nation and Athenaeum*; no dia seguinte, saiu no *New York Herald Tribune*. Virginia Woolf o incluiria, junto com os outros três ensaios desta seção por ela intitulada "Quatro figuras", no segundo volume de *The Common Reader* (1932). William Cowper (1731-1800): poeta inglês e autor de hinos anglicanos, influenciou a poesia romântica e foi admirado por Samuel Taylor Coleridge e William Wordsworth.

uma morbidez que emanava de alguma insuficiência na pessoa, de um pavor que tornava as ações, que tornava o casamento, que tornava qualquer exposição pública de si mesmo insuportáveis. Incitado a agir, e agora o encaminhavam para uma carreira de funcionário na Câmara dos Lordes, ele preferia escapar, nem que fosse para as garras da morte. A assumir o novo emprego, preferiu se afogar. Porém, quando chegou à beira d'água, no cais havia um homem sentado; qualquer mão invisível afastou misteriosamente de seus lábios o láudano que ele pretendia tomar; a faca que ele levou ao coração se quebrou; e a liga com a qual quis se enforcar no quarto deixou-o cair ileso. Cowper foi condenado a viver.

Quando ele olhou pela janela para as mulheres comprando, naquela manhã de julho, já havia portanto atravessado pélagos de desespero, mas por fim alcançara não só um porto seguro, na cidadezinha do interior, mas também um modo de vida estável e um tranquilo estado de espírito. Estava habituado a viver com a sra. Unwin, uma viúva seis anos mais velha do que ele. Deixando-o falar, dando atenção aos seus terrores, entendendo-os, ela o trouxera, com muito bom senso, como uma mãe, a algo como a paz de espírito. Em metódica monotonia, tinham vivido lado a lado por muitos anos.[136] Começavam o dia lendo as Escrituras juntos; depois iam à igreja; separavam-se para caminhar ou ler; terminado o jantar, reuniam-se para discutir tópicos religiosos ou cantar hinos em dueto; davam mais uma volta, se o tempo estivesse bom, ou liam e conversavam um pouco, se estivesse chuvoso, e finalmente o dia acabava com mais hinos e orações. Essa foi, por muitos anos, a rotina da vida de Cowper com Mary Unwin. Os dedos dele, quando encontravam seu caminho até a pena, traçavam versos de um hino ou, caso escrevessem uma carta, era para insistir com algum mortal transviado, seu irmão John, por exemplo, em Cambridge, para buscar a salvação antes que fosse tarde. Essa insistência contudo talvez tivesse relação com a velha leviandade; também era uma tentativa de precaver-se contra algum terror, de mitigar alguma grave inquietude que se ocultava no fundo de sua alma. A paz se acabou de súbito. Numa noite de fevereiro de 1773 o inimigo se ergueu; e atacou de uma vez por todas. Uma voz horrível chamou por Cowper num sonho. Proclamou que ele era um danado, um proscrito, estigma

---

[136] William Cowper (1731-1800) passou a morar com o casal Morley e Mary Unwin e seus filhos em 1765; após 1767, quando o marido morreu, ele continuou a residir com a viúva até a morte dela, em 1796.

que o fez cair prostrado. Depois disso ele não pôde mais rezar. À mesa, quando os outros davam graças, levantava o garfo e a faca para sinalizar que ele não tinha direito de participar na oração. Ninguém entendeu, nem mesmo a sra. Unwin, a terrível importância do sonho. Ninguém compreendia a razão de ele ser único; por que fora separado de toda a humanidade e suportava sozinho sua danação. Mas esse isolamento teve um curioso efeito — não sendo mais capaz de ajuda ou orientação, ele agora estava livre. O reverendo John Newton[137] já não podia guiar sua pena nem inspirar sua musa. Como a sentença tinha sido pronunciada e a danação era inevitável, nada o impedia de distrair-se com lebres, de plantar pepino, ouvir os mexericos da vila, tecer redes, construir mesas; tudo o que havia para desejar era ir passando aqueles anos terríveis sem poder iluminar os outros ou ser ajudado ele mesmo. Cowper nunca escreveu aos amigos com tanto encantamento e alegria como agora, ao se saber condenado. Só por momentos, quando escrevia para Newton ou para Unwin, a pavorosa cabeça do terror se levantava acima da superfície e ele exclamava: "Meus dias se gastam na vaidade... A natureza volta a reviver; mas uma alma, depois de abatida, não vive mais". Geralmente, quando se dava a agradáveis passatempos, nas suas horas ociosas, quando olhava com interesse para o que acontecia embaixo na rua, poderiam tomá-lo pelo mais feliz dos homens. Lá estava Geary Ball, indo até o Royal Oak para beber seu trago — o que acontecia com a mesma regularidade com que Cowper escovava os dentes; mas atenção! — duas mulheres estavam entrando na loja de fazendas do outro lado. Isso é que era um acontecimento.

Uma delas ele já conhecia — era a sra. Jones, esposa de um pastor das vizinhanças. Mas a outra, uma estranha para ele, era animada e trêfega, com uns olhos redondos, negros, da mesma cor dos cabelos. Embora viúva — tinha sido casada com Sir Robert Austen —, estava longe de ser velha. Não era nada solene e, ao falar, porque ela e Cowper logo estariam juntos, tomando chá, "ela ri e me faz rir e mantém a conversa sem aparentemente fazer qualquer esforço". Era uma mulher bem-educada e cheia de vida que morara muito tempo na França e, tendo visto tanto do mundo, "toma por grande simplório quem o é". Essas foram as primeiras im-

---

[137] John Newton (1725-1806), pastor e teólogo evangélico, vizinho e grande amigo de Cowper no vilarejo de Olney, no condado de Buckingham.

pressões de Cowper sobre Ann Austen. As primeiras impressões de Ann sobre o estranho casal que morava na casa grande na rua do vilarejo foram ainda mais entusiásticas. Mas isso era natural — Ann era uma entusiasta por natureza. Além disso, apesar de ter sua residência na Queen Anne Street e ter visto tanto do mundo, ela não tinha nesse mundo parentes nem amigos dos quais gostasse muito. Clifton Reynes, onde morava sua irmã, era um vilarejo inglês atrasado e turbulento, com moradores que até invadiriam a casa se uma mulher fosse deixada desprotegida. Lady Austen estava insatisfeita; queria companhia, mas também queria paz para levar vida séria. Nem Clifton Reynes nem a Queen Anne Street davam-lhe tudo o que queria. E eis que do modo mais oportuno — por completo acaso — ela conheceu um casal dos mais refinados, ambos dispostos a apreciar o que tinha para dar e prontos a convidá-la para partilhar dos prazeres simples do campo que lhes eram tão caros. Capaz de saborosamente aumentar esses prazeres, ela encheu os dias de movimentação e risadas. Organizava piqueniques — quando iam ao bosque, os três comiam o farnel num barracão, tomando chá em cima de um carrinho de mão. Ann Austen continuou a animá-los quando o outono chegou com suas noites compridas; foi ela quem incitou William a escrever um poema sobre um sofá e lhe contou a história de John Gilpin,[138] numa hora em que ele ia afundando numa das suas crises de melancolia, e assim o fez pular da cama se sacudindo de rir. Mas, como puderam constatar com agrado, por trás de sua animação ela tinha uma inclinação por coisas sérias. Ansiava por quietude e paz, "pois com toda aquela alegria", Cowper escreveu, "é uma grande pensadora".

E Cowper, com toda aquela melancolia, para parafrasear suas próprias palavras, era um homem do mundo. Não era por natureza um recluso, como ele mesmo disse. Não era um ermitão macilento e solitário. Tinha os membros robustos e o rosto corado; e já estava ficando bem roliço. Ele também conhecera o mundo, nos tempos de juventude, e desde, é claro, que alguém tenha visto o mundo para além das aparências, sempre terá alguma coisa a dizer pelo fato de o haver conhecido. Cowper, fosse como fosse, tinha um pouco de orgulho do seu bom nascimento. Certos padrões de nobreza foram mantidos por ele até mesmo em Olney.

---

[138] "The Sofa" é o título do Livro I de *The Task*, um dos poemas mais famosos de Cowper, publicado originalmente, em 1785, junto com *The Diverting History of John Gilpin*.

Precisava de fivelas de prata para os sapatos e de uma tabaqueira de luxo para o seu rapé; se precisasse de chapéu, não deveria ser "um de abas caídas, que eu abomino, mas uma coisa bem armada, elegante e na moda". Suas cartas preservam essa serenidade, esse bom senso, esse humor oblíquo e trêfego conservado em páginas e páginas de uma prosa clara e bonita. Como o correio só era despachado três vezes por semana, sobrava-lhe tempo para alisar até a perfeição qualquer ruga eventual que surgisse na tessitura dos dias. Sobrava-lhe tempo para contar que um lavrador foi atirado fora da carroça e uma das suas lebres preferidas fugiu; que o sr. Grenville o procurou; que uma chuva os pegou e o sr. Throckmorton os convidou a entrar em casa — toda semana acontecia uma coisinha assim, muito adequada aos seus objetivos. Se nada acontecesse, e a verdade é que em Olney os dias passavam bem "forrados de feltro", ele podia deixar sua mente divagar a partir dos rumores que lhe vinham do longínquo mundo externo. Falava-se em aviação? Pois então ele escrevia algumas páginas sobre o tema do voo e sua falta de piedade; expressava sua opinião sobre a imoralidade, pelo menos para as mulheres inglesas, de pintar o rosto. Discorria sobre Homero e Virgílio, e ele mesmo talvez até fizesse umas traduções. Nos dias muito escuros, quando já nem ele podia atravessar os lamaçais a pé, abria um dos seus relatos prediletos e sonhava estar viajando com Cook ou Anson,[139] pois viajava muito na imaginação, embora em corpo não fosse mais do que de Buckingham a Sussex para depois de Sussex voltar a Buckingham.

Suas cartas preservam o que há de ter feito o encanto de sua companhia. É fácil entender que sua agudeza, seus casos, seus modos calmos e atenciosos devem ter tornado as visitas matinais — ele se habituou a visitar Lady Austen todas as manhãs às onze horas — deliciosas. Mas em sua companhia havia mais do que isso — havia um charme, um fascínio peculiar, que a tornava indispensável. Sua prima Theodora o amara — e o amava ainda em segredo; a sra. Unwin o amava; e agora Ann Austen estava começando a sentir no íntimo alguma coisa mais forte do que amizade. Essa força de uma paixão intensa e talvez desumana, que pousava em trêmulo êxtase, como o de uma borboleta sobre uma flor numa árvo-

---

[139] James Cook (1728-1779), explorador inglês, autor de *An Account of a Voyage Round the World 1768-71* (1773); George Anson (1697-1762), cuja viagem ao redor do mundo, em 1740-1744, relatada pelo capelão de bordo, serviu a Cowper como fonte de seu poema *The Castaway*.

re na encosta de um morro — isso não avivava a calma manhã campestre, dando às relações com ele um interesse mais profundo do que por regra ocorria em companhia de outros homens? "Até as pedras dos muros do jardim são minhas amigas íntimas", escreveu ele. "Tudo o que eu vejo no campo é para mim motivo de interesse, e todos os dias da minha vida posso olhar para o mesmo riozinho, ou uma bela árvore, com um renovado prazer." É essa intensidade de visão que confere à sua poesia, malgrado todo o seu tom moralizante e didático, inesquecíveis qualidades. É isso que faz certas passagens de "A tarefa" serem janelas claras que se abrem na prosaica tessitura do todo. E era isso o que dava à sua conversa tanta penetração e sabor. O modo de ver mais apurado que bruscamente o detinha e dele se apossava deve ter dado às longas noites de inverno e às visitas matinais uma combinação indescritível de encanto e forte emoção. Só que, como Theodora poderia ter avisado a Ann Austen, sua paixão não se voltava para mulheres e homens; era um ardor abstrato; ele era um homem singularmente desprovido de ideias de sexo.

Ann Austen já havia sido advertida bem no começo da amizade. Ela adorou os novos amigos e expressou essa adoração com o entusiasmo que lhe era natural. Logo Cowper lhe escreveu para chamar sua atenção, gentil mas firmemente, para a precipitação com que agia: "Quando embelezamos uma criatura com cores tiradas da nossa própria fantasia", escreveu ele, "nós a transformamos em ídolo... e disso nada obteremos, a não ser uma penosa convicção do nosso erro". Ann leu a carta, deixou-se possuir pela raiva e, ofendida, afastou-se da região. O rompimento porém não durou muito; ela fez para ele uma gola pregueada; ele, em sinal de agradecimento, mandou-lhe seu livro de presente. Sem demora ela já havia abraçado Mary Unwin e estava de volta em termos mais íntimos que nunca. Passado mais um mês, tal a rapidez com que seus planos foram postos em prática, transferiu o contrato de sua casa na cidade, alugou parte da casa paroquial ao lado da de Cowper e declarou que agora ela não tinha mais outra terra senão Olney, nem outros amigos senão Cowper e Mary Unwin. Com o portão que entre os dois jardins foi aberto, dia sim, dia não, as duas famílias jantavam juntas; William chamava Ann de irmã; e Ann chamava William de irmão. Que combinação poderia ser mais idílica? "Lady Austen e nós passamos os dias alternadamente, ora no nosso castelo, ora no dela. De manhã eu dou uma volta, com uma ou outra das senhoras, e de tarde faço novelos", escreveu Cowper, comparando-se jocosamente a Hércules e Sansão. Chegou depois aquela noite, a noite de inverno de que ele mais gostava, e ele sonhou à luz do fogo e viu a dança misteriosa das sombras e das finas camadas de fuligem na boca da lareira, até o lampião ser trazido, e com aquela luz homogênea ele pegava seu trabalho de agulha, ou tecia seda, antes de Ann talvez cantar ao cravo ou Mary e William jogarem um pouco de peteca com raquetes de tênis. Com tanta segurança, inocência e paz, onde se achava então a "dor de espinho" que inevitavelmente cresce, assim como o disse Cowper, junto com a felicidade humana? De onde surgiria a discórdia, se tivesse mesmo de surgir? Talvez houvesse perigo com as mulheres. Bem pode ser que Mary viesse certa noite a notar que Ann estava usando um cacho de cabelo de William preso em diamantes. Poderia achar um poema para Ann no qual ele expressasse mais do que um sentimento fraterno. E nesse caso ela ficaria com ciúme. Pois Mary Unwin não era uma simplória da roça, era uma mulher muito lida, com "maneiras de duquesa"; ela havia consolado e cuidado de William por anos antes de Ann aparecer para perturbar a vida calma de que eles dois mais gostavam. As duas senhoras, assim, iriam competir; nesse ponto é que entraria a discórdia. Cowper seria forçado a escolher entre elas.

Mas estamos nos esquecendo de outra presença nesse inocente transcorrer de uma noite. Ann poderia cantar; Mary poderia tocar; o fogo poderia brilhar de tanto arder e a neve e o vento lá fora tornar ainda mais doce a calma ao lado da lareira. Havia contudo uma sombra entre eles. Naquela sala tranquila abriu-se um pélago. Cowper pisou na beira do abismo. Murmúrios se misturaram com os cantos, vozes lhe sopraram no ouvido palavras de condenação e danação. Uma voz o arrastava, terrível, para a desgraça. E Ann Austen ainda esperava que ele se interessasse por ela! E Ann Austen ainda queria que ele se casasse com ela! Era uma ideia detestável; era indecente; era intolerável. Ele escreveu a ela outra carta, para a qual não poderia haver resposta. Ann, cheia de amargura, queimou-a e saiu de Olney. Nunca mais eles trocaram palavras. A amizade tinha acabado.

E Cowper nem se importou tanto assim. Todos foram extremamente atenciosos com ele. A família Throckmorton deu-lhe a chave de sua horta; uma amiga anônima — cujo nome ele nunca descobriu — dava-lhe cinquenta libras por ano. Uma escrivaninha de cedro com puxadores de prata foi-lhe enviada por outra pessoa amiga que também quis ficar no anonimato. E as lebres domesticadas que os bondosos moradores de Olney lhe levavam eram até demais. Mas se você é um maldito, se é um solitário, se tanto está desvinculado de Deus como do homem, de que lhe adianta a bondade humana? "Tudo é vaidade... A natureza volta a reviver; mas uma alma, depois de abatida, não vive mais." Afundando numa depressão que não parou de aumentar, Cowper morreu em grande tormento.

Já Lady Austen foi feliz — assim disseram — depois de se casar com um francês.

II. O Belo Brummell[140]

Quando Cowper, na reclusão de Olney, foi tomado de raiva por pensar na duquesa de Devonshire e previu a época em que "em lugar da cinta haverá um rasgão e, em lugar da beleza, a calvície",[141] estava reconhecendo de fato o poder dessa senhora que ele julgava desprezível. Caso contrário, por que iria ela assediar as solidões enevoadas de Olney? Por que o farfalhar das suas saias de seda iria perturbar essas meditações melancólicas? A duquesa, sem dúvida, era boa de assédio. Muito tempo depois de serem escritas tais palavras, quando ela já estava morta e enterrada sob as pompas da coroa ducal, seu fantasma subiu por uma escada numa habitação bem diversa. Havia um velho sentado numa poltrona em Caen. A porta se abriu e a empregada anunciou: "A duquesa de Devonshire". O Belo Brummell logo se levantou, foi até a porta e fez uma reverência profunda, que teria feito bonito na Corte de São Tiago. Mas infelizmente não havia ninguém. Pela escada da estalagem só o ar frio soprava. A duquesa morrera havia muito tempo e o Belo Brummell, agora velho e decrépito, estava apenas sonhando que voltara para Londres

---

[140] Publicado pela primeira vez em 28 de setembro de 1929 no semanário inglês *Nation and Athenaeum*; no dia seguinte, saiu no *New York Herald Tribune*. Baseado em *The Life of George Brummell, Esq., commonly called Beau Brummell* (1844), de William Jesse, livro do qual provêm, quando não indicado de outro modo, as citações entre aspas. George Bryan "Beau" Brummell (1778-1840) foi uma figura importante em sua época, exemplo de dândi que por muitos anos ditou a moda masculina e seria retratado em diversas obras literárias.

[141] Citação do livro *The Correspondence of William Cowper*, org. Thomas Wright (1904).

e dava mais uma festa. A maldição de Cowper tinha se tornado real para ambos. A duquesa jazia na mortalha e Brummell, cujas roupas tinham causado inveja até a reis, agora não dispunha senão da calça remendada que ele ocultava como bem podia sob o casaco roto. Seu cabelo, por ordem médica, tinha sido raspado.

Mas, apesar de se confirmarem as amargas previsões de Cowper, tanto a duquesa quanto o dândi poderiam se referir aos bons tempos que haviam tido. Foram, em sua época, grandes figuras. Dos dois, talvez Brummell fosse quem mais podia se gabar da surpreendente carreira. Nenhuma vantagem teve pelo nascimento, e bem pouco dinheiro. Seu avô tinha quartos de aluguel na St. James's Street. Ele, para começar, teve apenas um modesto capital, de 30 mil libras, e sua beleza, mais de corpo que de rosto, era prejudicada pelo nariz quebrado. Sem qualquer ação nobre, importante ou valiosa a seu crédito, ele no entanto marca presença; torna-se um símbolo; seu fantasma ainda caminha entre nós. A razão para essa proeminência é um pouco difícil de determinar. A habilidade manual e a clareza de raciocínio eram-lhe decerto típicas, porque senão ele não teria levado à perfeição a arte de amarrar lenços no pescoço. Talvez seja bem conhecida a história — como ele jogava a cabeça para trás e em seguida abaixava lentamente o queixo para que o lenço se dobrasse numa simetria perfeita ou, se uma dobra ficasse muito plana ou fofa demais, o lenço era atirado numa cesta e a tentativa renovada, enquanto o príncipe de Gales, hora após hora, assistia sentado. Não bastavam contudo habilidade manual e clareza de raciocínio. Brummell deve sua ascendência a alguma estranha combinação de perspicácia, independência, insolência e bom gosto — porque um bajulador ele nunca foi — que soava muito desajeitada para passar por filosofia de vida, embora servisse aos seus propósitos. De qualquer modo, desde que fora o rapaz mais popular em Eton, gracejando calmamente, quando os outros queriam jogar no rio um barqueiro: "Caros colegas, não o mandem rio adentro; é óbvio que este homem se encontra em acentuado estado de transpiração, podendo-se ter por quase certo que irá pegar um resfriado", ele flutuava leve e alegremente, e sem demonstrar esforço, rumo ao topo de qualquer sociedade na qual se achasse. Gostavam dele e o toleraram até mesmo quando foi capitão de um batalhão de hussardos, tão escandalosamente desatento ao dever que só "pelo narigão azulado" de um dos homens conseguia reconhecer sua tropa. Ao abdicar da patente, porque o regimento seria mandado para Manchester — "e para Manchester, como vossa alteza há de imaginar, eu realmente não poderia ir!" —, bastou-lhe instalar sua casa em Londres, na Chesterfield Street, para se pôr à frente da sociedade mais seleta e zelosa de seu tempo. Uma noite, por exemplo, ele estava conversando com Lord... no Almack's. A duquesa de... estava lá, acompanhada da filha, a jovem Lady Louisa. A duquesa, notando-o de longe, logo avisou à filha que, se aquele cavalheiro perto da porta viesse falar com elas, Louisa deveria esforçar-se para causar-lhe boa impressão, porque "ele é o célebre sr. Brummell". Lady Louisa bem poderia ter se perguntado por que era célebre um simples sr. Brummell e por que a filha de um duque precisava estar atenta para impressioná-lo. Porém, assim que ele começou a se mover em direção a elas, o motivo da advertência da mãe logo se tornou evidente. O encanto de seu porte era surpreendente; e eram perfeitas as mesuras que fazia. Todos pareciam estar vestidos demais ou malvestidos — dando alguns, de fato, a impressão de um sujo desalinho — ao lado dele. Graças à perfeição do corte e à suave harmonia das cores, suas roupas pareciam fundir-se umas nas outras. Sem um só ponto de ênfase, tudo ali era elegante — da mesura que fazia à maneira como abria sua tabaqueira, invariavelmente com a mão esquerda. Ele era a personificação do asseio, da ordem, do frescor. Poder-se-ia acreditar que, trazido na cadeira do quarto em que se vestira, fora depositado no Almack's sem deixar que um pingo de lama lhe sujasse os sapatos ou um sopro de vento desmanchasse seu penteado. Quando ele falasse realmente com ela, Lady Louisa a princípio ficaria encantada — ninguém era mais agradável, mais divertido, ninguém tinha modos tão lisonjeiros e atraentes assim — e em seguida ficaria intrigada. Era bem possível que, antes do fim da noite, ele já a pedisse em casamento, muito embora seu modo de fazê-lo fosse tal que nem a mais ingênua das debutantes poderia acreditar que estivesse falando a sério. Seus olhos, cinzentos e estranhos, pareciam contradizer seus lábios; neles havia uma expressão que tornava muito duvidosa a sinceridade das suas cortesias. Além disso, ele dizia coisas muito mordazes sobre os outros; que não eram exatamente espirituosas; que com toda a certeza não eram profundas; mas que soavam tão desenvoltas, tão bem torneadas, formuladas com tanta habilidade, que deslizavam para a mente e lá permaneciam, enquanto frases mais importantes eram esquecidas. Já havia espantado o próprio Regente com uma pergunta capciosa, "Quem é o seu amigo gordo?", e usava esse mesmo método com pessoas mais humildes que o chateassem ou tratassem com aspereza. "Pois é, meu camarada, e o que eu podia fazer senão cortar a relação? Descobri que Lady Mary gostava mesmo de repolho!" — assim ele explicou a um amigo por que havia desistido de um casamento. Certa vez, quando um cidadão palerma o importunava sobre a viagem que fizera pelo norte, ele perguntou para o seu criado de quarto: "Qual dos lagos eu admirei?". "Windermere, senhor." "Ah, é isso — Windermere, isso mesmo —, Windermere." Assim era seu estilo, que hesitava no escárnio, pairando à beira da insolência, quase deslizando para o absurdo, mas permanecia sempre num interessante meio-termo, sabendo-se assim se um caso sobre Brummell era verdadeiro ou falso pelo exagero que continha. Brummell nunca poderia ter dito: "Wales, toque o sino", como não poderia ter usado um colete de cor berrante ou uma gravata muito vistosa. No seu modo de vestir-se, Byron notou "certa sobriedade rara" que era a marca de toda a sua pessoa e o fazia parecer calmo, refinado e amável entre os homens que só falavam de esporte, que Brummell detestava, e cheiravam a cavalariças, onde Brummell nunca punha os pés. É bem provável que Lady Louisa tenha ficado aflita para impressioná-lo favoravelmente. No mundo em que ela vivia, a opinião do sr. Brummell era de suprema importância.

E seu poder parecia estar garantido, a não ser que aquele mundo desabasse em ruínas. Bonito, impiedoso e arrogante, o Belo dava a impressão de ser invulnerável. Seu gosto era impecável; a saúde, admirável; e a figura se mantinha tão bem-composta como sempre. Seu poder durou muitos anos e sobreviveu a muitas vicissitudes. A Revolução Francesa passou por cima de sua cabeça sem levantar um fio de cabelo. Impérios se ergueram e caíram enquanto ele tentava atar um lenço ao pescoço e criticava o corte de um casaco. A essa altura a batalha de Waterloo já havia sido travada e a paz se fez. A batalha deixou-o imperturbável; foi a paz que o levou de roldão. Nas mesas de jogo, fazia tempo que ele ganhava e perdia. Harriette Wilson ouviu dizer que estava arruinado e depois, não sem desapontar-se, que mais uma vez estava salvo.[142] Agora, com os exércitos em debandada, às soltas se atirou sobre Londres uma horda de homens brutos e de modos grosseiros que tinham passado aqueles anos lutando e agora estavam decididos a se divertir. Eles inundaram as casas de jogatina. E jogavam muito alto. Brummell se viu forçado a competir. Perdeu e ganhou e jurou nunca voltar a jogar e logo depois jo-

---

[142] Alusão a *Harriette Wilson's Memoirs of Herself and Others*, org. James Laver (1929).

gou de novo. Foram-se enfim as 10 mil libras que lhe restavam. E ele pediu emprestado até que ninguém mais lhe emprestasse. Finalmente, para coroar a perda de tantos milhares, perdeu a moedinha de meio xelim com um furo no centro que sempre lhe dava sorte. Por engano, deu-a a um cocheiro que o transportara: aquele Rothschild canalha ficou com ela, disse ele, e com isso se acabou sua sorte. Tal foi sua própria narrativa da história, que outras pessoas interpretaram com menos inocência. Seja como for, chegou um dia, 16 de maio de 1816, para dizê-lo com exatidão — era um dia em que tudo tinha de ser muito exato —, em que ele jantou sozinho no Watier's, pedindo uma salada de frango e uma garrafa de clarete, foi à ópera e depois pegou a carruagem para Dover. Depressa atravessou a noite e no dia seguinte estava em Calais. Nunca mais botou os pés na Inglaterra.

E agora um curioso processo de desintegração teve início. A peculiar sociedade londrina, extremamente artificial, tinha atuado como um resguardo; ela o manteve em existência, concentrando-o numa pérola rara. Agora que essa pressão era removida, as características, tão fúteis em separado, tão brilhantes em combinação, que haviam constituído a existência do Belo, caíam em pedaços e revelavam o que havia por baixo. Não parece que sua fama, a princípio, tenha diminuído. Os velhos amigos cruzavam o canal para ir vê-lo e faziam questão de lhe oferecer um jantar e ainda deixar um presentinho para trás, com seus banqueiros. Ele, nos seus aposentos, se dava ao habitual despertar; passava as horas de hábito a se banhar e vestir; com uma raiz vermelha, esfregava os dentes; com uma pinça de prata, arrancava pelos; admiravelmente dava o nó na gravata e às quatro da tarde em ponto saía arrumado com tanto aprumo como se a Rue Royale fosse a St. James's Street e o próprio príncipe estivesse de braços dados com ele; mas a velha condessa francesa que cuspia no chão não era a duquesa de Devonshire; o bom burguês que o convidava com insistência para ir comer um ganso às quatro da tarde não era Lord Alvanley; e, apesar de ele logo conquistar para si o título de Roi de Calais, e de ser conhecido pelos trabalhadores como "George, toque o sino", o louvor era grosseiro, a sociedade vulgar e as distrações muito escassas em Calais. O Belo teve de voltar aos recursos de sua própria mente, que, ao que parece, eram consideráveis. Segundo Lady Hester Stanhope, ele poderia ter se tornado, se tivesse querido, um homem de excelente preparo; quando ela lhe disse isso, o Belo admitiu que tinha desperdiçado seus talentos, porque o modo de vida de um dândi era o único que "podia colocá-lo numa luz proeminente e capacitá-lo a se separar do rebanho comum dos homens, pelos quais nutria considerável desprezo". Esse modo de vida tolerava a escrita de versos — seu poema "O funeral da borboleta" foi muito admirado —, o canto e certa habilidade com o lápis. Mas agora, quando os dias de verão eram tão vazios e longos, ele constatou que realizações desse tipo mal chegavam a servir para passar o tempo. Para se ocupar, tentou escrever suas memórias; comprou um biombo onde levava horas colando retratos de mulheres bonitas e grandes homens cujas virtudes e fraquezas eram simbolizadas por hienas, por vespas, por cupidos em profusão, tudo combinado com extraordinária perícia; colecionou móveis de Buhl; e num estilo singularmente elegante e elaborado escreveu cartas a senhoras. Mas todas essas ocupações foram perdendo a graça. Os recursos de sua mente tinham se esgotado com a passagem dos anos e não mais o socorriam. O processo de desintegração foi um pouco mais adiante e pôs a nu outro órgão — o coração. Aquele homem que durante tantos anos tinha brincado com o amor, mantendo-se com tal desembaraço fora do alcance da paixão, agora fazia avanços ousados em direção a moças que, pela idade, poderiam ser suas filhas. A Mlle. Ellen, de Caen, escreveu cartas tão apaixonadas que ela nem soube se devia rir ou zangar-se. Acabou se zangando, e o Belo, que já tiranizara filhas de duques, em desespero se prostrou diante dela. Mas era tarde demais — depois de todos aqueles anos, nem para uma simples moça do campo seu coração era um objeto atraente, e tudo indica que por fim seus sentimentos se voltaram à larga para os animais. Por três semanas ele sofreu com a morte de Vick, seu cachorro; fez amizade com um camundongo; tornou-se o protetor de todos os gatos abandonados e cães à míngua de Caen. Chegou mesmo a dizer a uma senhora que, se um cachorro e um homem estivessem se afogando num lago, ele preferiria ir salvar o cachorro — caso não houvesse ninguém olhando. No entanto continuava persuadido de que todo mundo sempre estava olhando; e sua enorme preocupação com as aparências deu-lhe certa resistência estoica. Assim, quando a paralisia o atacou no jantar, sem nenhum sinal ele saiu da mesa; afundado em dívidas como vivia, cuidava de pisar com as pontas dos pés nas pedras do calçamento, para não gastar os sapatos, e ao chegar o dia mais terrível, quando o jogaram na prisão, conquistou a admiração de assassinos e ladrões por se mostrar entre eles tão calmo e atencioso como se estivesse numa visita matinal. Mas era essencial que o amparassem para que ele continuasse a representar seu papel — tinha de ter um bom estoque de graxa para as botas, litros de água-de-colônia e três mudas de roupa branca por dia. Eram enormes seus gastos com esses itens. Por mais generosos que os velhos amigos fossem, e por mais insistentes as súplicas que lhes fazia, chegou um tempo em que os amigos não quiseram mais ser sugados. Decretou-se que ele teria de se contentar com uma muda de roupa branca por dia e que a ajuda de custo que lhe davam cobriria apenas o imprescindível. Mas como poderia um Belo Brummell existir somente com o imprescindível? A proposta era absurda. Pouco depois ele mostrou como já estava ciente da gravidade da situação ao colocar no pescoço um lenço de seda preta. Como sempre havia tido aversão por lenços de seda preta, era um sinal de desespero, um sinal de que o fim estava à vista. Tudo o que o amparara e mantivera, depois disso, se dissolveu. Sua autoestima se acabou. Jantaria com qualquer um que pagasse a conta. Sua memória foi ficando cada vez mais fraca e ele contava sem parar a mesma história, para tédio até mesmo dos moradores de Caen. A seguir, seus modos degeneraram. O asseio impecável de antes deu lugar ao desleixo, culminando esse em verdadeira imundície. Pessoas faziam objeções à presença dele no salão de refeições do hotel. A essa altura, lá se foi sua mente — ele pensou que a duquesa de Devonshire estava subindo pela escada, quando era apenas o vento. Por fim, apenas uma paixão permaneceu intacta em meio aos dispersos cacos de tantas — uma gula imensa. Para comprar biscoitos de Reims, ele sacrificou o maior tesouro que lhe restava — vendeu sua tabaqueira. E nada mais houve então senão um monte de incômodos, aquela massa em decomposição, um velho senil e nojento que só podia contar com a caridade das freiras e a proteção de um asilo. Lá o padre pediu que ele rezasse. "'Posso tentar', ele disse, mas acrescentou alguma coisa que me fez duvidar se tinha me entendido." Por certo ele tentaria, pois era o que o padre desejava e ele sempre fora gentil. Tinha sido gentil com ladrões e com duquesas e até mesmo com Deus. Mas não adiantava mais continuar tentando. Em nada ele poderia acreditar agora, a não ser no calor do fogo, em biscoitos doces e em mais uma xícara de café, caso a pedisse. E assim nada restava a fazer, a não ser esperar que o Belo, que havia sido o sumo de doçura e encanto, fosse atirado numa cova como qualquer outro velho esfarrapado, bronco e desnecessário. Mesmo assim devemos nos lembrar de que Byron, nos seus momentos de dandismo, "sempre pronunciava o nome de Brummell com uma emoção mesclada de respeito e ciúme".

[NOTA — O sr. Berry, da St. James's Street, teve a gentileza de me chamar a atenção para o fato de o Belo Brummell certamente ter feito uma visita à Inglaterra em 1822. Ele foi à famosa loja de vinhos, em 26 de julho de 1822, e se fez pesar como sempre. Pesava então 69 quilos. Na ocasião anterior, em 6 de julho de 1815, tinha pesado 81. O sr. Berry acrescenta que não há registro de sua vinda ao país após 1822.][143]

III. MARY WOLLSTONECRAFT[144]

Grandes guerras são estranhamente intermitentes em seus efeitos. A Revolução Francesa pegou algumas pessoas e as desfez em pedaços; mas por outras passou sem mover um fio de cabelo de suas cabeças. Diz-se que Jane Austen nunca a mencionou; Charles Lamb ignorou-a; e o Belo Brummell jamais pensou no assunto. Já para Wordsworth e para Godwin ela foi o alvorecer; claramente ambos viram

France standing on the top of golden hours,
And human nature seeming born again.[145]

Seria assim fácil para um historiador pitoresco pôr lado a lado os contrastes mais berrantes — na Chesterfield Street o Belo Brummell, deixando cair o queixo sobre seu lenço ao pescoço, com grande apuro, e discutindo num tom estudadamente livre de ênfase vulgar o corte ade-

---

[143] A nota acrescentada pela autora reporta-se a uma crônica sobre o Belo Brummell que Virginia Woolf leu num programa da BBC, em 20 de novembro de 1929.

[144] Publicado pela primeira vez em 5 de outubro de 1929 no semanário inglês *Nation and Athenaeum*. Baseado nos livros dos quais provêm as citações entre aspas: *Memoirs of Mary Wollstonecraft* (1798), de William Godwin; *Mary Wollstonecraft: Letters to Imlay*, org. C. Kegan Paul (1879); *Letters Written During a Short Residence in Sweden, Norway and Denmark* (1889), de Mary Wollstonecraft; e *William Godwin, His Friends and Contemporaries* (1876), de C. Kegan Paul (1876). Mary Wollstonecraft (1759-1797) foi uma escritora e filósofa inglesa, defensora dos direitos da mulher e uma das fundadoras da filosofia feminista.

[145] "A França em pé no topo de horas douradas/ E a natureza humana como que a renascer." William Wordsworth, *The Prelude* (1850), Livro VI, "Cambridge and the Alps".

quado da lapela de um casaco; e em Somers Town uma reunião de jovens malvestidos e agitados, um deles com a cabeça grande demais para o corpo e o nariz grande demais para o rosto, discutindo dia a dia, sobre xícaras de chá, a perfectibilidade humana, o ideal de união e os direitos do homem. Havia também uma mulher presente, com um brilho muito intenso nos olhos e a língua muito afiada, e os rapazes, que tinham sobrenomes de classe média, como Barlow e Holcroft e Godwin,[146] chamavam-na simplesmente Wollstonecraft, como se não importasse se era casada ou solteira, como se ela fosse apenas um jovem como eles.

Essas discórdias tão flagrantes entre pessoas inteligentes — pois Charles Lamb e Godwin, Jane Austen e Mary Wollstonecraft, todos eles foram muito inteligentes — sugerem como é grande a influência que as circunstâncias exercem sobre as opiniões. Se Godwin tivesse sido criado nos recintos privados da advocacia e se alimentado à farta de antiguidade e letras antigas no Christ's Hospital,[147] talvez nunca chegasse a dar qualquer importância ao futuro do homem e seus direitos em geral. Se Jane Austen, quando criança, tivesse ficado no patamar da escada, para impedir que o pai batesse na mãe, sua alma talvez ardesse com tal paixão contra a tirania que todos os seus romances poderiam ter se consumido num só clamor por justiça.

Essa foi a primeira experiência das alegrias da vida de casada tida por Mary Wollstonecraft. E depois sua irmã Everina, muito infeliz ao se casar, quebrou nos dentes, na carruagem, o próprio anel de casamento. Seu irmão se tornou um peso para ela; a fazenda do pai foi à ruína, e Mary, a fim de restabelecer na vida aquele homem desacreditado, de cara vermelha, cabelo desgrenhado e gênio violento, sujeitou-se à servidão, indo trabalhar na aristocracia como preceptora — nunca tendo sabido, em suma, o que era felicidade, à falta dela elaborou um credo que pudesse corresponder à sórdida miséria da vida humana real. O ponto essencial de sua doutrina era que nada importava a não ser a independência. "Cada favor que recebemos dos nossos semelhantes é uma nova algema que diminui nossa liberdade inata e degrada a mente." Para uma mulher a independência seria pois a primeira necessidade; não elegância ou char-

---

[146] Joel Barlow (1754-1809), poeta e diplomata americano que Mary Wollstonecraft (1759-1797) conheceu em Paris; Thomas Holcroft (1745-1809), teatrólogo e romancista inglês; William Godwin (1756-1836), que mais tarde se casaria com Mary.

[147] Como aconteceu com Charles Lamb (1775-1834), autor de grande sucesso.

me, mas energia e coragem e a força de pôr sua vontade em prática eram-lhe qualidades indispensáveis. A maior bazófia de Mary era poder dizer: "Nunca resolvi fazer alguma coisa que tivesse importância sem me entregar prontamente a ela". Ao dizer isso, falava sem dúvida a verdade, porque ela já podia olhar para trás, com pouco mais de trinta anos, e ver toda uma série de ações que levara a cabo, a despeito de oposição. Tinha alugado uma casa, com esforço prodigioso, para sua amiga Fanny, apenas para descobrir depois que Fanny mudou de ideia e afinal já não queria uma casa. Tinha aberto uma escola. Tinha persuadido Fanny a se casar com o sr. Skeys. Tinha jogado a escola para o alto e ido a Lisboa sozinha para cuidar de Fanny em seu leito de morte. Na viagem de volta, forçou o capitão do navio a socorrer uma embarcação francesa que ia a pique, ameaçando denunciá-lo se a isso ele se negasse. E quando, dominada pela paixão por Fuseli, declarou sua vontade de viver com ele, sendo prontamente rechaçada pela esposa do artista, sem perder tempo ela pôs em prática o seu princípio de ação decisiva e foi para Paris, resolvida a ganhar a vida escrevendo.

A Revolução assim não foi meramente um acontecimento que se deu fora dela; era um agente ativo em seu próprio sangue. A vida inteira ela esteve revoltada — contra a tirania, contra as leis, contra as convenções. O amor pela humanidade do reformista, que tem tanto de ódio quanto de amor em si, fermentava em seu íntimo. Como o estalar da revolução na França expressasse algumas de suas próprias teorias e convicções mais profundas, ela escreveu às carreiras, no calor daquele extraordinário momento, estes dois livros eloquentes e ousados, *Reply to Burke* e *Vindication of the Rights of Woman*,[148] que são tão verdadeiros que agora nem parecem conter algo de novo, pois sua originalidade se tornou nosso lugar-comum. Mas, quando estava em Paris, morando sozinha numa casa grande, e viu com os próprios olhos o rei, a quem desprezava, sendo levado preso pela Guarda Nacional e se portando com maior dignidade do que podia esperar, ela, "sem nem saber dizer por quê", ficou com lágrimas nos olhos. "Estou indo para a cama", terminava a carta, "e, pela primeira vez na minha vida, não consigo apagar a vela." As coisas, no final das contas, não eram assim tão simples. Nem mesmo seus sentimentos ela conseguia entender. Ela viu as mais acalentadas de suas convicções

---

[148] *A Vindication of the Rights of Men. A Letter to Edmund Burke* (1790) e *A Vindication of the Rights of Woman* (1790).

postas em prática — e ficou com lágrimas nos olhos. Tinha conquistado fama e independência e o direito de viver sua própria vida — e queria algo mais. "Não quero ser amada como uma deusa", escreveu, "mas a você eu desejo ser necessária." Pois Imlay, o fascinante americano a quem sua carta era endereçada, tinha sido muito bom para ela. Na verdade ela se apaixonara loucamente por ele. Mas uma de suas teorias era que o amor devia ser livre — "que a afeição mútua era casamento e que o vínculo do matrimônio não deveria mais unir após a morte do amor, se o amor viesse a acabar". Entretanto, ao mesmo tempo que queria liberdade, ela queria ter certeza. "Gosto da palavra afeição", escreveu, "porque significa uma coisa habitual."

O conflito entre todas essas contradições estampa-se em seu rosto, tão resoluto, mas sonhador, tão sensual, mas inteligente, e além do mais tão bonito, com os grandes cachos de cabelo e os grandes olhos brilhantes, que Southey[149] considerou os mais expressivos que já tinha visto. A vida de uma mulher como essa estava fadada a ser muito tempestuosa. A cada dia ela elaborava uma teoria sobre como viver a vida; e a cada dia ia de encontro ao rochedo dos preconceitos alheios. Além do mais, porque não era uma pedante, uma teórica de sangue-frio, a cada dia nascia nela alguma coisa que punha suas teorias de lado ou a obrigava a lhes dar nova formulação. Foi com base na sua teoria de não ter nenhum direito legal em relação a Imlay que ela agiu; recusou-se a se casar com ele; mas, quando ele a deixou sozinha, semana após semana, com a filha que tinham tido, seu desespero foi insuportável.

Assim dividido, enigmático até para ela mesma, o desleal Imlay, ainda que plausível, não pode ser culpado de todo por não conseguir acompanhar a rapidez das mudanças dela e a razão e desrazão alternadas de seus estados de espírito. Até amigos cujo gosto era imparcial se perturbavam com suas discrepâncias. Mary nutria pela Natureza um amor exaltado e exuberante, no entanto certa noite, quando havia no céu cores tão raras que Madeleine Schweizer não pôde se conter em chamá-la — "Venha, Mary, você que é amante da Natureza, venha ver este maravilhoso espetáculo, esta constante transição de cor em cor", nem por um instante ela tirou os olhos do barão de Wolzogen. "Devo confessar", escreveu

---

[149] O poeta Robert Southey (1774-1843), autor de uma *History of Brazil* (3 vols., 1810-1819).

mme. Schweizer, "que essa absorção erótica me causou uma impressão tão desagradável que todo o meu prazer desapareceu." Mas, se essa suíça sentimental desconcertou-se com a sensualidade de Mary, o que mais exasperava Imlay, o arguto homem de negócios, era sua inteligência. Sempre que a via ele sucumbia ao seu charme, mas depois a rapidez, a penetração, o descompromissado idealismo dela o afligiam. Ela via por trás das desculpas que ele dava; contrapunha-se a todos os argumentos; era até bem capaz de cuidar dos negócios dele. Não havia paz com ela — e ele tinha de sumir novamente. Era seguido pelas cartas de Mary, que o torturavam pela sinceridade e a perspicácia. As cartas eram tão desabridas, pediam tão apaixonadamente para saber a verdade, demonstravam um tal desprezo por sabão e alume e riqueza e conforto, repetiam de modo tão verdadeiro, como ele aliás já suspeitava, que lhe bastava dizer uma frase, "e você não saberá nada mais de mim", que ele não podia aguentar. Como tinha fisgado um boto quando andara à procura de um peixinho qualquer, a criatura o arrastava pelas águas, deixando-o tonto e só pensando em se livrar da enrascada. Afinal, embora ele também tivesse brincado de fazer teorias, era um homem de negócios, que dependia do sabão e do alume; "os prazeres secundários da vida", foi forçado a admitir, "são muito necessários ao meu conforto". E havia um desses prazeres que sempre estava escapando à ciumenta investigação de Mary. Seriam os negócios, ou seria a política, ou uma mulher, o que perpetuamente o levava para longe dela? O tempo todo ele hesitava; desmanchava-se em atenções, quando se encontravam; mas depois desaparecia outra vez. Afinal exasperada, já à beira da insânia com as suspeitas, ela obrigou a cozinheira a lhe contar a verdade. Ficou sabendo que uma modesta atriz de certa companhia itinerante era amante dele. Fiel ao seu credo de ação decisiva, Mary imediatamente encharcou sua saia, para que pudesse afundar sem erro, e se jogou da ponte Putney. Todavia foi salva; recuperou-se, numa aflição indescritível, e depois sua "inconquistável grandeza de espírito" e seu credo juvenil de independência se afirmaram de novo, decidindo-se ela a fazer outra tentativa de felicidade e ganhar sua vida sem receber rigorosamente nada de Imlay, nem para ela nem para a criança.

Foi durante essa crise que ela voltou a estar com Godwin, o homenzinho de cabeça grande que havia conhecido quando a Revolução Francesa levava os jovens a pensar, em Somers Town, que um mundo novo surgia. Ela o encontrou — mas isso é um eufemismo, pois na verdade Mary Wollstonecraft tomou a iniciativa de ir visitá-lo em casa. Seria um

Quatro figuras — III. Mary Wollstonecraft   205

efeito da Revolução Francesa? Seriam o sangue derramado que ela havia visto nas ruas e os gritos da multidão enfurecida a se entranhar por seus ouvidos que tornavam aparentemente desimportante saber se ela punha um casaco e saía para visitar Godwin em Somers Town, ou se esperava que ele viesse vê-la na Judd Street West? E que estranha convulsão de vida humana terá inspirado esse homem raro, mistura tão singular de magnanimidade e pequenez, de frieza e profundidade de sentimentos — pois sem um coração bem profundo ele não poderia ter escrito as memórias da esposa —, a sustentar a opinião de que ela agia bem, de que ele respeitava Mary por esmagar nos pés as convenções idiotas que impunham tantas restrições à vida das mulheres? Eram de todo extraordinárias as opiniões que ele mantinha sobre as mais diversas questões, em particular a das relações entre os sexos. Pensava que a razão devia influenciar até mesmo o amor entre homens e mulheres. Pensava existir algo de espiritual no relacionamento deles. Tinha escrito que "o casamento é uma lei, e a pior de todas as leis", e que "o casamento é uma propriedade, e a pior de todas". Se duas pessoas de sexo oposto gostassem uma da outra, isso para ele era firme convicção, deveriam viver juntas sem qualquer cerimônia ou, já que a vida em comum tende a enfraquecer o amor, afastadas por umas vinte casas, na mesma rua. E ele foi ainda mais longe: disse que, se um homem gostasse da esposa de outro, "isso não criaria problemas. Todos podemos desfrutar da conversa dela e seremos bem sensatos para considerar a relação sensual uma banalidade". É verdade que, quando escreveu isso, ele nunca estivera apaixonado; agora ia experimentar pela primeira vez essa sensação, que surgiu de modo muito espontâneo e tranquilo, "com avanços iguais na mente de cada um", a partir daquelas conversas em Somers Town, das discussões sobre tudo o que existe embaixo do sol, que eles mantinham tão impropriamente a sós na casa dele. "A amizade foi se fundindo em amor", escreveu ele. "Quando a revelação se fez, com o correr das coisas, de certo modo não havia nada para uma das partes revelar à outra." Sem dúvida eles estavam de acordo nos pontos mais essenciais; como ambos sustentavam, por exemplo, que o casamento era desnecessário, continuariam a viver separados. Só que a Natureza mais uma vez interveio e, ao constatar que estava grávida, Mary se perguntou se valia a pena, só por causa de uma teoria, perder amigos estimados. Tendo ela achado que não, eles se casaram. E depois aquela outra teoria — de que viver à parte é o melhor para marido e mulher — também não era incompatível com outros sentimentos que agora estavam começando a aflorar em Mary? "Um marido é uma peça conveniente do mobiliário da casa", escreveu ela. Na verdade, descobriu que adorava a vida caseira. Por que então não reformular essa teoria também, e passar a morar sob o mesmo teto? Godwin, para trabalhar, teria um quarto por perto; se eles preferissem, jantariam separados — como separados teriam seus trabalhos e amigos. Assim ficou combinado, e o plano funcionou muito bem. A solução integrava "a novidade e a sensação estimulante de uma visita com os mais sinceros e deliciosos prazeres da vida familiar". Mary admitiu ser feliz; Godwin confessou que, depois de tanto filosofar, era "extremamente gratificante" constatar que "há alguém que demonstra interesse por nossa felicidade". Forças e emoções de todo tipo foram liberadas em Mary por sua nova satisfação. As coisas mais banais lhe davam um raro prazer — a visão de Godwin brincando com a filha de Imlay; a lembrança de que a filha deles dois estava para nascer; um dia de passeio no campo. Um dia, encontrando Imlay no New Road, ela o cumprimentou sem rancor. Mas, como Godwin escreveu, "a nossa não é uma felicidade ociosa, um paraíso de prazeres egoístas e transitórios". Não, também era uma experiência, como toda a vida de Mary tinha sido desde o início uma experiência, uma tentativa de fazer com que as convenções humanas se harmonizassem mais com as necessidades humanas. E o casamento deles era apenas um começo; coisas de todo tipo aconteceriam depois. Mary iria ter um bebê. Iria escrever um livro que se intitularia *The Wrongs of Women*. Iria reformar a educação. Iria descer para o jantar no dia seguinte ao do nascimento da criança. Iria chamar uma parteira, e não um médico, para o trabalho — mas essa foi sua última experiência. Ela morreu no parto.[150] Mary, que tinha uma noção tão intensa da própria existência, que até sofrendo muito havia exclamado: "Não consigo suportar a ideia de não mais ser, de me perder, parece-me impossível que eu tenha de deixar de existir", morreu com 36 anos. Teve porém sua desforra. Muitos milhões morreram e jazem esquecidos nos 130 anos que se passaram desde que ela foi enterrada; no entanto, quando lemos suas cartas e ouvimos seus argumentos e refletimos sobre suas experiências, sobretudo a mais fecunda de todas, sua relação com Godwin, e nos damos conta do modo impetuoso e arbitrário como ela abriu seu caminho para o cerne da vida, uma forma de imortalidade a caracte-

---

[150] A filha então nascida de William Godwin e Mary Wollstonecraft é Mary Shelley (1797-1851), a autora de *Frankenstein* (1818).

riza sem dúvida: ela está viva e ativa, ela discute e experimenta, e nós ouvimos sua voz e podemos enxergar a influência que até hoje ela exerce em meio aos vivos.

IV. DOROTHY WORDSWORTH[151]

Duas viajantes muito incompatíveis, Mary Wollstonecraft e Dorothy Wordsworth, seguiram-se de perto, uma nas pegadas da outra. Mary esteve com seu bebê em Altona, no rio Elba, em 1795; três anos depois Dorothy foi até lá com seu irmão e Coleridge. Ambas mantiveram um registro de suas viagens; viram os mesmos lugares, mas os olhos com que os viram eram bem diferentes. Tudo o que era visto por Mary servia para incitar sua mente a formular teorias sobre a eficácia do governo, a situação do povo ou o mistério de sua alma. A batida dos remos contra as ondas levou-a a estas perguntas: "O que é você, vida? Para onde vai este fôlego, este *eu* que está tão vivo? A que elemento ele há de mesclar-se, dando e recebendo energia nova?".[152] E às vezes ela se esquecia de olhar o pôr do sol, olhando em vez disso para o barão de Wolzogen. Dorothy, por sua vez, notou o que havia à sua frente de um modo literal e acurado, com prosaica precisão. "Muito agradável o caminho de Hamburgo a Altona. Uma grande extensão de terra com árvores plantadas e cruzada por trilhas de cascalho... O solo, na outra margem do Elba, parece pantanoso." Dorothy nunca vociferou contra "os cascos fendidos do despotismo".[153] Dorothy nunca fez "perguntas de homem" sobre importações e exportações. Nunca Dorothy confundiu sua própria alma com o céu. "Este *eu* que está tão vivo", no seu caso, subordina-se implacavelmente às plantas do chão e às árvores. Porque se ela deixasse que o "eu", com

---

[151] Publicado pela primeira vez em 12 de outubro de 1929 no semanário inglês *Nation and Athenaeum*. Baseado principalmente nos diários reunidos em *Journals of Dorothy Wordsworth*, org. William Knight (1897), dos quais provêm quase todas as citações entre aspas. Dorothy Mae Ann Wordsworth (1771-1855), poeta inglesa, irmã do poeta romântico William Wordsworth (1770-1850).

[152] Mary Wollstonecraft, *Letters Written During a Short Residence in Sweden, Norway, and Denmark* (1889).

[153] *Idem, ibidem.*

seus direitos, seus erros, suas paixões, seu sofrimento, se interpusesse entre ela e o objeto, acabaria por chamar a lua de "Rainha da Noite"; acabaria por falar dos "raios orientais" da aurora; e por voar muito alto em devaneios, em êxtases, esquecendo-se de encontrar a frase exata para o luar que ao se encrespar sobre o lago parecia "arenques na água" — ela não poderia ter dito isso se estivesse pensando sobre si mesma. Assim, enquanto Mary batia com a cabeça numa parede após outra e exclamava: "Por certo neste coração reside alguma coisa que não é perecível, e a vida é mais do que um sonho",[154] metodicamente Dorothy prosseguia em Alfoxden a registrar a chegada da primavera: "O abrunheiro em flor, o pilriteiro verde, os pinheiros do parque passando de preto para verde, em dois ou três dias". No dia seguinte, 14 de abril de 1798, com "a tarde muito chuvosa, nós ficamos em casa. Chegou a *Vida de Mary Wollstonecraft* etc.". Passado mais um dia, ao caminharem por uma propriedade, eles notaram que "a Natureza estava se esforçando com êxito para embelezar o que a arte havia deformado — as ruínas, eremitérios etc. etc.". A Mary Wollstonecraft não se faz mais referência; é como se a vida dela e todos os seus tormentos tivessem sido empurrados para longe por um daqueles compendiosos *et ceteras*, embora a frase seguinte soe como um comentário inconsciente. "Ainda bem que não podemos, seguindo a nossa fantasia, dar forma aos morros nem cavar os vales." Não, nós não podemos regenerar, não devemos nos revoltar; podemos tão somente aceitar e tentar entender a mensagem da Natureza. E assim prossegue a anotação.

A primavera passou; veio o verão; o verão virou outono; chegou o inverno, e depois os abrunheiros já estavam de novo em flor e os pilriteiros, verdes: tinha chegado outra vez a primavera. Mas agora era primavera no norte da Inglaterra e Dorothy estava vivendo com seu irmão num chalé em Grasmere, bem entre morros. Após as separações e provações da juventude, estavam agora reunidos sob o mesmo teto; podiam dedicar-se, sem que nada os perturbasse, à absorvente ocupação de viver no coração da Natureza e tentar dia a dia captar seus sentidos. Agora enfim eles tinham dinheiro suficiente para poder viver juntos sem que fosse preciso ganhar mais nada. Nem obrigações familiares nem compromissos profissionais os distraíam. Dorothy podia caminhar pelos morros o dia

---

[154] *Idem, ibidem.*

todo e passar a noite toda conversando com Coleridge sem ser repreendida pela tia por não se comportar como moça. As horas eram deles, do nascer ao pôr do sol, e passíveis de ser alteradas para adequar-se à estação. Quando o tempo estava bom, não havia por que ir para casa; quando estava chuvoso, não havia por que se levantar. A qualquer hora se ficava na cama. Deixava-se o jantar esfriar, caso o canto do cuco fosse ouvido no morro e William ainda não tivesse encontrado o epíteto exato que procurava. O domingo era um dia como outro qualquer. Os hábitos sociais, as convenções, tudo estava subordinado à árdua, absorvente e exaustiva tarefa de viver no coração da Natureza e escrever poesia. Realmente exaustiva. No esforço de achar a palavra certa, a cabeça de William até chegava a doer. Tanto ele martelava um poema que Dorothy temia sugerir alterações. Qualquer frase que ela por acaso dissesse lhe entraria na cabeça e tornaria impossível para ele voltar ao clima adequado. Ao descer e sentar-se para o café da manhã, "com o colete aberto ao peito e a gola da camisa desabotoada", ele escreveria um poema sobre uma borboleta, sugerido por algum caso que a irmã contara, e não comeria nada, porque logo passava a alterar seus versos até sentir-se de novo exaurido.

É estranha a nitidez com que isso tudo nos é trazido aos olhos, se considerarmos que o diário é constituído por notas breves como as que qualquer mulher pacata poderia fazer sobre mudanças no seu jardim, os estados de espírito do irmão e o andamento das estações. Depois de um dia de chuva, anota ela, ou está fresco ou faz calor. Num pasto ela encontrou uma vaca: "A vaca olhou para mim e eu olhei para a vaca e, sempre que eu me mexia, a vaca parava de comer". Encontrou também um velho que andava com dois cajados — por dias sem fim não encontrou nada mais em seu caminho além da vaca que pastava e do velhote a vagar. Os motivos para escrever que ela tem são bem comuns — "porque eu não vou discutir comigo mesma, e porque com isso eu darei prazer a William quando ele voltar para casa". Só aos poucos é que a diferença entre este caderno de anotações e outros se revela; só passo a passo é que as notas breves se desdobram na mente, para abrir diante de nós toda uma paisagem, e percebemos que cada singela afirmação aponta de um modo tão direto para o objeto que, se não desviarmos o olhar um só instante da linha assim traçada, veremos exatamente o que ela viu: "O luar cobriu os morros como a neve". "O ar ficou parado, o lago assumiu uma brilhante cor de ardósia e os morros escureceram. As enseadas despontavam em meio às margens baixas e indistintas. Carneiros dormindo. Tudo calmo." "Não havia uma cachoeira acima de outra — era o som das águas no ar — a voz do ar." Mesmo nessas notas breves sentimos o poder de sugestão que é um dom do poeta, mais que do naturalista, o poder de não partir senão dos fatos mais simples e organizá-los de tal modo que toda a cena surge à nossa frente, intensificada e serena: o lago em sua tranquilidade, os morros em seu esplendor. Ela porém não é uma autora descritiva, no sentido usual. Sua primeira preocupação é ser verdadeira — a leveza e a simetria devem subordinar-se à verdade. Mas a verdade é procurada porque falsificar a configuração dos movimentos da brisa sobre o lago é adulterar o espírito inspirador das aparências. É esse espírito que a atiça e instiga e mantém suas faculdades em permanente tensão. Uma visão ou um som não a deixariam em paz enquanto na sua percepção ela não lhe traçasse o percurso e o fixasse em palavras, mesmo sem brilho, ou numa imagem, mesmo angulosa. Mestra severa é a Natureza nos seus mandos. O exato pormenor prosaico tem de ser executado tão bem quanto o contorno visionário e amplo. Mesmo que os morros distantes tremessem diante dela com o esplendor de um sonho, ela devia anotar com literal precisão "a brilhante linha prateada da saliência nas costas dos carneiros", ou observar que "os corvos, a uma pequena distância de nós, se tornavam brancos como prata quando voavam à luz do sol e, quando iam mais longe, pareciam formas de água passando sobre os campos verdes". Sempre treinado e em uso, seu poder de observação aprimorou-se e especializou-se tanto que um dia de caminhada já lhe armazenava na mente um grande estoque de interessantes objetos vistos, para escolher à vontade. Como os carneiros pareciam estranhos, misturados com os soldados do castelo de Dumbarton! Por alguma razão os carneiros davam a impressão de estar em tamanho natural, mas os soldados pareciam bonecos. Os movimentos dos carneiros, além disso, eram naturais e destemidos, enquanto os passos dos soldados anões eram sempre agitados e sem sentido aparente. Bem esquisito mesmo. Ou então, deitada na cama, ela ficava olhando para o alto e pensava que os barrotes envernizados do teto eram "tão brilhantes como pedras pretas num dia de sol envolto em gelo". Sim, eles

> [...] se cruzavam de um modo quase tão intrincado e fantástico como o dos galhos mais baixos de uma grande faia que eu vi, ofuscados pela extensão da sombra por cima [...] Era como o que eu

tomaria por uma gruta ou templo subterrâneo, com um teto gotejante ou úmido, pelo qual o luar entrava das mais diversas maneiras, se bem que as cores fossem mais como pedras preciosas se fundindo. Fiquei olhando para o alto até a luz da lareira se extinguir [...]. Não dormi muito.

De fato, ela mal parecia fechar os olhos, que olhavam sem parar para tudo, impelidos não só por uma curiosidade infatigável, mas também por reverência, como se um segredo da mais profunda importância se ocultasse por baixo da superfície. Às vezes sua pena gagueja, pela intensidade da emoção mantida sob controle, tal como De Quincey disse que a língua dela gaguejava pelo conflito entre seu entusiasmo, quando falava, e sua timidez. Mas controlada ela era. Emocional e impulsiva por natureza, com olhos "ingênuos e sobressaltados",[155] atormentada por sentimentos que quase a dominavam, tinha assim de se controlar, de se reprimir, porque senão fracassaria em sua tarefa — deixaria de ver. Se porém ela se contivesse, se abandonasse suas agitações particulares, aí então, como que a recompensá-la, a Natureza lhe daria uma satisfação bem rara. "Rydale estava muito bonita, com listras em forma de lanças de aço polido [...]. Em casa isso põe o coração em paz. Eu andava muito melancólica", escreveu ela. Pois Coleridge não tinha vindo a pé pelos morros para ir bater na porta do chalé tarde da noite — e ela não andava com uma carta de Coleridge escondida em segurança nos seios?

Assim dando à Natureza, e assim dela recebendo, era como se a Natureza e Dorothy, à medida que aqueles dias de ascese e de desafios passavam, tivessem crescido juntas numa empatia perfeita — empatia nem fria nem vegetal nem inumana, porque em seu cerne se abrasava outro amor, o dela por seu "amado", seu irmão, que era de fato o coração e a inspiração de tudo. William e a Natureza e Dorothy não compunham um mesmo ser? Não formavam uma trindade, autônoma e independente, quer estivessem dentro ou fora de casa? Estavam sentados em casa. Eram

[...] quase dez horas de uma noite tranquila. O fogo crepita e o relógio faz tique-taque. Não ouço nada, a não ser a respiração do

---

[155] Thomas De Quincey, *Recollections of the Lake Poets*, "William Wordsworth" (1839).

meu Amado, quando de tempos em tempos ele chega seu livro para a frente e vira mais uma página.

E agora é um dia de abril, e eles, tendo estendido a velha capa, estão fora de casa, deitados no pequeno bosque de John:

> William me ouvia respirar, ou sussurrar de vez em quando, mas nós dois estávamos imóveis e não nos víamos. Ele achava que nos faria bem jazer assim na sepultura, para ouvir os sons tranquilos da terra e simplesmente saber que nossos amigos queridos estavam perto. O lago estava parado; avistava-se um barco.

Era um amor estranho, profundo, quase mudo, como se o irmão e a irmã, tendo sido criados juntos, não partilhassem da fala, mas sim de estados de espírito, mal sabendo eles assim qual dos dois sentia ou falava, quem tinha visto os narcisos ou a cidade dormindo; em sua prosa, Dorothy armazenava os instantes, nos quais depois William se banhava para transformá-los em poesia. Mas um não podia agir sem o outro. Tinham de sentir, tinham de pensar, tinham de estar sempre juntos. E assim agora, depois de estarem deitados na encosta do morro, eles se levantavam e iam para casa fazer um chá; Dorothy escreveria a Coleridge; juntos eles semeariam o feijão escarlate; William trabalharia no seu "O apanhador de sanguessugas" e Dorothy copiaria os versos para ele. Arrebatada, mas sob controle, livre, mas em ordem estrita, a narrativa dessa vida caseira move-se naturalmente do êxtase nos morros para o pão a fazer e a roupa a passar e a comida a ser levada para William no chalé.

O chalé, embora seu quintal se estendesse morro acima, ficava na estrada principal. Olhando pela janela da sala, Dorothy via qualquer um que passasse — uma mendiga muito alta, talvez com um bebê nas costas; um velho soldado; um landau coroado, com senhoras curiosas a passeio que olhavam para dentro da casa. Os ricos e os grandes ela deixaria passar — não lhe interessavam mais do que as catedrais ou as galerias de pinturas ou as grandes cidades; um mendigo no entanto ela nunca podia ver à porta sem logo convidá-lo a entrar e lhe fazer minuciosas perguntas. Por onde ele havia andado? O que viu? Quantos filhos tinha? Pesquisava as vidas dos pobres como se elas guardassem o mesmo segredo dos morros. Um andarilho que comia toucinho frio junto ao fogão da cozinha poderia até mesmo ser uma noite estrelada, tal o interesse com que ela o examinava; meticulosamente anotou que o velho casaco dele estava "com três remendos na parte de trás, em forma de sino e de um azul mais escuro, onde tinha havido botões", e que a barba do homem, por fazer havia vários dias, parecia *pelúcia* cinza". E depois, quando eles divagavam, com seus casos sobre viagens por mar e recrutamento militar forçado e o marquês de Granby, nunca ela deixava de captar aquela frase que ainda ressoa na mente depois que a história foi esquecida: "O quê, você então está indo a pé para o oeste?". "É claro que no Céu há uma grande promessa para as virgens." "Ela podia ir saltitando pelos túmulos daqueles que morreram quando eram jovens." Os pobres tinham sua poesia, como os morros tinham a deles. Era porém fora de casa, na estrada ou no brejal, e não na sala do chalé, que a imaginação de Dorothy se sentia mais livre para agir. Seus melhores momentos foram passados numa caminhada sob a chuva numa estrada escocesa, ao lado de um cavalo que não podia levá-la e sem saber com certeza se encontraria cama ou jantar. Sabia apenas que mais à frente havia algo a ser visto, algum arvoredo para apreciar, alguma cachoeira que mereceria ser explorada. Eles caminharam durante horas e horas, em silêncio a maior parte do tempo, se bem que Coleridge, que fazia parte do grupo, pudesse de repente partir para um debate em voz alta sobre o verdadeiro sentido das palavras grandioso, sublime e majestoso. Tiveram de ir a pé porque o cavalo derrubara a charrete numa ribanceira e seu arreio só estava remendado com barbante e lenços de bolso. Além do mais estavam famintos, porque Wordsworth havia deixado cair no lago a galinha e os pães, que era tudo o que teriam para comer. Não conhecendo bem o caminho, não sabiam onde encontrar pousada: sabiam apenas que havia uma cachoeira adiante. Por fim Coleridge não pôde mais aguentar. Teve um ataque de reumatismo nas juntas; o carroção que apareceu, com bancos ao comprido e sem coberta, como os da Irlanda, não garantia proteção contra o clima; seus amigos estavam calados e absortos. Ele os deixou. Mas William e Dorothy continuaram a pé. Já pareciam mesmo andarilhos. Dorothy, com as roupas em frangalhos e o rosto corado como o de uma cigana, andava toda desajeitada e rápido. Mas era infatigável; seu olhar não a traía nunca; tudo ela observava. Finalmente eles chegaram à cachoeira, sobre a qual desabaram todas as forças de Dorothy. Ela pesquisou suas características, anotou suas semelhanças, definiu suas diferenças, com todo o ardor de um descobridor, com toda a exatidão de um naturalista, com todo um enlevo de amante. Enfim ela a possuía — tendo-a guardado para sempre na mente. Aquela se tornara uma das "visões interiores" que, em sua especificidade e em seus particularismos, a qualquer hora ela poderia trazer à consciência. Muitos anos depois, já velha e com a mente fraca, a experiência lhe voltaria, aumentada e sossegada e mesclada a todas as lembranças mais felizes do seu passado — às visões de Racedown e Alfoxden, de Coleridge lendo "Christabel", de seu amado, seu irmão William. Voltaria trazendo o que nenhum ser humano podia dar, o que nenhuma relação humana podia oferecer — o consolo e a serenidade. Assim pois, se o grito passional de Mary Wollstonecraft tivesse lhe chegado aos ouvidos — "Por certo neste coração reside alguma coisa que não é perecível, e a vida é mais do que um sonho" —, nenhuma dúvida ela teria sobre o que responder. Teria dito simplesmente: "Bastava a gente olhar em volta para sentir que era feliz".

"Eu sou Christina Rossetti"[156]

No dia 5 do corrente mês de dezembro Christina Rossetti celebrará seu centenário, ou, para falar como se deve, nós o celebraremos por ela e não talvez sem a deixar meio aflita, porque ela era uma mulher das mais tímidas, e saber que falavam dela, como sem dúvida nós falaremos, lhe causaria grande desconforto. Não obstante, é inevitável; os centenários são inexoráveis e é sobre ela que temos de falar. Leremos sua vida; leremos suas cartas; analisaremos seus retratos, especularemos sobre suas doenças — das quais teve um grande leque; e vasculharemos as gavetas da sua escrivaninha, quase todas, por sinal, vazias. Comecemos então pela biografia — pois o que poderia nos distrair mais? É irresistível, como todo mundo sabe, o fascínio por ler biografias. Mal abrimos as páginas do cuidadoso e competente livro de Mary F. Sandars, *Life of Christina Rossetti*, logo a velha ilusão se apodera de nós. Aqui está o passado com todos os seus habitantes como que lacrados dentro de um tanque mágico; tudo o que temos a fazer é olhar e ouvir e ouvir e olhar, e sem demora as figurinhas — pois elas estão um pouco abaixo do tamanho normal — começarão a se mexer e a falar e, assim que se mexerem, nós as encaixaremos nas mais diversas situações que elas próprias ignoravam, porque achavam, quando estavam vivas, que poderiam ir aonde bem entendessem; e, quando elas falarem, leremos nas suas frases todo tipo de sentidos que jamais lhes ocorreram, porque elas acreditavam, quando estavam vivas, que diziam prontamente o que lhes vinha à cabeça. Porém, quando estamos numa biografia, tudo é diferente.

---

[156] "I am Christina Rossetti". Publicado pela primeira vez em 6 de dezembro de 1930, no semanário *Nation and Athenaeum*, como resenha dos livros *The Life of Christina Rossetti* (1930), de Mary F. Sandars, e *Christina Rossetti and her Poetry* (1930), de Edith Birkhead, dos quais provêm as citações, inclusive as dos autores neles citados. Revisto por Virginia Woolf, foi por ela incluído no segundo volume de *The Common Reader* (1932). Esta versão definitiva é a que aqui se traduz.

Aqui então está a Hallam Street, em Portland Place, por volta do ano de 1830; e aqui estão os Rossetti, família italiana composta de pai e mãe e quatro filhos pequenos. A rua não era chique e uma certa pobreza atingia a casa; mas a pobreza não importava, porque os Rossetti, sendo estrangeiros, não ligavam muito para os costumes e convenções da habitual família inglesa de classe média. Restritos ao convívio entre si, vestiam-se como bem queriam, recebiam exilados italianos, entre os quais tocadores de realejo e outros compatriotas desamparados, e se viravam para pagar suas contas dando aulas e escrevendo e fazendo outros bicos. Pouco a pouco Christina se afastou do grupo familiar. Fica claro que ela era uma menina calada e observadora, com seu próprio rumo na vida já definido na cabeça — ela iria escrever —, mas cheia de admiração, por isso mesmo, pela superior competência dos pais. Logo passamos a rodeá-la de alguns amigos e a dotá-la de certas características. Ela detestava festas. Vestia-se de qualquer maneira. Gostava dos amigos do irmão e dos grupinhos de jovens artistas e poetas que iriam reformar o mundo e não deixavam de diverti-la com isso, porque ela, sendo brincalhona e imprevisível, embora tão sossegada, gostava de zombar das pessoas que se levam muito a sério. E, apesar de querer ser poeta, pouco tinha da vaidade e da pressa dos poetas jovens; seus versos pareciam brotar já completamente formados em sua cabeça e ela não se importava muito com o que deles dissessem, porque no íntimo já sabia que eram bons. Além disso, tinha uma imensa capacidade de admiração — fosse pela mãe, por exemplo, que era tão sagaz e tranquila, tão sincera e simples, ou pela irmã mais velha, Maria, que não se interessava por poesia ou pintura, mas talvez por isso mesmo era mais vigorosa e eficiente na vida cotidiana. No Museu Britânico, por exemplo, recusando-se a visitar a sala das múmias, Maria disse que o Dia da Ressurreição poderia raiar a qualquer hora e seria muito indecoroso se os cadáveres tivessem de envergar a imortalidade diante do olhar de meros passantes — reflexão que não havia ocorrido a Christina, mas lhe pareceu admirável. Aqui, é claro, nós que estamos fora do tanque damos uma boa risada, mas Christina, que por estar dentro do tanque se expõe aos seus calores e fluxos, achou a conduta da irmã digna do maior respeito. De fato, se olharmos para ela um pouco mais de perto, veremos que alguma coisa escura e dura, como um caroço, já se formara no centro da pessoa de Christina Rossetti.

Era a religião, é claro. Sua absorção no relacionamento da alma com Deus, que durou a vida toda, já se apossara dela desde muito menina.

Vistos de fora, seus 64 anos podem parecer ter se passado na Hallam Street e em Endsleigh Gardens e na Torrington Square, mas na realidade ela viveu em alguma singular região onde o espírito se esforça na busca de um Deus invisível — um Deus tenebroso, um Deus cruel, no seu caso —, um Deus que decretou que para Ele todos os prazeres do mundo eram detestáveis. O teatro era detestável, a ópera era detestável, a nudez era detestável — a amiga Miss Thompson, quando pintava figuras nuas nos seus quadros, tinha de dizer a Christina que eram duendes, embora ela entendesse a impostura —, e tudo na vida de Christina se irradiava desse nó de agonia e intensidade no centro. Sua fé orientava sua vida nos menores detalhes. Ensinou-lhe que o xadrez era um vício, mas que jogos de cartas como *whist* e *cribbage* podiam ser tolerados, além de ter interferido nas questões mais extraordinárias de sua vida afetiva. Havia um jovem pintor chamado James Collinson, e ela o amava e era correspondida, mas James Collinson era católico romano e ela assim o recusou. Obedientemente ele se converteu à Igreja Anglicana, e nesse caso ela o aceitou. Contudo, em grande hesitação, pois era um homem vacilante, ele cambaleou de volta a Roma, e Christina, embora isso lhe partisse o coração e sombreasse para sempre sua vida, rompeu o compromisso. Anos depois outra perspectiva de felicidade se apresentou, ao que parece em bases mais sólidas. Charles Cayley a pediu em casamento. Mas infelizmente esse homem erudito e contemplativo, que deslizava pelo mundo num estado de desalinho mental, que traduziu os Evangelhos para o iroquês, que numa festa perguntou a elegantes senhoras "se elas se interessavam pela corrente do Golfo" e que deu a Christina de presente um verme marinho preservado em álcool, era, o que não se estranharia, um livre-pensador. E ele também foi afastado. Embora "mulher alguma jamais tivesse amado um homem mais profundamente", Christina não seria esposa de um cético. Ela, que gostava dos "peludos e obtusos" — dos marsupiais, dos sapos, dos ratos da terra — e que tinha chamado Charles Cayley de "meu falcão cego, minha toupeira especial", no seu paraíso não admitia toupeiras, falcões, marsupiais, nem homens como Cayley.

Podemos assim continuar olhando e ouvindo sem parar. Não há limite para a raridade e estranheza do passado que, lacrado dentro de um tanque, nos distrai. Mas, justamente quando nos perguntávamos que nesga desse extraordinário território explorar depois, a figura principal intervém. É como se um peixe, cujos giros inconscientes, a entrar e sair de moitas de junco, a contornar pedras, nós estávamos observando, su-

"Eu sou Christina Rossetti"

bitamente se atirasse contra o vidro e o quebrasse. A ocasião é uma reunião social. Por algum motivo Christina foi ao chá oferecido pela sra. Virtue Tebbs. Não se sabe o que lá aconteceu — talvez alguém tenha dito, de um modo casual, frívolo, bem de chá de senhoras, alguma coisa sobre poesia. Fosse como fosse, subitamente se levantou de sua cadeira e andou para a frente até o meio da sala uma mulherzinha vestida de preto que anunciou solenemente: "Eu sou Christina Rossetti!" e, tendo dito isso, voltou a ocupar seu lugar. Com essas palavras o vidro se quebrou. Sim (ela parece dizer), eu sou poeta. E você, que pretende celebrar o meu centenário, não é melhor do que as pessoas ociosas que foram ao chá da sra. Tebbs. Você divaga sobre ninharias, vasculha as gavetas da minha mesa, zomba de Maria com as múmias e dos meus casos de amor, quando tudo o que eu quero que seja do seu conhecimento está aqui. Olhe bem este livro verde. É um exemplar das minhas obras completas. Custa quatro xelins e seis *pence*. Leia-o. E depois disso ela volta para sua cadeira.

Como é difícil acomodar esses poetas, que são tão peremptórios! A poesia, dizem eles, não tem nada a ver com a vida. Os marsupiais e as múmias, a Hallam Street e os ônibus, James Collinson e Charles Cayley, os vermes marinhos e a sra. Virtue Tebbs, Torrington Square e Endsleigh Gardens e até mesmo os caprichos da fé religiosa são irrelevantes, são extrínsecos, supérfluos, irreais. O que importa é a poesia. A única questão que tem algum interesse é saber se a poesia é boa ou ruim. Mas a questão da poesia, poder-se-ia assinalar, nem que só para ganhar tempo, é da maior dificuldade. Muito pouca coisa de valor se disse sobre poesia desde que o mundo começou. O julgamento dos contemporâneos quase sempre está errado. A maioria dos poemas que figuram nas obras completas de Christina Rossetti, por exemplo, foi rejeitada por editores. Seus rendimentos anuais com poesia, durante muitos anos, foram cerca de dez libras. Por outro lado, as obras de Jean Ingelow, como ela anotou com sarcasmo, tiveram oito edições. Entre seus contemporâneos, naturalmente havia um ou dois poetas e um ou dois críticos cuja opinião merecia ser consultada com respeito. Mas que impressões tão diferentes eles parecem ter tido das mesmas obras — por que critérios tão diferentes julgavam! Swinburne, por exemplo, quando leu a poesia dela, exclamou: "Sempre pensei que nunca se escreveu em poesia nada tão grandioso" e prosseguiu dizendo, sobre o seu "Hino ao Ano-Novo",

[...] que ele era como que impregnado de fogo e como que banhado pela luz dos raios solares, afinado por acordes e cadências de uma música do mar em refluxo, além do alcance de harpa e do órgão, grandes ecos das sonoras e serenas ondas do céu.

Vem depois o professor Saintsbury, que, com sua vasta erudição, examina *Goblin Market*[157] e informa que

O metro do principal poema [o que dá título ao livro] pode ser mais bem descrito como um afrouxamento da maneira de Skelton, com a música recolhida dos vários progressos métricos desde Spenser utilizada em lugar do clangor canhestro dos seguidores de Chaucer. Nele pode ser discernida a mesma inclinação para a irregularidade do verso que se manifestou, em diferentes momentos, no verso pindárico do final do século XVII e começo do século XVIII, bem como na renúncia ao uso da rima por Sayers, primeiro, e Arnold, depois.

E temos ainda a opinião de Sir Walter Raleigh:

Penso que ela é o melhor poeta vivo [...] O pior de tudo é que não se pode discorrer sobre poesia realmente pura, assim como não se pode falar dos ingredientes da água pura — é a poesia adulterada, metilada e arenosa que permite as melhores palestras. Christina só me dá vontade de fazer uma coisa: chorar, e não discorrer.

Evidencia-se assim que há pelo menos três escolas de crítica: a escola da música do mar em refluxo; a escola da irregularidade do verso e a escola que nos pede para chorar e não criticar. Isso cria confusão; se seguirmos todas elas, fracassaremos. Melhor talvez seja ler sozinho, expor a mente nua ao poema e transcrever em toda a sua pressa e imperfeição o resultado eventual do impacto. Nesse caso, as coisas se passariam mais ou menos assim: Ó Christina Rossetti, humildemente devo confessar que, embora eu saiba de cor muitos dos seus poemas, não li de cabo a rabo as

---

[157] *Goblin Market and Other Poems*, primeiro livro de poemas de Christina Rossetti, publicado pela Macmillan em 1862.

"Eu sou Christina Rossetti"

suas obras. Não acompanhei seu percurso nem investiguei o seu desenvolvimento. Duvido aliás que você tenha se desenvolvido muito. Você foi uma poeta instintiva. Você via o mundo sempre do mesmo ângulo. Os anos e o trato mental com homens e livros em nada a afetaram. Você ignorou meticulosamente qualquer livro que pudesse abalar sua fé ou qualquer ser humano que pudesse perturbar seus instintos. Era sábia, talvez. Seu instinto era tão seguro, tão certeiro, tão intenso, que produziu poemas que aos nossos ouvidos soam como música — como uma melodia de Mozart ou uma ária de Gluck. Sua canção contudo, malgrado toda a simetria que tem, era complexa. Quando você tocava a harpa, muitas notas soavam juntas. Você tinha, como todos os instintivos, um sentido apurado da beleza visual do mundo. Seus poemas estão cheios de poeira dourada e do "brilho variado dos suaves gerânios"; incessantemente seu olhar notava que os juncos são "aveludados nas pontas", que as lagartixas têm uma "estranha carapaça metálica" ou que "o escorpião se sacudiu na areia, preto como ferro preto, ou quase cor de areia".[158] Seu olhar, de fato, observava com uma sensual intensidade pré-rafaelita que deve ter causado espanto à Christina anglo-católica. Mas era talvez a ela que você devia a fixidez e tristeza de sua musa. A pressão de uma fé tremenda circunda e une essas pequenas canções. A isso elas devem talvez a solidez que têm. E a isso com certeza devem toda a tristeza — seu Deus era um Deus cruel, sua coroa celestial era de espinhos. Tão logo pelos olhos você se regalava com a beleza, vinha a mente lhe dizer que a beleza é vã, que a beleza é efêmera. Morte, descanso e esquecimento envolvem as canções que você fez com suas ondas escuras. E aí então, de forma incongruente, se ouve um som de disparadas e risos. Ouvem-se patas de animais a correr e as estridentes notas guturais das gralhas e esse resfolegar incessante de bichos peludos e obtusos grunhindo e fuçando. Porque você não era inteiramente uma santa; não, de modo algum. Você bem que puxou pernas; e torceu narizes. Esteve em guerra contra todo fingimento e impostura. Modesta como era, ainda assim foi rigorosa, estando segura de seu talento, convencida de sua visão. Firme era a mão que desbastava seus versos; e apurado o ouvido que lhes testava a música. Nada frouxo, irrelevante, desnecessário atravancava suas páginas. Noutras pa-

---

[158] As citações em sequência no período aludem a poemas de Christina Rossetti: respectivamente, "Summer" (1845), "From House to Home" (1858) e "The Prince's Progress" (1861-1865).

lavras, você era uma artista. E assim mantinha-se aberto, mesmo quando você escrevia com indolência, tilintando sinos para sua própria diversão, um caminho para a descida daquele visitante fogoso que de vez em quando baixava para fundir seus versos num indissolúvel amálgama que não há mão capaz de desfazer:

> *But bring me poppies brimmed with sleepy death*
> *And ivy choking what it garlandeth*
> *And primroses that open to the moon.*[159]

Tão estranha é a constituição das coisas, de fato, e tão grande o milagre da poesia, que alguns dos poemas que você escreveu no seu quartinho dos fundos serão encontrados em perfeita simetria quando o Albert Memorial for apenas pó e entulho. Nossa posteridade remota há de cantar:

> *When I am dead, my dearest,*[160]

ou

> *My heart is like a singing bird*[161]

quando Torrington Square já for talvez um recife de corais por entre os quais os peixes circulem onde outrora ficava a janela do seu quarto; ou talvez a floresta tenha reconquistado essas ruas calçadas e o marsupial e o ratel andem fuçando, com as patas moles e inseguras, por entre a vegetação rasteira que irá se entrelaçar com as cercas da região. Tendo em vista tudo isso, e para voltar à sua biografia, se eu estivesse presente quando a sra. Virtue Tebbs deu aquela reunião, e se uma mulherzinha idosa

---

[159] "Traga-me papoulas com a morte sonolenta nas bordas/ E a hera que sufoca o que ela mesma engrinalda/ E prímulas que desabrocham à lua." "Looking Forward", poema de Christina Rossetti datado de 1849.

[160] "Quando eu, meu bem, tiver morrido." "Song", poema da mesma datado de 1848.

[161] "Meu coração é como um passarinho cantando." "A Birthday", poema da mesma datado de 1857.

"Eu sou Christina Rossetti"

de preto tivesse se levantado e avançado para o meio da sala, com certeza eu teria cometido alguma indiscrição — quebrando um cortador de papel ou espatifando uma xícara de chá — no desajeitado ardor de minha admiração, quando ela dissesse: "Eu sou Christina Rossetti".

Carta a um jovem poeta[162]

Meu caro John,[163]

Você chegou a conhecer, ou terá sido antes do seu tempo, aquele senhor idoso — cujo nome esqueci — que costumava animar a conversa, especialmente na hora do café, quando o carteiro chegava, dizendo que a arte da correspondência estava morta? Foi o próprio correio, dizia o velho, com as tarifas reduzidas, que matou essa arte. Nem para cortar seus "t", continuava ele, ajeitando os óculos ao examinar um envelope, ninguém mais tem tempo. Corremos, acrescentava, passando geleia na torrada, para o telefone. Confiamos nossos pensamentos ainda em formação, em frases gramaticalmente incorretas, ao cartão-postal. Thomas Gray está morto, prosseguia o homem; Horace Walpole está morto; mme. de Sévigné — ela também está morta, suponho que ainda fosse dizer, mas nisso ele se engasgou de repente e teve de sair da sala, sem tempo para condenar todas as artes ao cemitério como se comprazia em fazer. Hoje de manhã, quando o correio chegou e eu abri sua carta, cheia de folhinhas azuis totalmente cobertas por uma letra apertada porém não ilegível — lamento dizer contudo que havia vários "t" sem cortar e que a gramática de uma frase me pareceu discutível —, eu afinal respondi, depois de todos esses anos, àquele velho necrófilo: Bobagem. A arte da correspondência mal começa a existir em nossos dias, e é filha do correio com tarifas mais baixas. Penso que há um pouco de verdade nessa observação. Naturalmente, a carta enviada, quando custava meia coroa, tinha de provar-se um documento de certa importância; era lida em voz alta; era amarrada com uma fita de seda verde; após determinado número de anos,

---

[162] "A Letter to a Young Poet". Publicado pela primeira vez no número de julho de 1932 da *Yale Review*, da Universidade Yale. No mês seguinte, saiu em forma de plaquete pela Hogarth Press.

[163] A carta é para John Lehmann (1907-1987), que trabalhou na Hogarth Press, pela qual publicou seu primeiro livro de poemas, e narrou suas memórias do casal Leonard e Virginia Woolf em livros como *Thrown to the Woolfs* (1978).

era publicada para o infinito deleite da posteridade. Mas sua carta, pelo contrário, terá de ser queimada. Como custou uma bagatela mandá-la,[164] você pôde se permitir ser íntimo, sem reservas, indiscreto ao extremo. O que me conta sobre o nosso querido e pobre C. e a aventura que ele viveu no barco do Canal é absolutamente privado; seus gracejos irreverentes às custas de M. com certeza arruinariam a amizade entre vocês, se corressem por aí; duvido também que a posteridade, a não ser que ela seja muito mais perspicaz do que espero, pudesse seguir a linha do seu pensamento, desde o teto que pinga ("pim, pim, pim, bem em cima da saboneteira"), passando pela sra. Gape, a empregada, cuja resposta ao verdureiro causa-me o mais raro prazer, via Miss Curtis e sua estranha confiança nos degraus do ônibus, para chegar aos gatos siameses ("Minha tia diz para enfiar uma meia velha no focinho, se eles miarem muito"); e ir daí ao valor das críticas para um escritor; daí a Donne; a Gerard Hopkins; a lápides em túmulos; a peixes dourados; e então, numa virada brusca e alarmante, a esta demanda: "Escreva-me e diga-me para onde vai a poesia, ou ela está morta?". Não, a sua carta, por ser assim tão autêntica — uma carta que nem pode ser lida agora em voz alta, nem impressa no futuro —, terá de ser queimada. Que a posteridade se contente com Walpole e mme. de Sévigné. A grande era da correspondência, que naturalmente é o presente, não deixará cartas para trás. E, ao dar minha resposta, há apenas uma pergunta a que posso responder ou tentar responder em público; sobre a poesia e a morte da poesia.

Mas, antes de começar, devo reconhecer os defeitos, inatos ou adquiridos, que, como você constatará, distorcem e invalidam tudo o que eu tenha a dizer sobre poesia. A falta de uma sólida formação universitária sempre me tornou impossível estabelecer distinção entre um iambo e um dáctilo e, como se isso não bastasse para condenar alguém para sempre, a prática da prosa gerou em mim, como na maioria dos prosadores, um ciúme tolo, uma indignação justificada — uma emoção qualquer, seja lá qual for, de que o crítico deveria estar isento. Pois como pode alguém, nós, os desprezados prosadores, perguntamos quando nos reunimos, dizer o que pretende sendo fiel às regras da poesia? Imagine você ter de introduzir uma "poça" para corresponder à "moça" mencionada antes; ou emparelhar "dor" e "penhor". A rima não somente é in-

---

[164] Para facilitar a comunicação, pagava-se o mínimo possível, no período entre as duas grandes guerras na Europa, pelo envio de cartas dentro da Grã-Bretanha.

fantil, como também desonesta, nós, os prosadores, dizemos. E depois dizemos mais: Vejam só as regras deles! Como é fácil ser poeta! Como é estreito e estrito o caminho que seguem! Isso você deve fazer; mas aquilo não pode. Eu preferia ser criança e andar em fila numa viela de subúrbio a escrever poesia, já ouvi prosadores dizendo isso. Deve ser como tomar o véu e entrar para uma ordem religiosa — essa obediência aos ritos e rigores do metro. E isso explica por que eles vivem sempre repetindo a mesma coisa. Já nós, os prosadores (só estou lhe falando do tipo de bobagem que os prosadores dizem quando estão entre si), somos mestres da língua, não seus escravos; ninguém pode nos ensinar; ninguém pode nos coagir; dizemos o que é nossa intenção dizer; e é a vida como um todo que temos por nosso território. Somos os criadores, os exploradores... E assim prosseguimos — de modo muito insensato, devo admitir.

Agora que já fiz minha confissão dessas deficiências, prossigamos. Deduzo de certas frases da sua carta que você pensa que a poesia envereda por um caminho horroroso e que a sua situação como poeta, neste específico outono de 1931, é muito mais difícil do que foi a de Shakespeare, Dryden, Pope ou Tennyson. De fato é a situação mais difícil de que já se teve notícia. E aqui você me abre um espaço, que não deixarei de aproveitar, para uma pequena lição. Nunca se tome por único, nunca pense que a sua situação é muito pior que a dos outros. Admito que a época em que estamos vivendo torne as coisas difíceis. Pela primeira vez na história existem leitores — um grupo enorme de pessoas que se ocupam de negócios, de esportes, de cuidar dos avós, de amarrar embrulhos atrás de balcões —, e todas agora leem; querem que lhes digam como ler e o que ler; e seus orientadores — os resenhistas, os conferencistas, os homens do rádio — devem com toda a urbanidade lhes tornar a leitura fácil; garantir-lhes que a literatura é violenta e excitante; cheia de heróis e vilões; de forças hostis perpetuamente em conflito; de campos por onde ossos se espalham; de solitários vencedores de capa preta que cavalgam sobre cavalos brancos para encontrar a morte numa curva da estrada. Um tiro é disparado. "A era do romantismo tinha acabado. Começava a era do realismo" — você sabe como é esse tipo de coisa. Mas é claro que os próprios escritores também sabem muito bem que não há um pingo de verdade em tudo isso — não há batalhas, nem emboscadas, nem derrotas, nem vitórias. Porém, uma vez que distrair os leitores é de suprema importância, os escritores aquiescem. Vestem suas fantasias. Desempenham seus papéis. Um vai na frente; e o outro vem atrás. Um é romântico, o outro, realista. Um é avançado e o outro ultrapassado. Até aí nada de mau, enquanto você tomar isso por farsa; mas, se acreditar no enredo, se começar a se levar a sério como um líder, ou como um seguidor, como um moderno ou como um conservador, então você se transforma num animalzinho afetado que arranha e morde, mas cujo trabalho não tem nenhuma importância nem o menor valor para quem quer que seja. Pense em você, antes, como algo bem mais humilde e menos espetacular, mas a meu ver muito mais interessante — um poeta no qual vivem todos os poetas do passado e do qual hão de nascer todos os poetas do futuro. Em você há um toque de Chaucer, um pouco de Shakespeare; Dryden, Pope, Tennyson — para mencionar apenas os respeitáveis dentre seus ancestrais — se agitam no seu sangue fazendo sua pena mover-se de vez em quando, para a direita ou para a esquerda. Você em suma é um tipo imensamente antigo, complexo e contínuo, razão pela qual, por favor, se trate com respeito e pense duas vezes antes de se fantasiar de Guy Fawkes[165] para pular pelas esquinas sobre velhinhas tímidas, pedindo uns trocados e ameaçando-as de morte.

Todavia, como você diz que está numa crise ("nunca foi tão difícil escrever poesia como hoje"), permita-me gastar um pouco de tempo, antes da hora do correio, imaginando seu estado e me arriscando a uma ou duas suposições que, como isto é uma carta, não precisam ser levadas muito a sério nem ter grande premência. Permita-me que eu tente me pôr no seu lugar; que eu tente imaginar, com a ajuda da sua carta, o que é sentir-se como um jovem poeta no outono de 1931. (Levando à prática meu próprio conselho, não o tratarei como um poeta em particular, mas como vários poetas congregados num só.) Assim sendo, a batida perpétua do ritmo — não é isso o que faz de você poeta? — ressoa no chão da sua mente. Parece às vezes reduzir-se a nada; deixa que você coma, durma e converse como os outros. Mas depois ela volta e aumenta e avança e tenta arrastar todos os conteúdos da sua mente para uma dança dominante. Esta noite é uma de tais ocasiões. Apesar de você estar sozinho, de ter tirado um sapato e já estar quase tirando o outro, não consegue ir adiante no processo de despir-se, porque, por imposição da dança, na mesma hora você tem de escrever. Pega pena e papel; nem se preocupa em desamassar este ou segurar aquela com firmeza. E, enquanto você es-

---

[165] Guy Fawkes (1570-1606), conspirador cujo fracasso em explodir o parlamento inglês passou a ser anualmente relembrado desde 5 de novembro de 1605.

creve, enquanto as primeiras estrofes vão sendo fixadas, eu me afastarei um pouco para ir à janela dar uma olhada. Passa uma mulher, depois um homem; um carro reduz até parar e aí — mas nem é preciso dizer o que estou vendo pela janela, nem há tempo para isso, porque de súbito sou interrompida nas minhas observações por um grito de desespero ou de raiva. Sua página virou uma bola amarrotada; sua pena, ereta, treme atirada de ponta no tapete. Se houvesse aqui um gato para sacudir, ou uma mulher para matar, agora seria a hora. Ao menos é o que eu deduzo, pela ferocidade da sua expressão. Irritado, agitado, você está totalmente fora de controle. E, se eu pudesse adivinhar a razão, diria que o ritmo — que se abria e fechava com uma força que enviava choques de excitação de sua cabeça até os calcanhares — foi de encontro a algum objeto duro e hostil contra o qual se fez em pedaços. Algo começou a atuar que não pode ser transformado em poesia; algum corpo estranho, anguloso, pontudo, áspero, recusou-se a entrar na dança. Evidentemente a suspeita aponta para a sra. Gape, que tinha lhe pedido para escrever um poema sobre ela; depois para Miss Curtis e suas confidências no ônibus; e por fim para C., que o contagiou com um desejo de contar a história dele — por sinal bem divertida — em versos. Mas por alguma razão você não pode atender a esses pedidos. Chaucer poderia; Shakespeare poderia; como também Crabbe, Byron e até talvez Robert Browning. Mas estamos em outubro de 1931, e não é de hoje que a poesia vem se esquivando ao contato com — como vamos chamá-la? Abreviada e sem dúvida inacuradamente, vamos chamá-la de vida? E virá você em minha ajuda, entendendo o que eu quero dizer? Pois então; foi isso, e não é pouco, o que a poesia deixou para o romancista. Por aí você vê como seria fácil para mim escrever dois ou três volumes para louvar a prosa e escarnecer do verso; dizer como são amplos e abertos os domínios de uma, enquanto o pequeno bosque do outro, não se desenvolvendo, definha. Mas para conferir essas teorias seria mais simples e talvez mais justo abrir um dos finos livros de poesia moderna que estão na sua mesa. Faço-o e na mesma hora me vejo desmentida. Aqui estão os objetos comuns da prosa cotidiana — a bicicleta e o ônibus. É óbvio que o poeta está fazendo sua musa encarar os fatos. Ouça:

> *Which of you waking early and watching daybreak*
> *Will not hasten in heart, handsome, aware of wonder*
> *At light unleashed, advancing, a leader or movement,*

Breaking like surf on turf on road and roof,
Or chasing shadow on downs like whippet racing,
The stilled stone, halting at eyelash barrier,
Enforcing in face a profile, marks of misuse,
Beating impatient and importunate on boudoir shutters
Where the old life is not up yet, with rays
Exploring through rotting floor a dismantled mill —
The old life never to be born again?[166]

Sim, mas como ele conseguirá fazer isso? Leio mais e descubro:

Whistling as he shuts
His door behind him, travelling to work by tube
Or walking to the park to it to ease the bowels,[167]

e leio mais e outra vez descubro:

As a boy lately come up from country to town
Returns for the day to his village in expensive shoes[168]

e ainda mais uma vez:

Seeking a heaven on earth he chases his shadow,
Loses his capital and his nerve in pursuing
What yachtsmen, explorers, climbers and buggers are after.[169]

---

[166] "Qual de vocês que acorda cedo e vê o nascer do dia/ Não sentirá o coração bater mais depressa, ciente da maravilha,/ Da luz desatada, que avança, um líder do movimento,/ Como onda quebrando em grama sobre trilha e telhado,/ Ou atrás de sombra em ladeiras como cachorro correndo,/ A pedra parada, detendo-se na barreira do cílio,/ Impõe em face um perfil, marcas de abuso,/ E bate impaciente e importuna em cortinas de alcova,/ Onde a velha vida não acordou ainda, com raios/ Que exploram pelo soalho podre um desmantelado moinho —/ A velha vida jamais renascerá?"

[167] "Assobiando enquanto fecha/ A porta atrás de si, indo trabalhar de metrô/ Ou andando até lá pelo parque para *aliviar o intestino*."

[168] "Quando um menino veio mais tarde do campo para a cidade/ E volta para passar um dia em sua aldeia em *sapatos caros*."

[169] "Procurando um céu na terra ele persegue sua sombra,/ Perde a calma e perde

Esses versos e as palavras que coloquei em destaque bastam-me para confirmar ao menos em parte minhas suposições. O poeta está tentando incluir a sra. Gape. Honestamente ele é de opinião de que ela pode ser trazida à poesia, onde se sairá muito bem. Ele sente que a poesia há de ser incrementada pelo que acontece, o coloquial. Mas, embora eu o louve pela tentativa, duvido que esteja tendo muito êxito. Sinto uma dissonância. Sinto um choque. Sinto-me como se tivesse dado uma topada com o pé na quina do guarda-roupa. Estarei então, logo pergunto, de maneira pudica e convencional chocada pelas próprias palavras? Penso que não. O choque é literalmente um choque. O poeta se esforçou um pouco demais, a meu ver, para incluir uma emoção que não está domesticada e aclimatada à poesia; e o esforço o fez perder o equilíbrio; ele se endireita, como tenho certeza de que irei constatar quando virar a página, por meio de um recurso violento ao poético — invocando o rouxinol ou a lua. Seja como for, a transição é cortante. O poema é rachado ao meio. Veja, o poema se desfaz em pedaços nas minhas mãos: aqui está, de um lado, a realidade, e aqui, de outro, a beleza; e eu, em vez de passar a ter um objeto arredondado e inteiro, nada tenho nas mãos senão um monte de cacos que eu, já que minha razão foi despertada e a imaginação não teve consentimento para se apoderar por completo de mim, contemplo com frieza, criticamente, e com desgosto.

Tal pelo menos é a análise apressada que faço das minhas impressões de leitora; mas já fui interrompida de novo. Vejo que você superou sua dificuldade, fosse ela qual fosse; a pena voltou à ação e, tendo rasgado o primeiro poema, você já trabalha em outro. Agora então, se eu quiser entender o seu estado de espírito, tenho de inventar outra explicação para justificar esse retorno à fluência. Você dispensou, assim suponho, todas aquelas coisas que lhe viriam naturalmente à pena se estivesse escrevendo em prosa — a empregada, o ônibus, o incidente no barco do Canal. Seu raio de ação é limitado — julgo pela sua expressão —, concentrado e intensificado. Arrisco o palpite de que agora você esteja pensando, não nas coisas em geral, mas em você mesmo em particular. Há

---

seu capital indo atrás/ Do que iatistas, alpinistas, exploradores e *pervertidos buscam.*"
"Poem II", em *Poems* (1930), de W. H. Auden (1907-1973). O poema deixou de figurar nas coletâneas posteriores do autor: *Collected Shorter Poems, 1927-1957* (1966) e *Collected Poems* (1994).

uma fixidez, uma melancolia, e também um brilho interno, que parecem sugerir que está olhando para dentro, não para fora. Mas, a fim de consolidar essas frágeis suposições sobre o significado de uma expressão no seu rosto, permita-me abrir outro dos livros na sua mesa e conferir isso pelo que eu lá encontrar. Abro-o, de novo ao acaso, e eis o que leio:

> *To penetrate that room is my desire,*
> *The extreme attic of the mind, that lies*
> *Just beyond the last bend in the corridor.*
> *Writing I do it. Phrases, poems are keys.*
> *Loving's another way (but not so sure).*
> *A fire's in there, I think, there's truth at last*
> *Deep in a lumber chest. Sometimes I'm near,*
> *But draughts puff out the matches, and I'm lost.*
> *Sometimes I'm lucky, find a key to turn,*
> *Open an inch or two — but always then*
> *A bell rings, someone calls, or cries of "fire"*
> *Arrest my hand when nothing's known or seen,*
> *And running down the stairs again I mourn.*[170]

E depois isto:

> *There is a dark room,*
> *The locked and shuttered womb,*
> *Where negative's made positive.*
> *Another dark room,*
> *The blind and bolted tomb,*
> *Where positive changes to negative.*

---

[170] "É meu desejo penetrar neste quarto/ O sótão mais recluso da mente, que está/ Logo depois da última curva do corredor./ Faço-o quando escrevo. Frases, poemas são chaves./ Amar também pode ser (mas não é tão seguro)./ Lá há um fogo, penso, há enfim verdade/ No fundo de uma arca de trastes. Às vezes chego perto,/ Mas o vento sopra e apaga o fósforo, e me perco/ Às vezes dou sorte, acho a chave que viro/ Para abrir pequena fresta — mas sempre então/ Um sino toca, alguém chama, ou gritos de "fogo"/ Travam-me a mão quando já nada se vê, nada se sabe,/ E eu volto, correndo escada abaixo, a me afligir." "To Penetrate that Room", poema de John Lehmann em *New Signatures: Poems by Several Hands*, org. Michael Roberts (1932).

We may not undo that or escape this, who
Have birth and death coiled in our bones,
Nothing we can do
Will sweeten the real rue,
That we begin, and end, with groans.[171]

Ou ainda isto:

Never being, but always at the edge of Being,
My head, like Death mask, is brought into the Sun.
The shadow pointing finger across cheek,
I move lips for tasting, I move hands for touching,
But never am nearer than touching,
Though the spirit leans outward for seeing.
Observing rose, gold, eyes, an admired landscape,
My senses record the act of wishing
Wishing to be
Rose, gold, landscape or another —
Claiming fulfilment in the act of loving.[172]

Como essas citações foram pinçadas ao acaso e no entanto já encontrei três poetas escrevendo sobre nada, a não ser talvez sobre o próprio poeta, entendo ser grande a probabilidade de que você também esteja envolvido nessa mesma ocupação. Concluo que a personalidade não oferece impedimentos; ela, que se presta ao ritmo, entra na dança; aparente-

---

[171] "Existe um quarto escuro/ O útero fechado em clausura/ Onde o negativo é tornado positivo./ E um outro quarto escuro,/ A murada e lacrada sepultura,/ Onde o positivo vira negativo.// Não podemos escapar disso, nem o desfazer, nós que/ Nos ossos temos enrolados o nascer e a morte./ Nada do que pudermos/ Há de abrandar a dor real,/ Esse nosso começar e findar com gritos fortes." "Poem XI", em *From Feathers to Iron* (1931), de Cecil Day-Lewis (1904-1972).

[172] "Nunca sendo, mas à beira do Ser,/ Minha cabeça, como máscara da Morte, é posta ao Sol./ Dedo apontado da sombra sobre o rosto,/ Mexo lábios que provem, mãos que toquem,/ Mas nunca eu mesmo vou além de tocar,/ Embora o espírito, fora de mim, se incline a olhar./ Observando rosa, ouro, olhos, uma admirada paisagem,/ Meus sentidos registram o ato de querer/ Querendo ser/ Rosa, ouro, paisagem, ou um outro —/ Clamando por completude no ato de amar." "At the Edge of Being", em *Twenty Poems* (1930), de Stephen Spender (1909-1995).

Carta a um jovem poeta

mente é mais fácil escrever um poema sobre si mesmo do que sobre qualquer outro assunto. Mas o que se quer dizer com "si mesmo"? Não é a personalidade que Wordsworth, Keats e Shelley descreveram — não é a pessoa que ama uma mulher, ou que odeia um tirano, ou que medita sobre o mistério do mundo. Não; a pessoa que você está envolvido em descrever fechou-se para tudo isso. É alguém sentado sozinho, num quarto à noite, com as cortinas puxadas. Noutras palavras, o poeta se interessa muito menos pelo que temos todos nós em comum do que por aquilo que ele tem à parte. Suponho que daí venha a extrema dificuldade desses poemas — e devo confessar que eu ficaria completamente embatucada para dizer por uma ou mesmo por duas ou três leituras o que esses poemas significam. O poeta está tentando descrever, com sinceridade e exatidão, um mundo que não tem existência, exceto, num momento particular, para uma pessoa em particular. E quanto mais sincero ele é, sendo fiel ao preciso contorno das rosas e repolhos do seu universo privado, mais intrigados deixa a nós, que num espírito indolente nos comprometemos a ver repolhos e rosas como eles são vistos, mais ou menos, pelos 26 passageiros nas janelas de um ônibus. Ele se esforça para descrever; e nós nos esforçamos para ver; ele agita sua tocha; e notamos um brilho de fagulhas. É excitante; é estimulante. Mas aquilo ali é uma árvore, nós perguntamos, ou é uma velha que está na beira da sarjeta amarrando o sapato?

Pois bem, se no que estou dizendo houver uma dose de verdade — e se essa for que você não pode escrever sobre o real, o coloquial, a sra. Gape ou o barco do Canal ou a srta. Curtis no ônibus, sem submeter a máquina da poesia a um esforço, se você é levado, por conseguinte, a no seu íntimo contemplar paisagens e emoções, tendo de tornar visível para o mundo em geral o que você apenas pode ver, então seu caso é realmente difícil e a poesia, embora ainda respire, só consegue tomar fôlego em arfadas bruscas e curtas. Pense mesmo assim nos sintomas. Nem de longe são os sintomas da morte. A morte em literatura, e não preciso lhe dizer quantas vezes a literatura já morreu neste país ou naquele, chega de modo gracioso, suave, calmo. As linhas deslizam com facilidade pelas trilhas habituais. Os velhos modelos são copiados com tal desenvoltura que, a não ser por isso, quase nos inclinamos a tomá-los por originais. Mas o que aqui ocorre é o exato contrário: aqui, na minha primeira citação, o poeta quebra sua máquina por querer entupi-la de fatos em bruto. Na segunda, ele é ininteligível por causa de sua desesperada determinação de dizer a verdade sobre si mesmo. Não posso assim evitar pensar que, embora você talvez esteja certo quando fala das dificuldades da época, está errado ao se desesperar.

Não haverá, ai de nós, boas razões para ter esperança? Digo "ai de nós" porque nesse caso eu terei de dar as minhas, que estão fadadas a ser meio absurdas e por certo também a causar dor à grande e respeitabilíssima sociedade dos necrófilos — Peabody e seus congêneres —, que preferem a morte à vida e agora mesmo se põem a entoar suas sagradas e cômodas palavras: Keats está morto, Shelley está morto, Byron está morto. Mas é tarde da noite: a necrofilia induz ao sono; os velhos senhores caíram dormindo sobre seus clássicos e, se o que estou para dizer adquirir um tom sanguíneo — eu que de minha parte não acredito em poetas morrendo; aqui neste quarto, Keats, Shelley e Byron estão vivos em você e você e você —, posso me consolar com a ideia de que a minha esperança não irá perturbar o ronco deles. Assim, para continuar, por que não deveria a poesia — agora que tão autenticamente ela se libertou dos restos de certas falsidades, dos destroços da grande era vitoriana, agora que com tanta sinceridade ela se entranhou na mente do poeta para verificar-lhe os contornos, obra de renovação que de quando em quando tem de ser feita e era decerto necessária, pois a má poesia é quase sempre consequência do esquecimento de si mesmo, tudo se torna distorcido e impuro se você perder de vista essa realidade central —, agora, dizia eu, que a poesia fez tudo isso, por que não deveria ela mais uma vez abrir os olhos, olhar pela janela e escrever sobre outras pessoas? Há duzentos ou trezentos anos você estava sempre escrevendo sobre outras pessoas. Personagens das espécies mais diversas e opostas se apinhavam nas suas páginas — Hamlet, Cleópatra, Falstaff. Não íamos até você só pelo teatro e pelas sutilezas da condição humana, mas também o procurávamos, por incrível que isso possa parecer agora, para rir. Você nos fez rir às gargalhadas. Depois então, há não mais do que cem anos, você açoitava nossas hipocrisias, dava lambadas nas nossas maluquices e se arrojava à mais brilhante das sátiras. Você era Byron, lembre-se; você escreveu o *Don Juan*. E também era Crabbe e tomou como tema os mais sórdidos detalhes da vida dos camponeses. Está claro portanto que você tem a capacidade inata de lidar com uma ampla variedade de assuntos; foi apenas uma necessidade temporária que o fez trancar-se assim neste quarto, sozinho consigo mesmo.

Mas como sairá você daí para ir ao mundo dos outros? Se posso arriscar um palpite, este é o seu problema agora — encontrar a relação cer-

Carta a um jovem poeta

ta, agora que você já se conhece, entre o eu que você conhece e o mundo externo. É um problema difícil. Nenhum poeta vivo, que eu saiba, o resolveu por completo. E há milhares de vozes profetizando desespero. A ciência, dizem, tornou a poesia impraticável; não há poesia nos carros a motor nem no telégrafo. E nós não temos religião. Tudo é tumultuoso e transitório. Dizem que por isso não pode haver nenhuma relação entre o poeta e a era presente. Mas decerto é um contrassenso. Esses acidentes são superficiais; não vão assim tão fundo para destruir o mais recôndito e primitivo dos instintos, o instinto do ritmo. Você agora não precisa senão plantar-se à janela e deixar seu sentido rítmico se abrir e fechar, se abrir e fechar livre e ousadamente, até que uma coisa se dissolva em outra, até que os táxis comecem a dançar com os narcisos e de todos esses fragmentos à parte se faça um todo. Bem sei que estou falando bobagem. O que quero é exortá-lo a apelar para toda a sua coragem, a exercer extrema vigilância, a invocar todos os dons que a Natureza foi induzida a conceder, e então deixar que o seu sentido rítmico se infiltre e se enrosque entre mulheres e homens, entre pardais e ônibus — entre o que quer que seja que vem aí pela rua — até tê-los amarrado juntos num todo harmonioso. Esta é talvez a sua tarefa — encontrar a relação entre coisas que parecem incompatíveis e no entanto têm uma misteriosa afinidade, destemidamente absorver cada experiência que surja em seu caminho e dela se impregnar por completo, para que seu poema seja um todo, não um fragmento; repensar a vida humana em poesia e assim voltar a nos dar tragédia e comédia por intermédio de personagens, não de longa tessitura, à maneira do romancista, mas sim condensados e sintetizados à maneira do poeta — é isso o que esperamos que você faça agora. Mas como eu mesma não sei o que entendo por ritmo nem o que entendo por vida, e como com a mais completa certeza não consigo lhe dizer que objetos podem ser combinados com acerto num poema — o que aliás é um problema inteiramente seu —, nem sei distinguir um iambo de um dáctilo, sendo por conseguinte incapaz de lhe dizer como você deve modificar e expandir os ritos e cerimônias de sua arte antiga e misteriosa —, vou me mover para terreno mais seguro e dar mais uma vez atenção a estes pequenos livros.

Quando a eles retorno, como admiti, não estou repleta de prenúncios de morte, mas sim de esperanças quanto ao futuro. Só que nem sempre queremos pensar no futuro, se, como às vezes acontece, é no presente que vivemos. Quando eu leio esses poemas, agora, no presente momento, sinto-me — ler, como você sabe, é um pouco como abrir a porta para uma horda de rebeldes que investe nos atacando ao mesmo tempo em vinte flancos — atingida, arranhada, enfurecida, desnudada e atirada pelos ares, de modo que a vida parece passar como um raio; depois de novo às escuras, com uma pancada na cabeça — sensações que são agradáveis, todas elas, para um leitor (uma vez que não há nada mais sem graça do que abrir a porta e não obter resposta), sendo ademais a prova indiscutível, como eu acredito, de que o poeta está vivo e esperneia. Entretanto, misturando-se com todos esses gritos de júbilo, de deleite, também registro, enquanto leio, a repetição em voz baixa de uma palavra entoada sem descanso por algum descontente. Por fim então, calando os outros, digo eu a este descontente: "Pois bem, e o que é que *você* quer?". Ao que logo ele retruca, para o meu ligeiro embaraço: "Beleza". Não me responsabilizo, permita-me dizer, pelo que os meus sentidos dizem quando estou lendo; simplesmente registro o fato de haver um descontente em mim que se queixa de lhe parecer estranho, tendo em vista que o inglês é uma língua mista, uma língua rica; uma língua incomparável quanto ao som e à cor por seu poder de sugestão e construção de imagens — de lhe parecer estranho que esses poetas modernos escrevam como se não tivessem olhos nem ouvidos, nem solas nos pés nem palmas nas mãos, mas apenas cérebros íntegros e empreendedores alimentados por livros, corpos unissexuais e — mas aqui o interrompo. Porque quando se chega a dizer que um poeta deveria ser bissexual, e acho que é isso que ele estava quase dizendo, mesmo eu, que nunca tive nenhuma formação científica, traço o limite e digo àquela voz que se cale.

Mas até que ponto, se descontarmos esses óbvios absurdos, você acha que há verdade na queixa? De minha parte, agora que parei de ler e já posso ver os poemas mais ou menos como um todo, penso ser verdade que o olho e o ouvido foram privados de seus direitos. Não há uma sensação de bens mantidos em reserva por trás da exatidão admirável dos versos que eu citei, como há, por exemplo, por trás da exatidão de Yeats. O poeta se agarra à palavra, à sua única palavra, como à boia se agarra alguém que está se afogando. Se for assim, estou ainda mais pronta a aventar uma razão para tudo isso porque penso que aí logo se põe em relevo justamente o que eu estava dizendo. A arte de escrever, e é isso talvez o que o meu descontente quer dizer com "beleza", a arte de ter a seu dispor cada palavra da língua, de saber quanto elas pesam, conhecer suas cores, sons, associações e assim fazê-las sugerir, como em inglês é tão ne-

Carta a um jovem poeta

cessário, mais do que elas podem dizer, naturalmente pode ser aprendida, até certo ponto, pela leitura — é impossível ler demais; mas, de modo bem mais drástico e eficaz, imaginando que não somos nós mesmos, mas alguém diferente. Como você vai aprender a escrever, se escrever apenas sobre uma mesma pessoa? Para trazer à baila o exemplo óbvio, você duvida que a razão de Shakespeare conhecer todos os sons e sílabas da língua, e poder fazer exatamente o que ele queria com a sintaxe e a gramática, era que Hamlet, Falstaff e Cleópatra o impeliram a esse conhecimento; que os lordes, oficiais, dependentes, assassinos e soldados comuns das peças insistiram para que ele dissesse com precisão o que sentiam nas palavras que expressam os sentimentos deles? Foram eles que o ensinaram a escrever, e não o criador dos Sonetos. Assim, se você quiser satisfazer a todos esses sentidos que se levantam em enxame, sempre que nós deixamos um poema cair no meio deles — a razão, a imaginação, os olhos, os ouvidos, as palmas das mãos e as solas dos pés, para não mencionar mais um milhão que os psicólogos ainda têm de nomear —, será bom para você embarcar num longo poema em que pessoas tão diferentes de você quanto possível falem do topo de suas vozes. E não publique nada, pelo amor de Deus, antes dos trinta anos.

Tenho certeza de que isso é da maior importância. Nos poemas que andei lendo, quase todos os defeitos podem ser explicados, penso eu, pelo fato de eles terem sido expostos à luz violenta da publicidade quando eram ainda muito jovens para aguentar o impacto. Isso os engessou numa austeridade esquelética, tanto emocional quanto verbal, que não deveria ser característica da juventude. O poeta escreve muito bem; e escreve para o olhar de um público inteligente e rigoroso; mas quão melhor seria o que escreveu se por dez anos não tivesse escrito senão para um olhar, o dele mesmo! Afinal, entre os vinte e os trinta anos vivemos numa idade (mais uma vez me reporto à sua carta) de excitação emocional. Gotas de chuva, uma asa batendo, alguém que passa — os sons e as visões mais comuns têm o poder de nos lançar dos cimos do êxtase, como pareço me lembrar, ao fundo do desespero. E, se a vida real é assim tão extremada, a vida visionária deve seguir livre. Escreva então, já que você ainda é jovem, resmas e resmas de bobagens. Seja sentimental, seja tolo, imite Shelley, imite Samuel Smiles;[173] dê rédea solta aos impulsos; come-

---

[173] Samuel Smiles (1812-1904), autor dedicado às reformas políticas e sociais, que fez sucesso com o livro *Self-Help, with Illustrations of Character and Conduct* (1859).

ta todo erro de estilo, gramática, sintaxe e gosto; derrame-se; faça piruetas; libere raiva, amor e sátira nas palavras, sejam elas quais forem, que você puder agarrar, criar ou coagir, em seja lá qual metro, poesia, prosa ou verborragia que venha à mão. Você assim aprenderá a escrever. Mas, se publicar, sua liberdade será restringida; você vai pensar no que as pessoas vão dizer; escreverá para os outros, quando deveria estar escrevendo somente para você mesmo. E que sentido pode haver em refrear a impetuosa torrente de contrassenso espontâneo que agora é o seu dom divino, por poucos anos apenas, a fim de publicar primorosos livrinhos de versos experimentais? Para ganhar dinheiro? Bem, isso, como nós dois sabemos, nem entra em cogitações. Para receber críticas? Mas seus amigos hão de olhar seus manuscritos com críticas mais penetrantes e sérias que qualquer uma que os resenhistas lhe fizerem. No tocante à fama, eu lhe imploro que olhe para as pessoas famosas; veja como as águas da apatia, quando elas entram, se esparramam a seu redor; observe quanta pomposidade, e que ares proféticos; considere que os maiores poetas viveram no anonimato; lembre-se de que Shakespeare nunca ligou para a fama; de que Donne amarrotava seus poemas para atirá-los na cesta de papéis; escreva um ensaio dando um único exemplo de qualquer escritor inglês moderno que tenha sobrevivido aos discípulos e aos admiradores, aos entrevistadores e aos caçadores de autógrafos, aos jantares e aos almoços, às celebrações e às comemorações com que tão eficazmente a sociedade inglesa tapa a boca dos seus cantores e lhes silencia as canções.

Mas basta disso. Eu, de qualquer modo, recuso-me a ser necrófila. Enquanto você e você e você, veneráveis e antigos representantes de Safo, Shakespeare e Shelley, estão exatamente com 23 anos e se propõem — Ó que sorte invejável! — passar os próximos cinquenta de suas vidas escrevendo poesia, recuso-me a pensar que a arte esteja morta. E se algum dia a tentação da necrofilia assediá-lo, lembre-se do destino daquele velho senhor cujo nome esqueci, mas que eu acho que era Peabody. No próprio ato de condenar todas as artes ao túmulo, ele engasgava com um pedaço de torrada quente com manteiga, e o consolo que então lhe ofereciam, de que já ia se juntar a Plínio o Velho nas trevas, não lhe dava, pelo que me dizem, nenhuma espécie de satisfação.

E agora, no tocante às partes íntimas, indiscretas, as únicas de fato interessantes desta carta...

Isto é a Câmara dos Comuns[174]

Fora da Câmara dos Comuns erguem-se estátuas de grandes estadistas, negras e lisas e lustrosas como leões-marinhos que acabam de sair da água. E dentro das Casas do Parlamento, nos seus saguões que são propícios aos ecos e às correntes de ar — onde há gente que passa e repassa sem parar, pegando senhas com os guardas, fazendo perguntas, olhando em volta, abordando deputados, juntando-se em tropa para seguir professores pelos calcanhares, acenando e sorrindo e mandando recados e se precipitando por portas de vaivém com papéis e pastas de documentos e todos os demais emblemas de urgência nos negócios —, aqui também vemos estátuas, de Gladstone, de Granville, de Lord John Russell,[175] estátuas brancas de olhos brancos que fitam as velhas cenas de agitação e azáfama nas quais, não faz tanto tempo assim, tomaram parte.

Nada há aqui de venerável ou gasto pelo tempo, nada de musical ou cerimonioso. Uma voz rouca, que berra "O presidente!", serve de arauto aos passos lentos de um cortejo bastante democrático em que a única pompa é conferida pelo cetro, a peruca e a beca que o presidente ostenta e pelos distintivos dourados dos principais assessores. A voz rouca volta a berrar: "Visitantes, sem chapéus!", ao que uma boa quantidade de escuros chapéus de feltro se entrega a obedientes floreios, enquanto os principais assessores se dobram em reverências profundas. Isso é tudo. E no entanto a voz possante, a beca preta, os pés a se arrastar pelas pedras, o cetro e os chapéus escuros de feltro indicam de alguma forma, mais do que trombetas e escarlate o fariam, que os representantes do povo estão tomando assento, em sua própria Casa, para discutir os problemas da

---

[174] "This is the House of Commons". Publicado pela primeira vez no número de outubro de 1932 da revista inglesa *Good Housekeeping*.

[175] William Gladstone (1809-1898), primeiro-ministro em 1868-1874, 1880-1885 e 1892-1894; George Leveson-Gower, barão Granville (1815-1891), ministro do Exterior em 1851-1852, 1870-1874 e 1880-1885; Lord John Russell, primeiro-ministro em 1846-1852 e 1865-1866.

governança do país. Por mais vaga que seja a nossa história, nós, pessoas comuns do povo, sentimos de certo modo ter conquistado esse direito há séculos, e por séculos o ter mantido, e que este cetro é o nosso cetro, o presidente é o nosso porta-voz e nós não temos necessidade nenhuma de trombeteiros, de dourados, de escarlate, para introduzir na nossa própria Câmara dos Comuns os nossos representantes.

Por dentro, nossa própria Câmara dos Comuns não é nem um pingo majestosa ou nobre, nem sequer se impõe muito. Brilha tanto e é tão feia quanto qualquer prédio público de moderado tamanho. O carvalho, é claro, tem granulação amarela. Nas janelas, é claro, estão pintados uns brasões horrorosos. Um entrelaçado de faixas vermelhas, é claro, reveste o piso. Os bancos, é claro, estão cobertos de couro ainda em bom estado. Para onde quer que se olhe, somos levados a dizer que "é claro". É uma assembleia em desordem, de aparência informal. Parece sempre haver folhas de papel branco voando para o chão. Sempre há gente e muita gente num entra e sai incessante. Homens conchavam e fuxicam e se viram sobre o ombro para dizer graçolas. As portas de vaivém vivem num perpétuo ir e vir. Até mesmo a ilha central de controle e dignidade, onde o presidente toma assento sob o seu dossel, é uma área de pouso para parlamentares fortuitos que parecem muito à vontade quando dão uma olhada na sessão. Pernas descansam na beirada da mesa onde jaz o cetro suspenso; e os segredos que repousam nos dois armários rematados de bronze que ladeiam a mesa não estão imunes a eventuais topadas com o pé. Indo ora para baixo, ora para cima, movimentando-se ou se fixando um instante, a Câmara lembra um bando de passarinhos instalado numa terra lavrada. Nunca eles pousam por mais de alguns minutos; uns estão sempre levantando voo, outros sempre retornando. E do ajuntamento se alteiam os pios, estrilos e resmungos de um bando de passarinhos a disputar com alarde, e ocasional vivacidade, uma semente ou uma minhoca, ou um grão enterrado.

Temos de nos dizer gravemente: "Mas isto é a Câmara dos Comuns. Aqui se alteram os destinos do mundo. Aqui Gladstone e Palmerston e Disraeli[176] travaram suas batalhas. Por esses homens nós somos governados. Obedecemos às suas ordens todos os dias do ano. Nossos pecúlios

---

[176] Henry John Temple, visconde Palmerston (1784-1865), primeiro-ministro em 1855-1858 e 1859-1865; Benjamin Disraeli (1804-1881), primeiro-ministro em 1868 e 1874-1880.

estão à mercê deles. São eles que decidem a que velocidade vamos dirigir nossos carros pelo Hyde Park; e também se teremos guerra ou paz". Mas é preciso nos lembrarmos disso, porque à primeira vista eles não são muito diferentes de outras pessoas. No vestir-se, o nível tende a ser elevado. Avistamos algumas das mais brilhantes cartolas ainda encontradas na Inglaterra. Aqui e ali cintila uma magnífica lapela escarlate. Todos sem dúvida foram bem alimentados e receberam boa educação. Mas, com toda sua animação e risadas, sua tagarelice, sua impaciência e irreverência, eles não são nem um pouco mais ponderados, mais dignos ou mais respeitáveis na aparência do que quaisquer cidadãos que se reúnam para discutir assuntos da paróquia ou conceder prêmios por bois gordos. Isso é verdade; mas depois de algum tempo uma curiosa diferença se faz suspeitar. Sentimos que a Câmara é um corpo com sua índole própria; que tem longa existência; que tem suas leis e licenças; que, sendo irreverente a seu próprio modo, presume-se que também seja reverente a seu modo próprio. Considerando-se que ela possui um código, quem desrespeitar esse código será castigado sem piedade, mas os que estiverem de acordo com ele facilmente virão a ser perdoados. Só os que conhecem o segredo da Casa podem dizer o que ela condena e o que ela perdoa. Nós, a única certeza que podemos ter é de que aqui existe um segredo. Empoleirados no alto como estamos, sob o comando de um funcionário que, seguindo a informalidade prevalecente, cruza as pernas para rabiscar suas notas no joelho, claramente sentimos que nada poderia ser mais fácil do que dizer a coisa errada, fosse com ligeireza errada ou com errada seriedade, e que nenhuma afirmação de virtude, gênio ou valor tem aqui garantia de sucesso se alguma outra coisa — uma característica indefinível — estiver faltando.

Mas como, perguntamo-nos, ao nos lembrarmos da praça onde está o Parlamento, irão alguns desses senhores, tão hábeis e tão bem-arrumados, se transformar em estátuas? Para Gladstone, para Pitt e até mesmo para Palmerston a transição foi infinitamente simples. Mas olhem bem para Mr. Baldwin, que mais parece um fidalgote do campo tocando porcos; como ele irá subir num pedestal e enrolar-se com decoro num lençol de mármore negro? Por outro lado, nenhuma estátua que não reproduzir o brilho da cartola de Sir Austen lhe poderá fazer justiça. Já Mr. Henderson parece constitucionalmente contrário à palidez e gravidade do mármore. Quando lá ele se planta respondendo perguntas, sua pele clara logo se avermelha, dando o cabelo louro a impressão de que foi espichado

Isto é a Câmara dos Comuns

com uma escova molhada há dez minutos. É verdade que Sir William Jowitt poderia, se lhe tirássemos o elegante laço da gravata, posar para algum escultor para um busto bem no estilo do príncipe consorte. Ramsay MacDonald tem "traços", como dizem os fotógrafos, que poderiam ocupar uma cadeira de mármore numa praça pública sem ele parecer conspicuamente ridículo.[177] Quanto ao resto, a transição para o mármore é impensável. Agitados, irreverentes, de narizes arrebitados, de bochechas vermelhas, advogados, fazendeiros, homens de negócios — todos têm sua maior qualidade, sua enorme virtude, por certo no fato de que nenhum outro grupo de seres humanos mais normais, medianos e de aparência mais comum poderia ser encontrado nos quatro reinos. Os olhos cintilantes, a sobrancelha arqueada, a mão nervosa e sensível — eis que seriam inconvenientes e estariam deslocados aqui. O homem anormal iria ser bicado até a morte por esses buliçosos pardais. Vejam só o desrespeito com que eles tratam o próprio primeiro-ministro, que tem de se submeter a ser inquirido e reinquirido por um rapazola que mais parece ter caído de uma balsa no rio; ou ainda suportar as perguntas de um homenzinho atarracado que, a julgar pela pronúncia, devia estar atrás de um balcão, embalando açúcar em pacotinhos azuis, antes de vir para Westminster. Nenhum dos dois mostra o menor sinal de medo ou de respeito. Caso o primeiro-ministro, um dia desses, se transforme em estátua, essa apoteose não será alcançada aqui entre os desrespeitosos deputados.

O fogo das perguntas e respostas, que durante todo esse tempo crepitara incessantemente, enfim se interrompeu. O ministro das Relações Exteriores se levantou, pegou umas folhas datilografadas e leu de forma clara e firme uma declaração sobre certa dificuldade com a Alemanha. Ele havia estado com o embaixador alemão na sexta-feira, no Ministério; tinha dito isso, tinha dito aquilo. Na segunda, fez a travessia para Paris a fim de se reunir com M. Briand.[178] Tinham concordado com isso, ti-

---

[177] William Pitt (1759-1806), dito o segundo Pitt, primeiro-ministro em 1783-1801 e 1804-1806; Stanley Baldwin (1867-1947), primeiro-ministro em 1924-1929; Joseph Austen Chamberlain (1863-1937), ministro do Exterior em 1924-1929; Arthur Henderson (1863-1935), ministro do Exterior em 1929-1931; Sir William Jowitt (1885-1957), procurador-geral da Coroa; Ramsay MacDonald (1866-1937), primeiro-ministro em 1931-1935.

[178] Aristide Briand (1862-1932), político francês que foi ministro 25 vezes, principalmente na pasta do Exterior.

nham sugerido aquilo. Não se poderia imaginar um pronunciamento mais sem relevo, mais sóbrio, mais ao estilo dos negócios. Enquanto ele falava, de modo tão direto e firme, um bloco de pedra em bruto parecia erigir-se ali, no próprio assento governamental. Noutras palavras, ao ouvirmos os esforços do ministro das Relações Exteriores para orientar nossas relações com a Alemanha, parecia claro que esses homens de aparência tão comum, tão de quem trata de negócios, são responsáveis por decisões que ainda estarão em vigor quando suas cartolas, suas calças xadrez e as bochechas vermelhas já estiverem reduzidas a cinza e pó. Questões da mais alta importância, que afetam a felicidade das pessoas e o destino das nações, aqui se acham em ação, talhando e cinzelando até mesmo esses seres humanos tão banais. Sobre esses produtos de humanidade comum imprime-se a marca de uma imensa máquina. E tanto a máquina quanto o homem em quem é gravado o sinal da máquina são lisos, impessoais, sem traços característicos.

Foi-se o tempo em que o ministro das Relações Exteriores manipulava os fatos, brincando com eles, elaborando-os, e usava todos os recursos da arte e da eloquência para fazê-los parecer o que ele decidira que deveriam parecer ao povo que tinha de aceitar sua vontade. O ministro não era um homem de negócios comum, cheio de trabalho, com seu carrinho, sua boa residência e uma vontade enorme de ter uma tarde livre para jogar golfe com os filhos e as filhas num terreno público em Surrey. Outrora ele se vestia de um modo correspondente ao seu papel. Fulminações, perorações abalavam o ar. Homens eram persuadidos, logrados, postos em jogo. Pitt trovejava; Burke era sublime.[179] Permitia-se que a individualidade se desdobrasse. Hoje não há um só ser humano capaz de resistir à pressão dos negócios, que avançam sobre ele e o anulam; que o deixam apenas, sem traços que o definam, anônimo, como seu mero instrumento. A resolução dos problemas passou das mãos dos indivíduos para as mãos das comissões. E até mesmo as comissões não podem senão examiná-los às pressas, encaminhando-os e deixando-os por conta de outras comissões. As elegâncias e emaranhados da personalidade são armadilhas que se põem no caminho dos negócios. A suprema necessidade é a presteza. Mil navios vêm ancorar por semana no cais do porto; quantos

---

[179] William Pitt, conde de Chatham (1708-1778), dito o primeiro Pitt, primeiro-ministro em 1766-1768, e Edmund Burke (1729-1797), político e escritor inglês, ambos famosos pela eloquência.

Isto é a Câmara dos Comuns

milhares de causas não entram diariamente em pauta na Câmara dos Comuns? Assim, se estátuas ainda forem erguidas, cada vez mais elas se tornarão monolíticas, lisas, sem feições ou facetas. Deixarão de representar o colarinho de Gladstone, o cachinho de Dizzy,[180] as costeletas de Palmerston. Serão como marcos de granito postos nos lugares mais altos dos brejais para assinalar batalhas. Os dias dos homens incomuns e do poder pessoal estão findos. Não se exige mais inteligência, discursos veementes, paixão. Mr. MacDonald não se dirige às pequenas e separadas orelhas de sua audiência na Câmara dos Comuns, mas a homens e mulheres nas fábricas, nas lojas, em fazendas nas estepes sul-africanas, em aldeias da Índia. Fala para todos em toda parte, não para nós aqui sentados. Daí a secura, a gravidade, a singela impessoalidade das suas declarações. Mas, se os dias da pequena estátua à parte estão findos, por que não há de irromper agora a era da arquitetura? Essa questão se apresenta quando saímos da Câmara dos Comuns. Ao passarmos para fora, o palácio de Westminster nos mostra toda a sua imponência. Homens e mulheres em miniatura estão se movimentando sem fazer ruído no piso. Parecem minúsculos, talvez dignos de pena; mas também belos e veneráveis sob a curva do vasto domo, na perspectiva das enormes colunas. Há quem ache preferível ser um bichinho sem nome numa catedral espaçosa. E nós então vamos reconstruir o mundo como um palácio esplêndido; deixemos de fabricar estátuas e de a elas atribuir virtudes impossíveis.

Vejamos se a democracia que constrói palácios será capaz de superar a aristocracia que esculpia estátuas. Mas ainda há muitos policiais por aqui. A cada porta está plantado um gigante de azul, em alerta para não deixar que nos apressemos demais com a nossa democracia. "Entrada permitida somente aos sábados, entre as dez e as doze horas." Eis o tipo de aviso que controla nosso sonhado progresso. E não devemos admitir uma tendência distinta em nossa mente corrupta, embebida de hábitos, para parar e pensar: "Aqui esteve o rei Carlos, quando o sentenciaram à morte; aqui estiveram o conde de Essex; e Guy Fawkes; e Sir Thomas More?". Ao que parece, a mente gosta de empoleirar-se, quando voa pelo espaço vazio, em um nariz saliente ou uma trêmula mão; gosta dos olhos cintilantes, da sobrancelha arqueada, do anormal, do peculiar,

---

[180] Apelido de Benjamin Disraeli, 1º conde de Beaconsfield (1804-1881), político conservador britânico, escritor, aristocrata e primeiro-ministro do Reino Unido em duas ocasiões.

do esplêndido ser humano. Esperemos assim que a democracia venha, mas daqui a uns cem anos somente, quando já estivermos embaixo da terra; a não ser que, por um golpe estupendo e genial, venham os dois a combinar-se, o grande palácio e o pequeno, o particular ser humano individual.

Por quê?[181]

Quando saiu o primeiro número de *Lysistrata*, confesso que fiquei muito desapontada. Estava tão bem impresso, num papel tão bom, que a revista parecia estabelecida e próspera. Ao virar as páginas, tive a impressão de que devia ter chovido riqueza sobre o Somerville College, e eu já estava quase respondendo com uma negativa ao pedido de um artigo pela editora quando li, para meu grande alívio, que uma das redatoras se vestia mal e entendi, pelo que dizia uma outra, que as faculdades para mulheres ainda carecem de poder e prestígio. Isso me fez criar coragem, e então um monte de perguntas que urgiam para ser feitas precipitaram-se aos meus lábios dizendo: eis a nossa oportunidade.

Devo explicar que, como tanta gente hoje em dia, sou atormentada por perguntas. Acho impossível ir andando pela rua sem de repente parar, talvez até no meio dela, e perguntar: Por quê? Igrejas, bares, parlamentos, lojas, alto-falantes, automóveis, o ronco de um aeroplano nas nuvens, os homens e as mulheres, tudo inspira perguntas. Mas de que adianta, sozinha, fazer perguntas que deveriam ser postas abertamente em público? Só que o grande obstáculo para fazer perguntas abertamente em público é decerto a riqueza. O sinalzinho sinuoso que vem no fim de uma indagação tem um modo bem próprio de fazer os ricos se contorcerem; o poder e o prestígio caem sobre ele com todo o seu peso. As perguntas portanto, sendo sensíveis, impulsivas e muitas vezes tolas, têm um jeito de escolher com cuidado seu lugar de indagação. Numa atmosfera de poder, prosperidade, pedras gastas pelo tempo, elas definham. E morrem aos magotes no limiar das redações dos grandes jornais. Outras se esgueiram para regiões menos favorecidas, menos prósperas, onde as pessoas são pobres e portanto nada têm para dar, onde, não dispondo de

---

[181] "Why?". Publicado pela primeira vez no número de maio de 1934 de *Lysistrata*, revista de curta duração editada pelas estudantes do Somerville College, de Oxford (fundado apenas para mulheres, em 1879, mas só admitido como faculdade integrante da universidade em 1959).

poder, nada portanto têm a perder. Já as perguntas que me atormenta-vam para que eu as fizesse decidiram, não sei se acertadamente ou não, que poderiam ser feitas em *Lysistrata*. Disseram elas: "Não queremos que você nos coloque nos...", e aqui mencionaram alguns dos nossos mais respeitáveis diários e semanários; "nem nas...", e aqui mencionaram al-gumas das nossas mais veneráveis instituições. "Mas, graças a Deus", exclamaram então, "as faculdades para mulheres não são novas e po-bres? Não são inventivas e ousadas? Não entraram em ação para criar um novo..."

"A editora proíbe feminismo", retruquei com seriedade.

"O que é feminismo?", todas gritaram ao mesmo tempo e, como eu não respondesse logo, uma nova pergunta se lançou a mim: "Você não acha que já é mais do que tempo de que um novo...?'". Interrompi-as po-rém, lembrando-lhes que tinham apenas duas mil palavras à sua disposi-ção, ao que elas se reuniram para consultas e finalmente dirigiram-me a solicitação de que eu apresentasse uma ou duas das mais simples, inofen-sivas e óbvias dentre elas. Há uma pergunta, por exemplo, que sempre vem à tona no começo do ano, quando as sociedades enviam seus convi-tes e as universidades abrem as portas: por que dar palestras, por que ir a palestras?

Para situar com razoável clareza essa pergunta a vocês, vou descre-ver, porque a memória manteve a cena viva, uma daquelas raras mas, co-mo diria a rainha Vitória, nunca suficientemente lamentadas ocasiões em que, em deferência à amizade, ou numa tentativa desesperada de adquirir informação sobre, talvez, a Revolução Francesa, pareceu necessário as-sistir a uma palestra. A sala, para começar, tinha um aspecto híbrido — se não era um auditório, não chegava a ser refeitório. Talvez houvesse um mapa na parede; com certeza havia um estrado com a mesa e várias fileiras de cadeiras pequenas, estreitas, duras, desconfortáveis. Essas eram ocupadas intermitentemente, como se umas se esquivassem à companhia das outras, por pessoas dos dois sexos, tendo algumas seus cadernos e as canetas-tinteiro que sacudiam no ar, outras não tendo nada e olhando para o teto com a apatia e a placidez dos sapos-boi. Um grande relógio mostrava sua cara tristonha e, quando bateu a hora, um homem de apa-rência devastada entrou caminhando a passos largos, homem de cujo ros-to o nervosismo, a vaidade ou talvez a natureza deprimente e insuportá-vel de sua tarefa tinha removido todos os vestígios de humanidade co-mum. Houve uma agitação momentânea. Ele escrevera um livro, e é interessante, por um momento, ver pessoas que escreveram livros. Todos olharam para ele, que era careca e sem muitos pelos; tinha um queixo, uma boca; era um homem como outro qualquer, em suma, embora tivesse escrito um livro. Ele limpou a garganta e a palestra começou. Mas a voz humana é um instrumento de poder variado; pode encantar e acalmar; pode enraivecer e pode levar ao desespero; porém, quando ela dá uma palestra, quase sempre chateia. O que o homem disse era bastante sensato; havia erudição e argumentação e razão naquilo; mas a atenção se dispersava enquanto a voz prosseguia. A cara do relógio parecia anormalmente pálida; e também os ponteiros pareciam sofrer de alguma enfermidade. Seria gota o que eles tinham? Estariam inchados? Moviam-se tão devagar os ponteiros que até faziam pensar no penoso deslocamento de uma mosca com três pernas que tivesse sobrevivido ao inverno. Quantas moscas em média sobrevivem ao inverno inglês e quais seriam os pensamentos de um inseto desses que, ao despertar, constatasse que lhe dão uma palestra sobre a Revolução Francesa? A indagação foi fatal. Um elo tinha sido perdido — caiu por terra um parágrafo. Era inútil pedir ao palestrante, que se arrastava indo em frente, pertinaz, obstinado, para repetir suas palavras. A origem da Revolução Francesa estava sendo buscada — como também os pensamentos das moscas. Veio então um desses trechos longos e planos do discurso em que objetos diminutos podem ser vistos a caminho com dois ou três quilômetros de antecedência. "Pule isso!", nós suplicamos — mas em vão. Ele não pulou. Ele continuava. Houve então uma piada; pareceu depois que as janelas estavam precisando de uma boa limpeza; depois uma mulher roncou; depois a voz falou mais rápido; houve depois uma peroração; e depois — graças a Deus! — a palestra acabou.

Por que então, já que a vida não contém senão tantas horas, perder uma delas ouvindo uma palestra? Por que ele não imprimiu essa palestra, já que as máquinas impressoras foram inventadas nesses últimos séculos, em vez de dizê-la de viva voz? Então, junto à lareira de inverno, nesse caso, ou embaixo de uma macieira, no verão, ela poderia ser lida, analisada, discutida; poder-se-ia refletir sobre as ideias difíceis, debater os argumentos. Tudo poderia ser condensado, consolidado. Não haveria a menor necessidade dessas repetições e diluições com que as palestras têm de ser regadas e animadas para atrair a atenção de um público heterogêneo e por demais inclinado a refletir sobre narizes e queixos, mulheres que roncam e a longevidade das moscas.

Vai ver, ocorreu-me dizer a essas perguntas, que existe uma razão, imperceptível para os que são de fora, que torna as palestras parte essencial da disciplina universitária. Mas por que — e aqui outra pergunta logo se lançou à linha de frente —, por que, se elas são necessárias como forma de aprendizado, as palestras não deveriam ser abolidas como forma de distração? O açafrão nunca floresce nem nunca a faia se avermelha sem que de todas as universidades da Inglaterra, Escócia e Irlanda venha uma avalanche de cartas nas quais desesperadas secretárias instam com fulano e sicrano para ir até lá falar a eles sobre literatura ou arte, ou política, ou moralidade — e por quê?

Nos velhos tempos, quando os jornais eram raros e, do refeitório à reitoria, cuidadosamente passados de mão em mão, tais métodos elaborados de lustrar os espíritos e transmitir ideias eram sem dúvida fundamentais. Mas agora, quando a cada dia da semana espalham-se nas nossas mesas artigos e folhetos que expressam todas as gamas de opinião, com muito mais concisão do que por via oral, por que continuar com um costume obsoleto que não só faz perder tempo e paciência, como também instiga as mais degradadas das paixões humanas — a vaidade, a ostentação, a autoafirmação e o desejo de convencer? Por que estimular os mais velhos a se fazer de sabichões e profetas, quando eles são homens e mulheres comuns? Por que forçá-los a se plantar num estrado por quarenta minutos, enquanto você reflete sobre a cor do cabelo deles e a longevidade das moscas? Por que não deixar que eles falem com você e lhe ouçam, no mesmo plano, com naturalidade e contentamento? Por que não criar uma nova forma de sociedade baseada em pobreza e igualdade? Por que não juntar pessoas de ambos os sexos e de todas as idades e todas as gradações de fama e obscuridade para que elas possam conversar entre si, sem subir em estrados, ou ler jornais, ou usar roupas de luxo, ou comer pratos caros? Uma sociedade assim não seria equivalente, até mesmo como forma de aprendizado, a todos os escritos sobre arte e literatura já lidos até hoje desde que o mundo começou? Por que não acabar com os sabichões e os profetas? Por que não inventar o intercurso humano? Por que não tentar?

A essa altura, já cansada de tantos "porquês", eu estava a ponto de me permitir umas poucas reflexões de natureza geral sobre a sociedade como ela foi, como é e como poderia ser, com algumas fantasiosas imagens de permeio, ora da sra. Thrale recebendo o dr. Johnson, ora de Lady Holland entretendo Lord Macaulay,[182] quando irrompeu um tal clamor entre as perguntas que mal pude me ouvir pensando. E a causa do clamor logo se tornou evidente. Eu tinha usado a palavra "literatura" de um modo irrefletido e imprudente. Ora, se há uma palavra que enerva as perguntas e as deixa furiosas é essa palavra "literatura". Lá estavam elas, aos gritos, aos berros, indagando coisas sobre poesia e ficção e crítica, cada qual pedindo para ser ouvida, cada qual certa de que a sua questão era a única que merecia resposta. Por fim, quando já haviam destruído todas as minhas imagens fantasiosas de Lady Holland com o dr. Johnson, uma delas insistiu que devia ser formulada, alegando que, por tola e arrebatada que fosse, não o era tanto quanto as outras. Essa pergunta era a seguinte: Por que aprender literatura inglesa nas universidades, se você mesmo pode lê-la nos livros? Entretanto eu disse que é tolice fazer uma pergunta que já foi respondida — a literatura inglesa, creio, já é ensinada nas universidades. Além do mais, se formos começar uma discussão sobre isso, precisaremos pelo menos de uns vinte volumes, mas no espaço que nos resta cabem apenas cerca de setecentas palavras. Mesmo assim, sendo ela impertinente, eu disse que faria a pergunta e a apresentaria com a capacidade de que disponho, sem expressar nenhuma opinião pessoal, mas apenas copiando o seguinte fragmento de diálogo.

Outro dia fui visitar uma amiga que ganha a vida lendo originais para uma editora. Pareceu-me, quando eu entrei, que a sala estava um pouco escura. Porém, como a janela estava aberta e era um belo dia de primavera, a escuridão devia ser espiritual — consequência, temi, de algum problema particular. As primeiras palavras dela confirmaram meus temores. "Ah, coitado desse rapaz!", exclamou minha amiga, jogando no chão, com um gesto de desespero, o manuscrito que estava lendo.

Perguntei se tinha havido algum acidente, de carro ou nas montanhas, com algum parente ou conhecido.

"Se você achar que trezentas páginas sobre a evolução do soneto elisabetano são um acidente", ela disse.

"Isso é tudo?", repliquei com alívio.

"Tudo?", ela retaliou. "Pois então não basta?" E, passando a andar de um lado para o outro da sala, exclamou: "Ele era um garoto inteligente; valia a pena conversar com ele; até já teve interesse pela literatura in-

---

[182] Ver o ensaio "O diário de Lady Elizabeth Holland", no presente volume.

Por quê?

glesa. Mas agora...". Ela estendeu as mãos como se lhe faltassem palavras, mas não se tratava disso, pois seguiu-se uma tal torrente de lamentações e vitupérios — mas refletindo sobre como era dura a vida dela, a ler manuscritos dia sim, dia não, eu a desculpei —, que não pude acompanhar o argumento. Tudo o que consegui captar foi que esse monte de palestras sobre literatura inglesa — "Se você quer ensiná-los a ler inglês", sentenciou ela, "ensine-os a ler grego" —, esse monte de exames sobre literatura inglesa, que levou a esse monte de escritos sobre literatura inglesa, seriam certamente por fim a morte e o enterro da literatura inglesa. "A lápide", prosseguia ela, "será um volume encadernado de...", quando a interrompi e lhe disse para não falar tais bobagens. "Pois então me diga", ela falou, de pé à minha frente e com os punhos cerrados, "se eles escrevem melhor por causa disso. A poesia é melhor, a ficção é melhor, a crítica é melhor, agora que eles aprendem a ler literatura inglesa?"

Como se em resposta à sua própria pergunta, ela leu uma passagem do manuscrito no chão. Depois rosnou: "E cada um é a cara e o focinho do outro!", erguendo-o, extenuada, para o seu lugar entre os manuscritos na estante.

"Mas pense em tudo o que eles têm de saber", tentei argumentar. Ela me fez eco: "Saber, saber? E o que você entende por 'saber'?". Como era difícil responder de improviso a essa pergunta, esquivei-me a ela dizendo: "Bem, pelo menos eles serão capazes de ganhar a vida e ensinar a outros". Nisso ela perdeu o controle e, pegando a infortunada obra sobre o soneto elisabetano, arremessou-o às cegas pela sala. O resto da visita passou-se no recolhimento dos cacos de uma jarra que tinha pertencido à avó dela.

Agora, é claro, há uma dezena de outras perguntas clamando para ser feitas: sobre igrejas e parlamentos e bares e lojas e alto-falantes e homens e mulheres; mas felizmente o tempo se esgotou; cai o silêncio.

A arte da biografia[183]

I

A arte da biografia, dizemos — mas de imediato passamos a perguntar: a biografia é uma arte? A pergunta talvez seja tola, e por certo carece de generosidade, tendo em vista o prazer tão intenso que já nos foi dado por biógrafos. Mas tantas vezes essa pergunta se coloca, que deve haver por trás dela alguma coisa. Cada vez que se abre uma nova biografia, lá está ela, lançando sua sombra na página; e seria de se crer na existência de alguma coisa bem mortal nessa sombra, pois quão poucas sobrevivem, enfim, da infinidade de vidas que são escritas!

Mas a razão para essa alta taxa de mortalidade, pode argumentar o biógrafo, é que a biografia, comparada às artes da ficção e da poesia, é uma arte jovem. O interesse por nossa própria existência e a de outras pessoas desenvolveu-se tardiamente no espírito humano. Na Inglaterra, não foi senão no século XVIII que essa curiosidade se expressou na escrita das vidas de determinadas pessoas. Só no século XIX a biografia chegou à idade adulta, tornando-se altamente prolífica. Verdade é que houve apenas três grandes biógrafos — Johnson, Boswell e Lockhart[184] — e a razão para isso, segundo ele, é que o tempo foi pouco; e sua alegação, de que a arte da biografia até agora teve pouco tempo para se estabelecer e desenvolver, certamente é confirmada pelos manuais escolares. Por mais tentador que seja investigar a razão — ou seja, por que a personalidade que escreve um livro em prosa começou a existir tantos séculos depois da que escreve um poema, por que Chaucer precedeu Henry James —, é melhor deixar de lado essa questão insolúvel e passar à

---

[183] "The Art of Biography". Publicado pela primeira vez no número de abril de 1939 da revista *Atlantic Monthly*, de Nova York.

[184] Samuel Johnson (1709-1784), *The Lives of the Poets* (1779-1781); James Boswell (1740-1795), *Life of Samuel Johnson* (1791); John Gibson Lockhart (1794-1854), *Memoirs of the Life of Sir Walter Scott* (1837).

próxima razão que ele dá para a falta de obras-primas. É que a arte da biografia, de todas, é a mais restrita. E disso ele tem à mão a prova, que está no prefácio em que fulano, que escreveu a vida de sicrano, aproveita a oportunidade para agradecer a velhos amigos que emprestaram cartas e, "por fim mas não menos importante", à senhora viúva, "sem cuja ajuda", como ele diz, "esta biografia não poderia ter sido escrita". Já o romancista, observa o nosso biógrafo, simplesmente diz no seu prefácio: "Todos os personagens deste livro são fictícios". O romancista está livre; o biógrafo está amarrado.

Nesse ponto nós talvez cheguemos bem perto daquela outra questão muito difícil que talvez também seja insolúvel: o que queremos dizer quando consideramos um livro obra de arte? De qualquer modo, eis aqui uma distinção entre biografia e ficção — uma prova de que elas diferem pela própria matéria da qual são feitas. Uma se faz com a ajuda de amigos, de fatos; a outra é criada sem quaisquer restrições, a não ser aquelas que o artista, por razões que lhe parecem boas, resolve obedecer. Isso é uma distinção; e há razões de sobra para achar que biógrafos do passado a tomaram não só por distinção, mas por distinção bem cruel.

A viúva e os amigos eram chefes de serviço severos. Vamos supor, por exemplo, que o homem de gênio fosse imoral e colérico, que jogasse suas botas na cabeça da empregada. A viúva diria: "Mesmo assim eu o amava, era o pai dos meus filhos; e o público, que ama os livros dele, de modo algum deve ser desiludido. Disfarce; omita". O biógrafo obedecia. E assim a maioria das biografias vitorianas é como as figuras de cera, hoje preservadas na abadia de Westminster, que eram carregadas pelas ruas em séquitos funerários — efígies que têm apenas uma ligeira semelhança superficial com o corpo no caixão.

Depois, no final do século XIX, houve uma mudança. Novamente por razões difíceis de averiguar, as viúvas se tornaram mais abertas, e mais apurada a visão do público; não mais a efígie transportava convicções ou curiosidade saciada. O biógrafo conquistou, sem dúvida, certa margem de liberdade. Pelo menos ele já podia aludir às rugas e cicatrizes que havia no rosto do ilustre morto. O Carlyle de Froude[185] de modo algum é uma máscara de cera com pintura cor-de-rosa. E depois de Froude houve Sir Edmund Gosse, que ousou dizer que seu próprio pai era um

---

[185] James Anthony Froude (1818-1894), *Carlyle's Early Life* (1882) e *Carlyle's Life in London* (1884).

ser humano falível.[186] E depois de Edmund Gosse, nos primeiros anos do século XX, surgiu Lytton Strachey.

II

A figura de Lytton Strachey é tão importante na história da biografia que requer uma pausa. Pois seus três famosos livros, *Eminent Victorians*, *Queen Victoria* e *Elizabeth and Essex*,[187] são de uma estatura que tanto mostra o que a biografia pode quanto o que ela não pode fazer. Eles assim sugerem muitas respostas possíveis para a questão de saber se a biografia é uma arte e, se não o for, onde fracassa.

Lytton Strachey desabrochou como autor num auspicioso momento. Em 1918, quando fez sua primeira tentativa, a biografia, tendo tomado novas liberdades, era uma forma que oferecia grandes atrativos. Para um escritor como ele, que tinha desejado escrever poesia ou peças teatrais, mas duvidava de seu poder criador, a biografia parecia propor uma alternativa promissora. Pois afinal era possível dizer a verdade sobre os mortos; e a era vitoriana era rica em figuras notáveis, muitas das quais tinham sido grosseiramente deformadas pelas efígies moldadas sobre elas. Recriá-las, mostrá-las como de fato foram, era tarefa que requeria dons análogos aos do poeta ou do romancista, muito embora não dependesse desse poder inventivo de que ele sentia carecer.

Valia a pena tentar. E o interesse e a ira despertados por seus breves estudos dos eminentes vitorianos demonstraram que ele foi capaz de fazer Manning, Florence Nightingale, Gordon e os restantes viverem como eles nunca tinham vivido desde que estiveram realmente encarnados. Uma vez mais, todos se viram no centro dos zumbidos de uma discussão. Seria verdade que Gordon bebia, ou isso era uma invenção? Florence Nightingale recebeu a Ordem do Mérito no seu quarto de dormir ou na sala? Embora uma guerra assolasse a Europa, ele agitou o público e despertou

---

[186] Edmund Gosse (1849-1928), *Father and Son: A Study of Two Temperaments* (1907).

[187] Lytton Strachey (1880-1932), *Eminent Victorians: Cardinal Manning, Florence Nightingale, Dr. Arnold, General Gordon* (1918), *Queen Victoria* (1921) e *Elizabeth and Essex: A Tragic History* (1928).

A arte da biografia

um surpreendente interesse por tais minúcias. A ira e o riso se misturaram; e as edições se multiplicaram.

Mas esses eram breves estudos, com algo do excesso de ênfase e da visão esquemática das caricaturas. Nas vidas das duas grandes rainhas, Elizabeth e Vitória, ele arriscou-se a uma tarefa muito mais ambiciosa. Nunca a biografia havia tido uma oportunidade melhor para mostrar o que podia fazer. Porque ela estava sendo posta à prova agora por um escritor capaz de fazer uso de todas as liberdades já conquistadas pelo gênero: ele era destemido; seu brilho estava comprovado; e ele tinha aprendido bem seu ofício. O resultado lança um jato de luz sobre a natureza da biografia. Pois quem pode duvidar, depois de ler de novo os dois livros, um atrás do outro, que *Victoria* é um triunfal sucesso e *Elizabeth*, em comparação, um fracasso? Mas parece também, quando os comparamos, que não foi Lytton Strachey quem fracassou; foi a arte da biografia. Em *Victoria*, ele tratou a biografia como um ofício, submetendo-se às suas limitações. Em *Elizabeth*, tratou a biografia como uma arte, desprezando suas limitações.

Devemos no entanto prosseguir e nos perguntar como chegamos a essa conclusão e que razões a sustentam. Está claro, antes de tudo, que essas duas rainhas apresentam ao biógrafo problemas muito diferentes. Da rainha Vitória se sabe tudo. Tudo o que ela fez e quase tudo o que pensou eram assuntos de conhecimento comum. Ninguém foi mais atentamente examinada e rigorosamente autenticada do que a rainha Vitória. O biógrafo não poderia inventá-la, porque a todo momento lhe vinha às mãos algum documento que se contrapunha à sua invenção. Ao escrever sobre Vitória, Lytton Strachey se submeteu a essas condições. Usou ao máximo o poder do biógrafo para selecionar e estabelecer relações, mas manteve-se nos limites estritos do mundo factual. Cada afirmação foi verificada; cada fato foi autenticado. E o resultado é uma vida que, muito provavelmente, há de fazer pela velha rainha o que Boswell fez pelo velho fazedor de dicionário.[188] A rainha Vitória de Lytton Strachey é que será no futuro a rainha Vitória, assim como o Johnson de Boswell é hoje em dia o dr. Johnson. As outras versões vão desaparecer pouco a pouco. Foi um prodígio o que ele fez, e o autor, tendo-o realizado, sem dúvida sentiu-se ansioso para seguir adiante. Lá estava a rainha Vitória, sólida,

---

[188] Isto é, Samuel Johnson.

real, palpável. Mas sem dúvida ela era limitada. Não poderia a biografia produzir algo com a intensidade da poesia, algo com a excitação do drama, retendo contudo a peculiar virtude que há nos fatos — sua realidade sugestiva, sua própria criatividade?

A rainha Elizabeth parecia servir à perfeição para o experimento. Muito pouco se sabia a seu respeito. A sociedade na qual ela viveu estava tão distante no tempo que os hábitos, os motivos e até mesmo as ações das pessoas daquela época se revelavam cheios de obscuridade e estranheza. "Por que arte iremos abrir nosso sinuoso caminho até o interior desses estranhos espíritos, desses corpos ainda mais estranhos? Quanto maior a clareza com que o percebemos, mais remoto se torna esse singular universo", observou Lytton Strachey numa das primeiras páginas. Era contudo evidente que havia uma "história trágica" a jazer adormecida, em parte revelada, mas em parte oculta, no relato do que houve entre a rainha e Essex. Tudo parecia prestar-se à feitura de um livro que combinasse as vantagens de dois mundos, que desse liberdade de invenção ao artista, mas amparasse seus inventos com o suporte dos fatos — um livro que fosse não só uma biografia, mas também uma obra de arte.

A combinação todavia provou que não funcionava; fato e ficção negaram-se a se misturar. Elizabeth nunca se tornou real no sentido em que a rainha Vitória tinha sido real, muito embora nunca tenha se tornado fictícia no sentido em que são fictícios Falstaff ou Cleópatra. Como tão pouco se sabia, e nisso pode ter estado a razão, ele foi forçado a inventar; sabia-se de alguma coisa no entanto — e seus inventos eram conferidos. A rainha se move assim num mundo ambíguo, entre fato e ficção, não encarnada nem desencarnada de todo. Há uma impressão de vacuidade e esforço, de uma tragédia que não tem crises, de personagens que se encontram sem nunca entrar em conflito.

Se houver verdade nesse diagnóstico, somos forçados a dizer que o problema está na biografia em si mesma. Ela impõe suas condições, as quais determinam que sua existência se baseie em fatos. Em biografia, entendemos por fatos os que podem ser verificados por outras pessoas além do próprio autor. Se ele inventar fatos como um artista os inventa — fatos que ninguém mais pode verificar — e tentar combiná-los a fatos da outra espécie, todos se destruirão entre si.

Lytton Strachey, em *Queen Victoria*, parece ter compreendido a necessidade dessas condições, a elas cedendo por instinto. "Os primeiros 42 anos da vida da rainha", escreveu ele, "são aclarados por um grande e variado sortimento de informações autênticas. Com a morte de Albert, cai um véu." E quando o véu caiu, com a morte de Albert, ele sabia que o biógrafo tinha exemplos a seguir. "Devemos nos contentar com uma narrativa breve e sumária", escreveu; e os últimos anos sumariamente são descartados. Mas a vida de Elizabeth, como um todo, foi passada atrás de um véu muito mais grosso que o dos últimos anos de Vitória. No entanto, ignorando o que ele mesmo havia admitido, ele se pôs a escrever, não uma narrativa breve e sumária, mas todo um livro sobre aqueles espíritos estranhos e corpos ainda mais estranhos a respeito dos quais faltavam informações autênticas. A tentativa, tal como já mostrado por ele, estava destinada ao fracasso.

III

Parece então que, ao se queixar de estar amarrado por amigos, cartas e documentos, o biógrafo já punha o dedo num elemento necessário à biografia; e que é também uma limitação necessária. Pois o personagem inventado vive num mundo livre onde os fatos são verificados por uma pessoa somente — o próprio artista. A autenticidade dos fatos está na verdade da visão do artista. O mundo criado por essa visão é mais rarefeito, mais intenso e mais unido num todo do que o mundo que é em grande parte constituído por informações fornecidas por outras pessoas. Por causa dessa diferença, as duas espécies de fatos não se misturarão; se elas se tocarem, destroem-se. Ninguém, parece ser a conclusão, pode ter o melhor desses dois mundos; você tem de escolher, mantendo-se fiel à sua escolha.

Mas, embora o fracasso de *Elizabeth and Essex* leve a tal conclusão, esse fracasso, por ter sido o resultado de um audacioso experimento feito com exímia perícia, abre caminho para novas descobertas. Se tivesse vivido mais, sem dúvida o próprio Lytton Strachey haveria de explorar o filão inaugurado por ele. Se não o fez, mostrou-nos a direção pela qual outros poderão avançar. O biógrafo é limitado por fatos — assim é; mas, sendo assim, ele tem direito a todos os fatos disponíveis. Se o biografado jogava suas botas na cabeça da empregada, tinha uma amante em Islington ou foi encontrado bêbado numa valeta depois de uma noitada devassa, o biógrafo tem de estar livre para dizer tais coisas — ao menos na medida em que o permitam a lei da injúria e os sentimentos humanos.

Esses fatos todavia não são como os fatos da ciência — sempre os mesmos depois de descobertos. Estão sujeitos a mudanças de opinião; e as opiniões, como os tempos, mudam. O que já foi considerado um pecado é agora tido, à luz dos fatos para nós conquistados pelos psicólogos, por ser talvez uma desgraça; talvez uma curiosidade; talvez nem uma coisa nem outra, mas um simples ponto fraco que, seja em que sentido for, não tem maior importância. A ênfase em sexo, na memória de pessoas ainda vivas, mudou. E isso leva à destruição de um grande acúmulo de matéria morta que ainda obscurece os verdadeiros traços da face humana. Muitos dos antigos títulos de capítulos — a vida de estudante, o casamento, a carreira — são mostrados como distinções muito arbitrárias e artificiais. O fluxo real da existência do herói, com toda a probabilidade, tomou um rumo diferente.

O biógrafo assim tem de ir à frente do restante de nós, como o informante do mineiro, testando a atmosfera, detectando falsidade, irrealidade e a presença de convenções obsoletas. Sua capacidade de percepção da verdade deve manter-se em permanente estado de alerta. E mais uma vez, já que vivemos numa época em que milhares de câmeras são apontadas para cada personagem, por jornais, cartas, diários, a partir de todos os ângulos, ele deve estar preparado para admitir versões contraditórias da mesma face. A biografia alargará seu escopo pendurando espelhos em cantos inesperados. E de toda essa diversidade ela irá no entanto extrair, não a confusão mais completa, e sim uma unidade mais rica. E mais uma vez, já que tanto se sabe do que antes era desconhecido, inevitavelmente se apresenta agora a questão de saber se apenas as vidas dos grandes homens devem ser recordadas. Qualquer um que tenha vivido uma vida, e deixado um registro dessa vida, não merece uma biografia — tanto os fracassados como os vitoriosos, tanto os ilustres como os humildes? O biógrafo deve rever nossos padrões de mérito e erigir novos heróis para nossa admiração.

IV

A biografia assim está apenas começando sua carreira; sem dúvida alguma, tem pela frente uma longa vida ativa — vida cheia de dificuldades, riscos, trabalho árduo. Não obstante, podemos ter plena certeza também de que é uma vida diferente da vida da poesia e da ficção — e que é vivida num nível mais baixo de tensão. Por esse motivo é que suas criações não estão destinadas àquela imortalidade que o artista de quando em quando conquista para o que ele cria.

Aparentemente já temos certas provas disso. Nem mesmo o dr. Johnson, tal como criado por Boswell, viverá tanto quanto Falstaff, tal como criado por Shakespeare. Micawber e Miss Bates,[189] podemos ter certeza, sobreviverão ao Walter Scott de Lockhart e à rainha Vitória de Lytton Strachey. Porque é mais resistente o material de que foram feitos. A imaginação do artista, em sua intensidade máxima, elimina o que há de perecível nos fatos; ele constrói com o que é durável; mas o biógrafo tem de aceitar o perecível, construir com isso, embuti-lo no próprio arcabouço do seu trabalho. E assim chegamos à conclusão de que ele é um artesão, não um artista; e sua obra não é uma obra de arte, mas algo que se situa bem de permeio.

A obra do biógrafo, nesse nível mais baixo, é no entanto inestimável; nem temos como agradecê-lo devidamente pelo que ele faz por nós, que somos incapazes de viver circunscritos ao mundo intenso da imaginação. A imaginação é uma faculdade que não custa a se cansar e precisa revigorar-se em repouso. Mas a alimentação adequada, para uma imaginação exausta, não é a poesia inferior, nem a ficção menor — que na verdade a entorpecem e corrompem —, e sim o fato sóbrio, aquelas "informações autênticas" a partir das quais, como Lytton Strachey nos mostrou, a boa biografia é feita. Onde e quando viveu o homem real; que aparência tinha; se ele usava botas com cadarços ou com elástico nos lados; quem eram suas tias, seus amigos; como ele assoava o nariz; a quem amou, e como; e, quando veio a morrer, morreu ele em sua cama, como um cristão, ou...

Contando-nos os fatos verídicos, peneirando na grande massa os pormenores e modelando o todo para que percebamos seu contorno, o biógrafo faz mais para estimular a imaginação do que qualquer poeta ou romancista, exceto os maiores de todos. Pois poucos poetas e romancistas são capazes desse alto grau de tensão que a própria realidade nos dá. Mas praticamente qualquer biógrafo, desde que respeite os fatos, pode nos dar muito mais do que apenas outro fato para acrescentar à nossa

---

[189] Wilkins Micawber, personagem de *David Copperfield* (1849), de Charles Dickens; Miss Bates, personagem de *Emma* (1816), de Jane Austen.

coleção. E disso também temos certa prova. Pois quantas vezes, quando uma biografia é lida e posta de lado, alguma cena permanece clara, alguma figura continua vivendo nas profundezas da mente e nos leva a sentir, quando lemos um poema ou um romance, um tremor de reconhecimento, como se nos lembrássemos de alguma coisa que já sabíamos antes.

Resenhando[190]

I

Há umas vitrines de lojas, em Londres, que sempre atraem muita gente. E a atração não é por um produto acabado, mas sim por roupas gastas pelo uso que estão sendo remendadas. Os passantes observam, apinhados ali, o trabalho das mulheres que, sentadas na vitrine, dão pontos invisíveis em calças roídas por traças. Essa visão familiar pode servir de ilustração para o artigo que se segue. Na vitrine da loja, sob os olhos curiosos dos resenhistas, sentam-se pois nossos poetas, teatrólogos e romancistas. Mas os resenhistas não se contentam, como a multidão na rua, em observar em silêncio; eles fazem comentários em voz alta sobre o tamanho dos furos, sobre a habilidade dos trabalhadores, sem deixar de recomendar ao público quais dentre os bens expostos na vitrine valem a pena ser comprados. O objetivo deste artigo é levantar uma discussão sobre o valor da função do resenhista — para o escritor, o público, o próprio resenhista e a literatura. Que antes porém se faça uma ressalva: entende-se por "resenhista" aquele que escreve sobre literatura imaginativa — poesia, ficção, teatro; e não o que resenha livros de história, política, economia. A função deste é diferente e, por razões que não entrarão em discussão aqui, ele a preenche em geral tão bem, de fato tão admiravelmente, que seu valor não será posto em questão. Tem então o resenhista de literatura imaginativa algum valor, no atual momento, para o escritor, o público, o próprio resenhista e a literatura? E, se assim for, qual? Se não, como poderia sua função ser modificada e tornada proveitosa? Para abordar essas questões complicadas e abrangentes, comecemos dando uma rápida olhada na história da resenha, já que isso pode contribuir para que a natureza de uma resenha, no presente momento, se defina.

---

[190] "Reviewing". Publicado pela primeira vez como folheto, pela Hogarth Press, em 2 de novembro de 1939, com a nota de Leonard Woolf no fim.

Como a resenha passou a existir com o jornal, essa história é breve. *Hamlet* não foi resenhado, nem o *Paraíso perdido*. Crítica já havia, mas só a transmitida de boca em boca, fosse pela plateia, no teatro, ou por colegas escritores, nas tabernas e em oficinas particulares. A crítica impressa teve início, presume-se que em tosca forma primitiva, no século XVII. O século XVIII já ressoa decerto com os gritos e apupos do resenhista e de sua vítima. Mas pelo final desse século ocorreu uma mudança — o corpo da crítica parece então ter se fendido em duas partes. O crítico e o resenhista dividiram entre si o país. O crítico — que o dr. Johnson[191] o represente — lidava com o passado e os princípios; o resenhista fazia uma avaliação dos livros novos, à medida que eles saíam do prelo. Essas funções tornaram-se cada vez mais distintas ao aproximar-se o século XIX. Havia de um lado os críticos — Coleridge, Matthew Arnold[192] —, que tinham tempo de sobra e muito espaço; e de outro os resenhistas "irresponsáveis", e quase sempre anônimos, que tinham menos tempo, menos espaço, e cuja complexa tarefa era em parte informar ao público, em parte criticar o livro e em parte anunciar sua existência.

Assim, embora o resenhista do século XIX tenha muitas semelhanças com seu representante vivo, havia certas diferenças importantes. Uma delas é mostrada pelo autor de *Times History*: "Eram menos os livros resenhados, mas as resenhas eram mais longas do que atualmente [...] Até um romance poderia merecer duas colunas ou mais" —,[193] ele se refere a meados do século XIX. Veremos adiante por que são tão importantes essas diferenças. Por ora, vale a pena fazer uma pausa para examinar outras consequências das resenhas, que se manifestaram então pela primeira vez e não são nada fáceis de resumir; os efeitos que elas tiveram sobre as vendas e a sensibilidade do autor. Inegavelmente as resenhas influíam muito nas vendas. Thackeray disse, por exemplo, que a resenha do seu *Esmond* no *Times* "interrompeu por completo a venda do livro".[194] As resenhas também tinham um efeito imenso, embora menos calculável,

---

[191] Samuel Johnson (1709-1774), poeta, ensaísta, moralista, biógrafo, crítico literário e lexicógrafo inglês.

[192] Samuel Taylor Coleridge (1772-1834); Matthew Arnold (1822-1888).

[193] *The History of "The Times", v. 2, The Tradition Established, 1841-1884* (1939).

[194] William Makepeace Thackeray (1811-1863), *The History of Henry Esmond, Esq.* (1852).

sobre a sensibilidade do autor. É notório o efeito sobre Keats; e também sobre o suscetível Tennyson.[195] Esse não só alterou poemas seus, a pedido de um resenhista, como na realidade até pensou em emigrar; e foi lançado a tal desespero pela hostilidade dos resenhistas, segundo um biógrafo, que por toda uma década seu estado mental, e assim sua poesia, foi alterado por eles. Os mais fortes e autoconfiantes viram-se igualmente afetados. "Como pode um homem como Macready", perguntou Dickens, "se aborrecer e apoquentar e irritar com esses piolhos da literatura?" — sendo os "piolhos" os que escrevem nos jornais de domingo —, "criaturas pútridas que têm forma de gente e coração de demônio?" No entanto, por piolhos que sejam, quando eles "disparam suas flechas de pigmeus" nem mesmo Dickens, com todo o seu gênio e sua esplêndida vitalidade, pode não se importar; e tem de fazer um voto para dominar sua ira e "conquistar a vitória mantendo-se indiferente e deixando que eles continuem a zumbir".[196]

Às suas diferentes maneiras, como se vê, tanto o grande poeta quanto o grande romancista admitiram o poder do resenhista do século XIX; e é lícito presumir que por trás deles se achava uma miríade de poetas e romancistas menores, quer da variedade suscetível, quer da mais vigorosa, que foram afetados, todos eles, de modo bem semelhante. Modo que era complexo; e que é difícil de analisar. Tennyson e Dickens não apenas se irritam, como saem feridos; e envergonham-se também de si mesmos por sentirem tais emoções. O resenhista era um piolho; mas sua picada, embora fosse desprezível, doía. Porque magoava a vaidade; fazia mal à reputação; prejudicava as vendas. Indubitavelmente o resenhista do século XIX era um inseto perigoso; tinha considerável poder sobre a suscetibilidade do autor e sobre o gosto do público. Podia magoar o autor; podia persuadir o público a comprar ou se abster de comprar.

---

[195] John Keats (1795-1821); Alfred, Lord Tennyson (1809-1892).

[196] Citações de uma carta de Charles Dickens ao ator e produtor teatral William Charles Macready (1793-1873), só publicada no volume 3 (1974) de *The Letters of Charles Dickens*, org. Madeline House e outros (12 vols., 1965-2002). Não se sabe como Virginia Woolf, em sua época, teve acesso a essa carta.

Resenhando

II

Estando as figuras assentadas, com suas funções e seus poderes esboçados em termos gerais, deve-se perguntar em seguida se o que então era verdade também o é agora. Parece ter havido pouca mudança, à primeira vista. Todas as figuras ainda estão conosco — o crítico; o resenhista; o autor; o público; e mais ou menos nas mesmas relações. O crítico está separado do resenhista; a função do resenhista é, em parte, ocupar-se de literatura contemporânea; em parte, divulgar o autor; e em parte informar ao público. Há contudo uma mudança; e uma mudança da maior importância, que parece ter se feito sentir no final do século XIX. Nas palavras do historiador do *Times* já citado, assim se resume ela: "A tendência foi as resenhas se tornarem mais curtas e não demorarem tanto a sair". Mas houve ainda outra tendência; não só as resenhas passaram a ser mais curtas e frequentes, como também aumentaram imensuravelmente em quantidade. O resultado dessas três tendências foi da maior importância; na verdade, foi catastrófico; as três, entre si, ocasionaram o declínio e a queda das resenhas. Por elas terem se tornado mais curtas, mais frequentes e mais numerosas, o valor das resenhas para todas as partes interessadas foi diminuindo até — será demais dizer até se extinguir? Pensemos porém um pouco. As pessoas interessadas são o autor, o leitor e o editor. Colocando-os nessa ordem, perguntemo-nos primeiro como essas tendências afetaram o autor — por que a resenha deixou de ter qualquer importância para ele? Vamos supor, por questão de brevidade, que o maior valor de uma resenha para o autor fosse o efeito que ela tem sobre ele como escritor — que ela lhe desse uma opinião abalizada sobre sua obra e assim lhe permitisse julgar, mesmo por alto, o quanto ele havia triunfado ou fracassado como artista. Mas isso foi quase totalmente destruído pela multiplicidade de resenhas. Agora que ele recebe sessenta resenhas, quando no século XIX teria talvez seis, ele constata que não existe tal coisa, uma "opinião" sobre a sua obra. O elogio anula as ressalvas; as ressalvas, o elogio. Há tantas opiniões diferentes sobre a sua obra como diferentes são os resenhistas. Logo ele se põe a descartar a reprovação e o louvor; ambos são igualmente inúteis. Valoriza a resenha apenas pelos efeitos que ela tenha sobre a sua reputação e as vendas.

A mesma causa também reduziu o valor da resenha para o leitor. O leitor espera que o resenhista lhe diga se um poema ou um romance é bom ou ruim, a fim de que ele possa decidir se o compra ou não. Mas sessenta resenhistas lhe garantem ao mesmo tempo que é uma obra-prima — e uma porcaria. Opiniões tão completamente contraditórias, entrando em choque, se eliminam. O leitor deixa o julgamento em suspenso; fica à espera de uma oportunidade para ele mesmo ver o livro; e com toda a probabilidade se esquece para sempre disso, guardando seu dinheiro no bolso.

A variedade e diversidade de opiniões afeta o editor da mesma maneira. Ciente de que o público já não confia no elogio nem na reprovação, vê-se ele reduzido a imprimir lado a lado os dois: "Isto é... poesia que ainda será lembrada por séculos" e "Há várias passagens que me fazem mal fisicamente", para citar um exemplo real;[197] ao que de si para si, de modo muito espontâneo, o editor acrescenta: "Por que você não a lê?". A própria pergunta basta para demonstrar que a resenha, tal como praticada hoje, falhou em todos os objetivos. Por que se dar o trabalho de escrever resenhas, de ler ou citar resenhas, se afinal é o próprio leitor que tem de decidir sozinho a questão?

III

Se o resenhista deixou de ter qualquer importância, para o autor ou para o público, extingui-lo é uma obrigação social. E o recente fracasso de certas revistas constituídas em grande parte por resenhas parece demonstrar que de fato esse será seu destino, seja lá qual for o motivo. Entretanto vale a pena observá-lo em sua existência — um vibrante punhado de pequenas resenhas ainda vem junto com os grandes diários e semanários políticos —, antes que o varram de cena, para ver o que ele ainda está tentando fazer; por que lhe é tão difícil fazê-lo; e se há ou não há aí algum elemento de valor que mereça ser preservado. Podemos pedir ao próprio resenhista que lance luz sobre a natureza do problema tal como visto por ele. Ninguém mais qualificado para fazê-lo do que Harold Nicolson,[198] que um dia desses abordou justamente as dificuldades

---

[197] *The New Statesman*, abril de 1939. (N. da A.)

[198] Harold Nicolson (1886-1968) casou-se em 1913 com Vita Sackville-West, que desde 1922 se tornou amiga de Virginia Woolf. Os comentários dele aqui transcritos fo-

e obrigações de um resenhista do seu ponto de vista.[199] Ele começa dizendo que o resenhista, que é "uma coisa muito diferente do crítico", é "tolhido pela natureza hebdomadária de sua tarefa" — noutras palavras, é forçado a escrever demais e com frequência excessiva. Em seguida ele passa a definir a natureza dessa tarefa: "Cabe a ele relacionar cada livro que lê aos eternos padrões de excelência literária? Se o fosse fazer, suas resenhas seriam uma longa ululação. Cabe a ele ter simplesmente em mira o público das bibliotecas e dizer às pessoas o que para elas pode ser agradável ler? Se o fosse fazer, submeteria seu próprio nível de gosto a um nível não muito estimulante. Como ele age então?". Já que não pode estabelecer referência com os padrões eternos da literatura; já que não pode dizer ao público das bibliotecas o que eles gostariam de ler — isso seria "uma degradação do espírito" —, não há senão uma coisa que ele pode fazer: resguardar-se. "Eu me resguardo entre os dois extremos. Dirijo-me aos autores dos livros que resenho; quero dizer-lhes por que gosto ou não gosto de seu trabalho; e acredito que de tal diálogo o leitor comum há de extrair alguma informação."

É uma declaração honesta; e sua honestidade é esclarecedora. Mostra que a resenha se tornou expressão de uma opinião individual, dada sem nenhuma tentativa de se referir aos "padrões eternos" por um homem que está com pressa; que dispõe de pouco espaço; que cria a expectativa de satisfazer a variados interesses nesse pequeno espaço; que é incomodado pela consciência de não estar cumprindo sua tarefa; que tem dúvidas quanto ao que seja essa tarefa; e que finalmente é forçado a se resguardar. Acontece que o público, embora tolo, não é assim tão burro para investir seus trocados nos conselhos de um resenhista que escreve em tais condições; e embora tenha a vista curta, não é assim tão ingênuo para acreditar nos grandes poetas, grandes romancistas e obras marcantes de uma época que toda semana são descobertos sob tais condições. No entanto as condições são essas; e há boas razões para supor que elas se tornarão mais drásticas no decorrer dos próximos anos. O resenhista já não passa de uma ponta de papel às tontas na rabiola do papagaio político. Dentro em breve ele simplesmente não terá mais condições de exis-

---

ram feitos numa resenha de *Civil Journey* (1939), livro de ensaios de Storm Jameson (1891-1986).

[199] *Daily Telegraph*, [24 de] março, 1939. (N. da A.)

tência. Seu trabalho será feito — em muitos jornais já é feito — por um funcionário competente, armado de tesoura e cola, que será chamado (pode ser) de Sarjeta. Esse Sarjeta há de escrever uma nota sobre o livro; há de resumir o enredo (se for um romance); há de pinçar uns versos (se for um poema); ou de citar algumas anedotas (se for uma biografia). O que sobrar do resenhista — talvez ele venha a ser conhecido como o Provador — há de colocar uma marca nessas notas: um asterisco, como sinal de aprovação, ou uma cruz, como sinal de desaprovação. E o informe saído dessa linha de produção Sarjeta & Marca ocupará o lugar do atual chilreio discordante e às tontas. Não há razão para supor que o novo sistema será pior do que o atual para servir a duas das partes interessadas. Ao público das bibliotecas se dirá o que ele quer saber — se o livro é daquele tipo de livro que se pede numa biblioteca; já o editor terá de juntar apenas asteriscos e cruzes, em vez de se estafar copiando frases alternadas de elogio e achincalhe a que nem ele nem o público dão qualquer crédito. Todos provavelmente irão poupar tempo e dinheiro. Resta porém considerar duas outras partes — quais sejam, o autor e o resenhista. Que significado terá para eles o sistema Sarjeta & Marca?

Vejamos em primeiro lugar o caso do autor, que é mais complexo, por ter seu organismo se desenvolvido em mais alto grau. Durante os quase dois séculos em que esteve exposto a resenhistas, sem dúvida ele elaborou o que se pode chamar de uma consciência da crítica, tendo presente no espírito uma figura conhecida como "o resenhista". Para Dickens, tratava-se de um piolho armado com flechas de pigmeus, que tinha forma de gente e coração de demônio. Para Tennyson, era mais assustador ainda. É verdade que hoje em dia os piolhos são tantos, e tão inumeráveis são as picadas que dão, que o autor fica comparativamente imune ao seu veneno — nenhum autor desanca os resenhistas agora com aquela virulência de Dickens, nem a eles obedece com a submissão de Tennyson. Ainda assim, mesmo agora há erupções na imprensa que nos levam a crer que o ferrão do resenhista continua cheio de veneno. Mas que parte sente a mordida dele — e qual a verdadeira natureza da emoção que ele causa? A pergunta é complexa; mas, submetendo o autor a um teste mais simples, talvez possamos descobrir alguma coisa que servirá de resposta. Pegue um autor suscetível e coloque-o diante de uma resenha hostil. Sintomas de dor e raiva rapidamente se desenvolvem. Diga-lhe depois que ninguém, a não ser ele mesmo, lerá aquelas observações insultuosas. Dentro de cinco a dez minutos a dor, que, se o ataque fosse em público, duraria uma semana e engendraria amargo rancor, passa completamente. A temperatura baixa; a indiferença retorna. E isso prova que a parte suscetível é a reputação; o que a vítima temia era o efeito do insulto sobre a opinião que outras pessoas tinham dele, assim como teme o eventual efeito do insulto sobre seu bolso. Mas a suscetibilidade pelo bolso, na maioria dos casos, desenvolveu-se em grau muito menor do que a suscetibilidade pela reputação. Já no tocante à sensibilidade do artista — à opinião que ele tem sobre seu próprio trabalho —, essa não será atingida por nada do que o resenhista disser a favor ou contra. A suscetibilidade pela reputação continua entretanto a atuar; e assim será preciso algum tempo para convencer os autores de que aquele sistema Sarjeta & Marca é tão satisfatório quanto o atual sistema de resenhas. Dirão eles que têm suas "reputações" — bolhas de opinião formadas pelo que os outros pensam a seu respeito; e que essas bolhas são infladas ou esvaziadas pelo que sobre eles é dito na imprensa. Mesmo assim, nas condições atuais, já vem aí um tempo em que nem o próprio autor acreditará que alguém pense melhor ou pior a seu respeito pelo fato de o elogiarem ou criticarem na imprensa. Logo ele começará a entender que seus interesses — seu desejo de fama e dinheiro — são atendidos com tanta eficiência pelo sistema Sarjeta & Marca quanto pelo atual sistema de resenhas.

Porém, mesmo quando esse estágio for atingido, algum motivo de queixa poderá restar ao autor. O resenhista teve outro fim em mira, além de fomentar vendas e inflar reputações. E Harold Nicolson tocou nesse ponto. "Quero dizer-lhes por que gosto ou não gosto de seu trabalho." O autor então quer que Nicolson diga diretamente a ele por que gosta ou não de seu trabalho. E é um desejo genuíno, que sobrevive ao teste de privacidade. Feche as portas e as janelas; puxe as cortinas. Certifique-se de que isto não aumentará a fama ou a riqueza do autor; e ainda assim é uma questão do maior interesse para um escritor saber o que um leitor inteligente e sincero pensa a respeito do seu trabalho.

IV

Voltemo-nos agora mais uma vez para o resenhista. Não pode haver dúvida de que a situação dele no atual momento, a julgar tanto pelas desabridas observações de Nicolson quanto pela evidência interna das próprias resenhas, é extremamente insatisfatória. O resenhista tem de ser conciso e escrever às pressas. Os livros que ele resenha, em sua maioria, não justificam gastar pena e papel — é inútil submetê-los aos "padrões eternos". Além disso ele sabe que, como estipulou Matthew Arnold, é impossível aos vivos julgar as obras dos vivos, até mesmo se as condições forem favoráveis. Anos, muitos anos têm de passar, segundo Matthew Arnold, antes de se poder emitir uma opinião que não seja, "além de pessoal, pessoalmente apaixonada".[200] E o resenhista dispõe de apenas uma semana. Os autores não estão mortos, mas vivos. E os vivos são amigos ou inimigos; têm esposas e famílias; têm personalidades e posições políticas. O resenhista sabe que há obstáculos, distrações e prevenções que o limitam. Sabendo de tudo isso, e tendo a prova, nas ferozes contradições da opinião contemporânea, de que é tudo assim mesmo, ele entretanto tem de submeter uma perpétua sucessão de novos livros a uma mente tão incapaz de receber novas impressões ou de fazer uma afirmativa desapaixonada quanto um velho pedaço de papel mata-borrão na mesa de uma agência dos correios. Ele tem de resenhar; porque ele tem de viver; e ele tem de viver, já que a maioria dos resenhistas provém da classe mais instruída, de acordo com os padrões dessa classe. Por conseguinte ele tem de escrever muito e com muita frequência. Não parece haver senão um alívio para esse horror, que é ele se comprazer dizendo aos autores por que gosta ou não gosta dos seus livros.

V

O elemento da resenha que tem valor para o próprio resenhista (sem que entre em causa o dinheiro ganho) é o mesmo que assume importância para o autor. O problema então é como preservar esse valor — o valor do diálogo, como diz Nicolson —, e colocar as duas partes juntas, numa união que seja proveitosa para as mentes e os bolsos de ambas. Não deveria ser um problema difícil de resolver, pois a medicina já nos mostrou o caminho. Com algumas diferenças, a prática clínica poderia ser imitada — há muitas semelhanças entre resenhista e médico, entre paciente e autor. Que portanto os resenhistas se extingam, ou que se ex-

---

[200] Virginia Woolf também cita essa frase de Matthew Arnold em seu ensaio "Como impressionar um contemporâneo", reproduzido no presente volume.

Resenhando

tingam as relíquias restantes das funções que exerciam, e ressuscitem como médicos. Outro nome receberia o praticante — consultor, expositor ou comentador; algumas credenciais lhe seriam dadas, antes os livros escritos do que os exames feitos; e seria tornada pública uma lista dos que estavam aptos e autorizados a praticar. O escritor então submeteria seu trabalho ao juiz de sua escolha; um encontro seria combinado; uma entrevista seria marcada. Em estrita privacidade e com algum formalismo — os honorários teriam de ser suficientes para impedir que a conversa degenerasse em falatório à mesa do chá —, o médico e o escritor se reuniriam; e fariam por uma hora a consulta sobre o livro em questão. A conversa, sendo em particular, seria franca. Essa privacidade teria para os dois, antes de tudo, uma inestimável vantagem. O consultor falaria sincera e abertamente, porque o temor de afetar as vendas ou de ferir sentimentos não estaria presente. A privacidade reduziria as tentações da vitrine — a tentação de fazer figura, de estar ali marcando pontos. O consultor não teria um público de biblioteca para informar e tomar em consideração, nem um público leitor ao qual impressionar e divertir. Assim ele poderia se concentrar no próprio livro e em dizer ao autor por que seu livro lhe agrada ou desagrada. O autor se beneficiaria também. Uma hora de conversa em particular com um crítico escolhido por ele seria incalculavelmente mais produtiva do que as quinhentas palavras de um artigo misturado com a matéria extrínseca que lhe é imposta hoje em dia. Ele poderia expor seu caso. Poderia apontar suas dificuldades. E não mais sentiria, como agora se dá com tamanha frequência, que o crítico está falando de uma coisa que não foi escrita por ele. Além do mais, ele teria a vantagem de entrar em contato com uma mente bem aparelhada, na qual se abrigam outros livros e até outras literaturas e, assim, outros padrões; em contato com um ser humano vivo, não com um homem de máscara. Muitos diabinhos perderiam os chifres. O piolho se tornaria um homem. A importância da "reputação" do escritor iria declinar gradativamente, e ele se veria livre desse cansativo apêndice e suas irritantes consequências — eis algumas das óbvias e inegáveis vantagens que a privacidade garantiria.

Depois há a questão financeira — a profissão de expositor seria tão rentável quanto a de resenhista? E quantos autores haverá que gostariam de ter a opinião de um especialista sobre o seu trabalho? A resposta para isso é ouvida todo dia, nas exclamações mais ruidosas, em qualquer escritório de editor e na correspondência de qualquer escritor. "Deem-

-me conselhos", repetem eles, "façam-me críticas." O número de escritores genuinamente à procura de conselhos e críticas, não com objetivos de publicidade, mas sim por ser sua necessidade profunda, é uma prova convincente da demanda. Mas estariam eles dispostos a pagar os três guinéus em que importam os honorários do médico? Quando descobrissem, como decerto o fariam, que numa hora de conversa se contém muito mais, mesmo se ela custar três guinéus, do que na carta apressada que eles agora arrancam do atormentado leitor da editora, ou nas quinhentas palavras que são tudo com que podem contar da parte do resenhista às tontas, até mesmo os indigentes achariam que o investimento bem que merecia ser feito. Não são apenas os jovens e necessitados que procuram conselhos. A arte da escrita é difícil; em qualquer estágio a opinião de um crítico impessoal e desinteressado teria imenso valor. Quem não empenharia o bule de chá da própria família para poder conversar sobre poesia por uma hora com Keats, ou com Jane Austen sobre a arte da ficção?

VI

Resta afinal a mais importante e a mais difícil de todas essas perguntas — que efeito a extinção do resenhista teria sobre a literatura? Algumas razões para pensar que, se quebrassem a vitrine da loja, fariam bem à saúde dessa deusa remota foram insinuadas. O escritor se retiraria à escuridão da oficina; não mais conduziria sua difícil e delicada tarefa como uma cerzideira de calças na Oxford Street, com uma horda de resenhistas de nariz colado no vidro a comentar cada ponto para os curiosos em volta. O constrangimento devido a sua autoconsciência iria diminuir e sua reputação iria encolher. Se não mais o empurrassem para todos os lados, ora animado, ora deprimido, lhe seria possível ir cuidar do seu trabalho. E isso talvez redundasse em melhoria na escrita. Por sua vez, o resenhista, que agora tem de ganhar seus trocados dando cambalhotas na vitrine para divertir o público e promover suas habilidades, teria apenas de pensar no livro e nas necessidades do autor. E isso talvez redundasse em melhoria na crítica.

Mas talvez houvesse outras e mais positivas vantagens. O sistema Sarjeta & Marca, eliminando o que passa atualmente por ser crítica literária — aquelas poucas palavras dedicadas a "por que eu gosto ou não gosto deste livro" —, economizará espaço. Quatrocentas ou quinhentas palavras talvez pudessem ser poupadas no decorrer de um mês ou dois. E um editor, com esse espaço à disposição, poderia não somente expressar seu respeito pela literatura, mas também prová-lo na prática. Poderia dedicar esse espaço, mesmo num diário ou semanário político, não a estrelas e trechinhos, mas a literatura não comercial e não assinada — a ensaios, a críticas. Entre nós pode haver um Montaigne — um Montaigne dividido hoje em fatias fúteis de mil a 1,5 mil palavras por semana. Com espaço e tempo ele poderia reviver e, com ele, uma forma de arte admirável e agora já quase extinta. Ou pode haver um crítico entre nós — um Coleridge, um Matthew Arnold. Ele agora desperdiça suas forças, como Harold Nicolson nos mostrou, sobre uma pilha heterogênea de poemas, peças teatrais, romances, tudo para ser resenhado numa coluna na próxima quarta-feira. Se lhe dessem 4 mil palavras, nem que apenas duas vezes por ano, o crítico poderia emergir e, com ele, os padrões, aqueles "padrões eternos" que, se nunca servirem como pontos de referência, longe de ser eternos, deixarão de existir. Todos nós não sabemos que o autor A escreve melhor, ou talvez pior, do que o autor B? Mas isso é tudo o que queremos saber? Tudo o que devemos perguntar?

Resuma-se então, ou melhor, juntemos um montinho de conjecturas e conclusões no fim dessas observações espalhadas para alguém depois derrubar. Admite-se que a resenha aumenta a falta de espontaneidade e diminui o vigor. A vitrine da loja e o espelho inibem e confinam. Se a discussão fosse posta em lugar deles — uma discussão destemida e desinteressada —, o escritor ganharia em amplitude, em profundidade, em poder. E essa mudança iria repercutir finalmente no espírito do público. Sua figura favorita de diversão, o autor, esse híbrido entre o pavão e o macaco, seria afastado das risadarias do público para surgir em seu lugar um trabalhador obscuro que está fazendo seu trabalho na escuridão da oficina e não deixa de merecer respeito. Uma nova relação pode passar a existir, menos inútil e menos pessoal do que a velha. E daí podem decorrer um novo interesse por literatura e um novo respeito pela literatura. Vantagens financeiras à parte, que raio de luz isso traria, que raio de pura luz solar um público crítico e faminto traria à escuridão da oficina!

Nota de Leonard Woolf

Este panfleto levanta questões de considerável importância para a literatura, o jornalismo e o público leitor. Com muitos de seus argumentos eu concordo, mas algumas das conclusões me parecem discutíveis, porque o significado de certos fatos foi ignorado, ou seu peso subestimado. A intenção desta nota é chamar a atenção para esses fatos e sugerir como eles podem modificar as conclusões.

No século XVIII houve uma revolução no público leitor e na organização econômica da literatura como profissão. Goldsmith, que viveu durante essa revolução, deu-nos uma nítida imagem do que aconteceu e uma análise admirável de suas consequências.[201] Houve uma enorme expansão do público leitor. Até então o escritor escrevia e o editor publicava para um pequeno e culto público literário. O autor e o editor dependiam economicamente de um ou mais mecenas, sendo os livros artigos de luxo produzidos para uma classe restrita e de consumo abastado. A expansão do público leitor destruiu esse sistema e em seu lugar pôs outro. Para o editor, tornou-se economicamente viável publicar livros para "o público", vender uma quantidade de exemplares suficiente para cobrir seus gastos, entre os quais uma justa remuneração ao autor, e obter para si um lucro. Isso acabou com o sistema de patrocínio, eliminou o mecenas e abriu caminho para o livro barato, lido por milhares e não por dezenas. O autor, caso se dispusesse a ganhar a vida escrevendo, tinha agora de escrever para "o público" e não para o mecenas. Se a mudança de sistema, no todo, foi boa ou má para a literatura, pode ser tema de um debate; convém notar entretanto que Goldsmith, que conheceu os dois sistemas e é respeitado por ter produzido pelo menos uma "obra de arte", foi ardorosamente a favor do novo. Era inevitável que o novo sistema produzisse o resenhista, assim como produziu o jornalismo moderno, do qual o resenhista é apenas um pequeno e específico aspecto. Aumentando o número de leitores, e com isso o número de livros, escritores e editores, duas coisas aconteceram: a escrita e a edição tornaram-se profissões ou ofícios altamente competitivos, por um lado, tendo por outro surgido a necessidade de dar ao vasto público leitor informações concer-

---

[201] Oliver Goldsmith (1730-1774), escritor e jornalista prolífico, autor de mais de quarenta livros, entre os quais *An Enquiry into the Present State of Polite Learning in Europe* (1759).

Resenhando

nentes ao conteúdo e à qualidade dos livros publicados, para que cada pessoa tivesse onde se apoiar ao fazer sua seleção de livros para ler, dentre os milhares editados.

O jornalismo moderno, vendo uma oportunidade para atender a essa demanda de informações sobre livros novos, inventou a resenha e o resenhista. Assim como o público leitor mudou de tamanho, perfil e características, mudaram também a quantidade, qualidade e diversidade dos livros. Sem dúvida isso acarretou uma mudança na quantidade, na qualidade e na diversidade dos resenhistas. Mas a função do resenhista permanece fundamentalmente a mesma: dar ao leitor uma descrição do livro e uma avaliação do seu valor, a fim de que ele possa saber se aquele livro é ou não do tipo que ele talvez queira ler.

A resenha é por conseguinte muito diferente da crítica literária. Em 999 dos casos, entre mil, nada tem o resenhista, ao contrário do crítico, para dizer ao autor; é ao leitor que ele se dirige. Nas raras ocasiões em que constata estar resenhando uma verdadeira obra de arte, se ele for inteligente e honesto, terá de advertir seus leitores desse fato e descer ou ascender, por breve tempo, às regiões da genuína crítica. Mas é um completo equívoco presumir que a arte de resenhar, por causa disso, seja fácil e mecânica. Posso falar com a experiência de um jornalista que foi responsável, durante anos, por conseguir resenhas e resenhistas para um jornal respeitável.[202] Escrever resenhas é uma profissão altamente especializada. Há resenhistas incompetentes e desonestos, assim como também há políticos, carpinteiros e escritores incompetentes e desonestos; porém o nível de competência e honestidade é tão alto, nas resenhas, como em qualquer outro ofício ou profissão que eu já tenha conhecido por dentro. De modo algum é coisa fácil fazer uma análise clara, inteligente e honesta de um romance ou de um livro de poemas. O fato de, nos casos excepcionais em que o livro resenhado possa ter pretensões de ser uma nova obra de arte, dois resenhistas formularem às vezes opiniões diametralmente opostas é na realidade irrelevante e não altera a evidência de que a grande maioria das resenhas dá uma noção acurada e não raro interessante do livro resenhado.

As revistas literárias fracassaram por sua grande indecisão ante as alternativas. O moderno público leitor não está interessado em crítica li-

---

[202] Leonard Woolf (1880-1969) foi editor literário, entre 1923 e 1930, do semanário *Nation and Athenaeum*, para o qual Virginia Woolf escreveu várias resenhas.

terária, coisa que a ele não se pode vender. A publicação mensal ou trimestral que pretende imprimir crítica literária e se pagar está fadada ao insucesso. Por isso a maioria delas tentou passar no pão da crítica, para torná-lo palatável, a manteiga das resenhas. Mas o público que quer resenhas não pagará o que se pede por elas, mensal ou trimestralmente, quando as pode obter tão bem nos diários e semanários.

Tudo isso sobre o resenhista, o crítico e o público leitor. Falta uma palavra sobre o escritor. Acha-se numa situação difícil o escritor que quer criar obras de arte e disso fazer seu meio de vida. Para ele, como artista, o crítico e as críticas podem ser de imenso valor ou interesse. Não lhe cabe todavia o direito de queixar-se de que o resenhista não perfaz para ele a função de crítico. Se ele quiser críticas, deve adotar a engenhosa sugestão que é feita neste panfleto. Mas isso não tornará o resenhista desnecessário ou desimportante para ele. Se ele quiser vender seus livros para o grande público leitor e as bibliotecas que cobram por empréstimos, ainda precisará do resenhista — e por isso é que provavelmente, tal como Tennyson e Dickens, ele continuará a desancar o resenhista quando a resenha não lhe for favorável.

A torre inclinada[203]

Um escritor é uma pessoa que se senta à mesa de trabalho e mantém o olhar fixado, tão atentamente quanto pode, sobre determinado objeto — essa figura de linguagem talvez contribua para manter-nos firmes em nosso caminho se a observarmos por um instante. Ele é um artista que, sentado com uma folha de papel à sua frente, tenta copiar o que vê. E o que constitui seu objeto — seu modelo? Nada tão simples quanto o modelo de um pintor; não é uma jarra de flores, não é uma figura nua, nem um prato com maçãs e cebolas. Até mesmo o conto mais simples trata de mais de uma pessoa, em mais do que um tempo. Os personagens começam jovens; e aos poucos vão envelhecendo; movem-se, de cena em cena, de um lugar para outro. O escritor tem de manter seu olhar sobre um modelo que se move, que muda, sobre um objeto que não se limita a ser um, mas que de fato é um conjunto de inumeráveis objetos. Apenas duas palavras cobrem tudo aquilo que o escritor observa — quais sejam, vida humana.

Olhemos agora para o escritor. É somente uma pessoa sentada com uma caneta na mão e uma folha de papel à frente o que estamos vendo? Isso nos diz bem pouco ou nada. E é muito pouco o que sabemos. Quando se considera como falamos tanto sobre escritores, e como eles mesmos falam tanto de si, é de estranhar quão pouco sabemos a seu respeito. Por que às vezes eles são tão comuns; e outras vezes tão raros? Por que às vezes não escrevem senão obras-primas, outras vezes nada senão tolices? E por que uma família, como a Shelley, como a Keats, como a Brontë, explode em chamas e dá origem a um Shelley, um Keats ou as irmãs Brontë? Quais são as condições que causam essa explosão? Naturalmente não há resposta para isso. Se ainda não descobrimos nem mesmo o vírus da

---

[203] "The Leaning Tower". Publicado pela primeira vez em *Folios of New Writing* (1940), antologia organizada por John Lehmann e lançada pela Hogarth Press. Na publicação original, trazia esta nota de rodapé: "Palestra feita [em 27 de abril de 1940] na Associação Educacional dos Trabalhadores, em Brighton".

gripe, como poderíamos já ter descoberto o vírus do gênio? Sabemos menos sobre a mente — temos menos evidências — do que sobre o corpo. Não se completaram nem duzentos anos desde que as pessoas passaram a ter algum interesse por si mesmas; Boswell foi praticamente o primeiro escritor a pensar que valia a pena escrever um livro sobre a vida de um homem.[204] Antes de nós termos mais fatos, mais biografias, mais autobiografias, não podemos saber muito sobre as pessoas comuns, quanto mais sobre as incomuns. Assim, na época atual, temos apenas teorias sobre escritores — muitíssimas teorias, se bem que todas divergentes. Diz o político que o escritor é um produto da sociedade em que vive, como o parafuso é um produto da máquina de fabricar parafusos; já o artista diz que o escritor é uma aparição celestial que desliza por entre as nuvens, roça na terra e some. Para os psicólogos o escritor é uma ostra; se o alimentarmos de fatos escabrosos, se o irritarmos com feiura, à guisa de compensação, como dizem, ele produzirá uma pérola. Por sua vez, os genealogistas afirmam que determinadas linhagens, determinadas famílias, costumam dar escritores como as figueiras dão figos — Dryden, Swift e Pope, dizem-nos eles, eram todos primos. Isso prova que estamos, em relação aos escritores, na mais completa escuridão; qualquer um pode fazer sua teoria; o germe de uma teoria é quase sempre o desejo de provar aquilo em que o teórico quer que se creia.

As teorias portanto são coisas perigosas. Mesmo assim, devemos correr o risco de fazer uma esta tarde, já que a nossa intenção é discutir tendências modernas. Tão logo falamos de tendências ou movimentos, comprometemo-nos com a crença de que existe uma força, uma influência, uma pressão externa que é poderosa o suficiente para estampar-se em todo um grupo de escritores diversos, de modo que tudo o que eles escrevem tem certa aparência comum. Precisamos então de uma teoria sobre o que essa influência é. Mas lembremo-nos sempre de que as influências são infinitamente numerosas; e os escritores, infinitamente sensíveis; cada um deles tem uma sensibilidade distinta. Por isso é que a literatura está sempre mudando, como o tempo e as nuvens no céu. Leia uma página de Scott; depois, de Henry James; e tente calcular sob a ação de quais influências uma página foi transformada na outra. É algo além de nossa capacidade. Não podemos por isso senão isolar as influências mais óbvias

---

[204] *Life of Samuel Johnson* (1791).

que organizaram os escritores em grupos. Os grupos, porém, existem. Os livros descendem de outros livros como as famílias descendem de outras famílias. Alguns, de Jane Austen; outros, de Dickens. Como as crianças se parecem com os pais, os livros guardam semelhanças com seus ascendentes; são porém diferentes, como diferentes são os filhos, e se rebelam como os filhos se rebelam. Talvez seja mais fácil compreender os escritores vivos se dermos uma rápida olhada em alguns dos seus antepassados. Não temos tempo para um grande recuo — nem temos tempo, com certeza, para um exame detido. Olhemos porém para os escritores ingleses tal como eram há cem anos, o que talvez nos ajude a ver com o que nós mesmos parecemos.

Em 1815 a Inglaterra estava em guerra, como está agora também. E é natural perguntar como a guerra deles — a guerra napoleônica — os afetou. Terá sido essa uma das influências que os organizou em grupos? A resposta é das mais estranhas, porque as guerras napoleônicas não tiveram nenhuma consequência sobre a grande maioria dos escritores da época. Encontra-se a prova disso na obra de dois grandes romancistas — Jane Austen e Walter Scott. Ambos viveram e escreveram durante as guerras napoleônicas. Mas nenhum dos dois as menciona em qualquer de seus romances, embora os romancistas vivam muito ligados à vida de sua época. Isso mostra que o modelo deles, sua visão da vida humana, não foi perturbado nem abalado nem modificado pela guerra. Nem eles próprios, de resto, o foram. E é fácil ver por que assim se deu. As guerras então ficavam longe; eram travadas por soldados e marinheiros, não por indivíduos comuns. O clamor das batalhas levava longo tempo para chegar à Inglaterra. Somente quando as diligências dos correios, enfeitadas com coroas de louros, moviam-se aos solavancos pelas estradas rurais é que os moradores de cidadezinhas como Brighton tomavam conhecimento de uma vitória obtida e acendiam velas postas para brilhar nas janelas. Comparem isso com a nossa situação hoje em dia. Os disparos dos canhões, no canal da Mancha, hoje são ouvidos por nós. Basta ligar o rádio para ouvirmos um aviador contando como nessa mesma tarde ele abateu um inimigo; seu avião pegou fogo; ele pulou no mar; a luz ficou verde, depois virou escuridão; ele voltou à tona e foi resgatado por um barco de pesca. Scott nunca viu os marinheiros que se afogavam em Trafalgar; Jane Austen nunca ouviu os canhões troando em Waterloo. E nenhum deles ouviu a voz de Napoleão, como ouvimos nós a de Hitler, quando nos sentamos em casa à noitinha.

A torre inclinada

Essa imunidade à guerra perdurou por todo o século XIX. A Inglaterra, é claro, frequentemente esteve em guerra — houve a guerra da Crimeia; o motim na Índia; as muitas escaramuças de fronteiras na Índia e, no final do século, a guerra dos bôeres. Keats, Shelley, Byron, Dickens, Thackeray, Carlyle, Ruskin, as irmãs Brontë, George Eliot, Trollope, o casal Browning — todos viveram ao longo dessas guerras. Mas algum deles chegou sequer a mencioná-las? Creio que apenas Thackeray, que em *A feira das vaidades* descreveu a batalha de Waterloo muitos anos depois de ela ser travada. Tudo porém como uma ilustração, uma cena, que não mudou as vidas dos seus personagens, limitando-se tão só a matar um dos heróis. Entre os poetas, apenas Byron e Shelley sentiram profundamente a influência das guerras do século XIX.

De modo geral, podemos então dizer que a guerra não afetou o escritor nem sua visão da vida humana no século XIX. Já no tocante à paz — consideremos qual foi sua influência. Os escritores do século XIX foram afetados pela situação estável, tranquila e próspera da Inglaterra? Juntemos primeiramente alguns fatos, antes de nos lançarmos aos perigos e prazeres da teoria. Sabemos que é fato, por suas vidas, que todos os escritores do século XIX eram pessoas da classe média alta, a maioria deles educada em Oxford ou em Cambridge. Alguns, como Trollope e Matthew Arnold, foram funcionários públicos. Outros, como Ruskin, eram professores. E é também fato que a obra feita por eles trouxe-lhes consideráveis fortunas. Prova visível disso são as casas que construíram. Pensemos em Abbotsford, comprada com os ganhos dos romances de Scott; ou em Farringford, cuja construção Tennyson empreendeu graças à sua poesia. Pensemos nos dois casarões de Dickens, um em Marylebone, outro em Gadshill. Todas essas grandes casas precisavam de muitos mordomos, empregadas, jardineiros, cavalariços, para manter as mesas postas, as vasilhas em ordem, as hortas limpas e produtivas. Mas não foram apenas casarões que eles deixaram para trás; deixaram também um imenso *corpus* de literatura — poemas, peças, romances, ensaios, história, crítica. O século XIX foi muito prolífico, criativo, rico. Perguntemo-nos então se existe alguma relação entre essa prosperidade material e a criatividade intelectual. Teria uma conduzido à outra? Como é difícil dizê-lo, sabendo tão pouco sobre os escritores, sobre quais condições lhes são propícias e quais os estorvam. Faz-se aqui apenas uma suposição imperfeita; entretanto eu penso que existe uma relação. "Eu penso" — e talvez fosse mais fiel à verdade dizer "eu vejo". O pensamento deveria fundamentar-se em fatos; e são mais intuições do que fatos o que temos aqui — as luzes e sombras que surgem depois que os livros são lidos, a superfície genérica e movediça de uma grande extensão de páginas impressas. O que eu vejo, dando uma olhada nessa superfície movediça, é aquela imagem que lhes mostrei no início, a do escritor sentado diante da vida humana no século XIX; eu, olhando para ela através dos olhos que a viram, vejo essa vida dividida, e arrebanhada, em muitas classes diversas. Há a aristocracia; a classe dos proprietários rurais; a dos profissionais; a dos comerciantes; a classe trabalhadora; e além, como uma nódoa escura, esta classe numerosa que de modo abrangente e simples é rotulada de "os pobres". Ao escritor do século XIX a vida humana deve ter causado a impressão de uma paisagem retalhada em campos separados. Em cada um deles se juntava um grupo de pessoas diferente. E cada um, dentro de certos limites, tinha suas próprias tradições; seus costumes; seus modos próprios de falar e vestir-se; suas ocupações específicas. Porém, devido à paz, devido à prosperidade, cada grupo inalterado era amarrado com cordas — um rebanho pastando dentro do seu próprio cercado. E o escritor do século XIX não tentou alterar essas divisões; aceitou-as. E aceitou-as de um modo tão completo que acabou por tornar-se inconsciente delas. Servirá isso para explicar por que o escritor do século XIX conseguiu criar tantos personagens que não são tipos, mas sim indivíduos? É que ele não viu as cercas que separavam as classes; via apenas os seres humanos que viviam dentro dos cercados? Terá sido por isso que ele pôde penetrar por baixo da superfície e criar tantos personagens polivalentes — Pecksniff, Becky Sharp, Woodhouse[205] — que vão mudando com os anos, como quem está vivo muda? Para nós, atualmente, essas cercas são visíveis. Agora podemos ver que cada um daqueles escritores não tratou senão de uma pequeníssima parcela da vida humana — todos os personagens de Thackeray são pessoas da classe média alta; e todos os personagens de Dickens provêm das classes mais baixas. Agora nós podemos ver isso; mas o próprio escritor parece inconsciente de estar lidando apenas com um tipo; o tipo constituído pela classe na qual ele nasceu e com a qual se acha mais familiarizado. Para ele, essa inconsciência foi uma imensa vantagem.

---

[205] Seth Pecksniff, personagem de *The Life and Adventures of Martin Chuzzlewit* (1843), de Charles Dickens; Becky Sharp, de *Vanity Fair* (1848), de William Thackeray; Henry Woodhouse, de *Emma* (1816), de Jane Austen.

A torre inclinada

A inconsciência, que presumivelmente significa que o subconsciente trabalha em alta velocidade enquanto a consciência cochila, é um estado que todos nós conhecemos. Todos nós temos experiência do trabalho feito pela inconsciência em nossas vidas diárias. Vamos supor que você tenha tido um dia cheio, andando e vendo coisas em Londres. Ao voltar para casa, pode dizer o que foi que viu e fez? Não fica tudo nebuloso e confuso? Porém, após um aparente repouso, uma oportunidade de virar-se de lado e enxergar algo diferente, as visões e os sons e os ditos que lhe despertaram mais interesse afloram à superfície, ao que tudo indica por conta própria, e permanecem na memória, enquanto o que era desimportante vai afundar no esquecimento. Assim acontece com o escritor. Depois de um dia duro de trabalho, em que dá voltas e mais voltas, vendo tudo, sentindo tudo o que puder, tomando notas inumeráveis no próprio livro da mente, o escritor se torna — caso o consiga — inconsciente. Seu subconsciente trabalha em alta velocidade, de fato, enquanto a consciência cochila. Feita então uma pausa, o véu se ergue; e eis que a coisa — a coisa sobre a qual ele deseja escrever — surge simplificada e serena. Será forçar demais a famosa declaração de Wordsworth sobre a emoção relembrada na tranquilidade quando inferimos que, por tranquilidade, ele quis dizer que o escritor tem de se tornar inconsciente antes de poder criar?

Se nos arriscarmos a uma teoria, podemos dizer portanto que a paz e a prosperidade foram influências que deram aos escritores do século XIX uma aparência familiar. Eles tinham tempo livre; tinham segurança; a vida não ia mudar; eles mesmos não iam mudar. Eles podiam olhar, e podiam desviar o olhar. Podiam esquecer; e depois — nos seus livros — lembrar. Essas então são algumas das condições que criaram certa aparência familiar, apesar das grandes diferenças individuais, entre os escritores do século XIX. O século XIX acabou; mas as mesmas condições persistiram. Duraram, falando em termos bem amplos, até o ano de 1914. Ainda em 1914 podemos ver o escritor sentado, como sentou-se ao longo do século XIX, a olhar para a vida humana; a vida humana continua dividida em classes; e ele, com toda a atenção possível, ainda olha para a classe da qual ele mesmo provém; as classes permanecem tão consolidadas que ele já quase se esqueceu de que existem; e permanece tão seguro de si que já está quase inconsciente de sua própria situação e segurança. Ele acredita estar olhando para a totalidade da vida; e sempre olhará assim para ela. Este não é, de modo algum, um quadro fantasioso.

Muitos desses escritores ainda estão vivos. Às vezes eles descrevem suas próprias situações quando jovens, começando a escrever, um pouco antes de agosto de 1914. Como terão aprendido sua arte? — pergunta que se lhes pode fazer. Na faculdade, dizem eles, lendo; ouvindo; conversando. E sobre o que conversavam? Eis a resposta de Desmond MacCarthy, tal como dada, há uma ou duas semanas, no *Sunday Times*. Ele estava em Cambridge, pouco antes de iniciar-se a guerra, e diz: "Não tínhamos muito interesse por política. A especulação abstrata era bem mais absorvente e a filosofia mais atraente para nós do que as causas sociais [...] Nossas discussões giravam sobretudo em torno daqueles 'bens' que constituíam fins em si mesmos [...] a busca da verdade, as emoções estéticas e as relações pessoais".[206] Além disso, eles liam às carradas; em latim e grego e, é claro, em francês e inglês. Escreviam também — mas não tinham pressa de publicar. E viajavam com frequência, indo alguns bem longe mesmo, até a Índia e os mares do Sul. Mas em geral perambulavam, muito contentes, em longas férias de verão pela Inglaterra, pela França, pela Itália. De quando em quando publicavam livros — livros como os poemas de Rupert Brooke, como o romance *Um quarto com vista*, de E. M. Forster; ensaios, como os de G. K. Chesterton, e resenhas. Parecia-lhes que eles continuariam a viver assim para sempre, e a escrever assim para sempre. Mas então bruscamente, como uma enorme fenda numa estrada lisa, veio a guerra.

Antes de prosseguirmos com a história do que aconteceu depois de 1914, olhemos por um instante, com atenção redobrada, não para o escritor em si mesmo, nem para seu modelo, mas para a cadeira dele. A cadeira é uma peça muito importante do equipamento de um escritor. É ela que define sua atitude em relação ao modelo; que decide o que ele vê da vida humana; que afeta profundamente seu poder de nos dizer o que ele vê. E por sua cadeira é sua criação, sua educação, que queremos dar a entender. É um fato, não uma teoria, que todos os nossos escritores, de Chaucer até os dias de hoje, com tão poucas exceções que é até possível contá-las, sentaram-se no mesmo tipo de cadeira — uma cadeira alta. Todos eles provêm da classe abastada; tiveram uma educação muito boa, ou pelo menos muito cara. Todos foram criados, acima do comum do

---

[206] Desmond MacCarthy (1877-1952), "Lytton Strachey", *Sunday Times*, 14 de abril de 1940.

povo, numa torre de estuque — no que toca ao seu nascimento na classe alta; e de ouro — no que toca à sua educação dispendiosa. Isso se aplica a todos os escritores do século XIX, exceto Dickens; e também a todos os escritores de 1914, exceto D. H. Lawrence. Podemos dar uma olhada nos que são considerados "nomes representativos": G. K. Chesterton; T. S. Eliot; Belloc; Lytton Strachey; Somerset Maugham; Hugh Walpole; Wilfred Owen; Rupert Brooke; J. E. Flecker; E. M. Forster; Aldous Huxley; G. M. Trevelyan; O. e S. Sitwell; Middleton Murry. Esses são alguns deles, e todos, com a exceção de D. H. Lawrence, vieram da classe alta e foram educados em caros colégios particulares e universidades. Há outro fato igualmente indiscutível: os livros escritos por eles estão entre os melhores surgidos no período de 1910 a 1925. Perguntemo-nos então agora se existe alguma relação entre esses fatos. Existe alguma relação entre a excelência de seu trabalho e o fato de eles provirem de famílias ricas o bastante para mandá-los para colégios particulares e universidades?

Não é lícito convir, por maiores que sejam as diferenças entre esses escritores e por mais superficial que admitamos ser nosso conhecimento das influências, que deve haver alguma relação entre sua educação e seu trabalho? Não pode ser por mero acaso que essa diminuta classe de pessoas instruídas tenha produzido tanta escrita de qualidade; e que a vasta massa do povo sem instrução produzisse tão pouco que seja realmente bom. Entretanto isso é um fato. Retire-se tudo o que a classe trabalhadora deu à literatura inglesa, e quase nada sofrerá essa literatura; porém, se tudo o que a classe instruída lhe deu for retirado, a literatura inglesa mal chegará a ter existência. A educação, por conseguinte, deve desempenhar um papel muito importante no trabalho de um escritor.

Isso parece ser tão óbvio que o pouco relevo que tem sido dado à educação do escritor causa estranheza. Talvez porque a educação de um escritor é muito menos específica do que outras educações. Ler, ouvir, conversar, viajar, distrair-se — muitas coisas diferentes, ao que parece, se misturam. Vida e livros devem ser agitados e usados nas proporções certas. Um garoto criado sozinho dentro de uma biblioteca transforma-se num rato de biblioteca; criado sozinho pelos campos, transforma-se num bicho do mato. Para criar o tipo de borboleta que um escritor é, temos de deixar que por três ou quatro anos ele se exponha ao sol em Oxford ou Cambridge — assim parece. Todavia isso já tem sido feito, e é lá que isso se faz — lá que lhe ensinam sua arte. E ele tem de ser adestrado em sua arte. Mais uma vez, isso soa estranho? Ninguém acha estranho se você disser que a arte de um pintor tem de lhe ser ensinada; como a de um músico; ou como a de um arquiteto. A um escritor é igualmente preciso que se ensine. Porque a arte da escrita é pelo menos tão difícil quanto as outras. E, embora as pessoas ignorem essa formação, talvez por ela ser uma formação indefinida, basta olhar com atenção para ver que quase todos os escritores que praticaram sua arte com êxito foram nela adestrados. Adestraram-nos em cerca de onze anos de formação — em escolas primárias, colégios particulares e universidades. O escritor senta-se numa torre erguida acima do restante de nós; uma torre que se construiu com base na condição social dos seus pais, primeiro, e depois na riqueza da família. E é uma torre da mais profunda importância; ela determina seu ângulo de visão; ela afeta seu poder de comunicação.

Essa torre se manteve sólida ao longo de todo o século XIX e até agosto de 1914. Tanto de sua condição elevada quanto de sua limitada visão o escritor pouco esteve consciente. Muitos tinham simpatia, uma grande simpatia, por outras classes; queriam contribuir para que a classe trabalhadora desfrutasse das vantagens da classe da torre; não quiseram contudo destruir essa torre nem descer lá de cima — preferindo torná-la acessível a todos. Também o modelo, a vida humana, não mudou em essência desde que observado por Trollope, desde que observado por Hardy; e Henry James ainda o observava, em 1914. Além do mais, por baixo do escritor, a própria torre aguentou firme durante seus anos mais impressionáveis, quando ele estava aprendendo sua arte e recebendo todas essas complexas instruções e influências que estão resumidas na palavra educação. Foram essas condições que influenciaram profundamente seu trabalho. Porque, ao ocorrer o choque de 1914, todos aqueles jovens, que iriam ser os escritores mais representativos de sua época, tinham seguros em si, e por trás de si, seu passado e sua educação. Tendo sabido o que era a segurança, preservavam a memória de uma infância tranquila, a noção de uma civilização estável. Apesar de a guerra penetrar nas suas vidas, dando cabo de algumas delas, eles escreveram, e ainda escrevem, como se a torre continuasse firme por baixo. Numa palavra, eram aristocratas; herdeiros inconscientes de uma grande tradição. Ponha uma página de sua escrita sob uma lente de aumento e você verá, muito ao longe na distância, os gregos, os romanos; bem mais perto, os elisabetanos; mais perto ainda, Dryden, Swift, Voltaire, Jane Austen, Dickens, Henry James. Cada um deles, por mais que difira individualmente dos outros, é um homem instruído; um homem que aprendeu sua arte.

Passemos desse grupo para o seguinte — o grupo que começou a escrever por volta de 1925 e que talvez tenha chegado ao fim, como grupo, em 1939. Lendo o atual jornalismo literário, você será capaz de recitar de memória uma fieira de nomes — Day-Lewis, Auden, Spender, Isherwood, Louis MacNeice,[207] e assim por diante. Eles se unem com muito mais coesão do que os nomes de seus antecessores. Mas, à primeira vista, parece haver pouca diferença no tocante à sua condição social e educação. Auden, num poema dedicado a Isherwood, diz: "por trás de nós, somente vizinhanças de estuque e a escola cara".[208] Moradores da torre como seus antecessores, eles são filhos de pais abastados que podiam se permitir mandá-los para colégios particulares e universidades. Mas que diferença surgiu na própria torre, naquilo que de lá eles viam! E, ao olharem para a vida humana, o que viram então? Mudanças por toda parte; revoluções por toda parte. Na Alemanha, na Rússia, na Itália, na Espanha, todas as velhas cercas estavam sendo arrancadas; todas as velhas torres estavam sendo postas no chão. Outras cercas eram feitas; outras torres eram erguidas. Num país havia o comunismo; em outro, o fascismo. A civilização, a sociedade, se modificava em seu todo. É verdade que na própria Inglaterra não havia revoluções nem guerra. Todos esses escritores tiveram tempo de escrever muitos livros antes de 1939. Mas até mesmo na Inglaterra as torres antes construídas com estuque e ouro não eram mais tão estáveis. Eram torres inclinadas. Os livros foram escritos sob a influência das mudanças, sob a ameaça de guerra. É talvez por isso que os nomes se ligam tão intimamente; havia uma influência que afetava a todos e os fazia organizar-se, mais do que seus antecessores, em grupos. E essa influência, lembre-se, bem pode ter excluído dessa fieira de nomes os poetas a que a posteridade há de atribuir mais valor, ou porque eles não conseguissem andar na linha, como líderes ou como seguidores, ou porque a influência era adversa à poesia e, antes que se atenuasse, eles não poderiam escrever. Mas a tendência que nos torna possível agrupar num todo os nomes desses escritores, e que dá à sua obra uma aparência

---

[207] Cecil Day-Lewis (1904-1972); Wystan Hugh Auden (1907-1973); Stephen Spender (1909-1995); Christopher Isherwood (1904-1986); Louis MacNeice (1907-1963). Todos eles tinham sido publicados pela Hogarth Press.

[208] W. H. Auden, *Look Stranger!* (1936), poema XXX: "*behind us only/ The stuccoed suburb and expensive school*".

comum, foi a tendência da torre na qual eles estavam sentados — a torre do berço privilegiado e da educação dispendiosa — a se inclinar.

Imaginemos, para que isso nos soe familiar, que realmente nos achamos numa torre inclinada e anotemos nossas sensações. Vejamos se elas correspondem às tendências que observamos nesses poemas, peças teatrais e romances. Tão logo sentimos que ela se inclina, tornamo-nos profundamente conscientes de estar no alto da torre. Todos esses escritores têm também profunda consciência da torre; consciência de seu nascimento privilegiado e de sua educação tão cara. E então, quando chegamos lá no alto da torre, como a vista parece estranha — não completamente de pernas para o ar, mas enviesada para um lado. Isso também é característico dos escritores da torre inclinada; eles não olham para nenhuma classe diretamente no rosto; ou bem olham para cima, ou bem para baixo ou para um lado. Não há classe tão estabelecida assim para que a possam inconscientemente explorar. E é talvez por isso que eles não criam personagens. Erguidos em imaginação no alto da torre, o que sentimos em seguida? Para começar, um mal-estar; depois, autocomiseração por esse mal-estar, a qual logo se converte em raiva — raiva contra o construtor, contra a sociedade, por nos causar tal desconforto. Essas também parecem ser tendências dos escritores da nossa torre inclinada: mal-estar; autocomiseração; raiva da sociedade. No entanto — e eis aqui outra tendência —, como pode você se contrapor de todo a uma sociedade que afinal de contas lhe dá uma bela vista e alguma espécie de segurança? Você não pode maltratar sinceramente essa sociedade enquanto continua a beneficiar-se dela. E assim, de modo bem espontâneo, você maltrata a sociedade na pessoa de um almirante reformado, de uma solteirona ou de um fabricante de armas; e ainda espera que, maltratando-os, escape você mesmo de levar uma surra. O berro do bode expiatório soa alto na obra deles, assim como a choradeira do colegial que implora: "Por favor, meu senhor, não fui eu não, foi meu colega". Raiva; comiseração; malhação do bode expiatório; procura de desculpas — essas também são tendências muito naturais; se estivéssemos na situação deles, tenderíamos a fazer o mesmo. Nós porém não estamos na situação deles; não tivemos onze anos de educação dispendiosa. Apenas estivemos subindo numa torre imaginária. Podemos parar de imaginar. Podemos descer ao chão.

Mas eles não podem. Não podem rejeitar sua formação; não podem se livrar da criação que tiveram. Os onze anos de escola e faculdade neles se gravaram indelevelmente. E então, a seu crédito, mas para sua confusão, a torre inclinada não só pendeu na década de 1930, como pendeu cada vez mais para a esquerda. Vocês se lembram do que MacCarthy disse sobre seu próprio grupo na universidade, em 1914? "Não tínhamos muito interesse por política... a filosofia era mais atraente para nós do que as causas sociais." Isso mostra que a torre não pendia para a esquerda nem para a direita. Mas em 1930 era impossível — se você fosse jovem, sensível, imaginativo — não se interessar por política; não encontrar nas causas sociais um interesse muito mais premente do que na filosofia. Os jovens que estavam na universidade em 1930 foram forçados a ter conhecimento do que acontecia na Rússia; na Alemanha; na Itália; na Espanha. Não podiam continuar discutindo emoções estéticas e relações pessoais. Não podiam confinar sua leitura aos poetas; tinham de ler os políticos. E leram Marx. Tornaram-se comunistas; tornaram-se antifascistas. Deram-se conta de que a torre se assentava na tirania e na injustiça; estava errado que uma pequena classe tivesse uma educação pela qual outras pessoas pagavam; errado plantar-se sobre a riqueza que um pai burguês tinha feito com sua profissão burguesa. Estava errado; mas como eles poderiam consertar isso? Sua educação não podia ser rejeitada; quanto ao seu capital — por acaso Dickens e Tolstói jogaram seu capital fora? D. H. Lawrence, filho de um mineiro, continuou a viver como mineiro? Não; pois que é a morte de um escritor jogar fora seu capital; ser forçado a ganhar a vida numa fábrica ou dentro de uma mina. E assim, encurralados por sua educação, submetidos a seu próprio capital, eles permaneceram no alto de sua torre inclinada, sendo seu estado mental, tal como o vemos refletido nos poemas, romances e peças que escreveram, cheio de discórdia e amargura, cheio de confusões e comprometimentos.

Para ilustrar essas tendências, é melhor recorrer a citações do que a análises. Há um poema de um desses escritores, Louis MacNeice, que se intitula "Diário de outono". Está datado de março de 1939. Como poesia, é fraco, mas interessante como autobiografia. Claro está que ele começa com um tiro dado de tocaia no bode expiatório — o burguês, a família abastada na qual ele nasceu. Os almirantes reformados, os generais reformados e a senhora solteirona tomaram seu desjejum com ovos e bacon servidos, como ele nos diz, numa bandeja de prata. Ele esboça essa família como se a mesma, estando um pouco distante, fosse mais do que um pouco ridícula. Mas a família pôde se permitir mandá-lo para Marlborough e depois para Merton, em Oxford. Eis o que ele aprendeu em Oxford:

We learned that a gentleman never misplaces his accents,
That nobody knows how to speak, much less how to write
English who has not hob-nobbed with the great-grandparents
                                              [of English.[209]

Além disso ele aprendeu em Oxford latim e grego; e filosofia, lógica e metafísica:

Oxford he says crowded the mantelpiece with gods —
Scaliger, Heinsius, Dindorf, Bentley, Wilamowitz.[210]

Foi em Oxford que a torre começou a inclinar-se. Ele sentiu que estava vivendo num sistema

That gives the few at fancy prices their fancy lives
While ninety-nine in the hundred who never attend the banquet
Must wash the grease of ages off the knives.[211]

Mas a educação em Oxford, ao mesmo tempo, o tornou difícil de contentar:

It is so hard to imagine
A world where the many would have their chance without
A fall in the standard of intellectual living
And nothing left that the highbrow cares about.[212]

---

[209] "Aprendemos que um cavalheiro nunca comete erros de pronúncia,/ Que ninguém sabe falar, muito menos escrever em inglês,/ Se não tiver tido íntima camaradagem com os bisavôs da língua inglesa."

[210] "Ele diz que Oxford encheu o consolo da lareira de deuses —/ Scaliger, Heinsius, Dindorf, Bentley, Wilamowitz."

[211] "Que dá aos poucos a preços exorbitantes suas vidas extravagantes,/ Enquanto noventa e nove em cem, que nunca estão no banquete,/ Têm de lavar a gordura secular das facas."

[212] "É tão difícil imaginar/ Um mundo onde os muitos teriam suas oportunidades sem/ Uma queda no padrão de vida intelectual/ E nada restando do que aos eruditos importa."

A torre inclinada

Ele colou grau com distinção em Oxford; e seu bacharelado em humanidades habilitou-o a um "emprego folgado" — setecentas libras por ano, para ser exata, e vários quartos só para si.

> *If it were not for Lit. Hum. I might be climbing*
> *A ladder with a hod*
> *And seven hundred a year*
> *Will pay the rent and the gas and the phone and the grocer...*[213]

No entanto a dúvida se instala outra vez; o "emprego folgado" de ensinar mais latim e grego a mais universitários não o satisfaz:

> *... the so-called humane studies*
> *May lead to cushy jobs*
> *But leave the men who land them spiritually bankrupt,*
> *Intellectual snobs.*[214]

E, o que é pior, essa educação e aquele emprego folgado separam a pessoa, como ele se queixa, da vida comum de sua espécie:

> *All that I would like to be is human, having a share*
> *In a civilised, articulate and well-adjusted*
> *Community where the mind is given its due*
> *But the body is not distrusted.*[215]

Por conseguinte, para que essa comunidade bem-composta surja, ele deve se desviar da literatura para a política, como ele diz,

---

[213] "Se não fosse por meu diploma em Letras, eu poderia estar trepando/ Numa escada com uma caçamba de pedreiro,/ E setecentas libras por ano/ Darão para pagar o aluguel e o gás e o telefone e o armazém..."

[214] "... os assim chamados estudos de humanidades/ Podem levar a empregos folgados,/ Mas deixar os homens que os concluem numa bancarrota espiritual,/ Como esnobes intelectuais."

[215] "Tudo o que eu gostaria era de ser humano, tomando parte/ Numa comunidade civilizada, articulada e bem-composta,/ Onde à mente se dá o que é devido,/ Mas não se desconfia do corpo."

Remembering that those who by their habit
Hate politics, can no longer keep their private
Values unless they open the public gate
To a better political system.[216]

Assim, de um modo ou de outro, ele participa da política para afinal concluir:

What is it we want really?
For what end and how?
If it is something feasible, obtainable,
Let us dream it now,
And pray for a possible land
Not of sleep-walkers, not of angry puppets,
But where both heart and brain can understand
The movements of our fellows
Where life is a choice of instruments and none
Is debarred his natural music...
Where the individual, no longer squandered
In self-assertion, works with the rest...[217]

Essas citações[218] dão uma descrição razoável das influências que se fizeram sentir sobre o grupo da torre inclinada. Outras poderiam ser facilmente descobertas. A influência dos filmes explica a falta de transições em suas obras e os violentos contrastes que se opõem. A influência de poetas como Yeats ou Eliot explica a falta de clareza. O grupo aproveitou uma técnica que os poetas mais velhos, após anos de experimentação,

---

[216] "Lembrando que aqueles que têm o hábito/ De detestar política não podem mais manter seus valores/ Particulares, a não ser que eles abram o portão público/ Para um sistema político melhor."

[217] "O que é que nós realmente queremos?/ Para que fim e como?/ Se for algo factível, alcançável,/ Sonhemos com isso agora/ E oremos por uma terra possível,/ Não de sonâmbulos, não de irados fantoches,/ Mas onde coração e cérebro possam compreender/ Os movimentos de nossos companheiros,/ Onde a vida seja uma escolha de instrumentos, com ninguém/ Privado de sua música espontânea.../ Onde o indivíduo, não mais desperdiçado/ Em autoafirmação, trabalhe com os demais..."

[218] Todas de Louis MacNeice (1907-1963), *Autumn Journal: A Poem* (1939).

A torre inclinada

tinham usado com notável perícia, para usá-la desajeitada e muitas vezes impropriamente. Mas nós só temos tempo para assinalar as influências mais óbvias, que podem ser sintetizadas como Influências da Torre que se Inclina. Se você os vir assim, ou seja, como pessoas acuadas numa torre inclinada da qual não podem descer, muito do que parece obscuro em suas obras se torna fácil de entender. Isso explica a violência do ataque feito por eles à sociedade burguesa e também sua frouxidão. Aproveitando-se de uma sociedade que maltratam, eles estão chicoteando um cavalo morto ou quase morto, porque um cavalo vivo, se fosse açoitado, lhes daria um coice. Isso explica o caráter destrutivo de suas obras; e também sua vacuidade. Eles podem destruir, pelo menos em parte, a sociedade burguesa; mas, no lugar dela, o que puseram? Como pode um escritor que não tem nenhuma experiência direta de uma sociedade sem classes e sem torres criar uma sociedade assim? Entretanto eles se sentem compelidos, como MacNeice testemunha, a pregar, se não por suas vidas, ao menos pelo que escrevem, a criação de uma sociedade na qual todos sejam iguais e livres. Isso explica o esforço, pedagógico, didático, de alto-falante, que domina a poesia deles. Os poetas têm de ensinar; têm de pregar. Tudo é um dever — até o amor. Prestem atenção ao reiterado amor de Cecil Day-Lewis: "O poeta hoje", diz ele, "falando a partir da unidade viva de si e seus amigos, apela à contração do grupo social a uma dimensão na qual o contato humano possa ser restabelecido e pleiteia a destruição de todos os impedimentos ao amor. Ouçam".[219] E ouvimos isto:

> *We have come at last to a country*
> *Where light, like shine from snow, strikes all faces.*
> *Here you may wonder*
> *How it was that works, money, interest, building could ever*
> *Hide the palpable and obvious love of man for man.*[220]

---

[219] Cecil Day-Lewis, *A Hope for Poetry* (1934).

[220] "Finalmente chegamos a um país/ Onde a luz, como o brilho da neve, bate em todos os rostos./ Aqui você pode estranhar/ Como foi que obras, dinheiro, juros, construções puderam/ Ocultar o óbvio e palpável amor do homem pelo homem." Stephen Spender, *Poems* (1933).

Ouvimos oratória, e não poesia. Para sentir a emoção desses versos, é preciso que outras pessoas também estejam ouvindo. Estamos num grupo, numa sala de aula, enquanto ouvimos.

Ouçamos agora Wordsworth:

> *Love had he found in huts where poor men lie;*
> *His daily teachers had been woods and rills,*
> *The silence that is in the starry sky,*
> *The sleep that is among the lonely hills.*[221]

Ouvimos isso quando estamos sozinhos. Lembramos disso na solidão. Será essa a diferença entre a poesia do político e a poesia do poeta? Ouvimos uma quando agrupados; e a outra quando sozinhos? Mas o poeta da década de 1930 foi forçado a ser um político. E isso explica por que o artista dessa década foi forçado a ser bode expiatório. Se a política era "real", a torre de marfim era um escape da "realidade". E isso explica a linguagem excêntrica e espúria na qual está escrita grande parte da poesia e da prosa dessa torre inclinada. Não é a fala rica do aristocrata; nem a fala picante do camponês. É algo bem de permeio. O poeta é um habitante de dois mundos, um à morte, o outro lutando para nascer. E assim chegamos ao que talvez seja a tendência mais marcante da literatura da torre inclinada — o desejo de ser completo; de ser humano. "Tudo o que eu gostaria era de ser humano" é um grito que ecoa através de seus livros — é o anseio de estar mais perto da espécie, de escrever a fala comum da espécie, de compartilhar as emoções da espécie, não mais no isolamento e exaltação em situação solitária sobre a torre, e sim embaixo, de pés no chão, junto com a massa da espécie humana.

Essas então, em resumo e a partir de certo ângulo, são algumas das tendências do escritor moderno que está sentado numa torre inclinada. Nenhuma outra geração esteve exposta a elas. E é provável que nenhuma tenha tido uma tarefa tão estarrecedoramente difícil. Quem pode estranhar, se eles foram incapazes de nos dar grandes poemas, grandes peças,

---

[221] "Amor ele achou onde os pobres se deitam em choças;/ Seus mestres constantes foram matas e córregos,/ O silêncio que existe no céu cheio de estrelas,/ O sono que há em meio aos solitários morros." William Wordsworth, "Song at the Feast of Brougham Castle" (1807).

A torre inclinada

grandes romances? Nada de estável eles tinham para olhar; nada de tranquilo para trazer à lembrança; e nada de certo ainda por vir. Ao longo dos anos mais impressionáveis de suas vidas, todos foram acicatados para ter consciência — consciência de si mesmos, consciência de classe, consciência das coisas em mudança, das coisas que ruíam, e da morte talvez já a caminho. Não havia mais tranquilidade na qual eles pudessem relembrar. A mente esteve paralisada por dentro, por haver estado, na superfície, trabalhando sempre pesado.

Entretanto, se lhes faltou o poder criador do poeta e do romancista, o poder — virá ele da fusão das duas mentes, a de cima e a de baixo? — que cria personagens que vivem, poemas de que todos nós recordamos, eles têm tido um poder que, caso a literatura sobreviva, no futuro talvez se mostre de grande valor. Eles têm sido grandes egocêntricos, o que também lhes foi imposto pelas circunstâncias. Quando tudo oscila ao redor, o único ser que se mantém relativamente estável é a própria pessoa. Quando todos os rostos se obscurecem e mudam, apenas um, o próprio rosto, pode ser visto com clareza. E eles assim escreveram sobre si mesmos — nas suas peças, nos seus poemas, nos seus romances. Nenhuma outra década produziu tantas autobiografias quanto a que se estende de 1930 a 1940. E ninguém, fosse qual fosse sua classe ou sua insignificância, parece ter chegado aos trinta anos de idade sem escrever sua autobiografia. Mas os escritores da torre inclinada escreveram sobre si mesmos com sinceridade, portanto de modo criativo. Contaram as verdades desagradáveis, não somente as lisonjeiras verdades. E é por isso que suas autobiografias são tão melhores do que sua ficção ou sua poesia. Pensem bem como é difícil dizer a verdade sobre si — a verdade desagradável; admitir que a pessoa é fútil, vaidosa, indigna, frustrada, atormentada, desleal ou malsucedida. Os escritores do século XIX nunca disseram verdades desse tipo, e é por isso que tantos textos da época são desprovidos de valor; por isso que, malgrado todo seu gênio, Dickens e Thackeray dão às vezes a impressão de escrever sobre bonecas e fantoches, não sobre homens e mulheres em escala normal; por isso eles se veem forçados a evitar os temas principais para satisfazer-se, em seu lugar, com divertimentos. Se você não disser a verdade a seu respeito, não terá como dizê-la sobre outras pessoas. Os escritores sabiam, à medida que o século XIX passava, que eles mesmos estavam se podando, submetendo seus temas a uma redução, falsificando o objeto. "Nós estamos condenados", declarou Stevenson, "a evitar metade da vida que vai passando por nós. Que livros Dickens poderia ter escrito, se a permissão lhe fosse dada! Imagine um Thackeray tão desacorrentado como Flaubert ou Balzac! Que livros eu mesmo poderia ter escrito? Mas eles nos dão uma caixinha de brinquedos e dizem: 'Vocês só devem brincar com estes aqui'."[222] Stevenson culpava a sociedade — a sociedade burguesa também foi seu bode expiatório. Por que ele não culpou a si mesmo? Por que consentiu em continuar se entretendo com sua caixa de brinquedos?

De qualquer modo, o escritor da torre inclinada teve a coragem de jogar pela janela essa caixinha de brinquedos. Teve a coragem de dizer a verdade, a verdade desagradável, a seu próprio respeito. Esse é o primeiro passo para dizer a verdade sobre outras pessoas. Analisando-se sinceramente, com a ajuda do dr. Freud, esses escritores fizeram muita coisa para livrar-nos das repressões do século XIX. Deles os escritores da próxima geração podem herdar todo um estado de espírito, um espírito não mais evasivo, podado, dividido. Podem herdar aquela inconsciência que, como foi suposto por nós no começo desta palestra — e não mais do que suposto —, é indispensável se os escritores quiserem penetrar por baixo da superfície e escrever algo de que as pessoas se lembrem quando estiverem sozinhas. Por essa grande doação de inconsciência os escritores da próxima geração terão de agradecer ao sincero e criativo egocentrismo do grupo que está na torre inclinada.

Sempre haverá uma nova geração, a despeito da guerra e do que quer que ela traga. Será que ainda temos tempo para dar uma olhada na geração que virá, fazendo sobre ela uma suposição apressada? Quando a paz vier, a nova geração também será uma geração de pós-guerra. Terá ela de ser também uma geração da torre inclinada — uma geração oblíqua, desviada, vesga, demasiado autocentrada, com um pé em cada mundo? Ou não existirão mais torres, nem mais classes, e nos acharemos então, sem cercas que nos separem, num terreno comum?

Há dois motivos que nos levam a pensar, e talvez a desejar, que o mundo depois da guerra será um mundo sem classes e sem torres. Cada político que fez um discurso, após setembro de 1939, concluiu com uma peroração na qual declarava que não estamos lutando numa guerra de conquista, mas sim para instalar uma nova ordem na Europa. Nessa ordem, pelo que eles nos dizem, todos nós teremos oportunidades iguais,

---

[222] Lloyd Osbourne, *An Intimate Portrait of Robert Louis Stevenson* (1924).

iguais possibilidades de desenvolver os dons que eventualmente tenhamos. Esse é um dos motivos pelos quais, se de fato eles creem no que dizem e o possam levar à prática, classes e torres desaparecerão. O outro é dado pelo imposto de renda, que já está fazendo a seu modo o que os políticos esperam fazer à moda deles. Aos pais da classe abastada diz o imposto de renda: Vocês não podem mais se permitir mandar seus filhos para caros colégios particulares; devem mandá-los para escolas primárias. Uma das mães nessa situação escreveu uma carta ao *New Statesman* há uma ou duas semanas. O filhinho dela, que deveria ter ido para Winchester, saiu da escola primária e foi matriculado num colégio bem mais simples da aldeia. "Nunca ele esteve tão feliz na vida", ela escreveu. "A questão de classe nem mesmo se apresenta; ele simplesmente está interessado em saber quantas espécies diferentes de pessoas existem no mundo..." E a mãe paga apenas uma bagatela por semana, em vez dos 35 guinéus por período letivo, mais os extras. Se a pressão do imposto de renda persistir, as classes desaparecerão. Não teremos mais classe alta, classe média e classe baixa. Todas as classes se fundirão numa só. Como essa mudança há de afetar o escritor sentado à mesa de trabalho a observar a vida humana, que não será mais separada por cercas? É muito provável que isso venha a ser o fim do romance, tal como o conhecemos. Tal como a conhecemos, a literatura está sempre acabando e começando de novo. Removidas as cercas do mundo de Jane Austen, ou do mundo de Trollope, quanto restaria da tragédia e comédia de ambos? Lamentaremos nossas Austens e Trollopes, que nos deram tragédia, comédia e beleza. Boa parte dessa literatura da classe velha era no entanto muito fútil; muito falsa; muito insípida. Boa parte já é até ilegível. O romance de uma sociedade sem classes e sem torres deveria em princípio ser melhor que o romance antigo. O romancista há de ter pessoas mais interessantes para descrever — pessoas que terão tido oportunidade de desenvolver seu humor, seus dons e gostos; pessoas reais, não pessoas comprimidas e esmagadas por cercas em massas sem feições definidas. Menos óbvio é o ganho do poeta, que esteve menos sujeito ao domínio das cercas. Ele no entanto há de ganhar palavras; quando admitirmos todos os diferentes dialetos, o vocabulário mutilado e enclausurado que é hoje tudo o que ele usa há de sair enriquecido. Além disso, pode ser que então haja uma crença em comum que ele possa aceitar, tirando assim de seus ombros o fardo da didática, da propaganda. Esses portanto são alguns dos motivos, vislumbrados por alto, que nos permitem ansiar com esperança por uma literatura mais forte e mais variada na sociedade sem classes e sem torres do futuro.

Mas isso está no futuro; e há um abismo profundo para ser transposto entre o mundo que está morrendo e o mundo que luta para nascer. Porque ainda existem dois mundos, dois mundos separados. "Quero para o meu filho", disse a mãe que outro dia escreveu ao jornal sobre seu garoto, "o melhor dos dois mundos." O que ela queria em suma era a escola da aldeia, onde ele aprendia a se misturar com os vivos, e a outra escola — aquela situada em Winchester —, onde ele se misturava com os mortos. "Terá o menino de continuar", perguntava ela, "sob o sistema nacional de educação gratuita ou terá de prosseguir — talvez deva eu dizer regredir — no velho sistema de colégios pagos, que realmente é tão particular e restrito?" Ela queria que o velho mundo e o novo mundo se unissem, o mundo do presente e o do passado.

Mas ainda existe um grande abismo entre os dois, abismo perigoso, onde a literatura corre o risco de espatifar-se ao cair. É fácil vê-lo; e fácil é culpar a Inglaterra pela sua existência. Tanto a Inglaterra já entupiu uma pequena classe aristocrática de latim e grego, de lógica e metafísica e matemática, que os estudantes tiveram de afinal exclamar, como os jovens que estão na torre inclinada: "Tudo o que eu quero é ser humano". E ela deixou as demais classes, a imensa classe à qual devemos pertencer quase todos, a recolher o que pudermos nas escolas de aldeia; nas fábricas; nas oficinas; por trás dos balcões; e em casa. Quem pensa nessa criminosa injustiça é tentado a dizer que a Inglaterra nem merece ter uma literatura. Não merece ter nada além dos contos policiais, das canções patrióticas e dos artigos de fundo que homens de negócios, generais e almirantes leem para pegar no sono, quando eles já estão cansados de ganhar dinheiro ou batalhas. Mas não sejamos injustos; evitemos aderir, se nos for possível, à tribo amargurada e ineficaz dos caçadores de bodes expiatórios. Há alguns anos que a Inglaterra já vem fazendo um esforço — enfim — para transpor o abismo entre os dois mundos. Aqui está uma prova desse esforço — este livro. Este livro não foi comprado; nem alugado. Foi pego por empréstimo numa biblioteca pública. A Inglaterra emprestou-o a um leitor comum, dizendo: "Está na hora de até você, que por séculos foi excluído por mim de todas as minhas universidades, aprender a ler na sua língua materna. Vou ajudá-lo". Se a Inglaterra vai nos ajudar, devemos ajudá-la também. Mas como? Vejam só o que está escrito no livro que ela nos emprestou: "Pede-se aos leitores pa-

A torre inclinada

301

ra comunicar ao bibliotecário local quaisquer defeitos que eles possam notar". É a maneira de a Inglaterra dizer: "Se eu lhes empresto livros, espero que vocês se façam críticos".

Podemos ajudar enormemente a Inglaterra a transpor o abismo entre os dois mundos, se pegarmos os livros que ela nos empresta e os lermos criticamente. Temos de ensinar a nós mesmos a entender literatura. O dinheiro não vai mais se incumbir de pensar por nós. A riqueza não mais decidirá quem será ou não ensinado. Nós é que decidiremos no futuro quem mandar para colégios e universidades; como deverão ser ensinados; e se o que eles escrevem justifica dispensá-los de outros trabalhos. Para fazer isso, temos de nos ensinar a distinguir — qual livro dará dividendos de prazer para sempre; qual livro, dentro de dois anos, não dará nem um tostão? Tentem vocês mesmos com os livros novos, à medida que vão saindo; decidam quais irão durar, quais estão fadados à morte. Isso é muito difícil. Temos também de nos tornar críticos porque no futuro não vamos deixar que a escrita seja feita para nós por uma pequena classe de jovens endinheirados que não têm mais que uma pitada de experiência para nos dar. Vamos somar nossa própria experiência, dar nossa própria contribuição. Isso é ainda mais difícil, e por isso também nós precisamos ser críticos. Um escritor, mais do que qualquer outro artista, precisa ser um crítico porque as palavras são tão comuns, tão familiares, que ele tem de peneirá-las com cuidado para fazê-las durar. Escrever diariamente; escrever livremente; mas não deixemos de comparar o que escrevermos com o que foi escrito pelos grandes escritores. É humilhante, mas é necessário. Esse é o único caminho, se formos preservar e criar. E nós vamos fazer as duas coisas. Não precisamos esperar pelo fim da guerra. Podemos começar agora mesmo. Podemos começar, de um modo prático e prosaico, pegando livros nas bibliotecas públicas; lendo onívora e simultaneamente poemas, peças teatrais, romances, história, biografias, o velho e o novo. Antes de poder escolher, temos de provar. Comer às pressas nunca dá bom resultado; cada um de nós tem seu apetite e deve descobrir por si mesmo qual a comida que o alimenta. Nem nos acanhemos diante dos reis, por sermos simples plebeus. Isso é um crime fatal aos olhos de Ésquilo, Shakespeare, Virgílio e Dante, que, se pudessem falar — e afinal eles podem —, diriam: "Não me deixem para os embecados, os que usam perucas. Leiam-me, leiam-me vocês mesmos". Eles não ligam se cometermos erros de pronúncia ou se tivermos de ler com um roteiro ao lado. É claro — nós não somos plebeus, intrusos? —

que vamos pisar em flores e estragar muitos gramados antigos. Lembremo-nos porém do pequeno conselho que um eminente vitoriano, que era também um andarilho eminente, deu certa vez a quem caminha: "Sempre que você encontrar uma tabuleta dizendo 'Os transgressores serão processados', transgrida logo".

Transgridamos, portanto. A literatura não é terreno particular de ninguém; a literatura é terreno de todos. Não foi retalhada em nações; lá não há guerras. Transgridamos livremente e sem medo e encontremos por nós mesmos nosso próprio caminho. É assim que a literatura inglesa há de sobreviver a esta guerra e transpor o abismo — se os plebeus e intrusos como nós fizermos deste país a nossa terra, se nos ensinarmos a ler e a escrever, a preservar e a criar.

A torre inclinada

Pensamentos de paz durante um ataque aéreo[223]

Na noite passada e também na anterior, os alemães estiveram por cima desta casa. E eles já estão aqui de novo. É uma experiência esquisita, deitar-se no escuro para ouvir o zumbir de um marimbondo que a qualquer momento pode lhe dar uma ferroada mortal. É um som que interrompe um coerente e calmo pensamento de paz. Entretanto é um som — muito mais que o das orações e hinos — que deveria compelir-nos a pensar sobre a paz. Se não trouxermos a paz à existência pelo pensamento, nós — não apenas este corpo deitado nesta cama, mas milhões de corpos ainda por nascer — continuaremos na mesma escuridão e ouviremos por cima da cabeça o mesmo matraquear da morte. Pensemos no que podemos fazer para criar o único abrigo eficiente contra ataques aéreos enquanto os canhões atiram sem parar lá do alto do morro e os holofotes tocam nas nuvens e de quando em quando, às vezes bem perto, às vezes muito longe, uma bomba cai.

Lá no alto do céu jovens ingleses e jovens alemães estão lutando uns contra os outros. Os defensores são homens; os atacantes são homens. Não são dadas armas à mulher inglesa, nem para combater o inimigo, nem para se defender. Hoje à noite ela tem de se deitar desarmada. No entanto, se ela acreditar que esse combate no céu é uma luta dos ingleses para proteger a liberdade, que os alemães ameaçam destruir, ela terá de lutar, tanto quanto puder, do lado dos ingleses. Sem armas de fogo, como ela pode lutar pela liberdade? Fazendo armas, ou roupas, ou alimentos. Mas há outra maneira de lutar pela liberdade sem armas; podemos lutar com a mente. Podemos criar ideias que ajudarão os jovens ingleses que estão lutando lá no céu a derrotar o inimigo.

Mas, para criar ideias eficazes, temos de saber dispará-las. Temos de colocá-las em ação. E o marimbondo no céu desperta outro marimbondo na mente. Hoje de manhã havia o zumbido de um no *Times* — uma voz

---

[223] "Thoughts on Peace in an Air Raid". Publicado pela primeira vez em 21 de outubro de 1940 no semanário *New Republic*, de Nova York.

de mulher dizendo: "As mulheres não têm sequer uma palavra para dizer em política". Não há mulheres no gabinete; nem em nenhum dos cargos de maior responsabilidade. Todos os criadores de ideias que estão em condições de ter ideias eficazes são homens. Mas esse é um pensamento que arrefece o pensar e estimula a irresponsabilidade. Por que não enfiar a cabeça no travesseiro, tapar as orelhas e parar com essa inútil atividade de ter ideias? Porque há outras mesas, além das mesas de conferências e das mesas de oficiais. Não estaremos deixando o jovem inglês sem uma arma que para ele poderia ser valiosa se desistirmos do pensamento privado, do pensar à mesa do chá, só por ele parecer inútil? Não estaremos enfatizando nossa incapacidade porque nossa capacidade nos expõe talvez a desmandos, talvez ao desprezo? "Não desistirei da luta mental", escreveu Blake. E luta mental significa pensar contra a corrente, não com ela.

A corrente flui rápida e furiosa. Transmite-se num jorro de palavras dos políticos e dos alto-falantes. Todos os dias eles nos dizem que somos um povo livre, lutando para defender a liberdade. Foi essa corrente que arrastou o jovem aviador lá para o alto do céu e o mantém circulando em meio às nuvens. Cá embaixo, com um telhado a nos cobrir e a máscara contra gases à mão, o que nos compete é furar balões de gás e descobrir sementes de verdade. Não é verdade que somos livres. Tanto ele como nós somos prisioneiros esta noite — ele trancado na sua máquina, com a arma bem à mão; e nós deitados no escuro, com a máscara contra gases à mão. Se fôssemos livres, deveríamos estar lá fora, dançando, brincando, ou sentados à janela para conversar. O que nos impede? "Hitler!" — berram em uníssono os alto-falantes. Quem é Hitler? E o que ele é? A agressividade, a tirania, o insano e manifesto amor pelo poder, respondem eles. Destruam isso e vocês serão livres.

O zumbido dos aeroplanos é agora como o ranger de um galho que é serrado sobre nossas cabeças. É insistente e contínuo, esse ranger de galho serrado sem parar bem em cima da casa. Outro som roça um caminho para penetrar no cérebro. "Mulheres capazes" — assim falava Lady Astor no *Times* desta manhã — "são mantidas embaixo por causa de um hitlerismo inconsciente no coração dos homens." Sem dúvida somos mantidas embaixo. E esta noite somos igualmente prisioneiros — os homens ingleses nos seus aeroplanos, as mulheres inglesas nas suas camas. O aviador, se parar para pensar, pode ser morto; nós também. Vamos então pensar por ele. Tentemos trazer à consciência o hitlerismo inconsciente que nos mantém embaixo. É o desejo de agressão; o desejo de dominar e escravizar. Mesmo na escuridão podemos ver como isso é feito. Podemos ver o esplendor que há nas vitrines das lojas; e há mulheres olhando; mulheres pintadas; mulheres bem-vestidas; mulheres de unhas vermelhas e com os lábios vermelhos. Elas são escravas que estão tentando escravizar. Nós, se pudéssemos nos libertar da escravidão, libertaríamos os homens da tirania. Os Hitlers são engendrados por escravos.

Cai uma bomba. Todas as janelas estrondam. Os canhões antiaéreos estão entrando em ação. Lá no alto do morro, sob uma rede trançada com faixas de um material verde e marrom, para imitar os matizes das folhas de outono, há canhões camuflados. Todos atiram juntos agora. De manhã, às nove horas, o rádio vai nos dizer: "Quarenta e quatro aviões inimigos foram abatidos durante a noite, dez deles por baterias antiaéreas". E os alto-falantes propalam que um dos termos de paz será o desarmamento. No futuro não haverá mais canhões, nem exército, marinha ou aeronáutica. Não mais haverá jovens treinados para lutar com armas. E isso faz com que outro marimbondo mental se agite nos compartimentos do cérebro — outra citação: "Lutar contra um inimigo real, conquistar honra e glória imorredouras por matar completos estranhos e voltar para casa com o peito coberto de condecorações e medalhas, isso era o cúmulo da minha esperança [...]. Era a isso que até então tinha sido dedicada toda a minha vida, minha educação, meu treinamento, tudo [...]".[224]

Essas palavras são de um jovem inglês que lutou na última guerra. Diante delas, será que os atuais pensadores acreditarão sinceramente que, se eles escreverem "Desarmamento" numa folha de papel, a uma mesa de conferência, terão feito tudo o que é necessário? A ocupação de Othello desaparecerá, mas ele continuará a ser Othello. O jovem aviador lá no alto do céu não é motivado apenas pela voz dos alto-falantes; é motivado por vozes dentro dele — por instintos antigos, instintos fomentados e acalentados pela educação e tradição. Devemos culpá-lo por tais instintos? Poderíamos nós desligar o instinto materno, no comando de uma mesa cheia de políticos? Suponha-se que fosse imperativo, entre os termos de paz, este: "A gestação ficará restrita a uma pequeníssima classe de mulheres especialmente selecionadas". Concordaríamos com isso? Ou será que diríamos: "O instinto materno é a glória de uma mulher. É a is-

---

[224] Franklin Lushington, *Portrait of a Young Man* (1940).

Pensamentos de paz durante um ataque aéreo

so que toda a minha vida foi dedicada, minha educação, meu treinamento, tudo...". Mas se fosse necessário, pelo bem da humanidade, para a paz no mundo, controlar o instinto materno e restringir a gestação, as mulheres tentariam fazê-lo. E os homens lhes dariam ajuda. Iriam cobri-las de honras pela recusa em ter filhos. Dar-lhes-iam outras aberturas para o seu poder criador. Isso também deve fazer parte da nossa luta pela liberdade. Devemos ajudar os jovens ingleses a extirpar de si mesmos esse amor por condecorações e medalhas. Devemos criar atividades mais honrosas para os que tentam dominar em si mesmos seu instinto de luta, seu hitlerismo inconsciente. Devemos dar ao homem, pela perda do seu fuzil, uma compensação.

O som de galho serrado sobre nossas cabeças aumentou. Todos os holofotes estão retos, apontando para um lugar exatamente acima deste telhado. A qualquer momento pode cair uma bomba aqui dentro deste quarto. Um, dois, três, quatro, cinco, seis... os segundos passam. A bomba não caiu. Mas durante esses segundos de suspense todo o pensamento parou. Todo o sentimento, a não ser um entorpecido pavor, cessou. Um prego fixou todo o ser numa tábua dura. A emoção do medo e do ódio é portanto estéril, infértil. Logo que o medo passa, a mente se estica e, tentando criar, revive instintivamente. Só recorrendo à memória é que ela pode criar, já que o quarto está às escuras. Ela se estica para alcançar a memória de outros agostos — em Bayreuth, ouvindo Wagner; em Roma, andando pela Campagna; em Londres. Vozes de amigos vêm de volta. Restos de poesia retornam. Mesmo na memória, cada um desses pensamentos era muito mais positivo, revigorante, curativo e criador do que o entorpecido pavor feito de medo e ódio. Portanto, se formos compensar o rapaz pela perda de sua glória e sua arma, devemos lhe dar acesso aos sentimentos criadores. Devemos fazer felicidade. Devemos libertá-lo da máquina, trazendo-o para fora da prisão, ao ar livre. Mas de que adianta libertar o jovem inglês se o jovem alemão e o jovem italiano continuarem escravos?

Os holofotes, varrendo a torto e a direito, localizaram agora o avião. Desta janela podemos ver um pequeno inseto prateado que se contorce e rodopia na luz. Tiros são disparados em sequência, depois cessam. Provavelmente o aviador foi abatido atrás do morro. Outro dia um dos pilotos pousou em segurança num campo perto daqui. E disse para seus captores, falando um inglês bem razoável: "Que bom que a luta acabou!". Depois um inglês lhe deu um cigarro e uma inglesa preparou para ele uma xícara de chá. Isso parecia indicar que, se pudermos libertar o homem da máquina, a semente não cai em solo de todo pedregoso. E a semente pode ser fértil.

Finalmente todos os canhões pararam de atirar. Todos os holofotes se apagaram. A escuridão natural de uma noite de verão retorna. Os inocentes sons do campo são ouvidos de novo. Uma maçã despenca no chão. Pia uma coruja, abrindo caminho de galho em galho. E algumas palavras já quase esquecidas de um velho escritor inglês vêm à mente: "Os caçadores estão de pé na América [...]".[225] Vamos pois enviar estas notas fragmentárias aos caçadores que estão de pé na América, aos homens e mulheres cujo sono ainda não foi interrompido pelo barulho das metralhadoras, na crença de que eles as repensem, generosa e caridosamente, e talvez as transformem em algo útil. E agora, na metade sombreada do mundo, vamos dormir.

---

[225] Thomas Browne (1605-1682), *The Garden of Cyrus* (1658).

A morte da mariposa[226]

As mariposas que voam de dia não devem a rigor ser chamadas de mariposas; não provocam aquela agradável sensação de noite escura de outono e hera em flor que as mais comuns, com asas amarelas por baixo, ao dormir na sombra da cortina, nunca deixam de despertar em nós. São criaturas híbridas, nem alegres como as borboletas nem sombrias como as da própria espécie. Contudo o presente espécime, de asas estreitas, cor de feno, orladas por uma franja da mesma cor, parecia estar feliz da vida. A manhã era agradável, de meados de setembro, fresca, benigna, mas com uma aragem mais cortante que a dos meses de verão. O arado já estava lavrando o campo além da janela e, onde a relha havia passado, a terra se comprimia aplainada e brilhava de umidade. Tamanho vigor nos vinha, ondulando dos campos e da chapada ao longe, que era difícil manter os olhos estritamente voltados para o livro. As gralhas celebravam, por sua vez, uma de suas festividades anuais; esvoaçavam inquietas ao redor dos topos das árvores, até darem a impressão de que uma rede imensa, com milhares de nós negros, tinha sido estendida ao ar nas alturas; a qual, depois de alguns instantes, lentamente baixava sobre as árvores, até que todos os galhos parecessem ter na ponta um dos nós. Bruscamente a rede voltava então a ser lançada no ar, dessa vez num círculo maior, com a mais profunda vociferação e clamor, como se pairar nas alturas e baixar lentamente sobre os topos das árvores fosse uma experiência muito excitante.

A mesma energia que inspirava as gralhas, os lavradores, os cavalos e até, pelo que parecia, os dorsos nus das chapadas lisas, mandou a mariposa adejante esvoaçar de um lado para outro de seu quadrado na vidraça. Não havia como não observá-la. E vinha-nos de fato à consciência um estranho sentimento de pena por ela. As possibilidades de prazer pareciam tão enormes e variadas nessa manhã que ter na vida apenas um

---

[226] Publicado pela primeira vez no livro *The Death of the Moth and Other Essays* (1942), organizado por Leonard Woolf no ano seguinte ao da morte da autora.

papel de mariposa, mariposa diurna, além do mais, aparentava ser um ingrato destino, mostrando-se patético o esforço que ela fazia para fruir ao máximo de suas escassas oportunidades. Voou vigorosamente para um canto do seu compartimento e, após esperar ali um segundo, voou em diagonal para outro. O que lhe restava fazer, a não ser voar para um terceiro canto e depois para um quarto? Isso era tudo o que estava ao seu alcance, apesar da extensão das chapadas, da amplidão do céu, da fumaça longínqua das casas e da esporádica e romântica voz de um navio a vapor no mar. Observando-a, era como se uma fibra, muito fina mas pura, da energia colossal do mundo tivesse sido enfiada no seu corpo diminuto e frágil. Eu podia imaginar que um fio de luz vital tornava-se visível todas as vezes que ela cruzava a vidraça. Ela era pouco ou nada mais que vida.

No entanto, por ela ser tão pequena, ser uma forma tão simples da energia que rolava pela janela aberta para abrir seu caminho pelos tantos corredores intricados e estreitos do meu próprio cérebro e dos outros seres humanos, havia algo maravilhoso e ao mesmo tempo patético a seu respeito. Era como se alguém tivesse pegado uma ínfima gota de vida pura e, adornando-a o mais de leve possível, com penugens e felpas, a pusesse dançando e ziguezagueando para mostrar-nos a verdadeira natureza da vida. Não podíamos passar por cima da estranheza daquilo, quando assim exibido. Tendemos a esquecer tudo sobre a vida se a vemos arqueada e submissa e enfeitada e atravancada e tendo assim de se mover com a maior circunspecção e dignidade. Novamente a ideia de tudo o que a vida poderia ter sido, se ela tivesse nascido em alguma outra forma, fazia-nos observar com certa pena suas atividades tão simples.

Passado um tempo, e aparentemente cansada dos seus passos de dança, ela pousou ao sol no peitoril da janela e, chegando ao fim o curioso espetáculo, esqueci-me dela. Pouco depois meu olhar foi atraído por ela, que tentava retomar sua dança, mas parecia estar tão dura ou desajeitada que não pôde senão ir adejando até a parte inferior da vidraça; quando tentava voar de novo, fracassava. Por algum tempo observei sem pensar aquelas tentativas inúteis, inconscientemente à espera de que ela retomasse seus voos, como se espera que a máquina que parou por um momento recomece sem se pensar na causa da falha. Após talvez a sétima tentativa, ela deslizou de onde estava e caiu de costas, batendo as asas, no peitoril da janela. O desamparo de sua atitude me tocou. Logo percebi que ela estava em dificuldades; já não conseguia se levantar; suas pernas se esforçavam em vão. Porém, quando me aproximei com um lápis, pretendendo ajudá-la a se endireitar, ocorreu-me que o fracasso e a total falta de jeito eram a chegada da morte. E deixei o lápis de lado.

Mais uma vez as pernas se agitaram. Olhei em volta, como que à procura do inimigo contra o qual ela lutava. Olhei lá fora. O que havia acontecido por lá? Presumia-se que fosse meio-dia, o trabalho nos campos se interrompera. O silêncio e a tranquilidade tinham substituído a animação prévia. Os pássaros voaram para longe, à cata de comida nos riachos. Os cavalos se mantinham imóveis. Mesmo assim todavia lá estava o poder, uno, maciço e por fora indiferente, impessoal, não servindo a nada em particular. De certo modo ele se contrapunha à pequena mariposa cor de feno. Era inútil tentar fazer qualquer coisa. Não se podia senão assistir aos esforços extraordinários feitos por aquelas perninhas contra a sina iminente que seria capaz, se quisesse, de submergir uma cidade inteira, e não só uma cidade, mas também massas de seres humanos; nada, eu sabia, tinha qualquer chance contra a morte. Contudo, após uma pausa de exaustão, as pernas se mexeram de novo. Foi soberbo esse último protesto, e tão exaltado que ela acabou conseguindo se endireitar finalmente. Todas as nossas simpatias, é claro, punham-se do lado da vida. Além do mais, não havendo ali ninguém para saber ou se importar, o gigantesco esforço por parte de uma pequena e insignificante mariposa, contra um poder de tal magnitude, para reter o que ninguém mais valorizava ou desejava manter, nos comovia estranhamente. De certo modo, víamos a vida de novo, uma gota pura. De novo eu peguei o lápis, embora sabendo que ele seria inútil. Enquanto o fazia, os inequívocos sinais da morte se mostraram. O corpo relaxou e no mesmo instante endureceu. A luta estava acabada. Agora a insignificante criaturinha tinha conhecido a morte. Quando olhei para a mariposa morta, esse triunfo minúsculo e secundário de uma força tão grande sobre um antagonista tão reles me encheu de espanto. Tanto quanto a vida fora algo estranho alguns minutos antes, agora a morte era igualmente estranha. A mariposa, tendo conseguido se endireitar, jazia decentemente composta, e não se lamentava de nada. Ah, sim, parecia dizer, a morte é mais forte do que eu.

Índice remissivo

Abbotsford, 284
Agamêmnon, Ésquilo, 119
Ainger, Alfred, 131
Albert Memorial, 223
Albert, Príncipe, 260
Alemanha, 244, 245, 290, 292
Alfoxden, 209, 215
Allen, Maria, 114, 115
Allen, Sr., 51
Almack's, 196
Altona, 208
Alvanley, Lord, 198
América do Sul, 70
An Account of a Voyage Round the World 1768-71, James Cook, 191
An Enquiry into the Present State of Polite Learning in Europe, Oliver Goldsmith, 277
An Intimate Portrait of Robert Louis Stevenson, Lloyd Osbourne, 299
Andersen, Hans Christian, 27
Anson, George, 191
Antônio e Cleópatra, William Shakespeare, 131
Arcadia, Philip Sidney, 112
Argentina, 70
Arnold, Matthew, 80, 87, 221, 266, 273, 276, 284
Arnold, Thomas, 257
"Art of Biography, The", Virginia Woolf, 255
Artur, Rei, 130
Associação Educacional dos Trabalhadores, 281
Astor, Lady Nancy, 306
"At the Edge of Being", Stephen Spender, 233

Atalanta in Calydon, Algernon Charles Swinburne, 136, 137
Atlantic Monthly, 255
Auden, W. H., 231, 290
Austen Chamberlain, Sir, 243
Austen-Leigh, J. E., 92, 98, 100, 101
Austen-Leigh, R., 91
Austen-Leigh, William, 91
Austen, Cassandra, 91
Austen, Jane, 69, 83, 85, 86, 91, 92, 93, 94, 95, 96, 97, 98, 100, 101, 105, 111, 118, 179, 181, 201, 202, 262, 275, 283, 285, 289, 300
Austen, Lady Ann, 47, 187, 190, 191, 192, 193, 194
Austen, Philadelphia, 91, 92
Austen, Sir Robert, 189
Autumn Journal: A Poem, Louis MacNeice, 292, 295
Babel, 124
Baldwin, Stanley, 243, 244
Ball, Geary, 189
Balzac, Honoré de, 299
Barlow, Joel, 202
Barlow, Sr., 273
Barnes, 158
Battle Abbey, 44
Bayle, Pierre, 47
Bayreuth, 308
Beauclerk, Charles George, 47
Beaumont, Francis, 116
Beckford, William, 133
Bedford, Lady, 112, 113
Beerbohm, Max, 83
Beethoven, Ludwig van, 24
Belloc, Hilaire, 288
Bennett, Arnold, 70, 71, 72

315

Benserade, Isaac de, 41
Bentley, Richard, 293
Bernhardt, Sarah, 10, 29, 30, 31, 32, 33, 34, 35
Berry, Agnes, 113
Berry, Mary, 113
Berry, Sr., 201
Biblioteca Real, 98
Birkhead, Edith, 217
"Birthday, A", Christina Rossetti, 223
Blake, William, 306
Blank, 80
Blois, 37, 38
Blood, Fanny, 203
Boêmia, 104, 105, 139, 173
Bôeres, Guerra dos, 284
Bond Street, 73
Bookman, The, 161
Boston, 60
Boswell, James, 132, 255, 258, 262, 282
Brabender, Mlle. de, 32, 33
Brahms, Johannes, 24
Brasil, 50
Brenne, 37
Briand, Aristide, 244
Brighton, 71, 281, 283
Brixton, 155
Brompton, 176
Brontë, Charlotte, 94, 103, 104, 105, 106, 107, 144, 179, 180, 181, 281, 284
Brontë, Emily, 94, 96, 104, 107, 108, 179, 180, 181, 281, 284
Brook Farm, 62
Brooke, Rupert, 287, 288
Brown, Horatio F., 53, 54
Brown, John, 65
Browne, Thomas, 309
Browning, Elizabeth Barrett, 10, 284
Browning, Robert, 136, 229, 284
Brummell, George Bryan Beau, 194, 195, 196, 197, 200, 201
Buckingham, 189, 191
Buhl, André-Charles, 199
Bunbury, Thomas, 114, 115

Bunyan, John, 26
Burke, Edmund, 203, 245
Burney, Charles, 114
Butler, Samuel, 141
Byron, Lord, 47, 82, 83, 87, 88, 141, 197, 200, 229, 235, 284
Cabo da Boa Esperança, 54
Caen, 194, 199, 200
Cagliostro, Alessandro, 57, 58
Calais, 198
Caledon, Lady, 133
Câmara dos Comuns, 14, 241, 242, 246
Câmara dos Lordes, 188
Cambray, Liga de, 54
Cambridge, 100, 162, 188, 201, 284, 287, 288
Campagna, 308
Canaletto, 58
Canning, Charles, 133
Canning, Condessa Charlotte, 132, 133
Canning, George, 50
Carlos I da Inglaterra, 38, 246
Carlos Magno, 130
Carlton House, 98
Carlyle, Alexander, 9
Carlyle, Jane Welsh, 9, 163, 164, 165, 166, 167, 168, 169, 170, 171, 173, 174, 175, 176
Carlyle, Thomas, 9, 163, 165, 166, 167, 168, 172, 173, 175
Carlyle's Early Life, James Anthony Froude, 256
Carlyle's Life in London, James Anthony Froude, 256
Casanova, Giacomo, 57
Castaway, The, William Cowper, 191
Cayley, Charles, 219, 220
Chambord, 37
Chapman & Hall, 168
Chapman, R. W., 91
Charing Cross Road, 138
Chaucer, Geoffrey, 221, 228, 229, 255, 287
Chesterfield Street, 196, 201
Chesterton, G. K., 287, 288

Cheyne Row, 163, 164, 165, 166, 172

China, 157

Choisy, Mme. de, 38

Christ's Hospital, 202

"Christabel", Samuel Taylor Coleridge, 215

Christian Examiner, 60

Christina Rossetti and her Poetry, Edith Birkhead, 217

Cimetière des Innocents, 39

Civil Journey, Storm Jameson, 270

Clarke, J. S., 98

Cleópatra, 131, 235, 238, 259

Clifford, Anne, 112

Clifton Reynes, 190

Coleridge, Samuel Taylor, 80, 81, 82, 117, 120, 132, 136, 187, 208, 210, 212, 213, 214, 215, 266, 276

Collinson, James, 219, 220

Comédie Française, 29

Common Reader, The, Virginia Woolf, 16, 69, 79, 89, 91, 103, 109, 161, 187, 217

"Common Reader, The", Virginia Woolf, 89

Concord, 59, 65

Confessions of an English Opium Eater, Thomas De Quincey, 123

Conrad, Joseph, 70, 74, 82, 180

Conservatoire National Supérieur de Musique et de Danse, 31, 32

Constantinopla, 53, 56

Cook, James, 191

Cornhill Magazine, 29, 37, 43

Cornualha, 156

Correggio, 48

Correspondence of William Cowper, The, Thomas Wright, 187, 194

Cowper, John, 188

Cowper, Theodora, 187, 191, 192

Cowper, William, 47, 187, 188, 189, 190, 191, 192, 193, 194, 195

Crabbe, George, 229, 235

Craigenputtock, 163, 173

Crimeia, 284

Cristo, 88, 178

Cudworth, Ralph, 162

Cummings, Mr., 150

Curtis, Miss, 226, 229, 234

Daily News, The, 81

Daily Telegraph, 270

Dalston, 173

Dante Alighieri, 302

Darwin, Charles, 168

Darwin, Erasmus Alvey, 168

David Copperfield, Charles Dickens, 262

Davies, William Henry, 83

Day-Lewis, Cecil, 233, 290, 296

De Quincey, Thomas, 123, 212

Death of the Moth and Other Essays, The, Virginia Woolf, 16, 311

Decline and Fall of the Roman Empire, The, Edward Gibbon, 130

Deffand, Mme. du, 113

Defoe, Daniel, 111

Devonshire, Duquesa de, 194, 198, 200

Dial, The, 61

Dickens, Charles, 180, 262, 267, 271, 279, 283, 284, 285, 288, 289, 292, 298, 299

Dictionary of National Biography, Leslie Stephen, 10

Diderot, Denis, 113

Dindorf, Karl Wilhelm, 293

Disraeli, Benjamin, 242, 246

Diverting History of John Gilpin, The, William Cowper, 190

Don Juan, Lord Byron, 82, 141, 235

Donne, John, 112, 115, 124, 131, 226, 239

Dostoiévski, Fiódor, 143

Dover, 198

Dryden, John, 80, 81, 120, 136, 227, 228, 282, 289

Dumbarton, 211

Dundee, 166

Edimburgo, 92

Edmonton, 157

Elba, Rio, 208

Eliot, George, 179, 180, 181, 284

317

Eliot, T. S., 81, 123, 140, 288, 295

Elizabeth and Essex: A Tragic History, Lytton Strachey, 257, 260

Elizabeth, Rainha, 257, 258, 259, 260

Ellen, Mlle., 199

Emerson, Ralph Waldo, 61

Eminent Victorians: Cardinal Manning, Florence Nightingale, Dr. Arnold, General Gordon, Lytton Strachey, 257

Emma, Jane Austen, 118, 262, 285

Endsleigh Gardens, 219, 220

Enfer de Plogoff, 33

Escócia, 94, 172, 252

Espanha, 46, 290, 292

Ésquilo, 119, 157, 302

Essex, Conde de, 246, 257, 259, 260

Estados Unidos, 59, 62, 80, 147

Eton, 195

Eurípides, 157

Europa, 8, 38, 49, 53, 57, 180, 226, 257, 299

Euston Square, 166

Excursion, The, William Wordsworth, 82

Eyre, Jane, 104, 105

Falstaff, 117, 235, 238, 259, 262

Far Away and Long Ago, William Henry Hudson, 70, 83

Farringford, 284

Father and Son: A Study of Two Temperaments, Edmund Gosse, 257

Fawkes, Guy, 228, 246

Fedra, Jean Racine, 118

feira das vaidades, A, William Thackeray, 284, 285

Fielding, Henry, 69

Five Towns, 71

Flaubert, Gustave, 81, 130, 179, 299

Flecker, J. E., 288

Fleet Street, 19

Fletcher, John, 116

Florença, 46, 47, 48

Folios of New Writing, John Lehmann, 281

Fontainebleau, 39

Fonthill Abbey, 133

Ford, John, 116

Forster, E. M., 287, 288

Forum, 177

Foscari, Francesco, 53

França, 38, 58, 147, 189, 201, 203, 287

"Francesca", Stephen Phillips, 79

Franco-Prussiana, Guerra, 32

Frankenstein, Mary Shelley, 207

Freud, Sigmund, 299

From Feathers to Iron, Cecil Day-Lewis, 233

"From House to Home", Christina Rossetti, 222

Froude, James Anthony, 161, 175, 256

Fry, Roger, 10

Fuller, Margaret, 61

Fuseli, Henry, 203

Gadshill, 284

Gales, Príncipe de, 98, 195, 197

Galsworthy, John, 70, 71

Gape, Sra., 226, 229, 231, 234

Garden of Cyrus, The, Thomas Browne, 309

Garnett, Constance, 76

Garrick, David, 113

Gênova, 53

George IV, 98, 130, 197

George, Lloyd, 150

Gibbon, Edward, 130

Gilpin, John, 190

Gissing, George, 137

Gladstone, William, 241, 242, 243, 246

Gluck, Christoph Willibald, 222

Goblin Market and Other Poems, Christina Rossetti, 221

Godwin, William, 201, 202, 205, 206, 207

Golden Bowl, The, Henry James, 130

Goldoni, Carlo, 58

Goldsmith, Oliver, 113, 277

Good Housekeeping, 241

Gordon, General Charles George, 257

Gosse, Edmund, 256, 257

Göttingen, 169

Grã-Bretanha, 98, 226
Granby, Marquês de, 214
Grande Canal, 54
Grands Champs, 29
Granville, George Leveson-Gower, Barão, 241
Grasmere, 209
Gray, Thomas, 89, 225
Grécia, 156
Green Mansions, William Henry Hudson, 70
Greenheys, 162
Grenville, Sr., 191
Guarda Nacional, 203
Guardi, Francesco, 58
Guardian, 25
Guérard, Mme., 32
Guerra e paz, Lev Tolstói, 180
"Gússev", Anton Tchekhov, 75, 76
Half Sisters, The, Geraldine Jewsbury, 9, 161, 172
Hallam Street, 218, 219, 220
Hamburgo, 208
Hamlet, William Shakespeare, 109, 132, 266
Hardwicke, Sra., 133
Hardy, Thomas, 70, 74, 82, 105, 111, 118, 131, 289
Hare, Augustus J. C., 132, 133
Harriette Wilson's Memoirs of Herself and Others, James Laver, 197
Harvard University, 59
Harvey, Gabriel, 112
Hazlitt, William, 82, 83
Heinsius, Daniel, 293
Helps, Sir Arthur, 168
Henderson, Arthur, 243, 244
Henriqueta da Inglaterra, Princesa, 37, 38, 39, 40
Hércules, 192
Heródoto, 47
"Hino ao Ano-Novo", Christina Rossetti, 220
Histoire d'Hérodote, Pierre-Henri Larcher, 47

History of "The Times", The, v. 2, The Tradition Established, 1841-1884, 266
History of Brazil, Robert Southey, 204
History of England, George Macaulay Trevelyan, 179
History of Henry Esmond, The, Esq., William Thackeray, 266
Hitler, Adolf, 283, 306, 307
Hogarth Press, 123, 225, 265, 281, 290
Holborn, 153
Holcroft, Thomas, 202
Holland House Circle, The, Lloyd Sanders, 43
Holland House, 43, 49, 50
Holland, Lady Elizabeth, 10, 43, 47, 48, 49, 50, 51, 253
Holland, Lord, 46, 47, 48, 49, 50
Homero, 47, 191
Hope for Poetry, A, Cecil Day-Lewis, 296
Hopkins, Gerard, 226
House, Madeline, 267
"How it Strikes a Contemporary", Virginia Woolf, 79
"How Should One Read a Book?", Virginia Woolf, 109
Hudson, William Henry, 70
Huxley, Aldous, 288
Huxley, Leonard, 161
Hyde Park, 243
Hyperion, John Keats, 82, 83
"I am Christina Rossetti", Virginia Woolf, 217
Ibsen, Henrik, 146
Ilchester, Lord, 43
Ilíada, Homero, 47
Imlay, Gilbert, 201, 204, 205, 207
Índia, 133, 134, 156, 246, 284, 287
Ingelow, Jean, 220
Inglaterra, 9, 32, 33, 37, 38, 43, 46, 47, 48, 80, 82, 86, 112, 113, 133, 147, 154, 177, 178, 179, 198, 201, 209, 243, 252, 255, 283, 284, 287, 290, 301, 302

319

Insull, Samuel, 126
Ireland, Annie, 161
Irlanda, 98, 133, 134, 214, 252
Isherwood, Christopher, 290
Islândia, 133
Islington, 260
Itália, 44, 46, 47, 48, 54, 55, 287, 290, 292
Jamaica, 44
James, Henry, 101, 130, 255, 282, 289
Jameson, Storm, 270
Jane Austen: Her Life and Letters. A Family Record, William Austen-Leigh e R. Austen-Leigh, 91
"Jane Austen", Virginia Woolf, 91
"*Jane Eyre* and *Wuthering Heights*", Virginia Woolf, 103
Jane Eyre, Charlotte Brontë, 103, 104, 107, 144, 180
Jane Welsh Carlyle: Letters to her Family, 1839-1863, Leonard Huxley, 161
Japão, 178
Jefferies, Richard, 66
Jesse, William, 194
Jewsbury, Geraldine, 9, 10, 161, 162, 163, 164, 165, 166, 167, 168, 169, 170, 171, 172, 173, 174, 175, 176
Joan and Peter, H. G. Wells, 71
Johnson, Samuel, 80, 89, 90, 113, 120, 178, 252, 253, 255, 258, 262, 266, 282
Jones, Capitão, 114
Jones, Ebenezer, 117
Jones, Sra., 128, 189
Jonson, Ben, 159
Journal of Elizabeth Lady Holland, The, Lord Ilchester, 43
Journals of Dorothy Wordsworth, William Knight, 208
Jowitt, Sir William, 244
Joyce, James, 73, 74
Judas, o obscuro, Thomas Hardy, 105
Judd Street West, 206
Júlio II, Papa, 54
Juvenal, 49

Keats, John, 79, 81, 83, 124, 136, 140, 172, 179, 234, 235, 267, 275, 281, 284
Kempten, 45
Kensington, 20
Knight, Sra., 94
Knight, William, 208
Knightsbridge, 20
Kubla Kahn, Samuel Taylor Coleridge, 82
La Bruyère, Jean de, 131
La Plata, 70
La Rochefoucauld, François de, 49, 51
La Vallière, Louise de, 10, 37, 38, 39, 40, 41, 42
Lair, Jules Auguste, 37
Lamb, Charles, 131, 201, 202
Larcher, Pierre-Henri, 47
Laver, James, 197
Lawrence, D. H., 83, 288, 292
"Leaning Tower, The", Virginia Woolf, 281
Lefroy, Sra., 94
Lehmann, John, 225, 232, 281
Leslie, C. R., 43, 52
Leslie, Sir John, 134
"Letter to a Young Poet, A", Virginia Woolf, 225
Letters and Memorials of Jane Welsh Carlyle, Thomas Carlyle e James Anthony Froude, 161
Letters of Charles Dickens, The, Madeline House, 267
Letters of Charles Lamb, The, Alfred Ainger, 131
Letters Written During a Short Residence in Sweden, Norway, and Denmark, Mary Wollstonecraft, 201, 208
Lewes, George, 180
Líbano, 88
Lichfield, Bispo de, 129
Life and Adventures of Martin Chuzzlewit, The, Charles Dickens, 285
Life and Letters of Lord Macaulay, The, George Otto Trevelyan, 50

Life of Christina Rossetti, Mary F. Sandars, 217
Life of George Brummell, The, Esq., commonly called Beau Brummell, William Jesse, 194
Life of Henry David Thoreau, The, H. S. Salt, 59
Life of Samuel Johnson, James Boswell, 255, 282
Lincoln, Abraham, 34
Lincoln, Mary Todd, 34
Lisboa, 114, 203
Little Review, 73
Liverpool, 170
Lives of the English Poets, Samuel Johnson, 89
Lives of the Poets, The, Samuel Johnson, 255
Lockhart, John Gibson, 255, 262
Londres, 8, 12, 19, 43, 101, 103, 112, 126, 127, 129, 149, 150, 151, 163, 166, 169, 173, 175, 178, 194, 196, 197, 265, 286, 308
Look Stranger!, W. H. Auden, 290
"Looking Forward", Christina Rossetti, 223
Louise de La Vallière et la Jeunesse de Louis XIV, Jules Auguste Lair, 37
"Louise de La Vallière", Virginia Woolf, 37
Love and Friendship and Other Early Works, Jane Austen, 92, 93
Lover's Melancholy, The, John Ford, 116
Lowell, James Russell, 61
Luís XIV, 37, 39, 40, 41, 42
Lushington, Franklin, 307
Luxembourg, Palácio de, 38
Lysistrata, 249, 250
"Lytton Strachey", Desmond MacCarthy, 287
Macaulay, Lord Thomas Babington, 43, 50, 253
Macaulay, Rose, 81
Macbeth, William Shakespeare, 93, 132

MacCarthy, Desmond, 287, 292
MacDonald, Ramsay, 244, 246
Macmillan, 221
MacNeice, Louis, 290, 292, 295, 296
Macready, William Charles, 267
Madame Bovary, Gustave Flaubert, 130
Maid's Tragedy, The, Francis Beaumont e John Fletcher, 116
Maintenon, Mme. de, 42
Mallarmé, Stéphane, 131
Mancha, Canal da, 113, 133, 198, 226, 231, 234, 283
Manchester Guardian, The, 81
Manchester, 162, 163, 165, 166, 170, 174, 195
Manning, Cardeal Henry Edward, 257
Mansfield Park, Jane Austen, 96, 97
Mântua, 149
Manuzio, Aldo, 56
Mare, Walter de la, 83
Markham Square, 175
Marlborough, 292
Marsh, Catherine M., 134
Marsh, Sr., 47
Marx, Karl, 292
Mary da Escócia, Rainha, 94
Mary Wollstonecraft: Letters to Imlay, C. Kegan Paul, 201
Mary, Lady, 197
Mary, Princesa, 155
Marylebone Gardens, 187, 284
Mask, A, John Milton, 130
Massachusetts, 59, 62
Maugham, Somerset, 288
Mayfair, 154, 160
Mayor of Casterbridge, The, Thomas Hardy, 74
Médici, Família, 48
Medida por medida, William Shakespeare, 143
Mediterrâneo, Mar, 53
Memoir of Jane Austen, A, J. E. Austen-Leigh, 92, 98
Memoirs of his Own Life, Tate Wilkinson, 114

Memoirs of Mary Wollstonecraft, William Godwin, 201

"Memoirs of Sarah Bernhardt, The", Virginia Woolf, 29

Memoirs of Sheridan, Thomas Moore, 51

Memoirs of the Life of Sir Walter Scott, John Gibson Lockhart, 255

Memorials of Captain Hedley Vicars, The, Catherine M. Marsh, 134

Meredith, George, 76, 111, 144

Merton, 292

Mexborough, Sra., 133

Middlemarch, George Eliot, 180

Milton, John, 79, 128, 130, 178

Mitford, Sra., 91, 94

"Modern Fiction", Virginia Woolf, 69

Molmenti, Pompeo, 53, 54, 55, 56

"Monday or Tuesday", Virginia Woolf, 73

Monk's House, 11

Montaigne, Michel de, 49, 276

Montespan, Françoise Athenaïs, Marquesa de, 42

Moore, Thomas, 51

More, Thomas, 246

Morgan, Lady, 176

Morning Post, 129

Morny, Duque de, 31

Morrison, James, 45

morro dos ventos uivantes, O, Emily Brontë, 103, 104, 107, 108, 144, 180

Mozart, Wolfgang Amadeus, 24, 222

Mudie, Charles Edward, 166

Mudie, Elizabeth, 166, 167, 170

Mudie, Juliet, 166, 167, 170

Murano, 55

Murasaki, Shikibu, 178

Murry, Middleton, 288

Museu Britânico, 218

My Double Life: Memoirs of Sarah Bernhardt, Sarah Bernhardt, 29

My Study Windows, James Russell Lowell, 61

Napoleão Bonaparte, 54, 283

Nation and Athenaeum, 187, 194, 201, 208, 217, 278

National Review, 19

"Nero", Stephen Phillips, 79

New Criterion, 123

New Letters and Memorials of Jane Welsh Carlyle, Thomas Carlyle e Alexander Carlyle, 161

New Republic, 305

New Road, Hotel, 207

New Signatures: Poems by Several Hands, Michael Roberts, 232

New Statement and Nation, 91

New Statesman, The, 269, 300

New York Herald Tribune, 135, 187, 194

Newbury, 96

Newmarket, 157

Newton, John, 189

Nicolau V, Papa, 53

Nicolson, Harold, 269, 272, 273, 276

Nightingale, Florence, 257

Norfolk, Duque de, 94

Northampton, 98

Norwood, 173

Nova Inglaterra, 64

Nova York, 15, 161, 177, 255, 305

Ode to a Nightingale, John Keats, 140

Old Wives's Tale, The, Arnold Bennett, 71

Olney, 189, 190, 191, 192, 193, 194

"On Being Ill", Virginia Woolf, 123

Oresteia, Ésquilo, 119

Orgulho e preconceito, Jane Austen, 82, 83, 91, 94, 97, 180

Oriente, 53, 54

Orlando, Virginia Woolf, 10, 12

Orleans, Duque de, 38

Orvieto, 47

Osbourne, Lloyd, 299

Othello, 307

Owen, Wilfred, 288

Oxford Street, 154, 275

Oxford, 135, 249, 284, 288, 292, 293, 294

País de Gales, 156

Palladio, Andrea, 54
Palmerston, Henry John Temple, Visconde, 242, 243, 246
Paraíso perdido, John Milton, 266
Paris, 29, 31, 32, 37, 38, 40, 202, 203, 244
Parsons, Leonard, 86
Passarowitz, Paz de, 54
Pater, Walter, 141
Paul, C. Kegan, 201
Peabody, 235, 239
Peacock, Thomas Love, 111
Pedro, São, 121
Pembroke, Lady Anne Clifford, 112
Pendennis, William Makepeace Thackeray, 75
Pepys, Samuel, 129
Péricles, 130
Persuasão, Jane Austen, 97, 99, 100, 101
Pesaro, Palazzo Ca', 57
Phillips, Stephen, 79
Piazza San Marco, 55, 58
Pilgrim's Progress, The, John Bunyan, 26
Pitt, Conde de Chatham, William, 245
Pitt, William, 243, 244
Plínio o Velho, 239
"Poem XI", Cecil Day-Lewis, 233
Poems, Stephen Spender, 296
Poems, W. H. Auden, 231
"Poetry, Fiction and the Future", Virginia Woolf, 135
Pope, Alexander, 47, 113, 128, 227, 228, 282
Portland Place, 218
Portrait of a Young Man, Franklin Lushington, 307
Prelude, The, William Wordsworth, 116, 118, 201
"Prince's Progress, The", Christina Rossetti, 222
Prometheus Unbound, Percy Bysshe Shelley, 82, 83, 131, 136, 137
Proust, Marcel, 101, 123, 143
Purple Land, The, William Henry Hudson, 70

Putney Bridge, 205
quarto com vista, Um, E. M. Forster, 287
Queen Anne Street, 190
Queen Victoria, Lytton Strachey, 257, 258, 259
Queen's Hall, 19
Racedown, 215
Racine, Jean, 118
Rafael, 134
Raleigh, Walter, 221
Reform Club, 169
Rei Lear, William Shakespeare, 109, 117, 118, 119, 124, 132
Reims, 200
Reminiscences of a Veteran: Being Personal and Military Adventures in Portugal, Thomas Bunbury, 114
Reno, Rio, 156
retrato do artista quando jovem, Um, James Joyce, 73
Return of the Native, The, Thomas Hardy, 118
Reugny, 37
"Reviewing", Virginia Woolf, 265
Revolução Francesa, 42, 197, 201, 205, 206, 250, 251
Richard Feverel, George Meredith, 144
Rimbaud, Arthur, 131
Rime of the Ancient Mariner, The, Samuel Taylor Coleridge, 117
Robert Elsmere, Humphry Ward, 79
Roberts, Michael, 232
Robinson Crusoe, Daniel Defoe, 111, 118, 135
Rochester, 104
Rodmell, 11
Roma, 45, 47, 219, 308
Rossetti, Christina, 11, 217, 218, 219, 220, 221, 222, 223, 224
Rossetti, Maria, 218, 220
Rothschild, Lionel de, 198
Royal Oak, 189
Royale, Rue, 198
Ruskin, John, 57, 284

Russell, Lord John, 241
Rússia, 75, 290, 292
Rydale, 212
Sackville-West, Vita, 269
Safo, 178, 239
Saint-Remi, Marquês de, 38
Saintsbury, George, 221
Salt, H. S., 59, 60
Salute, Igreja Santa Maria della, 57
San Francisco, 155
Sand, George, 168, 175
Sandars, Mary F., 217
Sanders, Lloyd, 43
Sansão, 192
Sansovino, Jacopo, 54, 56
Sayers, Dorothy L., 221
Scaliger, Joseph Justus, 293
Schweizer, Madeleine, 204, 205
Scott, Walter, 82, 85, 86, 111, 255, 262, 282, 283, 284
Seaforth House, 170
Selections from the Letters of Geraldine Endsor Jewsbury to Jane Welsh Carlyle, Annie Ireland, 161
Self-Help, with Illustrations of Character and Conduct, Samuel Smiles, 238
Sevenoaks, 175
Sévigné, Mme. de, 225, 226
Shakespeare, William, 25, 124, 132, 138, 143, 178, 227, 228, 229, 238, 239, 262, 302
Shaw, Bernard, 141, 146
Shelley, Mary, 207
Shelley, Percy Bysshe, 47, 83, 87, 131, 136, 137, 234, 235, 238, 239, 281, 284
Sião, 172
Sidney, Philip, 112, 115
Síria, 88
Sitwell, Osbert, 288
Sitwell, Sacheverell, 288
Skelton, John, 221
Skeys, Hugh, 203
Smiles, Samuel, 238
Solent, Estreito de, 133

Somers Town, 202, 205, 206
Somerville College, 249
"Song at the Feast of Brougham Castle", William Wordsworth, 297
"Song", Christina Rossetti, 223
Southey, Robert, 204
Spender, Stephen, 233, 290, 296
Spenser, Edmund, 112, 221
St. George's Hospital, 175
St. Hugh's College, 135
St. James's Street, 195, 198, 201
St. Martin's Lane, 50
Stanhope, Lady Hester, 88, 198
Stephen, Leslie, 10
Sterne, Laurence, 75, 76, 144, 145
Stevenson, Robert Louis, 298, 299
Stirling, 92
Stones of Venice, The, John Ruskin, 57
Story of Two Noble Lives, The. Being Memorials of Charlotte, Countess Canning, and Louisa Marchioness of Waterford, Augustus J. C. Hare, 132
Strachey, Lytton, 257, 258, 259, 260, 262, 287, 288
Strand, 153, 155, 157, 158
Stratford-upon-Avon, 132
Strawberry Hill, 113
"Street Haunting: A London Adventure", Virginia Woolf, 149
Stuart, Lady, 133
Stuart, Lord, 133
Stuart, Sra., 133
Suffolk, 156
"Summer", Christina Rossetti, 222
Sunday Times, 287
Surbiton, 158
Surrey, 245
Sussex, 44, 45, 191
Swift, Jonathan, 282, 289
Swinburne, Algernon Charles, 136, 137, 220
Tale of Genji, The, Shikibu Murasaki, 178
"*Tale of Genji, The*", Virginia Woolf, 178
Tâmisa, Rio, 158

Task, The, William Cowper, 190

Tchekhov, Anton, 75, 76

Tebbs, Virtue, 220, 223

Teerã, 130

tempestade, A, William Shakespeare, 81

Tennyson, Alfred, Lord, 107, 136, 227, 228, 267, 271, 279, 284

Tessália, 138

Thackeray, William Makepeace, 75, 113, 266, 284, 285, 298, 299

"This is the House of Commons", Virginia Woolf, 241

Thomas Carlyle: A History of his Life in London, 1834-1881, James Anthony Froude, 161

Thompson, Anthony, 134

Thompson, Miss, 219

Thoreau, Henry David, 59, 60, 61, 62, 63, 64, 65, 66, 67

"Thoreau", Virginia Woolf, 59

"Thoughts on Peace in an Air Raid", Virginia Woolf, 305

Thrale, Hester, 252

Throckmorton, Sr., 191, 193

Thrown to the Woolfs, John Lehmann, 225

Tiago, São, 194

Ticiano, 134

Times Literary Supplement, 9, 53, 59, 69, 79, 103, 161

Times, The, 127, 266, 268, 305, 306

Tivoli, 47

"To Penetrate that Room", John Lehmann, 232

Told by an Idiot, Rose Macaulay, 81

Tolstói, Lev, 105, 180, 292

Torrington Square, 219, 220, 223

Tours, 37

Trafalgar, Batalha de, 283

Trelawny, Edward John, 47

Trevelyan, George Macaulay, 179, 288

Trevelyan, George Otto, 50

Trinity College, 100

Tristram Shandy, Laurence Sterne, 75, 144, 146

Trollope, Anthony, 111, 284, 289, 300

Tunbridge Wells, 130

Twenty Poems, Stephen Spender, 233

Twickenham, 112, 113

Ulysses, James Joyce, 73, 74, 83

Unwin, Mary, 188, 189, 191, 192, 193

Unwin, Morley, 188

"Value of Laughter, The", Virginia Woolf, 25

Vassall, Richard, 44

Vathek, William Beckford, 133

Vauxhall, 187

Veneza, 53, 54, 55, 56, 57, 58

Venice: An Historical Sketch of the Republic, Horatio F. Brown, 54

Venice: Its Individual Growth from the Earliest Beginnings to the Fall of the Republic, Pompeo Molmenti, 53

"Venice", Virginia Woolf, 53

Versalhes, 29

viagens de Gulliver, As, Jonathan Swift, 81

Vicars, Hedley, 134

Villette, Charlotte Brontë, 106, 144, 180

Vindication of the Rights of Men, A. A Letter to Edmund Burke, Mary Wollstonecraft, 203

Vindication of the Rights of Woman, A, Mary Wollstonecraft, 203

Virgílio, 191, 302

Vitória, Rainha, 156, 157, 250, 258, 259, 260, 262

Vogue, 178

Voltaire, 49, 113, 289

Wagner, Richard, 308

Walden, Henry David Thoreau, 62, 63

Walden, Lago, 62

Waley, Arthur, 178

Walpole, Horace, 113, 225, 226

Walpole, Hugh, 288

Ward, Humphry, 79

Waste Land, The, T. S. Eliot, 81, 140

Waterford, Lady Louisa de, 132, 133, 134

Waterford, Lord, 132, 133, 134

Waterloo Bridge, 157

Waterloo, Batalha de, 109, 197, 283, 284

Watier's, 198

Watsons, The, Jane Austen, 86, 94, 96, 98

Watts, George, 134

Waverley, Walter Scott, 82

Webster, Elizabeth Vassall, Lady, 44, 45, 46, 47, 48

Webster, Godfrey, 44

Weiss, John, 59, 60

Wellington, Arthur Wellesley, Duque de, 94, 114

Wells, H. G., 70, 71

Westminster, 244, 246, 256

"When the World is Burning", Ebenezer Jones, 117

Whewell, William, 100

Whitaker, Sr., 94

White, Gilbert, 66

"Why?", Virginia Woolf, 249

Wight, Ilha de, 166

Wilamowitz-Moellendorf, Ulrich von, 293

Wilde, Oscar, 141

Wilkinson, Tate, 114

William Godwin, His Friends and Contemporaries, C. Kegan Paul, 201

Wilson, Harriette, 197

Wilson, Miss, 168

Wilton House, 112

Wilts, 112

Winchester, 300, 301

Windermere, Lago, 197

Witch and Other Stories, The, Anton Tchekhov, 76

Wollstonecraft, Everina, 202

Wollstonecraft, Mary, 11, 201, 202, 203, 204, 205, 206, 207, 208, 209, 215

Wolzogen, Barão de, 204, 208

Woman in the Nineteenth Century, Margaret Fuller, 61

"Women and Fiction", Virginia Woolf, 177

Woolf, Leonard, 9, 16, 123, 225, 265, 277, 278, 311

Wordsworth, Dorothy, 11, 106, 107, 208, 209, 210, 212, 213, 214

Wordsworth, William, 52, 82, 85, 87, 116, 136, 187, 201, 208, 210, 212, 213, 214, 215, 234, 286, 297

Wright, Thomas, 187, 194

Wrongs of Women, The, Mary Wollstonecraft, 207

Xenócrates, 138, 139

Yale Review, 109, 149, 225

Yale University, 109, 149, 225

Yeats, William Butler, 83, 237, 295

York, 103, 104

Youth, Joseph Conrad, 74

Zoe, Geraldine Jewsbury, 9, 161, 168, 169, 170

Bibliografia

OBRAS DE VIRGINIA WOOLF EM INGLÊS

FICÇÃO

The Voyage Out. Londres: Duckworth, 1915.

The Mark on the Wall. Londres: The Hogarth Press, 1917 (reimpresso em *The Complete Shorter Fiction*).

Night and Day. Londres: Duckworth, 1919.

Kew Gardens. Londres: The Hogarth Press, 1919 (reimpresso em *The Complete Shorter Fiction*).

Monday or Tuesday. Londres: The Hogarth Press, 1921 (reimpresso em *The Complete Shorter Fiction*).

Jacob's Room. Londres: The Hogarth Press, 1922.

Mrs. Dalloway. Londres: The Hogarth Press, 1925.

To the Lighthouse. Londres: The Hogarth Press, 1927.

Orlando: A Biography. Londres: The Hogarth Press, 1928.

The Waves. Londres: The Hogarth Press, 1931.

Flush: A Biography. Londres: The Hogarth Press, 1933.

The Years. Londres: The Hogarth Press, 1937.

Roger Fry: A Biography. Londres: The Hogarth Press, 1940.

Between the Acts. Londres: The Hogarth Press, 1941.

A Haunted House and Other Short Stories, org. Leonard Woolf. Londres: The Hogarth Press, 1943.

Mrs. Dalloway's Party: A Short Story Sequence, org. Stella McNichol. Londres: The Hogarth Press, 1973 (reimpresso em *The Complete Shorter Fiction*).

The Complete Shorter Fiction of Virginia Woolf, org. Susan Dick. Londres: The Hogarth Press, 1985.

ENSAIO

Mr. Bennett and Mrs. Brown. Londres: The Hogarth Press, 1924.

The Common Reader. Londres: The Hogarth Press, 1925.

A Room of One's Own. Londres: The Hogarth Press, 1929.

The Common Reader: Second Series. Londres: The Hogarth Press, 1932.

Three Guineas. Londres: The Hogarth Press, 1938.

The Death of the Moth and Other Essays, org. Leonard Woolf. Londres: The Hogarth Press, 1942.

The Moment and Other Essays, org. Leonard Woolf. Londres: The Hogarth Press, 1947.

The Captain's Death Bed and Other Essays, org. Leonard Woolf. Londres: The Hogarth Press, 1950.

Granite and Rainbow, org. Leonard Woolf. Londres: The Hogarth Press, 1958.

Contemporary Writers, org. Jean Guiguet. Londres: The Hogarth Press, 1965.

Collected Essays, vols. I-IV, org. Leonard Woolf. Londres: The Hogarth Press, 1966-67.

Books and Portraits, org. Mary Lyon. Nova York: Harvest/Harcourt, Brace & Co., 1977.

Women and Writing, org. Michèle Barret. Londres: Woman's Press, 1979.

The London Scene: Five Essays. Londres: The Hogarth Press, 1982.

A Woman's Essays, org. Rachel Bowlby. Londres: Penguin, 1992.

The Crowded Dance of Modern Life, org. Rachel Bowlby. Londres: Penguin, 1993.

Travels with Virginia Woolf, org. Jan Morris. Londres: The Hogarth Press, 1993.

The Essays of Virginia Woolf, vols. I-VI, org. Andrew McNeillie. Londres: The Hogarth Press; Nova York: Harcourt, Brace & Co., 1986-92.

TEATRO

Freshwater, org. Lucio Ruotolo. Nova York: Harcourt, Brace & Co., 1976.

DIÁRIOS

A Writer's Diary, org. Leonard Woolf. Londres: The Hogarth Press, 1953.

Moments of Being, org. Jeanne Schulkind. Londres: The Hogarth Press, 1978; Nova York: Harcourt, Brace & Co., 1985.

The Diary of Virginia Woolf, vols. I-IV, org. Anne Olivier Bell. Londres: The Hogarth Press, 1977-84.

A Passionate Apprentice, org. Mitchell Leaska. Londres: The Hogarth Press, 1990.

CORRESPONDÊNCIA

The Letters of Virginia Woolf, vols. I-VI, org. Nigel Nicolson e Joanne Trautmann. Londres: The Hogarth Press, 1975-80.

OBRAS DE VIRGINIA WOOLF NO BRASIL

FICÇÃO

Passeio ao farol, trad. Oscar Mendes. Rio de Janeiro: Labor, 1976.

Orlando, trad. Cecília Meireles. Rio de Janeiro: Nova Fronteira, [1978] 2003.

Noite e dia, trad. Raul de Sá Barbosa. Rio de Janeiro: Nova Fronteira, [1979] 1999.

O quarto de Jacob, trad. Lya Luft. Rio de Janeiro: Nova Fronteira, [1980] 2003.

Mrs. Dalloway, trad. Mário Quintana. Rio de Janeiro: Nova Fronteira, [1980] 2006.

Uma casa assombrada, trad. José Antonio Arantes. Rio de Janeiro: Nova Fronteira, 1981.

As ondas, trad. Lya Luft. Rio de Janeiro: Nova Fronteira, [1981] 2004.

Os anos, trad. Raul de Sá Barbosa. Rio de Janeiro: Nova Fronteira, 1982.

Objetos sólidos, trad. Hélio Pólvora. São Paulo: Siciliano, 1985.

Ao farol, trad. Luiza Lobo. Rio de Janeiro: Ediouro, 1993.

A cortina da tia Ba, trad. Ruth Rocha. São Paulo: Ática, [1993] 1999.

A casa de Carlyle e outros esboços, trad. Carlos Tadeu Galvão. Rio de Janeiro: Nova Fronteira, 2004.

Flush: memórias de um cão, trad. Ana Ban. Porto Alegre: L&PM, 2004.

Contos completos, org. Susan Dick, trad. Leonardo Fróes. São Paulo: Editora 34, 2023 (1ª ed.: São Paulo: Cosac Naify, 2005).

Cenas londrinas, trad. Myriam Campello. Rio de Janeiro: José Olympio, 2006.

Entre os atos, trad. Lya Luft. São Paulo: Novo Século, 2008.

A viagem, trad. Lya Luft. São Paulo: Novo Século, 2008.

ENSAIO

Um teto todo seu, trad. Vera Ribeiro. Rio de Janeiro: Nova Fronteira, 1985.

Kew Gardens, trad. Patrícia de Freitas Camargo e José Arlindo de Castro. São Paulo: Paz e Terra, série Leitura, 1996.

O leitor comum, seleção e trad. Luciana Viégas. Rio de Janeiro: Graphia, 2007.

Ensaios seletos, seleção e trad. Leonardo Fróes. São Paulo: Editora 34, 2024 (1ª ed.: *O valor do riso e outros ensaios*, São Paulo: Cosac Naify, 2014).

DIÁRIOS

Diários, 2 vols. São Paulo: Bertrand Brasil, s.d.

Momentos de vida, org. Jeanne Schulkind, trad. Paula Maria Rosas. Rio de Janeiro: Nova Fronteira, 1986.

Os diários de Virginia Woolf, seleção e trad. José Antonio Arantes. São Paulo: Companhia das Letras, 1989.

Diários de Virginia Woolf, 2 vols., trad. Ana Carolina Mesquita. São Paulo: Nós, 2021-2022.

BIOGRAFIAS

BELL, Quentin. *Virginia Woolf: A Biography*. Londres: The Hogarth Press, 1972.

CURTIS, Vanessa. *Virginia Woolf's Women*. Madison: University of Wisconsin Press, 2002.

LEHMANN, John. *Virginia Woolf and Her World*. Nova York: Harcourt, Brace & Co., 1977.

NATHAN, Monique. *Virginia Woolf*. Paris: Éditions du Seuil, 1989.

SOBRE VIRGINIA WOOLF

ABEL, Elisabeth. *Virginia Woolf and the Fictions of Psychoanalysis*. Chicago: The University of Chicago Press, 1993.

AUERBACH, Eric. *Das französische Publikum des 17. Jahrhunderts*. Munique: M. Hueber, 1933.

BARTHES, Roland. "Le grain de la voix", in *Entretiens, 1962-1980*. Paris: Éditions du Seuil, 1981.

BEER, Gillian. *Virginia Woolf: The Common Ground*. Edimburgo: Edinburgh University Press, 1996.

CARAMAGNO, Thomas. *The Flight of the Mind: Virginia Woolf's Art and Manic Depressive Illness*. Los Angeles: University of California Press, 1992.

DUSINBERRE, Juliet. *Virginia Woolf's Renaissance: Woman Reader or Common Reader?* Iowa City: University of Iowa Press, 1997.

FLEISHMAN, Avrom. *Virginia Woolf: A Critical Reading*. Baltimore, Maryland: The Johns Hopkins University Press, 1975.

GOLDMAN, Jane. *The Feminist Aesthetics of Virginia Woolf*. Cambridge: Cambridge University Press, 1998.

GOLDMAN, Mark. *The Reader's Art: Virginia Woolf as Literary Critic*. The Hague, Netherlands: Mouton & Co. B. V. Publishers, 1976.

HUSSEY, Mark. *The Singing of the Real World: The Philosophy of Virginia Woolf's fiction*. Columbus: Ohio State University Press, 1986.

LAURENCE, Patricia. *The Reading of Silence: Virginia Woolf in the English Tradition*. Stanford: Stanford University Press, 1991.

MARCUS, Jane. *Virginia Woolf and Bloomsbury*. Londres: Macmillan, 1987.

_____. *New Feminist Essays of Virginia Woolf*. Londres: Macmillan, 1981.

MEYER, Augusto. "Evocação de Virginia Woolf", in *A chave e a máscara*. Rio de Janeiro: Edições O Cruzeiro, 1964.

PEREIRA, Lucia Miguel. "Dualidade de Virginia Woolf", "Crítica e feminismo" (sobre *The Common Reader* e *A Room of One's Own*), "O Big Ben e o carrilhão fantasista" (sobre *Mrs. Dalloway* e *To the Lighthouse*) e "Assombração" (sobre *The Haunted*), in *Escritos da maturidade*. Rio de Janeiro: Graphia, 1994.

ROE, Sue. *Writing and Gender: Virginia Woolf's Writing Practice*. Nova York: Harvester Wheatsheaf, Saint Martin's Press, 1990.

ROSEMAN, Ellen Bayuk. *A Room of One's Own: Women Writers and the Politics of Creativity*. Nova York: Twayne Publishers, 1995.

SCHLACK, Beverly Ann. *Continuing Presences: Virginia Woolf's Use of Literary Allusion*. Filadélfia: Pennsylvania University Press, 1979.

SÜSSEKIND, Flora. "A ficção como inventário do tempo: nota sobre Virginia Woolf", in *A voz e a série*. Rio de Janeiro/Belo Horizonte: 7 Letras/UFMG, 1998.

WILLIAMS, Raymond. "The Bloomsbury Fraction", in *Problems in Materialism and Culture*. Londres: Verso, 1980.

Sobre a autora

Adeline Virginia Stephen nasceu em 25 de janeiro de 1882, em Londres. Seu pai, Leslie Stephen, autor de livros como *History of English Thought in the Eighteenth Century* (1876), era filho do historiador James Stephen e irmão de James Fitzjames Stephen, conhecido advogado e autor de livros jurídicos. Educada em casa, numa época em que a formação universitária era vedada às mulheres, Virginia se beneficiou desde cedo da atmosfera literária que aí prevalecia, tendo acesso irrestrito à grande biblioteca do pai. Leitora voraz ainda em criança, era muito menina quando passou a redigir, com sua irmã Vanessa e o irmão Thoby, um jornalzinho para a distração da família, o *Hyde Park Gate News*. Em aulas particulares, estudou latim com Clara Pater, desde os dezesseis anos, e grego com Janet Case, a partir dos vinte, línguas nas quais se iniciara em cursos ministrados no setor feminino do King's College, em Londres.

Sua mãe, Julia Stephen, morreu em 1895, quando ela estava com treze anos. Foi o primeiro de muitos golpes que transtornaram a vida da família, com graves repercussões sobre a estabilidade psíquica da jovem particularmente sensível. Em 1897, morreu sua meia-irmã Stella, apenas dois meses depois de se casar. Com a morte do pai, em 1904, Virginia e seus irmãos Vanessa, Thoby e Adrian mudaram-se do casarão de 22 Hyde Park Gate, em Kensington, para a 46 Gordon Square, o primeiro de seus sucessivos endereços em Bloomsbury, área central de Londres onde viria a se constituir, em torno deles, o famoso grupo de Bloomsbury, composto por eruditos, escritores e artistas empenhados em se lançar como renovadores. Em 1906, com 26 anos, morreu Thoby Stephen, o irmão que havia sido o maior companheiro intelectual de Virginia e que trouxera para o grupo alguns de seus brilhantes colegas da Universidade de Cambridge.

Por esse tempo, Virginia fez as primeiras de suas várias viagens pela Europa — uma viagem de navio à Espanha e Portugal lhe daria a ideia para o primeiro romance — e, para garantir seu sustento, passou a escrever para jornais. Em 1905, estreou como resenhista do *Times Literary Supplement*, função que exerceu por toda a vida e que em poucos anos a tornaria muito respeitada como crítica literária. Começando também a demonstrar um interesse cada vez mais acentuado por questões sociais, ela atuou como voluntária em certas frentes importantes de luta, mesmo sendo arredia às formas mais tradicionais da política. Em 1905, deu aulas para adultos no Morley College, em cursos para trabalhadores. Em 1910, participou da campanha pelo direito de voto das mulheres.

Em 1912, ao se casar com Leonard Woolf, um dos amigos do grupo de Bloomsbury, Virginia Stephen passou a usar o sobrenome do marido. Até então, ela não publicara nenhum livro. Estava com trinta anos. Apesar de uma grave crise nervosa, em 1913, e de uma tentativa de suicídio, apesar dos problemas recorrentes que a afligiam desde a adolescência, quando ela encarou a morte em série, foi a partir desse momento — e no conturbado período entre as duas guerras na Europa — que a escritora Virginia Woolf mais se mostrou produtiva em sua obra. Ao primeiro romance, *The Voyage Out* (1915), logo sucederam *Noite e dia* (1919), *O quarto de Jacob* (1922), *Mrs. Dalloway* (1925), *Rumo ao farol* (1927), *Orlando, uma biografia* (1928), *As ondas* (1931). O renome da autora, já consolidado nos círculos literários, chegou então ao grande público, graças em particular ao sucesso obtido por *Orlando*, a vida imaginária de uma pessoa que ora é homem, ora mulher, e nessa condição de mutante atravessa várias fases históricas.

A Hogarth Press, criada por Virginia e Leonard Woolf em 1917, a princípio como uma gráfica artesanal para imprimir folhetos, tornou-se com o tempo uma editora ativa e importante. Além de livros da própria Virginia, publicou outros autores modernistas, como T. S. Eliot e Katherine Mansfield, lançou as primeiras traduções de Freud na Inglaterra e também jovens poetas que tiveram depois grande projeção, como W. H. Auden, Louis MacNeice e Stephen Spender.

Virginia continuou muito ativa, e cada vez mais voltada para as questões sociais, no início da Segunda Guerra, que a afetou profundamente. Seu último livro publicado em vida, a biografia de seu amigo Roger Fry, saiu em julho de 1940. Em setembro do mesmo ano, a casa dos Woolf em Londres, na Mecklenburgh Place, onde funcionava a Hogarth Press, foi atingida pelo bombardeio dessa praça londrina por aviões nazistas, o que obrigou a editora a se mudar às carreiras. Parte da vizinhança familiar de Bloomsbury, a essa altura, já havia sido destruída por bombas. Afetada pela brutalidade da guerra, como demonstra em seu diário, e temendo uma nova recaída em crises nervosas, em 28 de março de 1941, um mês depois de terminar de datilografar seu último livro, *Between the Acts*, publicado postumamente, Virginia Woolf se afogou no rio Ouse, nas proximidades da casa de campo onde ela e o marido se refugiavam em Rodmell, no condado de Sussex.

Sobre o tradutor

Leonardo Fróes nasceu em 1941 em Itaperuna, no interior do Rio de Janeiro, e se criou na capital do estado. Viveu os anos de aprendizagem em Nova York e na Europa, e mora em Petrópolis desde o começo da década de 1970. Foi editor, jornalista, enciclopedista. Entre 1971 e 1983 assinou a coluna "Natureza", no *Jornal do Brasil*, reproduzida como "Verde" no *Jornal da Tarde* de São Paulo, tendo sido um dos primeiros a difundir no Brasil a consciência ecológica. Traduziu dezenas de livros do inglês, francês e alemão, de autores como Shelley, Goethe, Swift, Choisy, Faulkner, George Eliot e Malcolm Lowry. Montanhista e naturalista amador, traduziu também livros de especialistas em ciências da natureza, como *Tukaní*, do ornitólogo Helmut Sick, e *Naturalista*, do mirmecólogo Edward O. Wilson. Recebeu o Prêmio Jabuti de Poesia, em 1996, por *Argumentos invisíveis*, e os prêmios de tradução da Fundação Biblioteca Nacional, em 1998, da Academia Brasileira de Letras, em 2008, e da Fundação Nacional do Livro Infantil e Juvenil, em 2016. Nesse último ano recebeu também o prêmio Alceu Amoroso Lima — Poesia e Liberdade, concedido pelo Centro Alceu Amoroso Lima e pela Universidade Candido Mendes. Sua *Poesia reunida* foi publicada em 2021 pela Editora 34, casa que também lançou novas edições de suas traduções de Virginia Woolf: *Contos completos* (2023) e *Ensaios seletos* (2024, antes intitulado *O valor do riso e outros ensaios*).

Este livro foi composto em Sabon,
pela Franciosi & Malta, com CTP
e impressão da Edições Loyola em
papel Pólen Natural 80 g/m² da Cia.
Suzano de Papel e Celulose para a
Editora 34, em fevereiro de 2024.